古典文獻研究輯刊

二　編

曾　永　義　主編

第15冊

傳統小說中鏡與影之研究

林　青　蓉　著

「三言」人物心態研究

陳　曉　蓁　著

國家圖書館出版品預行編目資料

傳統小說中鏡與影之研究　林青蓉　著／「三言」人物心態研究　陳曉蓁　著 — 初版 — 新北市：花木蘭文化出版社，2011〔民 100〕

目 2+126 面 + 序 2+ 目 2+136 面；19×26 公分
（古典文學研究輯刊　二編：第 15 冊）
ISBN：978-986-254-502-7（精裝）

1. 中國小說 2. 章回小說 3. 文學評論

820.8　　　　　　　　　　　　　　　100001055

ISBN-978-986-254-502-7

9 789862 545027

古典文學研究輯刊
二　編　第十五冊　　　　　　　ISBN：978-986-254-502-7

傳統小說中鏡與影之研究
「三言」人物心態研究

作　　者　林青蓉／陳曉蓁
主　　編　曾永義
總 編 輯　杜潔祥
出　　版　花木蘭文化出版社
發 行 所　花木蘭文化出版社
發 行 人　高小娟
聯絡地址　新北市永和區中正路五九五號七樓之三
　　　　　電話：02-2923-1455／傳眞：02-2923-1452
網　　址　http://www.huamulan.tw 信箱 sut81518@ms59.hinet.net
印　　刷　普羅文化出版廣告事業
初　　版　2011 年 3 月
定　　價　二編 30 冊（精裝）新台幣 48,000 元　　　　　版權所有·請勿翻印

傳統小說中鏡與影之研究

林青蓉　著

作者簡介

林青蓉，台灣台南人。中台科技大學通識教育中心專任講師，逢甲大學中文研究所博士班進修中。碩士論文「傳統小說中鏡與影之研究」，蒙胡萬川先生指導，從故事主題溯源及變異的考察著手，歸納故事題材的流傳及衍異，可從中探索文學隱含的社會意義。文學作品時運文移，所以久潤人心，經常是當中蘊含了深厚的人性積澱，故近年研究方向仍以探究故事文本的敘事理論為主，並思考以西方讀者反應理論、接受理論的觀點，展開未來的研究議題。

提　　要

　　本文為一主題式研究，嘗試以民俗及文化人類學角度重新詮釋古小說的熟典與主題寓意。傳統小說中有關鏡與影之主題散見歷代筆記小說中，傳說形成的主要觸因，乃是社會及民俗文化習慣，而傳說的神異多奇，以及文學的象徵聯想，遂成為文人寄意諷托的題材。

　　研究材料以前人輯佚校主之筆記小說為主，參考同時代之文獻資料以為輔，並兼及近世中外有關之專門著作。研究方法與內容是將民俗與文化人類學中有關鏡與影的巫術心理及迷信禁忌作一概述，以為本文立論之依據，全面將歷代筆記小說中有關鏡與影之記載加以歸類，分屬第二章「傳統小說中的鏡子意象」，第三章「傳統小說中的影子意象」，以文化人類學的觀點分析傳說形成原因及流傳。就傳說故事表現之主題類型，傳說最早出現之記載，流傳情形，以及反映的時代特徵、作者意圖加以探討。

　　「叛亂者的鏡中影傳說」為一特具主題意義的「熟典」，故特立一章討論。第五章自我的其他象徵為與本文相關之論題，故於文末討論，以為餘論。

　　經本文討論，發現鏡與影之傳說，不只多奇炫麗，在志怪神魔小說中慣見，並能營造文學象徵之意境，故文人喜於擷取創作。而傳說觸發延展基因，主要是「映像、影子為人的靈魂」這一觀念，映像、影子作為人自我的投射，至今在民俗禁忌及社會習慣文化中仍然極為普遍。研究發現所謂文人典麗的正統文學，事實上來自底層民俗文化的積蘊，使得文學作品更為炫彩繁麗，文學與民俗之關系亦由此覘出。

目

次

第一章　緒　論

　　鏡子在現代是極爲普遍的日常用具，而在古代科學萌昧時期，鏡子的製作產生，往往被賦予神奇的聯想，具備巫術厭勝的功能，經道教法術的吸收利用，成爲最重要的儀式道具，直到今天，在民間習俗中，禁止仍具有其厭勝驅邪的法術功能。〔註1〕民間對於鏡子也還保有一些禁忌，代表一種文化的遺跡。

　　傳統小說中關於鏡子的神異傳說，迭有記載，是志怪小說中常見的主題。小說中關於「影子」的記載，則反映出先民對「複身」（The Double）、靈魂的觀念，這可能即是傳統社會中「身體文化」的一種表現。對於小說中鏡子與影子的主題研究，不只是文學上的，也是民俗、社會有關方面的研究主題，所以著手將歷代筆記小說中有關鏡與影的記載加以蒐集整理，本文即將魏晉志怪以至於清代筆記小說中散見的有關鏡子與影子的傳說收錄分類，各就傳說故事表現之主題類型，分別就傳說最早出現之記載，流傳情形，以及反映

〔註1〕劉枝萬在《中國民間信仰論集》（中研院民族所出版，民國63年）中記錄「台灣台北縣樹林鎮建醮祭典」，有斗燈，斗內器物凡彩傘、劍、鏡及剪刀等；又「台灣桃園縣中壢市建醮祭典」斗燈內器物，亦有燈、鏡、秤、尺、剪刀五項。董芳苑在《台灣民宅門楣八卦守護功用的研究》（故鄉出版社出版，民國77年）中也記錄了在台灣民間用以「護宅」的辟邪物，除了「八卦牌」外，尚有「照牆」、「獸牌」、「明鏡」與「黑旗」。民間用「剪刀尺鏡八卦牌」以鎮宅，俗信「剪刀」、「尺」、「鏡」爲驅邪鎮宅之三寶，和八卦牌一起，可以強化八卦之守護功用。另用圓型塑膠框裝入明鏡，在明鏡上面用紅色顏料畫上伏羲先天八卦的一種八卦牌，是爲「明鏡八卦牌」。因爲明鏡具光線的反射作用，其光明象徵生命力與前途無量。因此「明鏡」與「八卦」搭配旨在強化守護效力，使邪靈惡鬼不敢接近。

的時代特徵、作者意圖加以探討，試圖對各個主題的風貌作一概括的整理。古人有關鏡子與影子的理論極爲零散少見，在爲這些傳說故事找出理論依據時頗爲困難，經胡老師指示可就神話傳說百科全書，以及相關的象徵辭典中去查考民俗學、文化人類學上的理論及觀念，才對傳說形成的背景有了清楚的輪廓。

在民俗學及人類學上，認爲鏡子照顯的映像不只是人的形體，更是人的靈魂，人的另一個自我。而人身後的影子，在先民看來，是生命重要的有機部分。

未開化民族認爲靈魂是人自己的影子與映像。靈魂的產生和「複身」（The Double）的觀念有關。初民認爲人類自身會變化，作夢、暈厥、迷亂、癲癇及死亡，便都是人身的變化，以爲在身體之外，有另一個我在別處活動而並非只限於可見的簡單肉體。因此，初民以爲回響是另一個身體所發出的聲音，陰影是另一個身體，水中反映的像更的確是另一個自我，因爲水中的像絕類自己，遂以爲凡人都有另一個「我」，即是「複身」，而陰影與映像都是複身的表現，這個複身便是所謂的「靈魂」。各民族的靈魂一語，幾乎全是借用氣息陰影這一類字。〔註 2〕靈魂指的便是這種「無實質的他我」，表現於外就是影像、呼吸、回聲等。〔註 3〕

人類學者弗雷澤也認爲未開化的人們常常把自己影子，當作自己的靈魂。〔註 4〕傷害映像或影子，便會相應地傷害到本人。因爲他們認爲物體會通過一種看不見的「以太」而傳輸推動力始另一物體。這種通過某種神祕的交感而可以遠距離的相互作用，便是交感巫術產生的思想原則。這種巫術的原理弗雷澤歸結爲兩個方面：順勢巫術（模擬巫術）和接觸巫術（觸染巫術）。

順勢巫術是根據「相似律」原則引申，即同類相生或果必同因。巫師通過模擬就可實現任何他想做的事，並且相信他施法時所應用的那些原則也同樣可以支配無生命的自然界運轉。

〔註 2〕 林惠祥，《文化人類學》（台北：商務印書館，1981 年 9 月），頁 302。各民族的靈魂一語幾乎全是借用氣息陰影這一類字，例如塔司馬尼亞的陰影一語便兼指靈魂，印第安的亞爾貢欽人稱人的靈魂爲 "otachup" 意義就是「他的影」，亞畢奔人（Abipones）以 "loakal" 一語兼指陰影、靈魂、回聲、映像四者。

〔註 3〕 林惠祥，《民俗學》（台北：商務印書館，1986 年 11 月），頁 28。

〔註 4〕 詹・喬・弗雷澤著，徐育新等譯，《金枝》（北京：中國民間文藝出版社，1987 年 5 月），頁 286。

接觸巫術則是根據「接觸律」而引申。經由通過一物體來對一個人施加影響，而前提是該物體曾被那個人接觸過，且不論該物體是否為該人身體之一部分。

而這兩大原理便純粹是聯想的兩種不同的應用，一是根據對想的聯想，一是根據接觸的聯想。交感巫術不僅包含積極的影響原則，也同時包括了大量消極的禁忌原則。初民將自己投身在禁忌的神祕網絡中，正是一種尋求安全，藉助神祕力量以趨吉避凶的心理。基於交感巫術原理，他們非常珍惜自己的屬物，髮、鬚、爪、唾液，血液等，都被認為與個人生命靈魂有關。只要對這些東西施加外力，人本身即會受影響。所以當初民驚覺到水中有另外一個自己時，可以想見是充滿了不安及惶恐的。而對人身後的影子，初民視為個體不可或缺的物質，是生命的一部分。這可由先民關於鏡子與影子的許多迷信禁忌中窺出。

先民認為鏡子可以反映出人精神上的自我，亦即人的靈魂。人看見了自己水中影、鏡中像是不祥的，因為都是看見了自己靈魂。這可能是希臘神話 Narcissus 形成的來源。神話中納西斯看見了自己水中倒影後，日漸羸弱而且最後縱水而亡。在傳說和民間故事中鏡子被賦予神奇功能，可用來召喚精怪，重現過去嘗停留過的影像。而且它保持在神話中「門」的形式，通過這扇門，靈魂可以自由通過至另一個世界。這可以解釋凡家中有人亡故，家人便將所有鏡子蒙蓋起來，或者將鏡面轉至牆壁，正是因為害怕人的靈魂被照出軀殼映在鏡中，而被死者帶走。

初民以為人的身影是生命的本質投射，以及力量的來源，靈魂的顯現。所以防止影子被傷害就非常必要，有時一個想要保護自己影子不受傷害的人，或者是想延年益壽的人，常常試圖去抓住這種影子，並想方設法把它裝入一個合適的容器，比如羚羊角中，然後密封起來，埋在安全的地方。但這是非常冒險的，因為可能受到外力的破壞，如此一來，影子的主人就要大禍臨頭了。〔註5〕

影子是人或動物生命的組成部分，如被別人或動物的影子觸及，也會跟被別人或動物觸及自己的身體一樣造成危害。因此，初民有一條規律，就是避開在他們看來是危險的某些人的身影。當然也避開各種會對影子造成傷害

〔註 5〕艾倫・Ｃ・詹金斯著，郝舫等譯，《鬼文化》（上海文化出版社，1988 年 12月），頁 23。

的外力。初民也認為，影子的長短和力量的消長成正比，影子微弱或失去影子即象徵死亡。

研究發現，傳統小說中的鏡與影傳說，常常也是有這種鏡子照見人本我，以及視身影為另一個我的觀念。而且在古書上有關銅鏡的記載，常常是通過窺鏡修飾這種日常生活小事，來闡明某些人生的哲理，銅鏡的作用遠遠超出它原來的物理功能。〔註6〕緣由即是鏡子具備反光以及照物的屬性，當人在反光的表面看到自己的映像時，配合臨鏡時的驚異情感，便以為鏡中顯像，就是人自我的投射，靈魂的顯現，或者是生命一個重要的有機部分。對於初民而言，和自己一模一樣的映像，以及緊跟著自己身後的身影，就是另一個自我，是自己的靈魂。也因此傷害到映像和影子，如同傷害到本人，必然是對自己產生危險的最大根源，基於這種想法，產生許多有關鏡子與影子的迷信禁忌，其中很多是巫術心理的反映。

傳統小說中的鏡子意象，表現出先民對鏡子鑑照功能的神祕聯想，認為明鏡可照出物體本像。照膽鏡傳說反映明鏡的照物神奇，以及先民對醫療神效的理想投射。照妖鏡傳說的形成。受巫術厭勝與道教法術思想的影響，形成六朝以迄於後代神魔小說中慣見的制妖法寶。一直到今天，在人們的民俗信仰中仍然相信鏡可辟邪驅妖。業鏡傳說則受佛教鏡喻影響，尤其是地獄傳說中更充分運用，做為審判法器，是人心的「照妖鏡」，成為文人寄意諷托的題材。

傳統小說中影子意象，作為一種現實生命本質的投射，精氣力量的反映。傳說中含沙射影，即是巫術心理的表現。認為傷害影子，如同傷害到身體的重要部分。氣衰影淡與石壁留影傳說的出現是因為影子作為精神質素的表徵，傳說認為形質強大，精氣旺盛則影深而壽，反之則影淡。石壁留影則是遺跡的解說。神鬼無影是傳統中認為神鬼為超現實存在的觀念反映。

筆者認為「映像、影子是人自我的象徵與投射」這個觀念，正是傳說觸發延展的重要觀念，傳說的神異多奇，以及文學上的象徵聯想，主要都據此而生。

小說中這一主題表現得饒富意趣的則是叛亂小說中的鏡中影情節。在事涉叛亂爭戰及鼎革的小說當中，鏡中影的情節是一個特具意義的主題。所謂

〔註6〕孔祥星・劉一曼，《中國古代銅鏡》（北京：文物出版社，1988年5月），頁4～5。

叛亂，指的是在既存政權之外，一種企圖推翻現政權的謀反活動，在小說記載中，叛亂起事者在鏡中或水中的顯影，常常是身著王著衣冠，蟒衣玉帶的真命天子形象，這成為此類小說中一種「熟典」，〔註7〕可以出類似的意義情境，也就是起事者構造「受命自天」的宣傳藉口，以此來聚眾造反。這自然是受到歷來創業帝王政治神話的影響，小說作者在製造這種天意垂示的概念時，往往即採用水中顯現王者影這樣一個「基本情節」，〔註8〕來有力強調起事者上應天命，下服人心。

　　這個主題呈顯的不僅是文學上的問題，也是政治的、社會的、心理的、民俗的各方面相關的有趣主題，本文即嘗試探究此一傳說主題蘊含的意義。

　　畫像和名字在巫術中，也是人自我的象徵。畫像、肖像被認為是人自我的完全呈現，因為人的精神能量被傳寫至圖像中，所以傷害畫中人，也會如實傷害到本人，畫像實可視為鏡中映像的裱框。有關名字的巫術，在傳統小說中，可能是受到佛道兩教中誦咒及符咒的影響，認為藉由神祕的語言咒念，可以集中精神而產生能量以驅邪除祟，而在民俗學及人類學中，這是一種「語詞魔力」〔註9〕的表現。人的靈魂即藉由名字這種人格的象徵符號而表現出來，藉由詛咒他人的名字可危害人。畫像和名字和本文所討論的鏡中映像與影子同樣是象徵了人的自我靈魂，故在文中一併討論，可以之為本文之餘論。在傳統社會，八字、面相也常常可以左右人的命運，象徵人的自我，然因本文旨在討論「複身」、靈魂的觀念，故對於此暫置不論。

〔註7〕文人與民間共同熟習的常典，見胡萬川先生《平妖傳研究》頁99，論「玄女、白猿、天書」的情節意義，借用錢鍾書語：「此等熟典，已成公器，同用互犯者愈多，益見其為無心契合而非厚顏蹈襲。」

〔註8〕金榮華《比較文學》頁92。「基本情節」一詞，在法文和英文裡都稱作「motive」，有人譯作「母題」，似乎是音義兼顧的翻譯，有人譯作「子題」，似乎更能掌握其涵義。可見，它實際所指，祇是一個分析得不能再分的最小情節，也就是所謂的「基本情節」。

〔註9〕恩斯特·卡西勒著，于曉等譯，《語言與神話》，久大文化，桂冠圖書聯合出版，第四章。

第二章　傳統小說中的鏡子意象

第一節　照見本我

一、照膽鏡

　　鏡能鑑形，呈顯外在皮相；至於鏡能直視腑臟，洞照心膽，則是小說中的神異描述。《西京雜記》載：

> 漢高祖初入咸陽宮，周行府庫，金玉珍寶，不可稱言。……有方鏡，
> 廣四尺，高五尺九寸，表裡洞明，人直來照之，影則倒見；以手掩
> 心而來，即見腸胃五臟，歷歷無礙，人有疾病在內者，則掩心而照
> 之，必知病之所在。又女子有邪心，則膽張心動，秦始皇帝常以照
> 宮人，膽張心動，則殺之也。〔註1〕

鏡之奇詭，始皇之毒刻，都令人稱異。在剝去習常慣見的「人」之皮相後，面對的竟是血脈賁張，臟腑蠢然的景象，初睹乍見，任誰對這樣的呈顯都會驚懼不已。《原化記》所載漁人嘔吐狼藉，便是這種恐懼情緒的反映：

> 蘇州太湖入松江口，唐貞元中，有漁人載小網，數船共十餘人，下
> 網取魚，一無所獲，網中得物，乃是鏡而不甚大。漁者怨其無魚，
> 棄鏡于水，移船下網，又得此鏡，漁人異之，遂取其鏡視之，纔七

〔註 1〕　《太平廣記》卷四○三〈秦寶〉引，殷芸《小說》亦收，見古小說鉤沈。《太
　　　　平廣記》〔宋〕李昉等編（台北：文史哲出版社，1987 年 5 月），頁 3246～3247。
　　　　以下所引皆此本，簡稱《廣記》。

八寸，照形悉見其筋骨臟腑，潰然可惡，其人悶絕而倒。眾人大驚，
其取鏡鑒形者，即時皆倒，嘔吐狼藉，其餘一人，不敢取照，即以
鏡投之水中。良久，扶持倒吐者既醒，遂相與歸家，以爲妖怪。明
日方理網罟，則所得魚多于常時數倍，其人先有疾者，自此皆愈。
詢于故老，此鏡在江湖，每數百年一出，人亦常見，但不知何精靈
之所恃也。〔註2〕

鏡照臟腑，已屬神異，又增益致魚獲及癒疾的能力，大抵這種神異性便直以
是精靈的憑附來解釋。而且正是因爲此類鏡的神異非常，只合數百年一出，
畢竟不能久駐人間。如《松窗錄》所載：

唐李德裕，長慶中，廉問浙右。會有漁人于秦淮垂機網下深處，忽
覺力重，異于常時，及欲就水次，卒不獲一鱗，但得古銅鏡可尺餘，
光浮于波際，漁人取視之，歷歷盡見五臟六腑，血縈脈動，竦駭氣
魄，因腕戰而墜。漁人偶話于旁舍，遂聞之於德裕，盡周歲，萬計
窮索水底，終不復得。〔註3〕

《夷堅志》三志己卷・卷八〈鏡湖大鏡〉：

會稽鏡湖，在唐日廣袤三百里。後來貪民盜占爲田，今之視昔，不及
十分之一也。崇寧間，漁人夜引網罟，覺甚重，強加挽拽，竟不能舉。
乃召集同輩合力，久而方升。一大古鏡，方五六尺，厚五寸，形模奇
怪。或持以鑑形，於昏暗中腸胃肝鬲皆洞見之。置之舟內，欲明日賷
詣越府貨於市。忽鏗然有聲，光彩眩晃，湖水如畫，俄頃，復躍於波
心，風激浪湧，移時始定。湖中父老，今尚有及見者。〔註4〕

正因不易得，自可附會稱道其神祕能力。鏡這種洞見五臟六腑的功能，便常
常與醫療癒疾聯想在一起。《西京雜記》所載秦宮方鏡肇其始，李豐楙即以爲
此說乃六朝時期因域外印度佛教文化的輸入，而產生的醫療神效說：

「照見臟腑」說融合扁鵲，祇域神醫之術：《史記》〈扁鵲倉公列傳〉，
記長桑君有禁方書，扁鵲得之，透視隔牆病人，「盡見五臟癥結。」
而直接影響者爲西域三藏安世高譯《㮈女祇域因緣經》：言祇域精通
方藥針脈諸經，嘗逢一小兒擔樵，鑒視，悉見此兒五臟腸胃，縷悉

〔註2〕 《廣記》卷二三一引，頁1774。
〔註3〕 《廣記》卷二三二引，頁1777。
〔註4〕 〔宋〕洪邁，《夷堅志》（台北：明文書局，1982年4月），頁1364。

分明。祇域心念，本草經說有藥王樹——從外照內，見人腹臟，，此兒樵中得無有藥王邪？即往購之。便解兩束樵以試，最後有一小枝，栽長尺餘，試取附著小兒腹上，具見腹內。祇域大喜。安世高為東漢晚期譯經大師，所譯佛經，有此藥王樹透視五臟腸胃說，其新奇神妙，極為殊異。銅鏡本具照明的功用，又具巫術性，自易於融合而為新說。〔註5〕

扁鵲是春秋良醫，對於名醫，總有一些特異傳說附會，來顯出其「神醫」的特點。《史記》載扁鵲事亦然。扁鵲之能透視病人五臟癥結，是因服禁方之藥而眼通神，故可由外透視臟腑。而《佛說㮈女祇域因緣經》所記透視腑臟則是以「藥王」照視。並藉此醫治許多痼疾。

《佛說㮈女祇域因緣經》：

> （祇域）生則手持針藥囊。梵志曰：「此國王之子，而執醫器，必醫王也。」……。祇域大喜，知此小枝定是藥王。……爾時國中有迦羅越家女年十五臨當嫁日，忽頭痛而死，祇域聞之往至其家，問女父曰：「此女常有何病，乃致夭亡？」父曰：女小有頭痛，日月增甚，今朝發作，尤甚於常，以致絕命。」祇域便進以藥王照視頭中，見有刺蟲，小大相生乃數百枚，鑽食其腦，腦盡故死，便以金刀披破其頭，悉出諸蟲，封著甖中，以三種神膏塗瘡。……爾時國中復有迦羅越家男兒，好學武事，作一木馬，高七尺餘，日日學習，騙上初學，適得上馬，久久益習，忽過去失據，落地而死，祇域聞之，便往以藥王照視腹中見其肝，反戾向後，氣結不通故死。復以金刀破腹，手探料理，還肝向前畢，以三種神膏塗之。……又南有大國，……其王疾病積年不差，恆苦瞋恚，睚眥殺人。……往到王所，診省脈理，及以藥王照之，見王五藏及百脈之中；血氣擾擾悉是蛇蟒之毒，周匝身體。〔註6〕

佛經言祇域出生即有針藥囊醫證在手，是應當為醫也。識取「藥王」以診療惡疾，都可視為對其精通診脈醫術的矜誇，來增益其神祕色彩。此殆為照見

〔註5〕 李豐楙，〈六朝鏡劍傳說與道教法術思想〉，收於《中國古典小說研究專集》（台北，聯經出版社，1989年2月），頁12。

〔註6〕 《佛說㮈女祇域因緣經》，東漢安世高譯，經集部，大藏經一四冊（台北：新文豐文化事業公司，1983年1月），頁896～899。

腑臟說的早期資料，也反映了對醫療的神祕崇拜心理。

　　人不免有病苦疾厄，「醫療」解除了疾病加諸人的恐懼及桎梏，人們就往往會對醫療的產生加以神話化的解釋，醫療之職在最初即屬於巫者，《山海經》《大荒西經》云：

> 有靈山，巫咸、巫即、巫盼、巫彭、巫姑、巫眞、巫禮、巫抵、巫謝、巫羅十巫，從此升降，百藥爰在。〔註7〕

又《海內西經》云：

> 開明東有巫彭、巫抵、巫陽、巫履、巫凡、巫相，夾窫窳之尸，皆操不死之藥以距之。

郭璞注曰：

> 皆神醫也。

袁珂校注云：

> 十巫與此六巫名皆相近，而彼有「百藥爰在」，此有「夾窫窳之尸，皆操不死藥以距之」語，巫咸，巫彭又爲傳說中醫道創始者，此經諸巫神話要無非靈山諸巫神話之異聞也。故郭璞注以爲「皆神醫也」；然細按之，毋寧曰，：「皆神巫也」，此諸巫無非神之臂佐，其職任爲上下於天、宣達神旨人情，至於采藥療死，特其餘技耳。〔註8〕

在民智未開時，「疾病基本上是被認爲有一些魔鬼或含糊的魔力在作祟。因此，醫術的作用，主要地是在用咒文和儀禮行爲去驅君除惡神。」〔註9〕《說苑》〈辨物〉云：

> 上古之爲醫者曰苗父，苗父之爲醫也，以菅爲席，以芻爲狗，北面而祝，發十言耳，諸扶而來者，舉而來者，皆平復如故。〔註10〕

即是一種咒語及儀式的治病方式。所謂的「祝」，或即是《素問》〈移精變氣〉論所云：

> 人居禽獸之間，動作以避寒，陰居以避暑，內無眷慕之累，外無伸官之形，此恬澹之世，邪不能深入也，故毒藥不能治其內，鍼石不能治其外。

〔註7〕　袁珂校注，《山海經》（台北：里仁出版社，1982年8月），頁396。
〔註8〕　同前註，頁301～302。
〔註9〕　劉城淮，《中國上古神話》（上海文藝出版社，1988年10月），頁452。
〔註10〕　〔漢〕劉向，《說苑》（台北：台灣商務印書館，1977年1月），頁643。

王冰注：

> 祝說病由，不勞鍼石，故曰祝由。〔註11〕

即是經由巫醫以咒語來驅魔治疾，類似一種「精神分析治療法」，〔註12〕但可能巫醫在治療行動上，也採取了服用藥物及塗抹藥物以爲輔助，所以在神話中，巫醫也用上了藥物。後來藥物的運用漸漸普及，人們感受到治病靠的是醫藥，對於藥草的出現，又附與神話傳說，而有歧伯、雷公，神農一類醫藥之神的出現。〔註13〕

其中尤以「神農」最能表現初民對醫藥理想的具現，以及作爲初民醫藥成就的代表。

《帝王世紀》：

> 神農氏……嘗味草、水，宣藥療疾，救天傷人命。百姓日用而不知。
>
> 著《本草》四卷。〔註14〕

《淮南子》〈脩務〉：

> （神農）嘗百草之滋味，水泉之甘苦，令民知所辟就，當此之時，
>
> 一日而遇七十毒。〔註15〕

《搜神記》卷一：

> 神農以赭鞭鞭百草，盡知其平毒寒溫之性，臭味所主。〔註16〕

神農在傳說中本係農神，〔註17〕在農業開創時嘗百草滋味，水泉甘苦，一日而中七十毒，正與藥物發明經驗有關，於是又以神農爲醫藥之神。「大約古人一有病，最初只好這樣嘗一點，那樣嘗一點，喫了毒的就死，喫了不相干的就無效，有的竟喫到了對症的就好起來，於是知道這是對於某一種病痛的藥。」〔註18〕這種掌握及實驗的過程是充滿危險的，所以投射到神話中，就有一日

〔註11〕王冰，《素問王冰注》，四部備要子部六八冊（台北：中華書局，1976年3月）

〔註12〕陳夢家，〈商代神話與巫術〉下編，《燕京學報》第二〇期。

〔註13〕《太平御覽》卷七二一引《帝王世紀》云：歧伯嘗味藥草，典主醫病，《經方》、《本草》、《素問》之書咸出焉。雷公歧伯論經脈傍通，問難八十一，爲《難經》，教製九針，著《內外術經》十八卷。

〔註14〕同前註。

〔註15〕〔漢〕劉安著，高誘注釋《淮南子注釋》（台北：華聯出版社，1973年9月），頁331。

〔註16〕〔晉〕干寶，《搜神記》（台北：鼎文書局，1970年3月），頁1。

〔註17〕〔清〕馬驌《繹史》卷四引《周書》云：「神農之時，天雨粟。神農遂耕而種之，陶治斧斤，爲耜鋤耨，以墾草莽。然後五穀興助，百果藏實。

〔註18〕同註9，頁455。

中七十毒,「殆死者數十」〔註19〕的反映。

到了用醫藥治病,人們已知覺到生病是身體出了狀況,才會對自己這具酒囊飯袋好奇起來,認爲如能透視體內臟腑,就對疾病所在瞭若指掌,也才好對症下藥,並且觀察到藥物在內臟中如何作用,人們將這種希望理想投射到「醫藥之神」神農身上所以對於神農就有這樣的傳說出現。《開闢演繹》第十八回末王子承《釋疑》云:

> 後世傳言神農乃玲瓏玉體,能見其肺肝五臟,此寔事也。若非玲瓏
> 玉體,嚐藥一日遇十二毒,何以解之?但傳炎帝嚐諸藥,中毒能解,
> 至嚐百足蟲入腹,一足成一蟲,炎帝不能解,因而致死,萬無是理。
> 〔註20〕

除卻其中辯證,事實上是記錄補充了神農的傳說,其中是很能反映先民冀求解決病苦的束縛,希望神醫能直視臟腑對症下藥,妙手回春。前述扁鵲及祇域的傳說,都是如此。

《搜神後記》卷二載:

> 天竺人佛圖澄,永嘉四年來洛陽,善誦神咒,役使鬼神。腹旁有一
> 孔,常以絮塞之,每夜讀書,則拔絮,孔中出光,照於一室。平旦,
> 至流水側,從孔中引出五臟六腑,洗之,訖,還內腹中。〔註21〕

或者也可視爲光鑑腑臟傳說的變異。這種腹光通外在《洞冥記》中亦見載:

> (東方朔)曰:至鍾火之山,日月所不照,有青龍銜燭火以照山之
> 四極,亦有園圃池苑,皆植異木異草,有明莖草夜如金燈,折枝爲
> 炬,照見鬼物之形,仙人宵封常服此草,於夜暝時轉見腹光通外,
> 亦名洞冥草。〔註22〕

《洞冥記》具稱《漢武洞冥記》舊題東漢郭憲撰,實爲六朝文士託言神仙之作,當時可能流傳這類故事,加上鏡子光明鑑物的特性,結合佛經八神仙方家之言而產生了《西京雜記》中「秦宮方鏡」之傳說,既可鑑人臟腑,自可就臟腑癥結治病,自此以下,就多有「照病鏡」一類傳說具載。

《述異記》:

〔註19〕 《弘明集》〈理惑論〉,商務印書館四部叢刊初編子部二八冊,頁17。
〔註20〕 〔明〕周游,《開闢演繹》(台北:天一出版社,1985年10月)
〔註21〕 〔晉〕陶潛,《搜神後記》(北京:中華書局,1988年1月),頁12。《書》本傳,《高僧傳》卷九(神異部)均載。
〔註22〕 《洞冥記》,說庫(台北:新興書局,1973年4月),卷三,頁5。

日林國有神藥數千種，其西南有石鏡，方數百里，光明朗澈，可鑑
五臟六腑，亦名仙人鏡，國中人若有疾，輒照其形，遂知病起何臟
腑，即採神藥餌之，無不愈，其國人壽三千歲，亦有長生者。〔註23〕

《杜陽雜編》亦載日林國仙人鏡之說。〔註24〕《酉陽雜俎》前集卷之十〈物異〉：

秦鏡，儺溪右岸石窟有方鏡，徑丈餘，照人五臟。秦皇世號爲照骨
寶，在無勞縣境山。〔註25〕

王度〈古鏡記〉綜述六朝時寶鏡的諸種神異，也記載治病之說：

度以御史帶芮城令，持節河北道，開倉糧，賑給陝東，時天下大飢，
百姓疾病，蒲陝之間，癘疫尤甚。有河北人張龍駒，爲度下小吏，
其家良賤數十口，一時遇疾。度憫之，齎此入其家，使龍駒持鏡夜
照，諸病者見鏡，皆驚起云：「見龍駒持一月來相照，光陰所及，如
冰著體，冷徹腑臟，即時熱定，至晚並癒。」〔註26〕

前引《原化記》亦載愈疾奇能。相傳道士葉法善亦有照病鏡，葉法善爲唐代
道士，能厭劫鬼怪，精通道術。照病鏡見於《開元天寶遺事》上：

葉法善有一鐵鏡，鑒物如水，人每有疾病，以鏡照之，盡見臟腑中
所滯之物，後以藥療之，竟至痊瘥。〔註27〕

《樵枚閒談》載：

孟蜀時軍校張敵得一古鏡，模闊尺餘，光照室，寢處不施燈燭，將
求磨滌之。有貧士見而嘆禮曰：「久知寶在蜀中，一見足矣，然此鏡
不久當亦歸耳。」敵益珍藏，自得鏡無疾病，號無疾鏡。〔註28〕

鏡與治病關聯，可能都與鏡的透光鑑物屬性有關。明代陸粲《庚己編》則記
載鏡照見瘧鬼：

吳縣三都陳式，祖傳古鏡一具，徑八九寸，凡患瘧者，執而自照，
必見一物附于背，其狀蓬首黶面，糊塗不可辨，一舉鏡而此物如驚，

〔註23〕〔梁〕任昉，《述異記》，說庫，頁94。
〔註24〕《廣記》卷四○四〈靈光豆〉引《杜陽雜編》即載此，頁3256。
〔註25〕〔唐〕段成式，《酉陽雜粗》（台北：漢京文化事業公司，1983年10月），頁93。
〔註26〕《廣記》卷二三○引，頁1764。
〔註27〕〔五代〕王仁裕，《開元天寶遺事》，叢書集成新編八一冊（台北：新文豐文化事業公司，1985年元月），頁502。
〔註28〕《天中記》卷四九引。

奄忽失去，病即時癒，蓋瘧鬼畏見其形而遁也。世以為寶，至弘治
中兄弟分財，剖鏡各得其半，再以照瘧，不復見鬼矣。〔註29〕

這反映人們對奇怪疾病的看法，以為病厄是邪靈的作怪，小說中患瘧者以為
是瘧鬼憑附而致，故以鏡的魘伏功能來驅鬼治病。薩滿教中也以鏡子治病，
即基於驅疫儀式的意義。《朔方備乘》卷四十五：

降神之巫曰薩麻（按即薩滿），帽如兜鍪，緣檐垂五色繒條，長蔽面，
繒懸二小鏡如兩目狀，著絳布裙，鼓聲闐然，應節而舞。其法之最
異者，能舞馬於室，飛鏡驅祟，又能以鏡治疾，遍體摩之，遇病則
陷肉不可拔，一振蕩之，骨節皆鳴而病去矣。〔註30〕

鏡除了外照透視以療疾外，又有內服治病的說法。《本草綱目》卷八〈金石部
金類〉，錄有「古鏡」，主治：

驚癇邪氣，小兒諸惡，煮汁和諸藥煮服，文字彌古者佳。辟一切邪
魅，女人鬼交，飛尸蠱毒，催生，及治暴心痛，並火燒淬酒服。百
蟲入耳鼻中，將鏡就敲之，即出。小兒疝氣腫硬，煮汁服。〔註31〕

《本草綱目》仍保留有巫術的治療，在這裡即可看出一種模擬巫術的心理反
映。

此類照膽，治病傳說，都可能是對於鏡本身光明鑑物之特性而產生的聯
想，也是人們對於醫療理想的投射。到了清代文人手中，照膽鏡的傳說，就
成了寄託諷喻的題材，清人沈起鳳的兩則故事，就別有深意。

《諧鐸》卷八〈鏡裡人心〉：

揚州興教寺，寓一搖虎撐者，自名磨鏡叟，腰間懸一古鏡，似千百
年物。詰其所用，曰：「凡人心有七竅，少智慧者，必填塞其孔，吾
以古鏡照之，知其受病之處，投以妙藥，通其竅，而益其智。」於
是愚鈍者，爭投之，頗著奇效。富商某生一子，年十六，不能辨菽
麥，延叟於家，長跽請治。叟取鏡細照，搖首而起曰：「受病太深，
僕不能為也。」某詢其故，叟曰：「僕能治後天，不能治先天，令郎
之心，外裹酒肉氣，此病在後天，猶可除也；內裹金銀氣，此病在

〔註29〕〔明〕陸粲，《庚己編》，筆記小說大觀一六編五冊，頁2650。
〔註30〕〔清〕郭秋燾；《朔方備乘》（台北：老古文化事業公司，1981年7月），第六
　　　　冊，頁3526。
〔註31〕〔明〕李時珍，《本草綱目》（台北，鼎文書局，1973年9月），頁281。

先天，不可瘳也。」某固求方略，叟曰：「姑妄治之。」令其子閉置一室，飢則食以腐渣，渴則飲以苦水，如是者半載。翁取鏡再照曰：「酒肉氣盡除矣，但金銀氣從先天閉塞奈何。」某曰：「何謂先天？」叟曰：「尊夫人受胎時，金銀堆積內房，方令郎適感其氣，以至迷塞七竅，外似金光，而內實銅臭。欲求刳治之法，急向文昌殿惜字庫，取紙灰兩斛，拌墨汁數斗，丸作桐子大，朝夕煎益智湯送下，盡此或可有濟。」某悉遵其法。不三月，翁取鏡又照，見六竅玲瓏，惟一竅鈍塞如故，某再求醫治，叟笑曰：「此名文字竅，君富翁不宜有讀書種子，開之恐遭造物之忌，且留此一竅，以還君家故物。否則剗削太甚，於君亦何利焉？」某不改再請，叟亦辭去。後其子周旋應對，聰慧勝於曩日，惟讀書不能成誦。某爲納貲捐職，以布政司理問終。〔註32〕

秦宮照膽鏡之傳說，本亦可照宮人邪心，鏡既可洞照心膽，就可直視人心中欲想，所以這則小說中磨鏡叟自謂其鏡可照人七竅，七竅閉塞魯鈍者，可投藥以通竅益智，所以市人爭相走告，愚鈍者爭投之竟著奇效，一可笑也。富商某子所謂外裹酒肉氣，內裹金銀氣，而食以腐渣苦水，服以紙灰墨汁丸，蓋以文人腐酸窮愁來瘥治富人腦滿腸肥的蠢愚，二可笑也。最後富商某子「一竅不通」而竟可因其父納貲捐職，以布政司理問終，笑聲背後，作者諷託喻旨，可能是時人的納貲捐職劣風，也諷刺在位任官者的顢頇勢利吧！照膽鏡傳說的奇異性，在這篇小說中成爲寓言故事的取材來源，加以作者的微言大義，成爲寓意深厚的諷刺小說。另一則故事亦是取材自照膽鏡傳說：

同書卷三〈鏡戲〉：

蕪湖馮野鶴，與人交有肝膽，而獨制於閨閫。中年乏嗣，購一妾，禁勿令共床席，偶於無人處私語，妻窺見之，呼天拍地，訛詐萬端，馮心懾之而不敢言。一日有書生款其室，馮延之坐，叩所自來。書生曰：「僕秦臺下士也，善識人膽，閱歷風塵久矣。見世之讀書者無作文膽；磨盾者無破賊膽；佩朝紳者無直言敢諫膽；結縭紓者無託妻寄子膽；今聞是下高義，故來一窺膽略。」馮大喜，並欲瀝膽示之。書生曰：「君誠義膽，僕所洞鑒，但必堅之以智，鼓之以氣，乃無喪膽之虞耳。」馮慨然曰：「吾雖不及常山公渾身是膽，然臥薪而

〔註32〕〔清〕沈起鳳，《諧鐸》，筆記小說大觀二編一四冊，頁599～899。

嘗者，亦有年矣，諒不至怖郝家名，作袴中啼兒也。」撫掌高談，意頗自負，書生嘖嘖稱羨。亡何，閨中獅吼大作，馮不顧，言談笑自若。繼聞廚下碎釜聲，如銅山西傾，洛鐘東響，馮猶勉強自制。俄又聽堂前敲朴聲，杖下號泣聲，諸婢僕喧呶勸解聲，馮漸色變。復有一老嫗奔告曰：夫人撩衣捥袖執木臼杵潛伺屏後，馮漸起離坐。忽屏後杵聲築築，厲聲高喝曰：「誰家狂蕩兒，引逗人男子作大膽漢？」馮臉色如土，書生瞋目而視曰：「怪哉！始大如卵，繼小如芥，再一恐喝，殆將破矣。」急起欲去，馮強挽之。書生曰：「僕以君有膽力，故來一窺梗概，不謂空有其表，直一無膽懦夫耳。」言未畢，屏後一杵飛出，中書生左臂，鏗然一聲，化為古鏡，拾視之，背篆照膽兩字，知為秦時故物，婦奪以自照，膽大如甕，猶蒸蒸然出怒氣，及照馮細如半黍清水滴瀝，驗之，蓋已碎矣。〔註33〕

秦宮照膽鏡託形為書生，此係作者寓言筆法，藉此書生「照膽」之本相，大肆批判所謂文人俠士，朝紳縉士之虛有其名，鮮有真正具備高超膽略者。而馮某懼內成疾，猶虛張聲勢，意興飛揚，自負得意之狀，書生嘖嘖稱羨，卻令讀者頻頻竊笑。馮某妻悍妒之情狀躍然紙上，馮某之膽隨著其妻怒氣的節節升高，初大如卵，繼小如芥，而終半黍清水滴瀝，所謂「臥薪嚐膽有年，不作袴中啼兒」的肝膽豪士，竟致破膽喪魂，作者藉秦宮照膽鏡之傳說，而以詼諧筆法諷刺當時專閫威風之遍行。

照膽鏡由早期的神異傳說，對於醫藥理想的投射，至清代文人筆下，擷取傳說題材，作意好奇，成為寓意清新的小說。

二、照妖鏡

（一）

鏡不僅照見人的本我，靈魂面貌，更可照出「非人」的生命真形，因為鏡子所映現的，正是純然的本質。照妖鏡一類小說正表現了這一神異主題。

「照妖鏡」一詞，最早殆見於李商隱〈李肱所遺畫松〉詩：「我聞照妖鏡，及與劍神鋒。」〔註34〕而鏡可辟邪，應該更早就存在了。漢代是我國銅鏡發展的重要時期，古鏡以漢鏡出土數量最多，從漢鏡的鏡飾及銘文，可看出鏡

〔註33〕同前，頁 5926～5927。
〔註34〕〔唐〕李商隱，《李義山詩集》（台北：學生書局，1973 年 10 月），頁 490。

是作爲一種吉祥象徵物，可驅辟邪靈不祥。鏡飾奇獸仙人作爲頌壽吉祥表徵，鏡銘更直接表現這種思想。《中國古代銅鏡》一書著錄漢鏡銘文，如〈來言銘〉：「來言之紀從鏡始，長保二親和孫子，辟除不祥宜古市，從今以往樂乃始。」（頁 77）他如「左龍右虎辟不羊（祥）（候氏銘，頁 75）「上有古守（獸）辟非羊（祥）」（佳鏡銘，頁　78）「辟去不祥宜古市」（呂氏銘，頁　85），則鏡的鎮護驅邪作用已著。所以在墓葬中，以銅鏡隨葬，漢代即普遍，從隨葬銅鏡的墓數比例來看，在漢代，尤其是東漢，銅鏡不只是極普通的日用品，又是最普通的隨葬品。〔註35〕

　　《漢書》〈霍光傳〉即載光以銅鏡隨葬。

　　　　光薨上及皇太后親臨光喪，……賜樅木外藏槨十五具，東園溫明。

服虔註曰：

　　　　東園處此器，形如方漆桶，開一面，漆畫之，以鏡置中，以懸屍上，
　　　　大歛並蓋之。〔註36〕

《西京雜記》也記載：

　　　　廣川王去疾，好聚無賴少年遊獵，畢弋無度。國內塚藏，一皆發掘……
　　　　襄王塚……但有鐵鏡數百枚。袁盎塚……唯有銅鏡一枚。〔註37〕

漢代以銅鏡隨葬，應極普遍。「鏡被放在死者屍體胸前，相信這樣可以保護死者的心，並且可以驅邪。」〔註38〕以後在三國、晉代的墓葬中，也都有銅鏡隨葬。〔註39〕

　　周密《癸辛雜識》續集卷下，〈棺蓋懸鏡〉條載：

　　　　今世有大殮而用鏡懸之棺蓋，以照屍者，往往謂取光明破暗之義。
　　　　按漢書霍光傳，光之喪賜東園溫明，服虔曰：東園處此器，以鏡置
　　　　其中，以懸尸上。然則其來尚矣。〔註40〕

謝肇淛《五雜組》卷十二〈物部〉四：

　　　　今山東河南關中掘地得古塚，常獲鏡無數，它器物不及也。云古人

〔註35〕西漢隨葬銅鏡之墓數已超過總墓數的四分之一；東漢時期則超過三分之一。
　　　　《中國古代銅鏡》孔祥星、劉一曼著，文物出版社，頁 105～106。
〔註36〕《漢書》卷六八，列傳第三八，（台北：洪氏出版社廿五史），頁 294。
〔註37〕《廣記》卷三八九引，頁 3100。
〔註38〕《The Encyclopedia of Religion》V12, Mircea Eliade, Macmillan Publishing Company, New York, 1987, p558.
〔註39〕同註35，頁 130。
〔註40〕〔宋〕周密，《癸辛雜識》（台北：西南書局，1983 年 3 月）

> 新死未斂，親識來弔，率以鏡護其體，云以妨屍氣變動，及殯則內
> 之棺中。〔註41〕

鏡都有攝護死靈，免於邪靈侵擾的作用。〔註42〕遼代時許多雕刻人像手持明鏡被放置於石墓中，明顯地是保護死者。另一方面恐亦是基於死者靈魂出現，威脅生人的理由。鏡同樣也是防止死者任意出現的儀式器物，希望死者安眠於另一個世界。〔註43〕

而鏡的神異性，至魏晉時更經渲誇，結合原本巫術厭勝信仰以及道教法術思想，而衍生炫麗多奇的故事。照妖鏡便是其中最慣見的。

（二）

精怪變化是魏晉流行的小說題材，怪者，變也，非常也。氣化流行，萬物各序其位，則氛氳祥和；而變化則事屬非常，六朝以來的精怪傳說便是基於變化理論，以氣易形變，來解釋不爲人理解的變化異象。王充《論衡》〈訂鬼〉：

> 一曰：鬼者老物精也。夫物之老者，其精爲人。亦有未老，性能變
> 化，象人之形。人之受氣，有與物同精，則其物與之交，及病精氣
> 衰劣也，則來犯陵之也。〔註44〕

〔晉〕干寶《搜神記》更據此而發展一套妖怪論：

> 妖怪者，蓋精氣之依物者也。氣亂於中，物變於外，形神氣質，表
> 裏之用也。〔註45〕

一點靈識不滅，而外在形像，可因氣異，或時間之久長而變化。此類妖異鬼魅，使人類疑懼驚惶，忐忑不安，既有超自然力的存在，便思以超自然方式厭勝被除之，鏡子便扮演重要的儀式角色。照妖鏡理論則由《抱朴子》〈登涉〉見出：

> 或問登山之道，抱朴子曰：凡爲道合藥及避亂隱居者莫不入山，然
> 不知入山法者多遇禍害。……又萬物之老者，其精悉能假託人形以

〔註41〕〔明〕謝肇淛，《五雜組》，筆記小說大觀八編七冊，頁4137。
〔註42〕《酉陽雜俎》前集卷之十三〈尸穸〉載：銘旌出門，眾人掣裂將去。
〔註43〕送亡人不可送草革、鐵物及銅磨鏡使蓋，言死者不可使見明也。同時又載：
送亡者不賫鏡奩蓋。此亦基於銅鏡光明照物的特性而反映出巫術心理，希望
死者安於幽暗的鬼魂世界，不願去打擾死者鬼魂，所以不置銅鏡，殆亦各地
習俗的差異。
〔註44〕〔漢〕王充，《論衡》，世界書局（台北：1976年4月），頁450。
〔註45〕同註16，頁41。

眩惑人心，而常試人，唯不能於鏡中易其眞形耳。是以古之入山道
士，皆以明鏡九寸以上，懸於背後，則老魅不近人，或有來試人者，
則當顧視鏡中，其是仙人及山中好神者，顧視鏡中，故如人形。若
是鳥獸邪魅，則其形貌皆見鏡中矣。又老魅若來，其去必卻行，行
可轉鏡對之其後而視之，若是老魅者必無踵也，其有踵者則山神也。
〔註46〕

若爲假幻形體，以鏡照見，無可遁形，必顯眞體。《摩訶止觀》卷八載：

隱士頭陀，人多蓄方鏡，掛之座後，媚（魅）不能變鏡中色像，覽
鏡識之，可以自遣。〔註47〕

小說《金華神記》言鏡祓除之理爲陰陽相剋服：

此劍鏡爾，精與鬼則畏，夫劍陽物而有威者也，鬼陰物而無形者也。
以無形而遇有威，是故銷鑠其妖，而不能勝，故鬼畏劍也。鏡亦陽
物而至明者也，精亦陰物而僞變者也。以僞而當至明，是故暴著其
形，而不能逃，故精畏鏡也。昔抱朴子嘗言其略。〔註48〕

在鏡光明鑑照下，暴露出本質來，所以任憑外形如何掩飾矯作，精魂一經照
見，原形畢露。小說《平妖傳》第十回道出個中原因：

原來萬物精靈都聚在兩個瞳神裏面，隨你千變萬化，瞳神不改；這
天鏡照了瞳神，原形便現。〔註49〕

眼睛是人心靈情感表達之官。《孟子》〈離婁上〉「存乎人者，莫良於眸子。」
〔註50〕劉邵《人物志》〈九徵〉云：「徵神見貌，則情發於目。」〔註51〕都說
明了眼睛蘊藏著人的情感。一般相信，靈魂藏聚於眼，所以傳神寫貌，全在
點睛。《名畫記》便記載作畫不點睛，恐怕畫中物一經點睛即走，即可言語等
事。〔註52〕《夷堅志》甲志卷第十〈賀氏釋證〉：

賀氏者，吉州永新人，嫁同鄉士人江安行，有二子。自夫死不茹葷，
日誦《圓覺經》，釋服不輟。……是歲五月甲戌，沐浴更衣，明日，

〔註46〕〔晉〕葛洪，《抱朴子》（台北：廣文書局，1965 年 8 月），頁 218～219。
〔註47〕《摩訶止觀》，諸宗部，大藏經四六冊，頁 116。
〔註48〕〔宋〕崔伯易，《金華神記》，筆記小說大觀五編三冊，頁 1724。
〔註49〕〔明〕馮夢龍，《平妖傳》（台北：鼎文書局，1978 年 8 月），頁 250。
〔註50〕《四書集註》〈孟子〉，（台北：世界書局，1983 年 7 月），頁 105。
〔註51〕〔魏〕劉邵，《人物志》（台北：金楓出版公司，1986 年 12 月），頁 34。
〔註52〕錢鍾書，《管錐篇》頁 714 有詳論。

食罷，盥如常，忽收足端作，兩中指結印，瞑目而逝。家人倉黃召
醫，已無及矣。邵守范直清帥其屬瞻禮，嘆曰：「大丈夫不能如此。」
命畫工寫其像。像成，惟目睛未點，乃禱曰：「精神全在阿堵中，
願賜開示。」俄兩目燁然，子孫扶視，皆謂再生。點睛訖，復瞑。
〔註53〕

說的也是眼睛傳精神。一點眼即賦予靈魂生命。西方也有傳說眼睛可傳達精
神力量，西方有「凶眼」的傳說，以爲被具備這種凶眼的人瞪視會遭致不幸，
都是將眼睛視爲靈魂的轉輪。〔註54〕

　　妖魅神魂在瞳中，經由鏡面而照見本身眞形，遂以爲己身眞形已敗露，
而慚愧遁逃。因爲眞形敗現，悉爲人所見，僞飾的外表剝落，無法容於人類
社會，無法施展騙術，象徵力量的消失，易爲人控制，也就不戰而慄。加上
明鏡的洞見纖毫，就產生照妖鏡的厭勝功能。

　　如《抱朴子》〈登涉〉載：

昔張蓋蹋及偶高成二人，並精思於雲臺山石室中，忽有一人，著黃
練、單衣、葛巾，往到其前曰：「勞乎？道士乃辛苦幽隱。」於是二
人顧視鏡巾，乃是鹿也。因問之曰：汝是山中老鹿，何敢詐爲人形？
言未絕而來人即成鹿而走去。〔註55〕

因識見原形，又可叫出其鹿名，在巫術觀念中，自可厭服。接著又載：

林慮山下有一亭，其中有鬼，每有宿者，或死或病。常夜有數十人
衣色或黃或白或黑，或男或女，後都伯夷者，過之宿，明燈燭而坐
誦經。夜半有十餘人來與伯夷對坐，自共樗蒲博戲。伯夷密以鏡照
之，乃是群犬也。伯夷乃執燭起，佯誤以燭爐蓺其衣，乃作燋毛氣。
伯夷懷小刀，因捉一人而刺之，初作人聲，死而成犬，餘犬悉走，
於是遂絕，乃鏡之力也。〔註56〕

見於《搜神後記》卷九一則傳說則是：

淮南陳氏，於田中種豆。忽見二女子，姿色甚美，著紫纈襦，青裙，
天雨而衣不濕。其壁先掛一銅鏡，鏡中見二鹿，遂以刀斫，獲之以

〔註53〕　〔宋〕洪邁，《夷堅志》（台北：明文書局，1982年4月），頁85～86。
〔註54〕　《Encyclopedia of Superstition》，Christina. Hole, London, 1961, p155, EYE. 林
　　　　　惠祥《民俗學》頁25亦有論。
〔註55〕　同註46，頁219。
〔註56〕　同註55。此則亦見載於《搜神後記》卷九。

為脯。〔註57〕

都是妖怪難逃明鏡照形的傳說。

　　另當時流傳外來寶鏡，亦具此辟妖效能。如《西京雜記》載：

　　　　宣帝被收，繫郡邸獄，壁上猶帶史良娣合綵婉轉系繩，繫身毒國寶
　　　　鏡一枚，大如八銖錢，舊傳此鏡照見妖魅，得佩之者，為天神所福。
　　　　〔註58〕

《洞冥記》載：

　　　　望蟾閣十二丈，上有金鏡，廣四尺，元封中，有祇國獻此鏡，照見
　　　　魍魅，不獲隱形。〔註59〕

至唐人筆記中，亦見此類故事，《瀟湘錄》載：

　　　　唐萬歲元年，長安道中有群寇晝伏夜動，行客往往遭殺害。至明旦，
　　　　略無蹤由，人甚畏懼，不敢晨發。及暮，至旅次。後有一道士宿於
　　　　逆旅，聞此事，乃謂眾曰：「此必不是人，當是怪耳。」深夜後，遂
　　　　自於道旁持一古鏡，潛伺之，俄有一隊少年至，兵甲完具，齊呵責
　　　　道士曰：「道旁何人？何不顧生命也？」道士以鏡照之，其少年棄兵
　　　　甲奔走，道士逐之，仍誦咒語，約五七里，其少年盡入一大穴中，
　　　　道士守之至曙。卻復逆旅，召眾以發掘，有大鼠百餘走出，乃盡殺
　　　　之，其患乃絕。〔註60〕

同書亦載一則以古鏡卻妖的故事：

　　　　馬舉鎮淮南日，有人攜一棋局獻之，皆飾以珠玉，舉與錢千萬而納
　　　　焉。數日忽失其所在，舉命求之未得。而忽有一叟策杖詣門，請見
　　　　舉，多言兵法，舉遽坐而問之，叟曰：「方今正用兵之時也，公何不
　　　　求兵機戰術，而將禦寇仇，若不知是，又何作鎮之為也？」公曰：「僕
　　　　且治疲民，未暇於兵機戰法也，幸先生辱顧，其何以教之？」老叟
　　　　曰：「夫兵法不可廢也，廢則亂生，亂生則民疲，而治則非所聞。曷
　　　　若先以法而治兵、兵治，而後將校精，將校精，而後士卒勇。」……
　　　　舉驚異之，謂叟曰：「先生何許人？何學之深也？」叟曰：「余南山

〔註57〕〔晉〕陶潛，《搜神後記》（北京：中華書局，1988年1月），頁58，以下所
　　　　引皆此本。
〔註58〕《廣記》卷二二九引，頁176。
〔註59〕（洞冥記）卷一，說庫，頁1。
〔註60〕《廣記》卷四四○引，頁2589。

水強人也，自幼好奇尚異，人人多以爲有韜玉含珠之舉，屢經戰爭，
故盡識兵家之事。但乾坤之內，物無不衰，六合之體，殊不堅牢，
豈得更久耶？聊得晤言，一述兵家之要耳，幸明公稍留意焉。」因
遽辭去，公堅留，延於客館。至夜分，左右召之，見室內惟一棋局
耳，乃是所失之者，公知其精怪，遂令左右以古鏡照之，其局躍起
墜地而卒，似不能變化，公甚驚異，乃令焚之。〔註61〕

棋局乃廝殺戰陣，此直將之擬人化，浸淫日久，自然成胸中邱壑，故可侃侃
談兵家之事。而竟遭古鏡攝住原形，終不能幻化他形，亦可嘆。鏡之可辟妖，
已普遍流行，王度《古鏡記》便將古鏡的神效發揮至極點，以一連串的古鏡
故事而組合成文。鏡可照妖除怪，診疾，厭伏水難，也包含了鏡精的傳說。
其中經照現而禳除的精怪，如千歲老狸、淫祠蛇妖、龜精、猿怪、魚精、雞
精、鼠怪、守宮等，〔註62〕無一可倖免。

　　後世小説，尤以事涉神魔如《西遊記》，《封神演義》，照妖鏡是每每在對
敵前，知彼知己的一張王牌，幾乎爲致勝的法寶。西遊記第六回李天王高擎
照妖鏡照行者，第三十九回，文殊菩薩以照妖鏡照住「獅猁王」的原身。《封
神演義》裏鏡子的出現更多。如金光聖母佈下金光陣以取人魂魄（四六回），
又如赤精子取紫綬仙衣，陰陽鏡，水火鋒與殷洪。這陰陽鏡半邊紅半邊白，
把紅的一便是生路，把白的一晃，便是死路（五九回），則更神奇。楊戩便是
以以照妖鏡收伏馬善及梅山七怪（九二回）。雖然在《封神演義》中，由於神
魔較勁法寶競出，有時照妖鏡亦無法照出本像，而必須借助其他法器，然照
妖鏡仍是精怪最畏之物。〔註63〕

　　《平妖傳》第四十回，九天玄女將天庭照妖寶鏡扯出錦囊，一道金光射
去。聖姑姑騎著紙剪的白象，空中墮下。聖姑姑倒跌下來，把衣袖蒙頭，緊
閉雙眼，只是磕頭告饒。原來萬物精靈，都聚在兩個瞳神裏面，這天鏡照住
瞳神，原形便現。聖姑姑多年修煉，已到了天狐地位，素聞得天鏡的利害，

〔註61〕《廣記》卷三七一引，頁 2949～2950
〔註62〕《廣記》卷二三〇引，頁 1761～1767。
〔註63〕如六〇回準提道人收孔宣，照妖鏡照不見本像，而以加持寶杵方照出孔雀精原
　　　　形。又在《閱微草堂筆記》卷二亦載一則狐妖鏡中現形故事，見竹椅上坐一
　　　　女，靚妝如畫，椅對面一大鏡；高可五尺，鏡中之影，乃是一狐，……女子
　　　　忽自見其影，急起繞鏡四圍呵之，鏡昏如霧，良久歸坐，鏡上呵跡亦漸消。
　　　　再視其影，則一好女子矣。

見處女取出天孫機上織就的無縫錦囊，情知是那件法物，只恐現了本相，所以雙眸緊閉，束手受縛。

（三）

妖異以幻化的人形出現在人群社會，恐懼害怕的是在鏡前暴露其生命本相，原其初衷，千年辛苦修煉，只是爲修得一副人身。而這畢竟是漫長的苦煉歷程，所以妖怪時常會用甚他方法，比如幻化人形與人往返交遊，冀求吸取人的精氣以助其修鍊。唯有修鍊成人，也能再進一步提升，才有修鍊成仙的可能。

神仙常常代表著超然的、善良光明的一面，而妖怪代表的是幽暗醜惡的一面，一種對既定的人間秩序的破壞力量，〔註64〕不見容於人倫社會的。所以當妖異出現時，總要以人認可的形相出現，才能安置在人倫組織當中，獲得安全感，才能使出能力。

相反的，當其顯出醜惡的，幽暗的本相時，不容於人倫組成的、正規的網絡中，所以當黑暗面曝光，只有愧惶逃竄，消失無蹤，因爲他們只具有欺僞的外表是沒有資格立足於人倫的世界中，終究要面對撕下面具的窘困。所以筆記小說中便常有鬼怪攝鏡的記載。如《搜神記》卷三：

> 右扶風臧仲英爲侍御史。家人作食，設案，有不清塵土投污之。炊臨熟，不知釜處。兵弩自行，火從篋簏中起，衣物盡燒，而篋簏故完。婦女婢使，一旦盡失其鏡，數日，從堂下擲庭中，有人聲言：「還汝鏡。」〔註65〕

《搜神後記》卷二：

> 王文獻曾令郭璞筮己一年吉凶，璞曰：「當有小不吉利。可取廣州二大甖，盛水，置床張二角，名曰『鏡好』，以厭之。至某時撤甖去水，如此，其災可消」。至日，忘之，尋失銅鏡，不知所在。復撤去水，乃見所失鏡在於甖中。甖口數寸，鏡大尺餘。王公復令璞筮鏡甖之意。璞云：「撤甖違期，故至此妖，邪魅所爲，無他故也。」使燒車轄而鏡立出。〔註66〕

〔註64〕《Dictionary of Symbols and Imagery》, A.d. devries, North-holland Pubilshing company, London, 1976. 2nd revised edition, p135.
〔註65〕同註16，頁18。
〔註66〕同註21，頁14～15。

《異苑》卷六云：

> 晉太元中，黠興許寂之，忽有鬼於空中語笑，或歌或哭，至盛。寂之有靈車，鬼共牽走，車為壞；寂之有長刀，乃以攝置瓮中；有大鏡亦攝以納器中。〔註67〕

畏懼鏡之威，故由恐懼以至憤恨，而出之抵制，心虛窘態畢現。《酉陽雜俎》前集卷之十〈鏡石〉條：

> 濟南郡有方山，相傳有晏生得仙於此。山南有明鏡崖，石方三丈，魑魅行伏，了了然在鏡中。南燕時，鏡上遂使漆焉。俗言山神惡其照物，故漆之。〔註68〕

亦是不耐於本像之歷歷在目，而捉狹為之。都是害怕明鏡照出原形。所以常以鏡照妖辟邪。《宣和博古圖》〈鑑總說〉云：

> 昔黃帝氏液金，以作神物，於是為鑑，凡十有五，採陰陽之精，以取乾坤五五之數。故能與日月合其明，與鬼神通其意，以防魑魅，以整疾苦，歷萬斯年而獨常存今也。〔註69〕

明人李時珍《本草綱目》卷八〈金石部金類〉云：

> 鏡乃金水之精，內明外暗，古鏡如古劍，若有神明，故能辟邪魅忤惡，凡人家宜懸大鏡，可辟邪魅。〔註70〕

這兩則應都是後起的觀念，照妖鏡之傳說形成，當另有巫術原則及受道教思想影響。

（四）

　　泛靈信仰是初民擬想萬物都具有精靈，而產生畏懼崇拜的信仰，精怪傳說亦因此而構造。對於不可解喻的自然力，便思以超自然力方式厭勝，以解除對人類生存的威脅，鏡的出現，原是帶有巫術厭勝的信仰。初民流行神物崇拜（fetishism）。林惠祥《民俗學》提到，製造或改變一種物體或物質以為別物，在蒙昧人看來，便是神祕怪異的事，尤以化學的製造為然。關於各種平常工作，初期工藝，都發生奇異的信仰。神物崇拜所崇拜的神物（fetish），也多數是人工製成的小物件，如護符，厭勝物等常帶在身上以避邪，這種物

〔註67〕〔南朝〕劉敬叔，《異苑》，說庫，頁77。
〔註68〕同註25，頁900。
〔註69〕〔宋〕王黼，《重修宣和博古圖》，四庫全書子部譜錄類一四六冊，頁840。
〔註70〕同註31。

的被崇拜，不是因爲本身的價值，乃是因爲信有精靈或鬼物憑附其內，其憑附或係自動的，或由施術而成。〔註71〕《淮南子》〈脩務訓〉中提到鏡的製作：

> 明鏡之始下型，矇然未見形容，及其粉以玄錫，摩以白旃。鬢眉微毫，可得可察。〔註72〕

古鏡製作，因爲化學操作非盡爲人力所能控制，冶煉集團多輔以建設性巫術，經此製作的鏡，多視爲神物。而在緯書觀念中，「鏡」又是帝王權力的象徵，古鑑銘如：「桀失其玉鏡，用之噬虎」、「秦失金鏡、魚目混珠」、「有人卯金刀，握天鏡」，都以鏡喻權力的轉移。這種祥瑞思想更增加鏡的神祕性，而鏡飾以星象、四獸、神仙等等吉土祥物，賦予鏡超自然法力，所以象徵官府威權及吉祥的鏡，既可制人，自可依據象徵律則，以物治物，厭伏非常的怪異。〔註73〕

　　古鏡尤其能厭鬼伏妖怪，因爲妖有因爲時久形變，古鏡也正可依据象徵律來制服。謝肇淛《五雜組》即有論：

> 凡鏡逾古逾佳。非獨取其款識斑色之美，亦可辟邪魅禳火災。〔註74〕

再者，精怪乃陰濁幽異之物，而鏡光明澈亮，恰可禳伏，其功用同燃火制妖一樣，蓋識破原形，熟悉其本來面像，就等於控制其靈魂，故鬼在鏡前一現原形，總要驚懼萬狀，因爲精神力量爲他人掌握，終要爲人所制服。所以在希臘神話中，帕修斯必須砍下美杜莎的頭，但是任何人看見美杜莎那滿頭蛇髮，就會變成石頭，所以帕修斯以磨亮的盾牌爲鏡，從發亮的盾面中找出美杜莎，而將她的頭砍下。「帕修斯鏡中映出的是美杜莎的虛影，而中國那持之進山的明鏡中映出的卻是該物的本相。」〔註75〕不管是虛影或本相，都顯示了看見了鏡中影，是該物的靈魂曝現，可控制該物體本身。這種素樸的巫術觀念，一直到六朝，道教將此類辟邪巫術、傳說、習俗，方術雜技，加以吸收衍化，而成爲道教理論。在道士登涉術中，明鏡便從原來巫術功能而成爲厭勝祓除精怪的儀式道具。李豐楙〈六朝鏡劍傳說與道教法術思想〉一文中說：

> 六朝寶鏡傳說，道教理論整備明鏡之道，其一即外照精魅的法術性，其一爲內思守一的心鏡法。葛洪抱朴子登涉篇所述即外照鏡道，唐司馬承禎含象劍鑑圖，含象鑑序：「應而不藏，至人之心愈顯；照而

〔註71〕林惠祥，《民俗學》（台北：商務印書館，1986 年 11 月），頁 26～27。
〔註72〕同註 15，頁 337。
〔註73〕見註 5 之論文。
〔註74〕同註 41。
〔註75〕中野美代子，《中國的妖怪》（河南：黃河文藝出版社，1989 年 2 月），頁 94。

微影，精變之形斯復。」司馬承禎述劍鑑哲學爲道教理論之集大成。
除外照法；枹朴子雜應篇所述則屬內視鏡道，守一存思，分形變化，
其後南朝上清經派精密其法，道藏所收「上清明鑑要經」（國字號）、
「洞玄靈寶道士明鏡法」（肆字號）即此類茅山清修道法。道教綜理
古來鏡銘哲學述寶鏡靈力：「鏡銘曰：百鍊神盆，九寸圓形；禽獸翼
衛，七曜通靈；鑒包天地，盛優魔精。名山仙佩，奔輪上清。」（上
清長生寶鑑圖）靈威法力，因其建設性巫術，相信百鍊滋液，因其
化學變化而類推其法術性；又因鏡飾的靈異禽獸，七曜星辰，傳達
神祕的法力。據象徵性的巫術思考原則，以超自然法力厭伏邪魔外
力。民間以眞實態度傳述其說，道教以神祕方式深論其理，綜合而
成寶鏡神異性格。〔註76〕

明鏡的功能神化，而有種種傳說附麗於上，照妖鏡成爲六朝以至於後世筆記
小說中常見的主題。

三、業　鏡

（一）

　　另一種普遍流行的鏡子傳說，則是冥司「業鏡」。「業鏡」是冥界寫取眾
生善惡業之鏡。〔註77〕傳說之產生，應該是受佛教影響。流傳中土之佛經中，
有關業鏡的較早記載，見於元魏般若流支所譯《正法念處行經》卷三十，卷
三十一。

　　佛經表現的形式常爲韻散文相兼，乃是宣揚教義時爲求聽眾明瞭，加以
反覆說一段唱一段，這種詠經歌讚的形式，還影響到中國的講唱文學。在此
經文中，業鏡即反覆出現，故徵引時只寫錄重要部分。在經中兩卷所見之業
鏡，是顯映善惡業果報的業影之鏡。

　　《正法念處行經》卷第三十〈觀天品第六之九〉：

　　　時，天帝釋自觀天眾放逸著樂，將諸天眾入於示業果報之殿；其殿
　　　清淨猶如明鏡，其明普照。時，天帝釋曉示諸天「汝等當於寶殿壁
　　　上觀業果報。因緣所作之業，若於福田施以財寶，信心奉施、隨心
　　　而施、以時而施，得如意報，隨其生處則受果報。其所受種種果報

〔註76〕參見李豐楙，〈六朝劍鏡傳說與道教法術思想〉，收於《古典小說研究集》。
〔註77〕丁福保編，《佛學大辭典》（台北：天華出版社，1987年4月），頁2348。

悉見之。」〔註78〕

同經卷第三十一〈觀天品第六之十〉

> 時，天帝釋復於清淨毗琉璃壁，示於三種布施之果：「鏡壁中現，所
> 謂資生布施大富，果報如前所說。無畏布施，生於大國爲王領主，
> 無有兵力、災儉、疾疫、橫死，不畏怨敵，無病安穩，離於火畏及
> 水畏，無疾疫畏，或爲王者、或爲大臣，久住於世；是爲無畏施之
> 果報也！於鏡壁中見如是業。」〔註79〕

此爲諸善業果報，均在業鏡中顯現。至於諸惡業，業鏡亦一一具現果報：

> 爾時，天主釋迦提婆，復於鏡中觀業果報。時，天帝釋示諸天眾，
> 諸天見之皆生愧恥。時，天帝釋告諸天眾：「汝等天子莫得放逸！何
> 以故？以造其因，生生之處得相似果。汝等天子應至我所視汝業報，
> 汝觀是業上、中、下報，汝今應修不放逸行。」〔註80〕
>
> …………
>
> 迦葉如來見諸天子心大放逸，爲欲利益諸天子故，以憶念神通，化
> 作如此業影之壁留此樹中。……汝等天子若心放逸，當入此樹自觀
> 己身上、中、下色，則自愧恥。
>
> …………
>
> 時，天帝釋復示諸天宮殿之壁，廣五由旬；於此鏡壁，初觀見於活
> 地獄十六隔處。殺生之人墮此地獄，具受無量種種楚毒。〔註81〕

此經中所說之業鏡，爲生死業影之鏡，諸天子於其中觀業果報，而收放逸之
心。可能即如地獄變，將地獄圖寫於壁，業鏡則將地獄形狀，生死業網顯示
於殿壁上以警示天眾。後來陸續譯出之佛典，亦多有業鏡之說：

唐、般剌密譯《楞嚴經》卷八：

> 如是故有鑒見照燭，如於日中不能藏影，故有惡友業鏡火珠，披露
> 宿業，對驗諸事。〔註82〕

唐、普光《俱舍論記》卷十七：

〔註78〕《正法念處行經》，元魏般若流支譯，經集部，大藏經一七冊，頁177。
〔註79〕同前註，頁179。
〔註80〕同前註。
〔註81〕同前註，頁180。
〔註82〕密教部，大藏經一九冊，頁144。

業鏡現前不可拒諱，以無用故，無虛誑語。〔註83〕

宋、元照《四分律行事鈔資持記》下三之四：

冥界業鏡輪照南洲，若有善惡鏡中悉現。〔註84〕

在此，業鏡則作為察照善行惡業的明鏡，經業鏡鑑照，不能藏影，因之宿業披露，正是小說中取擷的意象，做為審判的見證。

密教也有「業鏡」之說。《西藏度亡經》中記載人在中陰身階段，接受審判，閻羅法王以業鏡照人善惡，並有司善、司惡之神以白、黑石子來計算人的善惡行。〔註85〕

業鏡這種審訊特徵在民間十殿冥王的傳說中，就充分運用。唐代沙門藏川撰《佛說地藏菩薩發心因緣十王經》云：

第四五官王宮。……大殿左右各有一舍，左秤量舍，右勘錄舍。左有高臺，臺上有秤量。……次至鏡臺當見鏡影。

第五閻魔王國。……諸眾生有同生神魔奴闍耶，左神記惡，形如羅剎，常隨不離，悉記小惡；右神記善，形如吉祥，常隨不離，皆錄微善，總名雙童。亡人先身若福若罪諸業，皆書盡持奏與閻魔法王，其王以簿推問亡人，算計所作隨惡隨善而斷分之。……次有二院，一名光明王院，二名善名稱院。光明王院於中殿裏有大鏡臺懸光明王鏡，名淨頗梨鏡，……三世諸法情非情事皆悉照。然復圍八方，每方懸業鏡，……見亡人策髮右繞令見，即於鏡中現前生所作善福惡業，一切諸業各現形像猶如對人見面眼耳。〔註86〕

業鏡在審判過程中，作為極有力的見證。道教中即將這種照業明鏡稱為孽鏡，可能是因襲佛教說法。北宋淡痴所撰《玉歷寶鈔》云：

一殿秦廣王，專司人間壽夭生死冊籍，統管幽冥吉凶。……凡惡多善少者，使入殿右高臺，名為孽鏡臺。臺高一丈，鏡大十圍，向東懸掛，上橫七字，曰：「孽鏡臺前無好人」。押赴多惡之魂，自見在

〔註83〕 論疏部，大藏經一九冊，頁144。

〔註84〕 律疏部，大藏經四○冊，頁406。唐釋道宣《淨心誡觀法》卷上第一：「今唯使汝淨除業鏡客塵瞙等。」係以業鏡比喻心。釋氏六帖卷一云：「隋時京寺有紫英石長八寸，經六寸，內現佛像隨人善惡示現，為之幽途業鏡。」

〔註85〕 見《西藏度亡經》，蓮華生大士原著，徐進夫譯，（台北，天華出版社，1983年4月），頁135～136。

〔註86〕 續藏經一五○冊（台北：新文豐出版事業公司，1983年元月），頁768～772。

世之心之險，死赴地獄之險。那時方知萬兩黃金帶不來，一生惟有

孽隨身。入臺照過之後，批解第二殿，用刑發獄受苦。〔註87〕

在《中國象徵與藝術母題》（Outline of Chinese Symbolism and Art Motives）一書中也提到業鏡，則是亡者在入冥界後第四週所照的鏡子，善人看見鏡中自己善良無邪的映像；作惡的人則有被審判的預感：是否自己將轉生為動物，當惡人如此一想，一個動物的形像就出現在面前。〔註88〕

這警示一種自業受報的觀念，人只要心存惡念，造惡業，即已經喪失為"人"的純良本性，與禽獸畜生無異，所以在業鏡前顯現的，就是畜獸本形，大大諷刺衣冠禽獸的惡行惡狀。

佛教勸人奉行眾善，諸惡莫作，為勸善懲惡，強調因果報應。《閱微草堂筆記》卷九云：

帝王以列賞勸人善；聖人以褒貶人善，刑賞有所不及；褒貶有所弗

恤者，則佛以因果勸人善，其事殊，其意同也。〔註89〕

種因得果，造業受報，業與生命不一不異而連續遷流，善惡業成就時，隨業感之自身，也當體變化，即是輪迴。

《魏書》〈釋老志〉云：

凡其經旨，大抵言生生之類，皆因行業而起，有過去當今未來，歷

三世識，神常不滅。凡為善惡，必有報應。〔註90〕

業與輪迴便是佛家果報說的思想基礎。業是有情眾生身、口、意善惡無記之所作，其善性，惡性，必感苦樂之果，故稱為業因。〔註91〕有情之生活，即是由業力而行無終無始之相續，眾生即各依其所造善惡之業，而受生為種種境遇及種種形狀之有情，即依於業而流轉輪迴於六道中而無窮盡。所以輪迴是自業自受，為牛為馬，見天堂見地獄，只在一心之呈現。如《五苦章句經》所云：

心取地獄，心取餓鬼，心取畜生，心取天人。凡諸形貌，皆心所為，

能伏心者，最為多力。〔註92〕

〔註87〕　〔北宋〕淡痴，《玉歷寶鈔》（台中：瑞成書局，1967年8月），頁38。

〔註88〕　《Outlines of Chinese Symbolism and Art Motiues》C.A.S. Williams.（台北，敦煌書局，1979年1月），頁454。

〔註89〕　〔清〕紀昀，《閱微草堂筆記》（台北：大中國圖書公司，1984年1月），頁172。

〔註90〕　《魏書》卷一一四，頁3026。

〔註91〕　《佛學大辭典》，頁2341。

〔註92〕　《五苦章句經》，東晉竺曇無蘭譯，經集部大藏經一七冊，頁545。

所以佛家的地獄是想識成形，所謂「地獄無主，求者自然」。〔註93〕佛家以此
來勸誡人莫爲歹作惡，須奉行善業，則地獄自清淨無垢。所以地獄實指陳出
人心幽暗陰毒的一面，而種種慘厲酷刑，是針對人性可畏可惡一面的撻伐。
所以民間通俗的地獄說中，即將這種批判審訊具體化，使人聞之涕零恐怖，
而收警誡約束之效，由自律轉爲他律，構築一個森羅冷然的地獄司法體系，
將人間制度投射在冥司，以中土原有泰山府治觀念，結合佛道的地獄組織而
形成十殿冥王信仰。以十殿冥王及曹司獄卒來審判亡者善惡業，使眾生悚懼
畏服。亡者經十殿冥王一一審訊生前所造惡之業，而定其輪迴之趨。這種最
後的審判在各古老文化及宗教都有，某些審判是用「公正的量表」來斷定善
惡。〔註94〕業鏡則是地獄十殿中度量死者生前善行惡業的明鏡，即能映顯亡
靈心識。鏡在佛家經義中，常常即代表著心之象，當徹悟大智慧時，心寂靜
圓明。熊十力《佛家名相通釋》〈四智心品〉條云：

> 已說菩提即四智，四智者何？一大圓鏡相應心品，謂金剛喻定現在
> 前時，即大圓鏡智現起。同時有淨第八識俱起，與此鏡智相應，是
> 名大圓鏡相應心品。此智寂靜圓明，故喻圓鏡，具無邊功德，故喻
> 如圓鏡，能現眾像，即從喻立名。〔註95〕

大概即如《莊子》〈應帝王〉所云：「至人之用心若鏡，不將不迎，應而不藏」，
〔註96〕聖智虛凝，無幽不燭，獲致圓融通澈的大智。

依照佛家的說法，大千世界，不外心識所造，放下屠刀，所以能立地成
佛，就在一念心識徹悟。一般人在審訊時，一生所作善惡行爲從自己心識一
一彰顯，產生各種異象，投影在業鏡中，在其中自我審判，最後依業投生輪
迴。《閱微草堂筆記》卷十六〈朱介如言〉條，對此鏡照心識即有申說：

> 人鏡照形，神鏡照心。人作一事，心皆自知，既已自知，即心有此
> 事，心有此事，即心有此事之象，故一照而畢現也。若無心作過，
> 本不自知，則照亦不見，心無是事，即無是象耳。冥司斷獄。惟以

〔註93〕《佛說普門品經》，西晉竺法護，寶積部，大藏經一一冊，頁 773 上。
〔註94〕某些審判是用器具來斷定善惡，在基督教與古代埃及的圖像上，以及在佛教傳
　　　　統的繪畫上，都出現公正的量表，其他協助器具較具文化特性，諸如西藏法金
　　　　剛的業鏡。從埃及的《死者之書》可以看出，死者被阿奴比斯帶到裁判廳的大
　　　　天秤，而把他的心拿來跟烏特女神的真理羽毛相稱，在量表下的魔鬼阿梅梅
　　　　特，正等著吃那些稱不過的人的心。見《超越死亡》，龍用出版社，頁 79～80。
〔註95〕熊十力，《佛家名相通釋》（台北：廣文書局，1974 年 7 月），頁 121。
〔註96〕〔清〕郭慶藩，《莊子集釋》（台北：木鐸出版社，1983 年 9 月），頁 307。

有心無心別善惡。君其識之。又問神鏡何以能照心？曰心不可見，

緣物以形，體魄已離，存者性靈，神識不滅，如燈熒熒，外光無翳，

內光虛明，內外瑩徹，故纖芥必呈也。〔註97〕

鏡之諸種神異傳說，至六朝時受道教法術思想，以及佛家諸種鏡喻，尤其是照人善惡等譬喻的影響更顯瑰麗多奇，業鏡的傳說也可能在當時就很多，到了唐代，可能在十殿冥王產行流行後，更為普遍。

（二）

段成式、《酉陽雜俎》前集卷之三〈貝編〉所載，大多為釋門神變靈異傳說，即錄有善惡業報之說：

鬘持天，鏡林中，天人自見善惡因緣。正行天，頗梨樹，見人行與非法。毗留博天，常於此觀之。忉利天，及人中七生事，見於殿壁中。無法第八生波利邪多天，有波利邪多樹，見閻浮提人善不善相，行善則照百由旬，行不善則凋枯，半行善則半榮。微細行天，寶樹枝葉悉見，天人影像，上中下業，亦見其中。閻摩那婆羅天，娑羅樹中見果報，其殿淨如鏡，悉見天人所作之業果報。又第二樹中有千柱殿，有業網，諸獄十六隔劇，悉見其中。

夜摩天，無垢鏡池，池中見自身額上所見過見業果。又閻浮那施塔影中，見欲界罪福及三惡。

那揭羅曷國塔東塔中有佛頂骨，高二尺，欲知善惡者，以香塗印骨，其跡煥然，善惡相悉見。〔註98〕

同書前集卷之十〈物異〉云：

石柱，劫化國有石柱，高七十餘尺，無憂王所建，色紺光潤，隨人罪福影其上。〔註99〕

這種觀念是摭拾佛經典故，其中最前所引「鬘持天」一段，在《正法念處行經》卷第三十一中，言如來於第二娑羅之樹中，為利益諸天，化業網，示生死報業鏡之壁，〔註100〕可能即此段所本。

〔註97〕同註89，頁325。

〔註98〕同註25，頁36。

〔註99〕同前註，頁97。

〔註100〕「以是因緣，於此閻摩娑羅樹內示留化像。……迦葉如來於樹內化留影像及以鏡壁示生死業。」

佛典中業鏡的觀念形之於故事多有。《酉陽雜俎》前集卷之二〈趙業〉：

> 明經趙業，……至曹司中，人吏甚眾，見妹婿賈弈與己爭殺牛事，
> 疑是冥司，遽逃避至一避間，牆如石黑，高數丈，聽有呵喝聲。朱
> 衣者遂領入大院，吏通曰：「司命過人。」復見賈弈，因與辯對。弈
> 固執之，無以自明。忽有巨鏡徑丈，虛懸空中，仰視之，宛見賈弈
> 鼓刀，趙負門有不忍之色，弈始伏罪。〔註101〕

辯對爭議無以明，而只要明鏡鑑照，本相歷歷在目，抵諱迴避已無濟於
事，也只好俯首認罪，強調自業受報，自作孽不可活。

《北夢瑣言》卷三〈僧彥先〉：

> 青城寶園山僧彥先，嘗有隱慝，離山往蜀洲。宿於中路天王院，暴
> 卒。棣人追攝，詣一官曹，未領見王，先見判官，詰其所犯。彥先
> 抵諱之。判官乃取一豬腳與彥先，彥先推辭不及，僶俛受之，乃是
> 一鏡，照之，見自身在鏡中，從前愆過猥褻，一切歷然。彥先恐懼，
> 莫知所措，判官安存，戒而遣之。泊再生，遍與人說，然不言所犯
> 隱穢之事。〔註102〕

人為惡犯過，自以為神不知鬼不覺，殊不知心上已落此事之相，經業鏡洞照，
一目了然，人在面對本我的披露，竟只有羞愧惶懼以對。所以君子慎獨，不
愧屋漏，就能坦蕩面對自我。〈虛堂和尚語錄〉云：「徑山明如業鏡，這裏無
爾討便宜處」，〔註103〕正是最好註解，宿世因緣，累世果報，就是佛也救不得
的。

紀昀《閱微草堂筆記》卷十六：

> 朱介如言，嘗因中暑眩瞀，覺忽至曠野中，涼風颯然，意甚爽適。
> 然回顧無行跡，莫知所向，遙見數十人前行，姑往隨之。至一公署，
> 亦姑隨入，見殿閣宏敞，左右皆長廊，吏奔走如大官將銜狀，中一
> 吏突握其手曰：「君何到此？」視之，乃亡友張恆照，悟為冥司，因
> 告以失路狀。張曰：「生魂誤至，往往有此，王見之亦不罪，然未免
> 多一詰問，不如且坐我廊屋，俟放衙，送君返，我亦欲略問家事也。」
> 入坐未幾，王已升座，自窗隙竊窺，同來數十人，以次庭訊，語不

〔註101〕同註25，頁20。
〔註102〕〔宋〕孫光憲，《北夢瑣言》（台北：源流出版社，1983年4月），頁164。
〔註103〕〔元〕妙源，《虛堂和尚語錄》卷九，諸宗部，大藏經四七冊，頁1020。

甚了了，惟一人昂首爭辯，似不服罪。王舉袂一揮，殿左忽現大圓鏡，圍約丈餘，鏡中現一女子，受縛受鞭像，俄似電光一瞥，又現一女子忍淚橫陳像，其人叩顙曰：「伏矣。」即曳去，良久放衙，張就問子孫近狀，朱略道一二，張揮手曰：「勿再言，徒亂人意。」因問顙所見者，業鏡耶？曰：「是也」。〔註104〕

故事中業鏡所映現女子像，並無形體卻可顯影，正是因為受審者心中已有此事之象，所以一照而畢現，而心中有此象就是因為本身就是主其事者、造業者，所以無可辯白，伏首認罪。

《夷堅志》三志己卷第六〈半山兩道〉：

> 樂平胡大本者……見兩道人坐地上。一衣青衣，佩銅鏡；一衣黃衣，項繫藤梏數，胡即就揖，兩人招使同坐。胡問藤捲何用，曰：「此名因緣子，與道有緣者入焉。」又問鏡何用？曰：「此名業鏡，持以照人，可知終身貴賤壽夭。」胡遂求一照。青衣者噓氣呵之，半明半暗，語之曰：「汝生來篤孝，崇奉三寶，本只有二紀，壽，今增其一。」胡時二十九歲，念來日無多，雖不形言，而心頗憂之。其人曰：「汝但信道不回，壽紀有增無減」。〔註105〕

道人持以照胡大本的鏡也是業鏡，只是不在冥司，而鏡所照出人的貴賤壽夭之分，實際上仍然是業力牽引的結果，和冥司業鏡是一樣的。

袁枚《子不語》卷四〈七盜索命〉條：

> 杭州湯秀才世坤，年三十餘，館於范家。一日晚坐，生徒四散，時冬月畏風，書齋商户盡閉。夜交三鼓，一燈瑩然。湯方看書，窗外有無頭人跳入，隨其後者六人皆無頭，其頭悉用帶挂腰間。圍湯，而各以頭血滴之，涔涔冷濕。湯驚迷不能聲，……迎其妻來侍湯藥，未三日卒，已而蘇，謂妻曰：「吾不活矣，所以復蘇者，冥府寬恩，許來相訣故也。昨病重時，見青衣四人，拉吾同行，云有人告發索命事。所到黃沙茫茫，心知陰界。因問吾何罪？」青衣曰：「相公請自觀其容便曉矣。」吾云：「人不能自見其容，作何觀法？」青衣各贈有柄小鏡，曰：「請公照。」如其言，便覺龐然魁梧，鬚長七八寸，非今生清瘦面貌。前生姓吳，名鏞。乃明季婁縣知縣，七人者，七

〔註104〕同註89，頁325。

〔註105〕同註53，頁1349～1350。

盜也，埋四萬金於某所。被獲後，謀以此金賄官免死，託妻縣典史許某轉請於我。許匿取二萬，以二萬説我，我彼時明知盜罪難追，拒之。許典史引左氏「殺汝，璧將焉往」之説，請掘取其金，而仍殺之。我一時心貪，竟從許計，此時悔之無及。……語畢不復開口，妻爲焚燒黃白紙錢千百萬，竟無言而卒。〔註106〕

湯某爲謀盜財而背信草菅人命，冤魂累世窮追，非要報讎索債才肯罷手，讀來慘屬恐怖。雖然湯某轉世改變形貌，而宿業怨結仍未消弭，所以鏡照見前世縣令面貌，過去世所作虧心事了然在前，由不得分説，故事顯示爲官而貪盜財者的悲慘下場。見於徐崑《柳崖外編》卷一〈孽鏡〉篇也是懲戒爲官者：

杭有梁書吏結相好十八人爲兄弟，最少周某，翩翩少年也。與鄰女有私，謀娶之不可得，鄰女縊死，周亦邑鬱而死。梁書吏約兄弟十七人爲營葬事，送殯歸，飲於上柳居，遂至照瞻臺假寐。忽語人曰：有二隸招我對詞，魂遂行，至城隍廟，見前有三人，一爲周某，一爲女子，一爲獰惡之人，自提其首至案。神曰：「此人乃巨盜，女子前身其妻也。周前身爲蘇州掌案書吏。盜許以四千金，周受之而不拯其死，妻因縊，周自用二千金，某某亦書吏，各分千金。汝時爲帖寫二十金，果有之乎？」梁茫然。神曰：「汝今隔世忘記耶？」抬孽鏡來，一照則心忽了了。〔註107〕

梁書吏於孽鏡臺前假寐，即已置身孽鏡前，夢境實即孽鏡中景象的映現。經孽鏡一照。記起前生，心便了了，罪業即確認指實。

王棫《秋燈叢話》卷十三：

鄴都令朱某，浙進士也。性耿介，素以氣節自許，聞鄴邑有洞可達陰界，疑焉，將試之。……徘徊間，忽聞人聲，立而待，眾擁一公服人出，則其亡友某，見朱訝曰：「君司陽職，我忝陰曹，幽明異途，何相及耶？」朱告以故，並叩其之。答曰：「守孽鏡臺。」朱求觀，友不可，堅請之，乃命人道之往。至一臺，高可數丈，朱拾級登。旁有聯云：「日月森羅殿，風霜孽鏡台。」中設大鏡，清析毫芒，寒侵肌骨。朱照視一七品服耳，默念曰：「我殆以縣令終乎？」既而再視，則豸衣無首人也，驚而下。友迎謂曰：「以多情故遂露機緘，然

〔註106〕〔清〕袁枚，《子不語》（湖南：岳麓書社，1987年4月），頁85。
〔註107〕〔清〕徐崑，《柳崖外編》（台北：廣文書局，1969年1月）

此地不可久留，君宜速返。」將復有所問而已揮手去矣。乃循舊路
出，至前坊二僕亦醒，從之歸。後朱以御史內擢出巡江右，頗尚嚴
欸，怨家素啣朱，又多不法事，懼爲所廉，陰結轉轟華欲甘心焉，
朱竟中刺客，斷其頭以去。〔註108〕

孽鏡在這裏預見了朱某的未來及死期，也是因爲業力所造，違拗不過。業鏡
（孽鏡）既可洞見人靈魂本像，善行惡業一一顯露，而由此斷定輪迴所趨，
自然可預示來生福禍及貴賤，所以《十王經》中光明王鏡能照出三世諸法及
情非情事，而在此孽鏡也照見未來事。《南遊記》（五顯靈官大帝華光天王傳）
第一回〈玉帝起賽寶通明會〉云：

又有閻王天子獻上孽鏡一面，奏曰：「臣此寶善惡莫逃，三界若有隱
匿過惡者，提起孽鏡，件件分明，前可照萬年過去，後可照萬年未
來，邪術鬼怪若見此寶，腳酸乎軟，氣化形消。」〔註109〕

人爲非作歹，淪爲衣冠禽獸，形同妖魅，自然要懼怕明鏡的鑑照原形。業鏡
就如同照妖鏡一般，挖掘出人性的鄙惡齷齪面。而所謂照見三世，照見千萬
年以前及未來，都強調了因果遷流，業報應驗。

《子不語》卷五〈文信王〉：

湖州同徵友沈炳震，嘗晝寢書堂。夢青衣者，引至一院，深竹蒙密，
中設木床素几，几上鏡高丈許。青衣曰：「公照前生。」沈自照，方
巾朱履，非是本朝衣冠矣。方錯愕間，青衣曰：「公照三生。」沈又
自照，則烏紗紅袍、玉帶皂靴，非儒者衣冠矣。〔註110〕

同書卷二十〈鏡水〉：

湘潭有鏡水，照人三生。有駱秀才往照，非人形，乃一猛虎也。有
老篙工往照，現作美女雲鬟霞帔。池開蓮花，瓣瓣皆作青色。〔註111〕

傳說的流傳，正是基於映影即是人靈魂的觀念，靈魂本相是猛虎，或是美女，
在鏡水中就如實反映出來，在這則傳說中，並沒有說明所現是前生像或是來
生像，不過，都可視爲是業力造成，其中也或者有作者寓意。

清破額山人《夜航集》〈汾州客〉即載輪迴償還冤債故事。言山西人錢青，

〔註108〕〔清〕王椷，《秋燈叢話》（台北：廣文書局，1968 年 7 月），頁 501。
〔註109〕〔明〕余象斗等，《四遊記》（台北：文化圖書公司，1984 年 1 月）
〔註110〕同註 106，頁 102。
〔註111〕同前註，頁 452。

專事刻剝,同里有汪孚,不謀生產,日飲酒賭博,不能自存,往投錢青。汪內心黠滑,貌似樸誠,錢甚信之,出白鏹數萬使汪往杭州放債,取稱貸息。汪挾重貲,刻剝如錢青,且從狹邪遊,未幾囊帶一空,加索收債不得,憂困而死。閻王稽其生前罪孽,當入畜生道,因負錢青累萬,人亦多負之者,使復投人身,以了夙因。押赴陽問,投胎為卜弗著之子。長號半仙子,卜課甚驗。至弱冠父母俱沒,娶妻某,抱孕彌月時,見一人闖入,似曾相識而不能省記,急追之,直入閨中,並無人影,而妻已生子,取名為桂,字韡就。卜生兒後,問課者日盈門,遂高其聲價,累財不下數十千婚。兒長即近聲色,厭粱肉,鮮衣怒馬,擬貴公子,以故卜所得課錢,盡揮霍於痴兒手。

> 一日有道士來,手持古鏡一柄,光芒射人,閃爍可畏。道士踞上座,默無一語,卜異之,問道人何為者?曰:「貧道此鏡,能照人三生面目。」卜取照之,初見一中年憔悴者,再視之,則宛然己也,又視之,則成驢形矣,卜怒擲鏡于地,道士曰:「此郎君三生也。」時引韡在側,拾取照之,則見一老翁,諦視之,則姣好肖己。凝睇久之,忽變豬相,驚而棄之。道士取來,呵氣一口,鏡忽大數倍,招卜父子觀之,鏡中人累累如豆,指謂卜曰:「此憔悴者,為汪孚,君之前身也。」謂其子曰:「此老翁者為錢青,若之前身也。」又見紛紛寒乞者,挈錢與汪,道士曰:「此皆償所逋者也。」卜茫然不知,道士為悉前生原委,父子聞之面如死灰,道士收鏡,拂袖出門。〔註112〕

道士古鏡所照為人三生面目,而故事中汪孚、錢青專事剝刻,本即該投生為畜,只是債負未償,故須得再為人身,償還公道後,來生可能即轉世為畜,所以鏡中再現均為獸形,顯示果報不爽。

鏡顯三生所說的,即在業果遷流,也即靈魂面貌的呈現。

(三)

三生依佛家的說法是三世轉生,三生成佛是一種圓滿的境地。諸宗有三生成佛之說:聲聞乘三生是指成就解脫的三個層次;天台三生是以種熟脫三段示佛道成就之相;華嚴三世成佛是見聞生、解行生、澄入生,以三生配合過現來三世成佛。〔註113〕都是指成佛的三層境地,所以在小說中也多有法師佛僧,轉生凡塵以償業報,最終因緣成熟,藉明鏡鑑照而知悟前生業障,進

〔註112〕〔清〕破額山人,《夜航集》,筆記小說大觀二編一冊,頁441。
〔註113〕同註77,頁290。

而解脫得道的故事。

《纂異記》〈齊君房〉：

> 齊君房者，家於吳，自幼苦貧，……因臨流零涕，悲吟數聲。俄爾有胡僧自西而來，亦臨流而坐，顧君房曰：「法師，諳秀才旅遊滋味否？」君房曰：「旅遊滋味即足矣，法師之呼，一何謬哉？」僧曰：「子不憶講法華經於洛中同德寺乎？」僧曰：「過由師子座上，廣說異端，使學空之人，心生疑惑，戒珠曾缺，禪味曾壇，聲渾響清，終不可致，質傴影曲，報應宜然。」君房曰：「爲之奈何？」僧曰：「今日之事，吾無計矣，他生之事，應有警於君子焉。」乃探囊中，出一鏡，背面皆瑩徹，謂君房曰：「要知貴賤之分，修短之限，佛法興替，吾道盛衰，宜一覽焉。」君房覽鏡，久之謝曰：「報應之事，榮枯之理，謹知之矣。」僧收鏡入囊，遂挈之而去，行十餘步，旋失所在。是夕，君房至靈隱寺，乃剪髮見戒，法名鏡空。〔註114〕

法名鏡空，或即是因鏡悟空之意。業之身，猶響之應聲，影之隨形，所以攬鏡一照，面對眞實自我，輪迴之趣，榮枯貴賤之理已明，終能度脫，圓滿功德。

《青瑣高議》前集卷之四〈王寂傳〉載王寂斬殺邑尉，夥眾結盟，殺掠劫財，後以機緣得改過自新，遂率眾出，請命於朝。

> 一日，扣戶聲甚急，寂驚起，開戶出，見黃冠道士自外入，曰：「群玉峰前子悟之乎？」寂方默然，回顧道士袖間出鏡，謂寂曰：「子能視之，則可悟也。」寂收神定息視之，澄湛瑩澈，清光滿室。中有山川，遠岫平田，飛瀑流泉，山川高下，掩映其間。從北有堂廡壯麗，有坐藤床上若今佛家所爲入定者一人，衣緇素衣，前披幡葆，掩護甚密。道士指之曰：「此子之前身也。余，子之師也。以子塵俗未斷，故令托質人間三十年，以窒其慾耳。」道士取鏡後，乃失其往。……明年，寂知事莫非前定，笑出都門而去，太行驛舍暴卒，同行者遂葬之西庵下。雨泛壞其塚，尸出隧外，兩頰拊紅，脈脈如生人，而眉鬢鬚髮，悉不少敗。〔註115〕

鏡又一次作爲度化的憑藉，王寂行事義氣風飛，但究竟不能忘情於功名利祿，

〔註114〕《廣記》卷三八八引，頁3091。

〔註115〕〔宋〕劉斧，《青瑣高議》（台北：河洛圖書出版公司，1977年4月），頁36。

即是業根所繫，終須等到貶入凡塵中泃洗錘鍊，才能徹底悟道。藉鏡中所見前身而體悟冥冥天數，將長驅中原取封侯的塵俗拋卻，三十二年只合成歷劫逆旅，終究回歸本無，入道圓寂。

明，余象斗《北遊記》第一回寫玉帝因見七寶樹放光，起貪想之心墮入塵世爲劉長生，三清天尊爲回復其聖性而以照天鏡誡悟劉長生：

> 三清曰：「你可在我後堂照天鏡中，照看你是甚人。」長生即往後堂鏡中一照，見鏡內是玉帝相貌。心中大驚，出告三清曰：「小子往鏡中一照，鏡內卻是玉帝形像。莫非前生，我是玉帝麼？」三清曰：「然。」長生曰：「我前生若是玉帝，原何又出三十三天，九重天外投胎？」三清曰：「你是玉帝身內一魂。因前生見劉天君七寶樹放光，便起貪心，甘脫生死，故即墮出九重天外，以了貪心。」〔註116〕

長生既是玉帝精魂之一，所以鏡中示現的便是玉帝面貌。玉帝欲回復本眞，故又打入凡界修心學眞。第六回敘天尊化作道士再度玉帝（時爲白霞國王）：

> 道士曰：「可命取水一盆，照之便見。」國王聞言，即命韓通取水一盆來到。道士請國王去照。國王一照，見一仙與玉帝對鏡講法。道士問曰：「陛下曾見甚物否？」王曰：「無他，止有一仙與玉帝談話。」道士曰：「請王再照。」王又照見小盆有一頭牛，在田耕鋤。道士又問曰：「此回見甚物否？」王曰：「亦無他，止見一頭牛，在田中耕鋤。」道士曰：「陛下省得否？」王曰：「不知。」道士曰「玉皇大帝，乃陛下一魂化身。仙人乃陛下今生可修者。陛下今生不修，來世即爲牛矣。此現三世之形容。」〔註117〕

這種鏡照見過去現在未來三世的傳說故事，也在《北遊記》這類道教小說中出現，用以說法度化。以盆水爲鏡，照顯影子，正是面對靈魂本相，前世形容就可照現，傅大士傳說即是一例：

《景德傳燈錄》卷第二十七：

> 善慧大士者，婺州義烏縣人也，齊建武四年丁丑五月八日降于雙林鄉傅宣慈家本名翕。……會有天竺僧達磨曰：「我與汝毘婆尸佛所發誓，今兜率宮衣缽見在，何日當還？」因命臨水觀其影，見大士圓光寶蓋。……時有慧集法聞法師悟解，言我師彌勒應身耳，大士恐

〔註116〕同註109，頁213。
〔註117〕同前註，頁223。

惑眾遂呵之。〔註118〕

《有象列仙全傳》〈莎衣道人〉：

> 莎衣道人，淮陽軍朐山人，姓何，祖執禮，仕至朝議大夫，道人避
> 亂渡江，嘗舉進士不第，紹聖末，來平江，身衣白襴，久之衣敝，
> 緝之以莎。嘗臨水照影，朗然大悟，人問休咎，罔不奇中，會有療
> 者求治，持一草與之即愈，求而不者病遂不起。〔註119〕

臨水觀影而朗然大悟，卜休咎輒中，正是因為洞澈運數天命，示現生命靈魂
之本質及輪迴奧秘。直到今天，西藏喇嘛教的活佛「轉世」制度，仍保留有
這種輪迴神蹟由湖中顯影示現的觀念。達賴喇嘛是西藏的政教領袖，也是西
藏人心目中千手觀音的化身，達賴的產生有一套繁複手續，也就是「活佛轉
世制度」，是十三世紀末由喇嘛教噶舉派（白教）噶瑪噶舉的首領噶瑪巴喜所
創，解決其首領人物的繼承問題。先是問卜找出靈童出生方向及特徵，然後
是請乃均降神詢問，或是到曲科甲地方的聖母湖中去看顯影，是否與湖中反
映的靈童特徵相符。找到靈童後，還要將前世達賴用過的遺物讓嬰兒識別抓
取，如果同時有數名靈童，則需經「金瓶掣籤」來決定真正靈童。

湖中顯影作為神蹟的預示，也是相信靈魂的輪迴轉世可藉影像來看出。

三生成佛的本質和業鏡並不完全相同，但俱是由鏡（水）中顯影看見靈
魂業果的遷流，故併此解說。

（四）

在傳說中業鏡都發揮了審訊過程中必不可缺的作用力，亦即是一種具有
信服力的公正量表。人在鏡中如實映顯的，正是自己那不可告人的醜惡作為，
面對宿業的全然披露，人被剝去了偽飾的表相，接受不得不然又難堪的批判。
鏡中像之所以具有強烈的說服力，即因為在人們觀念中，鏡中映像正是人靈
魂的映顯，所以能照出人的罪業，以及三世輪迴面貌，可以說這個鏡中像即
代表著人的另一個自我，在傳說中，這個自我代表的往往是人的原我，一種
本能衝動的儲藏所。所以事實上指控自己過惡的最好見證，正就是自己影子
──另一種形式的自我。這即是佛家自業果報的觀念。中國人認為舉頭三尺
有神明，冥冥中自有一凜然的主宰在俯察人世行事，而乘算禍福。《抱朴子》
〈對俗卷第三〉云：

〔註118〕〔宋〕道原，《景德傳燈錄》，史傳部，大藏經五一冊，頁43。
〔註119〕〔明〕汪雲鵬，《有象列仙全傳》，收於民間信仰資料彙編六冊，頁516。

> 上天司命之神，察人過惡，其行惡事，大者司命奪記，小過奪算，
> 隨所輕重，故所奪有多少也。凡人之受命得壽，自有本數，所稟多
> 則紀算難盡而遲死；所少而所犯者多，則紀算速盡而早斃。〔註120〕

〈徵旨卷第六〉云：

> 按易內戒及赤松子經及河圖記命符皆云天地有司過之神，隨人所犯
> 輕重以奪其算，算減則人貧耗疾病，屢逢憂患，算盡則人死，諸應
> 奪算者有數百事不可具論。又言身中有三尸，三尸之為物雖無形，
> 而實魂靈鬼神之屬也，欲使人早死，此尸當得作鬼，自放縱遊行，
> 饗人祭酧，是以每到庚申日輒上天白司命，道人所為過失。〔註121〕

道家說的也是人自身的善惡應驗福禍。人的人格中或即存在著幽微險惡的一面，所以在面對自我時，總是驚駭羞惶的多。容格心理學中所謂「陰影原型」（Theshadow），正是從心理分析角度來看人的潛意識中這種底蘊。容格認為，陰影原型比任何其它原型都更多地容納著人的基本的動物性，由於陰影在人類進化史中具有極其深遠的根基，是所有原型中強大最危險的一個，它是人身上所有，那些最好和最壞的東西的發源地。〔註122〕

暗影是潛意識中自我的陰暗面，也是我們的意識希望予以壓抑的卑下或不快的心靈諸面，暗影，「是人類仍拖在後面的那個無形的爬蟲類尾巴，魔鬼是它最常見的外射。」〔註123〕而這陰暗角落，在人面對明鏡時，清晰地面對自我時就往往顯現，而且是不自覺地。

小說中影子所代表的正是業鏡中的「原罪」，亦如容格所說人格中的卑劣成分，而業之隨身如影隨形，儘管如何壓抑，終究是要顯露出的，透過鏡子，檢視自我，正因為鏡子象徵一面潛意識，客觀地反映個人，而讓人見到自己從未見到過的內我一面。人心中潛藏著幽險陰暗的意識，許多卑劣的念頭被壓著，一旦理性崩潰，人裸露出的，也不過同魔鬼怪妖一般的本像，業鏡正是人心的照妖鏡。人在成長歷程中，多多少少都有不可告人的心理經驗，當這劣根性被別人指摘時，直覺的反應是憤怒抵諱，然而，當批判是來自個人內在的判斷，也就是自我被逮到時，這種自揭瘡疤的經驗是痛苦又尷尬的。

〔註120〕同註46，頁32。
〔註121〕同註46，頁72。
〔註122〕《榮格心理學入門》，C.S. Hall & V.J. Nordby 著，蔡春輝，史德海譯，（台北：五洲出版社，1988年5月），頁49。
〔註123〕王溢嘉，《精神分析與文學》（台北：野鵝出版社，1983年12月），頁59。

而人的一生依照印度對於「業」的説法，便是永無止境負債——償還的歷程，正是一連串的造業——惡果——造業的痛苦磨難，〔註124〕正因爲這種駕馭自我，是痛苦而漫長的自我教育。業鏡，正是人認知這種無可奈何卻不得不然生命意義的憑藉。

　　業鏡也間接反映出人們對冥律的寄望。正是因爲陽世司法不公，冤獄無由申告，苦處不得伸張，所以人們將心底的不平怨怒，發抒在陰司的審訊，冀望有公正的裁決來主持正義。於是人心有了退轉的空間，現世吃虧不打緊，總是可在陰司審判中得到回報，現世的不幸痛苦就可以忍受，因爲這預告著來世的幸福。佛家果報觀念所以能入人心，就是因爲「報」的觀念，一直是中國社會關係一個基礎。〔註125〕所以業果承負的觀念可以深植人心，業鏡的傳説也可以普遍流傳，警戒眾生。然而可悲的是，如果在陽世有可以保護公道的司法，或者人們也不必要投注太多的理想在業鏡上了，清代文人筆記中的業鏡，如《子不語》〈七盜索命〉及《柳崖外編》〈孽鏡〉，不正諷刺了爲官而貪盜財。《閲微草堂筆記》中業鏡即成爲寄喻託諷的題材：

> 于道光言，有士人夜過嶽廟，朱扉嚴閉，而有人自廟中出，知是神靈，膜拜呼上聖。其人引手掖之曰：「我非貴神，右臺司鏡之吏，齎文簿到此也。」問司鏡何義？其業鏡也耶？曰：「近之，而又一事也。業鏡所照，行事之善惡耳。至方寸微暖，情僞萬端，起滅無恆，包藏不測，幽深邃密，無跡可窺。由往往外貌麟鸞，中蹈鬼域，隱慝未形，業鏡不能照也。南北宋後，此術滋工，塗飾彌縫，或終身不敗。故諸天合議，移業鏡於左臺，照眞小人；增心鏡於右臺，照僞君子。圓光對照，靈府洞然，有拗捩者；有偏倚者；有黑如漆者；有曲如鈎者；有拉雜如糞者；有混濁如泥澤者；有城府險阻，千重

〔註124〕《The Myth of The Eternal Return》Mircea Eliade, Translated. from the French by Willard R. Trask, Princeton University Press, 1974, p99.

〔註125〕楊聯陞著，段昌國譯，〈報——中國社會的一個基礎〉，收於《中國思想與制度論集》（台北：聯經出版事業，1985 年 11 月），頁 349～372。文中指出「報」的各種觀念、報應、報償、還報，應用到各種不同的社會關係，相信人與人之間，人與超自然之間，應當有一種確定的因果關係存在，作爲社會投資的互動。直到佛教傳入中國，其「業」（Karma）報以及輪迴的觀念，説明果報不但及於今生，並且穿過生命之鏈（chainoflives）。隨佛教傳入的報應觀念，遂與本土的傳統調和。約自唐代起，確定從宋代以降，普遍都接受神明報應是應在家族身上，而且可以穿過生命之鏈。

萬掩者；有脈絡屈盤，左穿右貫者；有如荊棘者；有如刀劍者，有
如蜂蠆者；有如狼虎者；有現冠蓋影者；有現金銀氣者；甚有隱隱
躍躍，現祕戲圖者，而回顧其形，則皆岸然道貌也。其圓瑩如明珠，
清澈如水晶者，千百之一二耳。吾立鏡側，籍而記之，三月一達於
嶽帝，定罪福焉，大抵名愈高，則責愈嚴，術愈巧，則罰愈重。」
〔註126〕
顯示作者對機詐奸巧的憎恨及鄙笑。

第二節　鏡攝神魂

　　鏡子照物以及反映出物的特質，讓人覺得它可以複製並且吸收影像；如
此一來，象徵人靈魂的影像就會停留在鏡中，甚且會通過鏡子到另一個世界
去。〔註127〕所以有這樣的習俗：當中有人生病或亡故，家中的鏡子都要覆蓋
起來或轉向牆壁。在歐洲，尤其是德國，當親近的人亡故後，家中其餘人不
能照見鏡子，因為在鏡面下照見自己，亦即看見靈魂，不久也會死亡。回教
徒則禁止病人照鏡子，甚至家中有病人的其他成員也在禁止之列，可以看出
民俗信仰中，鏡子被認為是靈魂通過的門扉。有的則以為亡故人的神魂會留
在鏡子上。說明了對鏡子會攝人精魂的恐懼。〔註128〕

　　在傳統小說中，也有許多是鬼魂出現在鏡中的故事。《搜神記》卷一載孫
策因見將士多護于吉而陰唧之，藉故殺于吉：

　　　　策既殺吉，每獨坐彷彿見吉在左右，意深惡之，頗有失常。後治瘡
　　　　方善而引鏡自照，見吉在鏡中，顧而弗見，如是再三，撲鏡大叫，
　　　　瘡皆崩裂臾而死。〔註129〕

《三國志集解》對孫策之死有記載：

　　　　吳曆曰：策既被創，醫言可治，當好自將護，百日勿動，策引鏡自

〔註126〕同註89，頁116。
〔註127〕鏡子作為幻設的門，靈魂經由這道門到另一邊去，《愛麗絲夢遊仙境》，第二
　　　　部〈穿過鏡子〉（Alice Throughthe Looking Glass），就是這種幻想的表現。見
　　　　書林出版《A Dictionary of Symbols》,Mirror。
〔註128〕見《Encyclopedia of Religion》V12, Mirror. Mircea. Eliade, Macmillan Publishing
　　　　Company, New York, 1987. 及 Encyclopedia of Superstition, Christina. Hole,
　　　　London 1961, P232, Mirror.
〔註129〕《搜神記》，頁9。

照，謂左右曰：「面如此，尚可復建功立事乎？」椎几大奮，創皆分
裂，其夜卒。〔註130〕

《搜神記》所載應為傳說，時人因孫策殺于吉之事，附會為于吉顯魂鏡中而
致策於死，顯示民間傳說與正史記載的不同。《稽神錄》：

> 內臣魯思鄖女，生十七年，一月臨鏡將粧，鏡中忽現一婦人，披髮
> 徒跣，抱一嬰兒，迴顧則在其後，因恐懼頓仆，久之乃蘇。自是日
> 月恒見，積久，其家人皆見之，思鄖自問其故。答云：「己楊子縣里
> 民之女，往歲建昌縣錄事某以事至楊子，因聘己為側室，君女即其
> 正妻。歲餘、生此子，後錄事出旁縣，君女因投己於井，並此子，
> 以石填之，詐其夫云逃去。我方訟於所司，適會君女卒，今雖後身，
> 固當償命也。」……其女後嫁褚氏，屬愈甚，旦夕驚悸，以至於卒。
> 〔註131〕

此是冤魂先出現在鏡中，繼而時時顯現索命。西方俗信鬼魅臨鏡無影，而此
冤魂可能即因冤屈未償，一種強大的精神經由鏡中影像現出。

《夷堅志》丁卷第六〈上饒徐氏女〉：

> 上饒徐氏二女，長嫁王秀才，性頗淫冶，因夫出外，輒與少僕私。
> 後得疾，日進不瘳。平時用一鏡，其妹嫁楊氏者屢求之，不肯與。
> 至是謂家人曰：「我病無活理，安能戀鏡？姨姨要此物，可持以送之，
> 表我意念。」久之，果死。妹居在三十里外，來奔喪。相與經畫後
> 事，且營佛供，因留駐數日。臨去，姊家述亡者之言，付以鏡。妹
> 悲哭捧咽，遂攜歸。及還舍，取以照面。時日色已晚，忽施脂粉塗
> 澤開箱易新衣，氣貌怡悦。人問其故，曰：「姐姐見在鏡子裏喚我，
> 須著隨他去。」皆驚而來視，初無所睹。遂對之笑語，惘然如狂癡。
> 裝才畢，覺頭眩頃刻而亡。〔註132〕

亡魂於鏡中招人同去，可能即是鬼魂可以通過鏡子這幻設的門扉，而通往另
一世界一類傳說的反映。

《瑯嬛記》卷中：

> 吳人沈愛觀漁，漁人網得一鏡，背上有文曰：「紫金鍊精，晝燭鬼形」，

〔註130〕《三國志集解》卷四六，藝文印書館廿五史本，頁924。
〔註131〕《廣記》卷一三○，頁923。
〔註132〕《夷堅志》，頁1011。

> 愛以百錢買之置閣內，時時有人物影平生所未睹者，往來于鏡內，
> 夜恒有光。愛一日見亡父坐蓮花上，身小于花。愛妻又見死狗復活，
> 對之泣，皆鬼也，愛畏之仍投入舊處。〔註133〕

亡魂歷歷往來於鏡中，即是相信鬼魂通過鏡子往他界去。這些傳說可能基於
對鏡子反光照物的神奇聯想，認爲鏡子也可燭幽照昏，顯現一些靈異事物。
將映影視爲是魂魄的映顯，所以亡人魂在鏡中出現，生人魂魄也會停留在鏡
上而有不好的影響。《朝野僉載》：

> 韋庶人之全盛日，好厭禱，并將昏鏡以照人，令其速亂。〔註134〕

可能亦是此類信仰的反映，認爲鏡可攝人魂魄，以昏鏡照人，映像昏暗便容
易聯想爲魂魄散亂。

《太平御覽》卷七一七引《劉根別傳》云：

> 人思形狀可以長生，用九寸明鏡照面熟視，令自識己身，久則身神
> 不散，疾患不入。〔註135〕

都認爲鏡中映現的正是己身神魂，也因此認爲將鏡貽人，神魂也隨之而去。
蘇轍《欒城集》卷十四〈郭尉惠古鏡〉七絕詩自註云：

> 俗言以鏡子人，損己精神，故解之云。〔註136〕

錢鍾書解釋說：

> 以己之形容曾落鏡中，影徒神留，鏡去則神俱去矣。〔註137〕

《情史》卷三情私類〈紫竹〉篇載：秀才方喬戀慕紫竹，然不復遇紫行，晝
夜相思，中心鬱結，一日遇道士，出一古鏡，謂方喬曰：

> 子之用心，誠通神明，吾有此純陽古鏡，藏之久矣，今以奉贈，此
> 鏡一觸至陰之氣，留影不散。子之所遇少女，至陰獨鍾，試使人照
> 之，即得其貌矣，今後令畫工圖之。又戒喬不可照，日一照即飛入
> 日宮，散爲陽氣矣。〔註138〕

鏡爲純陽古器，一觸至陰之氣，留影不散，或可解釋此類神異故事，爲何多

〔註133〕〔元〕伊世珍《瑯嬛記》，學津討原一三冊，頁22。
〔註134〕《廣記》卷二八三引，頁2255。
〔註135〕〔宋〕李昉編，《太平御覽》（台南：平平出版社，1975年5月），頁3619。
〔註136〕〔宋〕蘇轍，《欒城集》，四部叢刊初編集部五三冊（上海商務印書館縮印明
　　　　活字印本），頁171。
〔註137〕錢鍾書，《管錐篇》（台北：書林出版公司，1980年8月），頁717。
〔註138〕〔清〕澹澹外史，《情史》（台北，廣文書局，1982年8月），卷三，頁50。

為女子留影鏡中。《聊齋誌異》即錄有二則。卷六〈八大王〉：

> （臨洮馮生）得一鏡，背有鳳紐，環水雲湘妃之圖，光射里餘，鬢
> 眉皆可數。佳人一照，則影留其中，磨之不能滅也；若改妝重照，
> 或更一美人，則前影消矣。時肅府第三公主絕美，雅慕其名。會主
> 游崆峒，乃往伏山中，伺其下輿，照之而歸，設寘案頭。審視之，
> 見美人在中，拈巾微笑，口欲言而波欲動。喜而藏之。年餘，為妻
> 所洩，聞之肅府。大怒，收之。追鏡去，擬斬。生大賄中貴人，使
> 言於王曰：「王如見赦，天下之至寶，不難致也。不然，有死而已，
> 於王誠無所益。」王欲籍其家而徙之。三公主曰：「彼已窺我，十死
> 亦不足解此玷，不如嫁之。」王不許。公主閉戶不食。妃子大憂，
> 力言於王。王乃釋生囚，命中貴以意示生。……歸修聘幣納王邸，
> 齎送者迨千人。珍石寶玉之屬，壬家不能知其名。壬大，喜釋生歸，
> 以公主嬪焉。〔註139〕

同書卷九〈鳳仙〉篇：敘劉赤水因機緣得狐仙三女鳳仙為妻，然以貧窘遭妻
家人奚落，鳳仙因贈以一鏡，勉之云：

> 欲見妾，當於書卷中覓之；不然，相見無期矣。言已，不見。悒
> 悵而歸。視鏡則鳳仙背立其中，如望去人於百步之外者，因念所
> 囑，謝客下帷。一日，見鏡中人忽現正面，盈盈欲笑，益愛重之，
> 無人時，輒以共對。月餘，銳志漸衰，遊恆忘返，歸見鏡影，慘
> 然若涕，隔日再視，則背立如初矣，始悟為己之廢學也。乃閉戶
> 研讀，晝夜不輟，月餘則影復向外。自此驗之，每有事荒廢，則
> 其容戚，數日攻苦，則其容笑，如是朝夕懸之如對師保。如此二
> 年，一舉而捷，喜曰：「今可以對我鳳仙耳。」攬鏡視之，見畫黛
> 彎長，瓠犀微露，喜容可掬，宛在目前，愛極，停睇不已。忽鏡
> 中人笑曰：「影裏情郎，畫中愛寵，斯之謂矣。」驚喜四顧，則鳳
> 仙已在座後。〔註140〕

俱是鏡中可顯現人神魂的傳說。

鏡有時又作為夫妻之間的信徵物。《太平御覽》卷七一七引〈神異經〉：

> 昔有夫婦將別，破鏡，人執半以為信。其妻與人通，其鏡化鵲，飛

〔註139〕〔清〕蒲松齡，《聊齋誌異》（台北：漢京文化事業，1984年4月），頁868。
〔註140〕同前註，頁1177。

至夫前，其夫乃知之，後人因鑄鏡為鵲安背上。自此始也。〔註141〕
夫婦將別而各執半面鏡以為信，可能即含有睹鏡思人的意味在，直接地說則
可能也認為精神可蘊含在鏡中，故可以為信徵。樂昌公主破鏡重圓的故事，
〔註142〕背後也可能有這種心理反映。

第三節　示現遠方事物及預卜未來

一、透視遠方

鏡子反光及映照事物的特質，使它的功能在民俗及傳說中大大地膨脹，
可以泯除時間空間的隔限：透視千里外，呈顯遠方事物；照見未來事，預知
個人吉凶，被賦予預卜的神異特性。鏡子作為預卜，和西方卜者所用的水晶
球一樣，預言家在一些儀式之後，由鏡子中映像找出答案。古代帖撒尼安
（Thessalian）的魔法師拿著鏡子對著月亮，就可以看見未來，薩滿的裝束中，
銅鏡是必備法具，可以看見妖怪，驅除邪靈，而且可以看見未來，洞悉人的
內心秘密。〔註143〕

林惠祥《民俗學》中說：

> 關於鏡子信仰很多，人們常以為玻璃或水晶做的東西有預言性，能
> 使人看見幻像。〔註144〕

詳細的說，應不只玻璃或水晶可以做成鏡子，預示未來。銅鏡，平靜的水面，
可以說，凡是能夠反射事物的光亮表面，在民俗信仰及傳說中，都具備透視
及預言的特性。在傳統小說中，對於鏡子的這種特性即有描述。

《歸田錄》卷二：

> （呂蒙正為相），有朝士家藏古鑑，自言能照二百里，欲因公弟獻以
> 求知，其弟伺間從容言之，公曰：「吾面不過楪子大，安用照二百里？」
> 其弟遂不敢言，聞者歎服。〔註145〕

〔註141〕同註135。
〔註142〕見《廣記》卷一六六〈楊素〉條。
〔註143〕見《he Encyclopedia of Religoion》Mircea. Eliade, Macmillan Publishing
　　　　Company, New York, 1987, P556.《Encyclopedia of Superstition》Christina. Hole,
　　　　London 1961, P232。
〔註144〕林惠祥，《民俗學》（台北：商務印書館，1966年12月），頁26。
〔註145〕〔宋〕歐陽修，《歸田錄》（台北：木鐸出版社，1982年），頁29。

小說稱說呂蒙正爲人剛直，也記載了當時有古鏡可照遠物。

《池北偶談》卷二十二〈銀瓦寺古鏡〉：

> 謝郎中方山，言明末德州修河堤，於銀瓦寺前地中，得古鏡一，規製甚小，照見隔城樓閣塔寺，人物往來，纖毫畢具。寺僧深匿之，今亡。〔註146〕

同書卷二五〈石鏡〉條：

> 湖南祁陽縣浯溪，有鏡石，高尺五寸，闊二尺五寸。石邑黝黑如漆，光可以鑑，隔江竹木田塍，歷歷皆見。曾有人竊去，即昏昧無所睹，還之如初。〔註147〕

〔明〕陸容《菽園雜記》卷十一：

> 成化間山東刀臺縣民，穿窖得古塚中一鏡，照野外數里村落，人畜皆見。〔註148〕

〔清〕王韜《松濱瑣話》卷二〈煨芋夢〉條：

> 博山，居仲琦，故世家子。年二十遊庠，文名藉甚，慕張道陵之仙術，燒丹煉汞，卒無所效，因子身遊四方，訪求精詣。後見二羽士，年皆五十許，眉宇軒霞，飄然絕俗，居知其異人，拜問至道。……臨別二羽士贈以寶鏡曰：子持此以照四大洲，纖悉畢現，大地山河，頃刻一轉，雖在一室，可作臥遊，此所以報也。遂與居別，躡雲邏去。後約百年，二羽士至，偕居跨鶴朝眞，遂不復返。〔註149〕

鏡可光照千里，亦可暗中照物，〔晉〕王嘉《拾遺記》卷三：

> 周靈王二十三年起昆陽臺，渠胥國來獻……。火齊鏡高三尺，暗中視物如晝，向鏡則聞影應聲。〔註150〕

《廣記》卷二三二〈陴湖漁者〉條：

> 徐宿之界有陴湖南周數百里，兩州之莞蒲蕹葦，迨芰荷之類，賴以資之。唐天佑中，有漁者於網中獲鐵鏡，亦不甚澀，光猶可鑑面，闊六五寸，攜以歸家。忽一僧及門，謂漁者曰：「君有異物，可相示

〔註146〕〔明〕王世禎，《池北偶談》（台北：商務印書館，1976年7月），卷二二，頁1。

〔註147〕同前註，卷二五，頁7。

〔註148〕〔明〕陸容，《菽園雜記》，筆記小說大觀十四編二冊，頁1232。

〔註149〕〔清〕王韜，《松濱瑣話》，筆記小說小觀正編六冊，頁2562。

〔註150〕〔晉〕王嘉，《拾遺記》，（台北：木鐸出版社，1982年2月），頁75。

乎?」答曰:「無之。」僧曰:「聞君獲鐵鏡,即其物也。」,遂出之。
僧曰:「君但卻將往所得之處照之,看有何睹?」如其言而往照,見
湖中無數甲兵,漁者大駭,復沈于水,僧亦失之,耆老相傳。湖本
陣州淪陷所致,圖籍亦無載焉。〔註151〕

〔清〕袁枚《續子不語》卷九〈照海鏡〉條:

此照海鏡也,海水沈黑,照之可見怪魚及一切礁石,百里外可豫避
也。〔註152〕

海水深黑,而鏡可直視無礙,將湖底景象顯示出來。〔明〕黃瑜《雙槐歲鈔》
所記則是鏡將墓中景象顯現:

宿州農夫墾田遇古墓,獲鏡及燈臺各一,磨鏡照之,見墓中人僵臥,
猶帶弓矢,驚駭扑之於地,又見農家室戶男女宛然,以為怪物,擲
之不復顧。〔註153〕

俞樾《茶香室三鈔》卷二六〈朱氏大鏡〉條:

國朝章有謨景船齋雜記云:葉謝鎮朱氏亦故家也,留一舊鏡,大可
三四尺許,塵垢蒙面與鐵無辨,置之床下久矣。適有磨鏡者來,令
磨之,纔磨三四寸許,而松江一府視俱自鏡中照出,磨者驚異置之
而去,主人出視亦大駭,仍置床下,後以倭亂,不知所之。〔註154〕

同卷〈陽曲劉家大寶鏡〉條:

金元好問遺山詩集;有姨女隴西君諱日,作詩自注云:陽曲劉氏家
大寶鏡,能照天地四方,以前知休咎,其家埋地中。明昌泰和中,
北方兵動,渠父子欲卜之。一日先以斿幕障中庭,及扃閉門戶其嚴,
及掘鏡出,光華爛然一室盡明,鏡中見北來兵騎穰穰無數,餘三方
都無所睹,因大駭曰:「不可不可」,即埋之,姨母時伏床下得竊窺
焉。兵火後此家惟一兒子在,姨母能指鏡處,存否則不知也。〔註155〕

鏡由示現四方,進而亦具備示現未來的神異功能,預知兵事的奇鏡記載亦見
《雲仙雜記》:

黃巢陷京城,南唐王氏有鏡,六鼻,常有雲煙,照之則左右前三方

〔註151〕《廣記》,頁1780。
〔註152〕〔清〕袁枚,《續子不語》,筆記小說大觀正編四冊,頁2496。
〔註153〕〔明〕黃瑜,《雙槐歲鈔》,筆記小說大觀十四編二冊,頁1037。
〔註154〕〔清〕俞樾,《俞樾筍記五種》,(台北:世界書局,1963年4月),下冊。
〔註155〕同前註。

事皆見，王氏向京城照之，巢寇兵甲如在目前。〔註156〕

又再一次說明鏡子具有前知預卜的特性，也因此鏡面示現的景象往往有很高
的可信度，而做為追索答案的方法，因此在傳說中，常常憑藉面映像來擒捉
肇事人物。

如《續子不語》卷四〈李秀才捕亡術〉：

> 閩中李秀才，老於場屋，而家甚貧，不事館穀，惟以捕亡餬口，其
> 效甚神。有王某被竊，來求秀才，誦咒畢，置鏡水面，命王視蹤跡，
> 教以某時刻到東門外，見有白鬚而跛者擒之，則失物必得。王意跛
> 者，不能竊物，白鬚則其人老矣，何能作賊，姑試之，竟如其言，
> 人贓並獲。其行竊者，係一積賊，年二十餘，慮捕快認識，故偷戲
> 場優人所戴假髮，充作老翁，先一日上山遇雨，跌傷其足，故跛也。
>
> 〔註157〕

這種捕亡術，《原化記》已載：

> 唐曹王貶衡州，技術之士，王常出獵，因得群鹿十餘頭，圍已合，
> 計必擒獲，無何失之，不知其處，召山人問之。山人曰：「此是術者
> 所隱。」遂索水，以刀湯禁之，少頃，於水中見一道士，長纔及寸，
> 負囊拄杖，敝敝而行，眾人視之，無不見者，山人乃取布針，就水
> 中刺道士左足，遂見跛足而行，即告曰：「此人易追。」止十餘里，
> 遂命走向北逐之。十餘里，果見道士跛足而行，與水中見者狀貌同。
>
> 〔註158〕

盆水，即可視為鏡面，同樣具備返照事物的屬性，實際上一些風物傳說也提
到明亮澄澈的湖泊，常是神或英雄掉落明鏡而成。〔註159〕水面常如實反映，

〔註156〕 〔唐〕馮贄，《雲仙雜記》，筆記小說大觀十編一冊，頁110。《在野遺言》卷
　　　　之一〈大難前定〉載：幼時在塾中，先從兄藹初與陳少春師言，揚州平山堂
　　　　有賣西洋鏡者，看一頁需洋一元，閱三日無人顧問之。有富商者姑往試之，
　　　　第一二頁則皆揚州繁華狀，至後則避難情形不堪寓目，入後則見無數妖賊持
　　　　刀殺人，又其後則見衣冠丈夫橫倒在地，方驚顧間人物皆失所在矣。此言子
　　　　親聞之，不數年而粵匪之難遂作，先兄則於庚戌初夏病歿京江，未親睹其事。
　　　　（見筆記小說大觀三編八冊，頁4875）可能亦是基於長久以來鏡子可預示兵
　　　　事而附會產生這個故事。
〔註157〕 同註152，頁2471。
〔註158〕 《廣記》卷七二〈張山人〉條，頁446。
〔註159〕 《中國民間故事全集》〈黑龍江民間故事集〉「鏡泊湖的來歷」，以及《The
　　　　Encyclopedia of Reiigion》V12,P558，提到傳說中鏡與水密切關聯，清溪源自

而作爲緝捕憑藉，而用針刺水中的道士影像，即能傷害道士本人，即是巫術中對水中景像施加外力即能如實影響影像本身事物。在《聊齋誌異》卷四〈白蓮教〉篇中亦見載：

> 白蓮教某者，山西人，忘其姓名，大約徐鴻儒之徒。左道惑眾，慕其術者多師之。某一日將他往，堂上置一盆，又一盆覆之，囑門人坐守，戒勿啓視。去後，門人啓之，視盆貯清水，水上編草爲舟，帆檣具焉，異而撥以指，隨手傾側；急扶如故，仍覆之。俄而師來，怒責：「何違吾命？」門人力白其無。師曰：「適海中舟覆，何得欺我？」〔註160〕

雖爲道術技倆，而其中事實上是含有這種鏡（水）可映照遠方事物的傳説信仰，因此一般認爲鏡影呈現的，是事物本相，是可以深信的，因此對鏡（水）的預卜功能特肯定的態度。所以有所謂「圓光」之術。《茶香室三鈔》二十一〈水中見形〉條即引《廣記》〈張山人〉內容，並以爲此即後世圓光之一術。〔註161〕

所謂「圓光」，據《破除迷信全書》卷四〈左道〉云：

> 社會上迷信一種治病占事的邪術，稱爲圓光，法是術士持定鏡子一面，或白紙一張，施上咒語，令童子用目注視，似乎隱隱約約見有甚麼形狀；按著形狀的如何，就可以占出事的究竟，或病的如何來了。〔註162〕

《閲微草堂筆記》卷九即有載：

> 世有圓光術，張素紙於壁，焚符召神，五六歲童子，使視之，童子必見紙上大圓鏡突現，鏡中人物歷歷，示未來之事，猶卦影也。但卦影隱示其象，此則明著其形耳。〔註163〕

《清稗類鈔》〈方伎類〉亦載有圓光之術數則，可見在當時圓光之術普遍流行的情形，其書對「圓光」也有解釋，並分析圓光術之眞假云：

明鏡，當英雄掉落鏡子，那兒就會形成湖泊，河流，池塘。

〔註160〕〔清〕蒲松齡，《聊齋誌異》（台北：漢京文化公司，1984年4月），頁548。清梁紹壬《兩般秋雨盦隨筆》卷一亦載有一則鏡聽故事。《清稗類鈔》迷信類亦收錄多則。在當時可能非常流行，尤其是以鏡聽來卜科舉中第與否。

〔註161〕同註154。

〔註162〕李幹忱編《破除迷信全書》（台北：學生書局，1989年11月），頁453。

〔註163〕〔清〕紀昀，《閲微草堂筆記》（台北：大中國圖書公司，1984年1月），頁170。

圓光亦屬於催眠術，有眞僞兩派；其眞的，確有所見，人物皆可識，
惟須请神送神，符咒多至數百種，神爲青龍、白虎、朱雀、玄武、
土地、城隍等。僞者則以鹼水圖人形於紙。噴以水，而現形，即指
爲所圓之人，實不知誰何也。〔註164〕

施其術之時，案所陳設，爲香爐一，燭臺二，並黏白紙於案，亦有
磨墨或燃燈者，其人必南面之，口中喃喃誦咒，誦可半時許，以兩
手摩挲而拂紙，即有著螢火紛紛散落者成一鏡。使童男女視之，能
放光明，追攝人所未見之跡，一一畢現。〔註164〕

《青海風土記》云：

又有一種人，專會圓光。圓光時，眼前置一方圓鏡子，他念動眞言，
不多幾句，便眼珠一翻，擺著頭直看鏡子，據云，此時在鏡中所見
的係妖魔鬼怪，須旁邊一人，念著經文，用麥子向鏡上慢慢打去，
此鏡遇一過，便成一空洞世界；問什麼事，便現出什麼事，能知未
來，靈驗無爽。〔註165〕

方法儀式都大同小異，主要是以鏡子來顯現追攝，這種圓光術可能一度極爲
流行。

另外流傳的「鏡聽」，也是以鏡來聽卜預知。《瑯嬛記》云：

鏡聽咒曰：並光類儷，終逢協吉，先覓一古鏡，錦囊盛之，獨向灶
神，勿令人見。雙手捧鏡，誦咒七遍，出聽人言，以定吉凶。又閉
目信足走七步，開眼照鏡，隨其所照，以合人言，無不驗也。〔註166〕

《曲洧舊聞》即有載：

王建集有鏡聽詞，謂懷鏡於通衢，聽往來之言，以卜休咎。〔註167〕

《聊齋誌異》卷七〈鏡聽〉即言此：

益都鄭氏兄弟，皆文學士。大鄭早知名，父母嘗過愛之，又因子並
及其婦。二鄭落拓，不甚爲父母所懽，遂惡次婦，至不齒禮，冷暖
相形，頗存芥蒂。次婦每謂二鄭：等男子耳，何遂不能爲妻子爭氣？
遂擯弗與同宿。於是二鄭感憤，勤心銳思，亦遂知名，父母稍稍優

〔註164〕〔清〕徐珂，《清稗類鈔》（上海商務印書館，1917年），三三冊方伎類，頁55。
〔註165〕楊希堯，《青海風土記》，北京大學民俗叢書四三冊，頁84。
〔註166〕〔元〕伊世珍，《瑯嬛記》，學津討原一三冊（台北：新文豐出版，1980年12
月），頁14。
〔註167〕〔宋〕朱弁，《曲洧舊聞》，學津討原一四冊，頁52。

顧之，然終殺於兄。次婦望夫蓼切，是歲大比，竊於除夜，以鏡聽卜，有二人初起，相推爲戲，云：「汝也涼涼去。」婦歸，吉凶不可解，亦置之。闈後，兄弟皆歸，時暑氣猶盛，兩婦在廚下，炊飯餉耕，其熱正苦，忽有報騎登門，報大鄭捷，母入廚喚大婦曰：「大男中試矣，汝可涼涼去。」次婦忿惻，泣且炊，俄又有報二鄭捷者，次婦力擲餅杖而起，曰：「儂也涼涼去。」此時中情所激，不覺出之於口，既而思之，始知鏡聽之驗也。〔註168〕

可見出以鏡預卜一類傳說在民間普遍流傳的情形。

二、預卜吉凶

《抱朴子》〈雜應〉：

> 或問將來吉凶安危去就，知之可前審，爲有道乎？……用明鏡九寸以上自照，有所思，有七日七夕，則見神儌……自知千里之外方來之事也。〔註169〕

鏡亦常作爲個人前途休咎的預現。《夢溪筆談》卷二一：

> 嘉祐中，伯兄爲衛尉丞。有吳僧持一寶鑑來云：「齋戒照之，當見前途吉凶。」伯兄如其言，乃以水濡其鑑，鑑不甚明，髣髴見如人衣緋衣而坐。是時伯兄爲京寺丞，衣綠，無緣遽有緋衣。不數日，英宗即位，覃恩賜緋，後數年，僧至京師，蔡景繁時爲御史，嘗照之，見已著紹蟬，甚自喜。不數日，攝官奉祀，遂假蟬冕。景繁終於承議郎，乃知鑑之所卜，唯知近事耳。〔註170〕

《玉泉子》：

> 長興于相悰與舉人斐丘友善，丘有一古鏡所常寶者，悰布素時曾一照，分明見有朱衣吏導從，他皆類此，其鏡旋亦墜矣。〔註171〕

《開元天寶遺事》：

> 宋璟未第時，因於日中覽鏡，鏡影忽成相字，璟因此自負，遂脩相業，後如其志。〔註172〕

〔註168〕同註160，頁938。
〔註169〕〔晉〕葛洪，《抱朴子》（台北：廣文書局，1965年8月），頁194。
〔註170〕〔宋〕沈括，《夢溪筆談》（台北：世界書局，1978年10月），頁698。
〔註171〕〔唐〕無名氏，《玉泉子》，筆記小說大觀二二編一冊，頁157。
〔註172〕〔五代〕王仁裕，《開元天寶遺事》，叢書集成新編八一冊歷史小說（台北：

《獨異志》〈唐中宗〉載：

> 唐中宗爲天后所廢於房陵，仰天而歎，心視之，因拋一石于空中曰：
> 「我後帝，此石不落。」其石遂爲樹枝窅挂，至今猶存。又有人渡
> 水，拾得古鏡，進之，帝照面，其鏡中影人語曰：「即作天子。」未
> 浹旬，復居帝位。〔註173〕

同樣影中人語告來事，亦見載於《稗史彙編》卷一七二〈鏡中人言〉：

> 杭州舉人張洽未第時一日照鏡，見鏡中之貌另一人也，口云：「有你
> 有我，無你無我。」驚以語人莫知也。明年辛丑赴部中途，與一舉子
> 同車，切似鏡中所見，問其姓名，乃會稽張治也，遂言前事，二人遂
> 以此行必同第，即下第亦同耳，逮揭曉果皆甲榜。杭者選南部主事，
> 而會稽者選北道，不二年杭者死於任，而會稽者死於家。〔註174〕

鏡亦每每預見死亡，鏡子的破裂是不祥的徵兆。

　　《閱微草堂筆記》卷十三：

> 李主事再瀛，漢三制府之孫也，在禮部時，爲余屬，氣宇朗澈，余
> 期以遠到，乃新婚未幾，遽夭天年。聞其親迎時，新婦拜神，懷中
> 鏡忽墮地，裂爲二，已訝不祥。〔註175〕

鏡子一般認爲可映現人的神魂，鏡子破裂，代表著神魂的散裂，常常就是死
亡的象徵，更明顯的則是照鏡，卻不見己頭的死亡象徵。

　　《異苑》卷四：

> 晉安帝義熙三年，殷仲文爲東陽太守，嘗照鏡不見其面，俄而難及。

同卷載：

> 元帝永昌二年，丹陽甘卓將襲王敦，既而中止，及還家，多變怪，
> 自照鏡不見其頭，乃視庭樹而頭在樹上，心甚惡之。先時歷陽陳訓
> 私謂所親曰：「甘侯頭低而視仰，相法名爲盼刀，又目有赤脈，自外
> 而入，不出十年，必以兵死，不領兵則可以免。至是果爲敦所襲。
> 〔註176〕

　　　　新文豐出版公司，1985年1月），頁503。
〔註173〕《廣記》卷一三五引，頁971。
〔註174〕〔明〕王圻，《稗史彙編》，筆記小說大觀三編七冊，頁4818。
〔註175〕同註163，頁235。
〔註176〕俱見南朝、劉敬叔《異苑》說庫，頁72。《晉書》〈五行志〉上「甘卓傳」：
　　　　卓照鏡不見其頭，遂夷滅。「殷仲文傳」（殷仲文）照鏡不見其頭，尋亦滅。

《宣室志》〈柳公濟〉條：

> 天和九年，羅立言爲京兆戶，嘗因入朝，既冠帶，引鏡自視，不見
> 其首，遂語於李弟約言，後果爲李訓連坐，誅死。〔註177〕

鏡子的不祥徵兆最甚的便是這種照鏡而看不見映影，預示著死亡以及接近死亡，因爲靈魂已經離開了，而鏡子被認爲映現靈魂，臨鏡無影便宣告死亡在即。〔註178〕小說中見載的恐怕就是將爲無頭鬼，所以頭臨鏡無影。

在西方也有以影子來預卜吉凶，例如在威爾斯（Welsh）流行一種預測來年吉凶的方法，是在聖誕節觀察他們藉著火光映在圍牆上的影子，假如出現無頭影子，則那個人將看不到下個聖誕節了。〔註179〕

這些都是原於對於鏡中映影或影子即爲個人靈魂的觀念，而認爲鏡可預見吉凶，因爲鏡子預見的是靈魂本相。鏡子的明亮澄澈以及反映照射的屬性，便容易被賦予可透視千里，直視未來的聯想，而更增益其神秘性，鏡子作爲預卜一類傳說，也就一直流傳下來，直到今天，在民間故事中仍然不斷傳述著。〔註180〕

第四節　不識自我

鏡子在早期並不普遍，初民對於鏡子反光及照物的功能，不免會產生許多錯覺及聯想，他們在鏡中看見自己映像時，常常錯以爲是別人躲在鏡中，因此傳出不少笑話。隋、侯白《啓顏錄》載：

> 鄠縣董子尚村，村人並癡，有老父遣子將錢向市買奴，語其子曰：「我
> 聞長安人賣奴，多不使奴預知之，必藏奴於餘處，私相平章，論其
> 價值，如此者是好奴也。」其子至市，於鏡行中度行，人列鏡於市，

其他史書亦記有臨鏡不見頭之例：《梁書》〈列傳第四九〉「河東王譽傳」：初，
譽之將敗也，私引鏡照面，不見其頭，……譽甚惡之，俄而城陷。《舊唐書》
〈列傳第二六〉「太宗諸子傳」王貞：貞之在蔡州……嘗遊于城西水門橋，臨
水自鑒，不見其首，心甚惡之，未幾而及禍。

〔註177〕《廣記》卷一四四引，頁 1036。
〔註178〕《Encyclopedia of Superstition》，Christina・Hole, London, P232, Mirror.
〔註179〕同前註，頁 302。
〔註180〕《黑龍江民間故事集》〈德莫日根和齊民花哈托〉齊尼花哈托以大銅鏡預見事
物，解答疑惑。《西藏民間的故事集》〈金城公主〉用鏡預見未來夫婿所居城
堡及相貌。迷信百科全書亦載英國少女以鏡來預卜結婚歲數及預見未來丈夫
的面貌。

顧見其影，少且壯，謂言市人欲賣好奴，而藏在鏡中，因指麾鏡曰：
「此奴欲得幾錢？」市人知其癡也，誑之曰：「奴值十千。」便付錢
買鏡，懷之而去。至家，老父迎門問曰：「買得奴何在？」曰：「在
懷中。」父曰：「取看好不？」其父取鏡照之，正見鬚眉皓白，面目
黑皺，乃大嗔，欲打其子，曰：「豈有用十千錢，而貴買如此老奴？」
舉杖欲打，其子懼而告母，母乃抱一小女走至，語其夫曰：「我請自
觀之。」又大嗔曰：「癡老公，我兒止用十千錢，買得子母兩婢，仍
自嫌貴？」釋之餘，于處尚不見奴，俱謂奴藏未肯出。時東鄰有師
婆，村中皆謂出言甚中，老父往問之。師婆曰：「翁婆老人，鬼神不
得食，錢財未取集，故藏奴未出，可以吉日多辦食求請之。」老父
因之大設酒食請師婆至，懸鏡於門，而作歌舞。村人皆共觀之，來
窺鏡者，皆云：「此家王相，買得好奴也。」因懸鏡不牢，落地分為
兩片，師婆取照，各見其影，乃大喜曰：「神明與福，令一奴而成兩
婢也。」因歌曰：「合家齊拍掌，神明大歆饗，買奴合婢來，一個分
成兩。」〔註181〕

《笑林》也載有一則婆媳不識鏡的笑話：

有民妻不識鏡，夫市之而歸；妻取照之，驚告其母曰：「某郎又索一
婦歸也。」其母亦照曰：「又領親家母來也。」〔註182〕

其後馮夢龍《笑府選》也收有這類不識鏡故事：

有出外生理者，妻囑回時須買牙梳，夫問其狀，妻指新月示之。夫
貨畢將歸，忽憶妻語，因看月輪正滿，遂買一鏡回。妻照之罵曰：「牙
梳不買，如何反娶一妾！」母聞之往勸，忽見鏡照云：「我兒有心費
錢，如何娶個婆子？」遂至訴訟，官差往拘之，見鏡慌云：「如何就
有捉違限的？」及審，置鏡於案，官照見大怒云：「夫妻不和事，何
必央鄉官來講。」〔註183〕

俞樾《俞樓雜纂》〈一笑〉所載不識鏡笑話，亦大同於前所舉，並無新意。

〔註181〕〔隋〕侯白，《啓顏錄》，收於《中國笑話書七十一種》（台北：世界書局，1960
　　　　年5月），頁11。
〔註182〕《廣記》卷二六二引，頁2051。
〔註183〕〔明〕馮夢龍，《笑府選》，收於註一引書頁491。另《廣笑府》亦錄有「虔
　　　　婆」，亦是不識鏡笑話。

〔註184〕這些故事都誇張的敷敘初民不認識自己的映像而產生的笑話。

人在面對鏡子時，全然的將自我呈現，這時往往也是內在眞正自我浮昇的時刻，然而人有時候會害怕去面對眞正的自我，因爲有許多幽暗面不願意曝光，有許多刻意壓抑的卑劣面，會在鏡子前不自覺的流露，所以面對明鏡的鑑照，往往是驚惶失措的反應。人不能坦然認識自我，並進而接受眞像，故而害怕去面對自我，傳說中這類笑話，可能即表現了這種害怕去面對「陰影」，面對自我的情感。

錢鍾書以爲此類笑話濫觴於佛經，以喻人苦不自知。〔註185〕《雜譬喻經》卷下第二九則：

> 昔有長者子新迎婦，甚相愛敬，夫語婦言：「卿入廚中取蒲桃酒來共飲之。」婦往開甕，自見身影在此甕中，謂更有女人，大恚，還語夫言：「汝自有婦藏著甕中，復迎我爲？」夫自得入廚視之，開甕見己身影，逆恚其婦，謂藏男子。二人更相恚恚，各自呼實。有一梵志與此長者子素情親厚，遇與相見夫婦鬥，問其所由，復往視之，亦見身影，恚恨長者，自有親厚藏甕中，而佯共鬥乎？便捨去。復有一比丘尼，長者所奉，聞其所諍如是，便往甕中有比丘尼，亦恚捨去。須史，有道人亦往視之，知爲是影身，謂然嘆曰：「世人愚惑，以空爲實也。」呼婦共入視之，道人曰：「吾當爲汝出甕中人。」取一大石打壞甕酒，盡了無所有。〔註186〕

故事殆在喻人毋以空爲有。推而言之，人生亦不過一時幻影，於萬法世界中一乍現即逝，如影像之臨鏡，如能因此鏡喻契悟個人之於大千，亦只如鏡影幻像，夢幻泡影，而能當下戳破，不執著於色相。然而人終是昏愚瞞頇，執著癡迷，而受「不自知之苦」。

《百喻經》卷二第三五則〈寶篋鏡喻〉又云：

> 昔有一人貧窮困乏，多負人債，無以可償。即便逃避至空曠處，值篋滿中珍寶，有一明鏡，著珍寶上以蓋覆之。貧人見已，心大歡喜，

〔註184〕有漁婦素不蓄鏡，每日梳洗，以水自鑒而已。其夫偶爲買一鏡歸，婦取視之，驚告其姑曰：「吾夫又娶一新婦來矣！」姑取視之，嘆曰：「娶婦猶可，奈何並與親家母俱來！」見《俞樓雜纂》卷四八，收於《春在堂全書》第三冊，頁2119。（台北：中國文獻出版社，1968年9月）

〔註185〕見錢鍾書，《管錐篇》（台北：書林出版公司，1980年8月），頁751。

〔註186〕《雜譬喻經》，失譯者，本緣部，大藏經四冊，頁509。

即便發之，見鏡中人，便生驚怖，叉手語言：「我謂空篋都無所有，
不知有君在此篋中，莫見瞋也。」〔註187〕

佛經故事亦在喻人勿著我見太甚，否則失諸功德禪定道品，無漏諸善，一如
愚人之棄寶篋，也是人誤識自己影子以爲他人。《啓顏錄》中也有一則故事，
講人不識自己水中倒影：

隨（隋）初有同州人負麥飯入京糶之，至渭水上，時冰正合，欲食
麥飯須得水和，乃穿冰作孔取水，而謂冰孔可就中和飯，傾飯於孔
中，傾之忽盡，隨傾隨即散，其人但知歎惜，不知所以，良久水清
照見其影，因嗃曰偷我麥飯者只是此人，此賊猶不知足，故自仰面
看我。遂向水打之，水濁不見，因大嗔而去，云此賊始見在此即向
何處，至岸見有砂，將去便歸。〔註188〕

小說中也有不識己影的記載：《青瑣高議》前集卷之三〈高言〉條，記高言殺友
人走竄諸國，當其在胡地之時，居漠北，黃沙千里，地氣大寒，食草木之食，
飲牛羊之乳，夜宿於土室，衣獸皮，於是時思欲爲中國之犬莫可得，自思：此
活千百年，不若中國之生一日也。日逐胡婦、刈沙草，掘野鼠，不知生奚爲也。
嘗臨水而不識自像，以爲鬼出於水中，枯黑不類，不覺驚走。〔註189〕

正是因爲形狀怖陋不像自己，所以見到自己的影像會驚惶遁走。《楞嚴經》
卷四載：

室羅城中演若達多，忽於晨朝以鏡照面，愛鏡中頭眉目可見，嗔責
己頭，不見面目，以爲魑魅，無狀狂走。〔註190〕

都因爲不知形影爲一，而以爲影子是另一個人，產生的驚駭情緒。在希臘傳
說中，美少年納西斯因爲愛慕自己在水中的映影，而至赴水求愛而溺死，化
爲水仙，終日臨水自賞，「納西斯」情結成爲孤芳自賞，自愛成痼的象徵，事
實上也是不知自我。人時常蒙蔽於表相而不自知，才有諸煩惱糾結。佛經有
一則故事正嘲諷這種自戀痴人。

《大莊嚴論經》卷十五：

有一長者婦爲姑所嗔走入林中，自欲刑戮既不能得，尋時上樹以自隱

〔註187〕《百喻經》，僧伽斯那撰，蕭齊求那毘地譯，本緣部，大藏經四冊，頁548。
〔註188〕《啓顏錄》，頁13。
〔註189〕〔宋〕劉斧，《青瑣高議》（台北：河洛圖書公司，1977年4月），頁26。
〔註190〕《楞嚴經》，唐般刺密諦譯，密教部，大藏經一九冊，頁121。

身，樹下有池影現水中。時有婢使擔（瓶）取水。見水中影謂爲是己
有，作如是言：「我今面貌端正如是，何故爲他持瓶取水？」即打瓶
破還至家中。……更與一瓶詣池取水，猶見其影，復打瓶破。時長者
婦在於樹上，見斯事已，即便微笑。婢見影笑，即自覺悟。仰而視之，
見有婦女在樹上微笑，端正女人衣服非己，方生慚恥。〔註191〕

小說中兩則對生物特性觀察的記載，也是類似這種自戀情緒的反映：

《異苑》卷三：

山雞愛其毛羽，映水則舞。……公子蒼舒置大鏡其前，雞鑒形而舞，
不知止，遂乏死。〔註192〕

《博物志》亦載：

山雞有美毛，自愛其色，終日映水，目眩溺死。〔註193〕

《酉陽雜俎》前集卷之十六：

犀之通天者必惡影，常飲濁水。〔註194〕

水濁則不得鑑形，羞見自身醜陋形貌，適與山雞對鏡相映成趣。錢鍾書對此
則有解說：

顧影自憐，可以山雞象之；自觀猶厭，不妨取象於通天犀。……雖
然，二者跡異心同，兩端一本，均緣我相太甚。憎影自鄙，正因自
視甚高、自愛太過，遂恨形貌之不稱，恥體面之有虧，……是以後
之自觀猶厭即昔之顧影自憐者也，憐與厭爲因果而成比例。厭也者，
未能忘情於憐爾。〔註195〕

此類不識自我的傳說，正諷喻人逃避面對真正自我，不能坦然接受自我的心理。

第五節　紅樓夢中的鏡子情節

一、賈寶玉夢會甄寶玉

視「鏡中影」爲自我的呈顯，既已普遍在小說中應用，於是面對鏡子，

〔註191〕《大莊嚴論經》，馬鳴菩薩造，東晉鳩摩羅什譯本緣部，大藏經四冊，頁346。
〔註192〕〔南朝〕劉敬叔，《異苑》，說庫，頁68。
〔註193〕〔晉〕張華，《博物志》（台北：金楓出版公司，1987年1月），頁85。
〔註194〕《酉陽雜俎》，頁16。
〔註195〕同註185，頁817。

從文學象徵的角度來看，就有著與「自我」對話的意象，「鏡象徵真正自己內省所需的功力。」〔註 196〕藉著鏡子，顯現個人潛意識，而讓人見到自己從未見過的一面。〔註 197〕鏡子的這種象徵就常作為小說中情境構造及隱喻的手法。《紅樓夢》中幾個鏡子情節便是如此。

　　五六回賈寶玉夢會甄寶玉的情節，即是因為賈寶玉對著鏡子睡覺而敷演出的。先是賈寶玉聽說也有一個叫寶玉的，心中悶悶起疑。就神話傳說的觀點來看，同名字的兩個人可視為合一的。卡西勒《語言與神話》即例舉：

> 在亞爾嘎阡（Algonquins）印第安人部落裏，一個人的名稱若與另一人的相同，他就會被看成是那個人的另一個自我，他的「另一個我」。〔註 198〕

原因即在於：

> 正是名稱首先使人成為個體的。見不到語言的這種區別性的地方，也就是此人的人格輪廓消沒之處。〔註 199〕

兩個寶玉的命名，在紅樓夢作者「獨有的姓名學」中，或者也即暗藏玄機，「肩負有作者的春秋大義」。〔註 200〕在小說中，甄賈寶玉人格的塑造對比，作者正是透過這段鏡子的情節來描寫的：

> 這裏賈母喜的逢人便告訴之也有一個寶玉，也都一般行景。……寶玉心中便又惑起來：「若說必無？也似必有；若說必有？又並無目睹。」心中悶悶，回至房中榻上，默默盤算，不覺昏昏睡去，竟到了一座花園之內。寶玉詫異道：「除了我們大觀園，又有這一個園子？」正疑惑間，忽然那邊來了幾個女孩兒，都是丫環，寶玉又詫異道：「除了鴛鴦，襲人，平兒之外，也竟還有這一干人？」只見那些丫環笑道：「寶玉怎麼跑到這裏來？」寶玉只當是說他，忙來陪笑道：「因我偶步到此，不知是那樣世交的花園？姐姐帶我逛逛。」眾丫頭都笑道：「原來不是俺們家的寶玉！他生的倒也還乾淨，嘴兒倒

〔註 196〕卡爾·榮格著，黎惟東譯，《自我的探索》（台北：桂冠圖書公司，1989 年 8 月），頁 269。

〔註 197〕同前註，頁 253。

〔註 198〕恩斯特·卡西勒著，于曉等譯，《語言與神話》（台北：久大文化、桂冠圖書聯合出版，1990 年 8 月），頁 46。

〔註 199〕同前註。

〔註 200〕康來新，《石頭波海──紅樓夢散論》（台北：漢光文化事業公司，1985 年 4 月），頁 221。

也乖覺。」

寶玉聽了，忙道：「姐姐們這裏，也竟還有個寶玉？」丫環們忙道：「『寶玉』二字，我們是奉老太太、太太之命，為保佑他延壽消災，我們叫他，他聽見喜歡；你是那裏遠方來的小子，也亂叫起來！仔細你的臭肉，不打爛了你的！」又一個丫頭笑道：「偺們快走罷，別叫寶玉看見。」又說：「同這臭小子說了話，把偺們薰臭了！」說著，一逕去了。

寶玉納悶道：「從來沒有人如此塗毒我，他們如何竟這樣的？莫不真也有我這樣一個人不成？」一面想，一面順步早到了一所院內。寶玉又詫異道：「除了怡紅院，也竟還有這麼一個院落？」忽上了台階，進入屋內。只見榻上有一個人臥著，那邊有幾個女兒做針線，也有嬉笑頑耍的。只見榻上那個少年嘆了一聲，一個丫環笑問道：「寶玉，你不睡，又嘆什麼？想必為你妹妹病了，你又胡愁亂恨呢。」寶玉聽說，心下也便吃驚，只見榻上少年說道：「我聽見老太太說，『長安』都中也有個寶玉，和我一樣的性情，我只不信。我纔做了一個夢，竟夢中到了都中一個花園裏頭，遇見幾個姐姐，都叫我臭小子，不理我。好容易找到他房裏，偏他睡覺，空有皮囊，真性不知往那裏去了！」

寶玉聽說。忙說道：「我因找寶玉來到這裏，原來你就是寶玉？」榻上的忙下來拉住，笑道：「原來你就是寶玉！這可不是夢裏了？」寶玉道：「這如何是夢？真而又真的！」

一語未了，只見人來說：「老爺叫寶玉。」唬的二人皆慌了。一個寶玉就走，一個便忙叫：「寶玉快回來！寶玉快回來！」

襲人在傍聽他夢中自喚，忙推醒他，笑問道：「寶玉在那裏？」此時寶玉雖醒，神意尚自慌惚，因向門外指道：「纔去不遠。」襲人笑道：「那是你夢迷了。你揉眼細瞧，是鏡子裏照的你的影兒。」

寶玉向前照了一照，原是那嵌的大鏡對面相照，自己也笑了。〔註201〕

這一段描寫，曲折反映甄賈寶玉影像的重疊，可視為寶玉在其青春期難免要

〔註201〕潘重規主編，《校定本紅樓夢》，（台北：中國文化大學，1983年5月），以下所引皆此本。

產生的，對於自我的追尋，〔註202〕甄寶玉即是傳統社會對成年男子要求及肯定的典型，這可從一一五回中看出。賈寶玉在角色扮演的衝突心理，或許由甄賈寶玉的兩次會晤可以反映出來。陳炳良「紅樓夢中的神話和心理」一文中即說

> 甄寶玉無可置疑的是賈寶玉的鏡子影像，事實上，在五六回中，賈寶玉就是因爲對著鏡子睡覺而夢到甄寶玉。其後，甄寶玉勸賈寶玉讀書考試（見一一五回）。很顯然，甄是賈的超自我，勸他做個聽話的孩子。〔註203〕

甄賈寶玉人格特質及情性在最初實別無二致，追溯小說中對甄寶玉的描寫，可以印證。第二回冷子興與賈雨村的交談中，甄賈寶玉兩人乖僻行徑，不相上下。《脂評》甲戌夾批云：

> 甄家之寶玉乃上半部不寫者，故此處極力表明以遙照賈家之寶玉，
> 凡寫賈寶玉之文，則正爲眞寶玉傳影。〔註204〕

而甄寶玉所以後來像脫了個人似的，在九十三回中由包勇口中透露，是說甄寶玉做了個夢，走到牌樓，見了一個姑娘，領著到一座廟裏，見了好些櫃子，好些冊子；又到了屋裏，見了無數女子變了骷髏鬼怪，嚇醒過來。病後調養竟改了性兒，惟有念書爲事。

這夢境中事物，賈寶玉也經歷了（第五回、第二六回），只是兩寶玉在當頭棒喝，醍醐灌頂之後的抉擇並不相同。故在一一五回中甄、賈寶玉再度會面，甄寶玉滿口經濟文章，超凡入聖，「證同類寶玉失相知」，賈寶玉也才有這樣的慨嘆：

> 只可惜他也生了這樣一個相貌！我想來有了他，我竟要連我的相貌
> 都不要了！（二五回）

作爲社會模式中理想典型的甄寶玉，竟不能引起賈寶玉的共鳴，預示著賈寶玉終究會掙脫成俗枷鎖，而體現另一層精神自我。所以賈寶玉第一次夢遊太虛幻境，兩旁對聯是「假作眞時眞亦假，無爲有處有還無。」預示著人事紛雜，風情月債的糾結。警幻仙子便是要在這次夢境中，使寶玉領略情慾聲色，而跳出

〔註202〕余國藩著，李奭學譯，〈情僧浮沈錄──論「石頭記」的佛教色彩〉，《中外文學》十九卷八期（1991 年 1 月），頁 60。

〔註203〕陳炳良，《神話・禮儀・文學》（台北：聯經出版公司，1985 年 4 月），頁 210。

〔註204〕陳慶浩編著，《新編石頭記脂硯齋評語輯校》（台北：聯經出版公司，1986 年 10 月），頁 50。

迷圈，夢境可視爲寶玉的過渡儀式。但是寶玉反把那邪魔招入膏肓。無視警幻「再休前進，回頭要緊」的申告，畢竟要墮入迷津，深有萬丈，遙亙千里，在其中翻騰掙扎，而敷敘導演這悲金悼玉的紅樓夢。直到煙消雲散，各償其債，見證一切繁華凋落，各自有各自的去路，再遊太虛，園子中那些嘗與寶玉知心相交，嘗爲痴情公子斷送性命的，卻都一反常情對寶玉不理不睬，甚且變做鬼怪形象要來抓他。原來「真如福地」〔註205〕竟是勘破世上情緣，原只是魔障後的畸零孤絕，無情寂寥。寶玉在夢境中尚未能領悟這層，所以必須借助「鏡」來照退群怪，若果寶玉已能突破情關牢籠，「心」就能玄覽萬事萬物而不著跡，一切的鬼怪在「心」這明鑑觀照下自然退除，而不必外求於「鏡」。然而經過這一夢境的再次滌盪，這本因溺於「情根」而無才補天的頑石〔註206〕才機鋒一轉，把自己的來路知悟，而有「送玉」的決斷（一一七回），因爲已有了心了，並不要這玉。至此翻然徹悟的寶玉才能懸岩撒手，看破紅塵，完成石頭「因空見色，由色生情，傳情入色，自色悟空」（第一回）的歷程。

然而傳統社會所認可的，將是甄寶玉的擠身功名，文章經濟，不枉天恩祖德，故宜其爲「真」寶玉。而「天下無能第一，古今不肖無雙」（第三回）的賈寶玉出世離群，拋絕恩情，違反社會認定的成人角色，故宜其爲「假」寶玉。「鏡子」前夢會甄寶玉這樣一個情節，正藉著「鏡子」的映照來標顯「寶玉」真假自我的抗衡，在成人世界中，甄寶玉是賈寶玉的真我，一種督促正面的動力；而在性靈世界中，賈寶玉成就的是精神上圓融通達的自我。作者正安排鏡子這樣的象徵，而製造了一個供讀者思索，咀嚼不盡的餘韻。〔註207〕

當然，這段情節也可從民俗迷信的角度來看，「鏡」是有照映人神魂的神祕傳說。小說中寶玉在鏡前夢迷了，麝月就說道：

> 怪道老太太常囑咐說：「小人屋裏不可多有鏡子，人小魂不全，有鏡子照多了，睡覺驚恐做胡夢。」如今倒在大鏡子那裏安了床！有時放下鏡套還好；往前去，天熱困倦，那裏想得到放它？比如方才就忘了，自然先下瞧著影兒玩來著，一時合上眼，自然是胡夢顛倒的；不然，如何叫起自己的名字來呢？不如明兒挪進床來是正經。

〔註205〕寶玉第二次遊太虛之橫批，見一一六回。
〔註206〕同註204，頁5，甲戌眉批：自謂落墮情根，故無補天之用。
〔註207〕真假寶玉的問題，尚需從整部紅樓夢中真假對照的宏觀角度去發抉，因不在本文論述重點，故簡略提過。

（五六回）

人小魂不全，可能是民間迷信，認為小孩子特別脆弱，特別容易受驚嚇，就是因為魂不全備。又加上小孩房間如果多鏡，鏡一般認為會攝住人的神魂，魂魄留在鏡子上回不來了，失魂落魄對小孩不好。和這有關的鏡子迷信，是婦女不讓嬰兒在滿週歲前照鏡子，否則嬰身會停止生長，甚或早夭。〔註208〕即是這種認為鏡子會留住人魂魄的觀念。

鏡子透露的機關，亦可由大觀園中，唯獨寶玉所住的怡紅院特設大鏡，〔註209〕而別處皆無來看。余英時先生即認為怡紅院中特設大鏡子，即所謂「風月寶鑑」也，是作者章法，即如（脂評）所謂「通部情案，皆必從石兄挂號」。〔註210〕

大觀園中除了賈寶玉之外，基本上是屬於女兒清淨世界，而寶玉「情不情」〔註211〕的性格，正可作為園中女孩子的守護者。如警幻仙子所說，其「天分中生成一段痴情，吾輩推之為意淫」。（第八回）對世間之無知無識，寶玉都以痴情去體貼。大觀園中女子的風情月債，正是經過寶玉而糾葛，齡官畫薔，黛玉葬花要從情公子眼中方托染出；晴雯補裘，鴛鴦絕誓，金釧投井等事件，寶玉都不脫干係；所以《脂評》才說通部情案，必從石兄挂號，而大鏡設於此，其中關鍵或可由此處看出。

又如二〇回中寶玉為麝月篦頭，給晴雯撞見了，笑謔了兩句，摔了簾子出去，寶玉在麝月身後，二人對鏡相視，寶玉笑道：「滿屋裏就只是他磨牙。」，麝月聽說，忙向鏡中擺手，寶玉會意，晴雯又忽地進來拌嘴兒。

這一場景雖小，卻將寶玉多情公子性格，以及兒女口舌描寫地生動有趣味，對鏡相視，向鏡中擺手這一鏡景，反映出寶玉麝月獨處時的情諧意洽及默契，當然也如實反映了晴雯的猜忌嬌憨情態。

〔註208〕《Encyclopedia of Superstition》Edited and revised by Christina. Hole, London, 1961, P232, MIRROR.

〔註209〕見紅樓夢一七回，四一回，一七回會芳園試才題對額，賈政等人進入怡紅院有一架玻璃大鏡相照。四一回劉姥姥醉臥怡紅院，劉姥姥取笑自己的鏡中影頭上載滿鮮花，均言寶玉房中有大鏡子。

〔註210〕余英時，〈紅樓夢的兩個世界〉，收於《歷史與思想》（台北：聯經出版公司，1988年4月），頁433。四六回脂評：通部情案，皆必從石兄挂號，然各有各稿，穿插神妙。

〔註211〕甲戌眉批，按警幻講情榜，寶玉係情不情。凡世間之無知無識，彼俱有一癡情去體貼。同註204，頁199。

二、賈天祥正照風月寶鑑

賈天祥正照風月寶鑑，是從第十一回末「見熙鳳賈瑞起淫心」的敘述伏因。這王熙鳳可是出了名的鳳辣子，絕頂聰明，滿腹機關，掌管賈府上下，怎麼容得下賈瑞的覬覦冒犯，從平兒與熙鳳的一段對話，可以看出對賈瑞猥瑣醜態的憎惡：

> 鳳姐兒方坐下，問道：「家裏沒什麼事？」平兒方端了茶來遞了過去，說道「……再還有瑞大爺使人來打聽奶奶在家沒有，他要來請安說話。」鳳姐兒聽了，哼了一聲，說道：「這畜生合該作死，看他來仔麼樣！」平兒因問道：「這瑞大爺是爲什麼，只管來？」鳳姐兒遂將九月裏在寧府園子裏遇見他的光景，並他的話，都告訴平兒。平兒說道：「『癩蝦蟆想吃天鵝肉』，沒人倫的混賬東西，起這個念頭，叫他不得好死！」鳳姐兒道：「等他來了，我自有道理。」（一一回）

賈瑞色迷了心竅，三番兩次尋擾鳳姐兒，不知道鳳姐兒已經設下圈套等著，兩番作弄，賈瑞就病倒了。這病當不只是兩番凍惱奔波所致，更是心頭魔難卻的痼疾所招致，任憑吃了什神仙丹藥都以治癒，卻只有從「心」下手，拔除這邪念根源，才得以活命。也是賈瑞合當絕命，僅管遇著跛足道人的警示，卻一味冥頑不靈，不能徹悟而枉自送命，書對賈瑞犯這藥石惘效的心疾，「固亦不能好」，〔註212〕而猶自作情慾交戰，由生到死的轉折描寫極爲深刻：

> 那賈瑞此時要命心勝，無藥不吃，只是白花錢，不見效。忽然這日有個跛足道人來化齋，口稱專治冤業之症。賈瑞偏生在內就聽見了，直著聲叫喊，說：「快請進那位善薩來救命！」一面叫，一面在枕上叩首。眾人只得帶了那道士進來。賈瑞一把拉住，連叫：「菩薩救我！」那道士嘆道：「你這病非藥可醫。我有個寶貝與你，你天天看時，此命可保矣。」說畢，從褡褳中取出一面鏡子來，兩面皆可照人，鏡把上鏨著「風月寶鑑」四字，遞與賈瑞道：「這物出自太虛幻境空靈殿上，警幻仙子所製，專治邪思妄動之症，有濟世保生之功。所以帶他到世上，單與那些聰明俊傑，風雅王孫等看照。千萬不可照正面，只照他的背面，要緊，要緊！三日後我來收取，管叫你好了。」說罷，揚長而去。眾人苦留不住。

　　賈瑞收了鏡子，想道：「這道士倒有些意思，我何不照一照試試？「想
畢，拿起「風月寶鑑」來，向反面一照，只見一個骷髏立在裏面。
唬得賈瑞連忙掩了，罵道士：「混帳！如何唬我！我倒再照照正面是
什麼？」想著，又將正面一照，只見鳳姐站在裏面招手叫他。賈瑞
心中一喜，蕩悠悠的覺得進了鏡子，……一睜眼，鏡子從手內掉過
來，仍是反面立著一個骷髏。……到底不是，又反過正面來，只見
鳳姐還招手叫他，他又進去，如此三四次，到了這次，剛要出鏡子
來，只見兩個人出來，拿鐵鎖把他套住，拉了就走。賈瑞叫道：「讓
我拿了鏡子再走……」只說這句就不能再說話了。（一二回）

賈瑞終究是屈服在本能慾想之下，臨到命終，仍不能忘情解脫，無怪己卯本
《脂評》要說「可憐，大眾齊來看此。」〔註213〕正因為這也是芸芸眾生面臨
的考驗，人情之所難。這風月寶鑑既為警幻仙子所製，出自太虛幻境，專治
邪思妄動，則其中「只照背面，千萬不可照正面」的叮嚀，便大有意味。賈
瑞可說是打破「禁忌」，而以生命作為冒犯禁忌的祭品。這鏡子正反面究竟是
何玄機？可以就己卯《脂評》所云：觀者記之，不要看這書正面，方是會看。
〔註214〕作為寄作者立書職志的告白，此處並不予深論。單從鏡的映像及小說
敘述轉折來看，這鏡子的正面，鳳姐豐姿艷采所代表的正是萬象世界光色的
呈映；而鏡子反面，恐怖駭人的骷髏即萬象無常，情慾皆空妄的洞徹。正如
《脂評》所云：

所謂「好知青塚骷髏骨，就是紅樓掩面人」是也。〔註215〕

余國藩〈「情僧浮沈錄」──論石頭記的佛教色彩〉文中指出：

賈瑞的故事和第五回的警世之音一脈相連，外帶有憑虛別構的況
味。倒轉寶鑑，美人變骷髏。此事實在重複佛教──尤其禪宗──
常常強調的一個主題。而第一回甄士隱的〈好了歌注〉，便有兩句話
為此預言：「昨日黃土隴頭送白骨，今宵紅燈帳底臥鴛鴦」。賈瑞故
事的寓意，當然不僅在肉體之美瞬息即逝，同時也在警告縱慾玩忽，
果報不遠。〔註216〕

〔註213〕同前註，頁237。
〔註214〕同前註，頁236。
〔註215〕同前註。
〔註216〕同註202論文，頁58。

只能照背面，而不可照正面，是要棒喝凡夫的迷妄，因為一逕依著本我情識，只會耽溺在表象事界中，墮入迷津苦海。要掙脫困頓，只有心靈燭照，必得勘破情慾之蝕人終致如骷髏之可怖，直視事象本質的虛幻，才得大解脫。而關鍵正在於照鏡子正面，已是一種成智，而且是本然而然的；而照鏡子背面，則無疑地需要一番省定，一種反躬而行的毅然決然。打破成規，堅定自持，畢非聰穎之士不能，此所以芸芸眾生受愛別離苦，怨憎會苦，而仍不得掙脫。所以寶鏡要哭道：

> 「誰叫你們瞧正面了！你每自己以假為真，何苦來燒我！」（第一二
> 回）

終究是執空為有，以假為真，而未能識得真如本相。

從另一方面看，鏡子的正面，代表著賈瑞的本我，亦即本能欲望；而鏡子反面，則是賈瑞的超我，代表理性克制。遺憾的是賈天祥並不能以理性克服慾念，在不斷的激盪抵觸下，仍選擇鳳姐的幻象，雖然有一點理智浮昇——「鏡子從手內掉過來，仍是反面立著一個骷髏」——最後仍放棄鏡子反面的督促作用，「到底不是，又反過正面來」，放任於情慾的宣洩，超我完全消失，聽憑本我沈淪。臨了仍不能忘情於鏡子中的幻象，執迷不悟，實復可悲。鏡子在這裏象徵了「心」的作用，反省內定或是執著迷失，藉著鏡中象徵本我及超我意象的交替而揭示。而紅樓夢書中重要的意念——情慾的戳破，在這個鏡子情節中也藉以顯露。〔註217〕

〔註217〕在現代小說中運用鏡子的象徵意象極為成功的是張愛玲的小說，小說中慣於用鏡子或映影來反映主角心底思想及構造情境。在鏡子前是一種心理反射，主角產生獨白式的冥想狀態呈顯出內心想法。

第三章　傳統小說中的影子意象

第一節　含沙射影

一、初民對身影的觀念

　　身影對於未開化的民族來說，常被認為相等于生命或靈魂，是人和動物身體的有機部分，所以對人和動物影子的傷害，就認為如同加害在他（它）們身上一樣。如果影子被走過或踐踏，就會招致惡運。傷害或刺穿影子，就能殺死影子的主人。印度傳說中，商羯羅就是因為影子被大喇嘛砍中而致死，在愛爾蘭也有這種武士決鬥時，影子被刺穿的人立刻死亡的傳說。巫師可以藉著傷害人的影子來危害人。布斯托（Basutos）人相信鱷魚可以在水底將人的身影抓下而吃掉，這個人就會因此死亡。班克斯列島上有好些形體特長的石頭，土人取叫「吃魂石」，據說有一種強大凶險的鬼魅住在石塊裏頭，如果人的影子落在一塊這樣的長石上，石裏的鬼魅便抓住此人的靈魂，使他喪命。因此土人便把這些石頭放在屋裏作為護衛，人進屋時必須喊主人的名字，否則便會被傷害。在希獵，每蓋新房奠基時，習俗是殺一隻公雞或公羊，將血滴在基石上，然後一起埋掉。有時候是引誘行人來到基石附近，偷偷度量他的身材、身體的一部分，或者是他的身影，然後把度量用的工具埋在基石下，或把基石壓在此人的影子上。據信這個人將在一年內死亡，因為他的靈魂已經被俘虜了。〔註1〕所以人儘量保護自己的影子不被外物傷害。

〔註1〕 弗雷澤，《金枝》：（北京：中國民間文藝出版社，1987年5月），頁287～290。

在古代中國的殯葬行列中，送葬者總是非常注意使自己的影子不要投在棺材上，特別是在蓋棺之時，否則就極有可能被死者傷害。卜地的陰陽先生和助手則在影子落不進墓穴的一邊，掘墓穴的和抬棺的人，都用布條緊緊纏住手腕，使自己的影子鞏固地附在身上。〔註2〕

動物在一定程度上也是如此。霹靂地方有一種小蛇會通過咬牲口的影子來吮吸牲口身上的血，牲口即因此失血而羸瘦，甚至會死亡。在阿拉伯，如果一條狗站到屋頂上，投影在地上，被另一條狗踩到影子，屋上的狗便會立刻摔下來。〔註3〕

這都是因為未開化民族認為影子是身體的重要部分，因而也必然是對自己生命產生危險一個根源，而產生的種種傳說及習俗，在中國古代，也存在過這種觀念。

二、含沙射影

影子既作為靈魂表徵，精氣神魂的反映和人的生命休戚相關，所以在民俗傳說中，傷害影子等於威脅生命。傳說中一種「蜮」的異蟲，即能射人影而致人於死。《詩經》小雅〈何人斯〉：

> 為鬼為蜮，則不可得。〔註4〕

鄭玄箋云：

> 蜮，……狀如鱉，三足。一名射工，俗呼之水弩，在水中含沙射人，
> 一云射人影。〔註5〕

陸機疏云：

> 一名射影，江淮水皆有之，人在岸上，影見水中，投人影則殺之，
> 故曰射影。南人將入水，先以瓦石投水中，令水濁然後入，或曰含
> 沙射人皮肌，其瘡如疥是也。〔註6〕

蜮又稱為短弧。〔註7〕《山海經》〈大荒南經〉：

〔註2〕 艾倫・C・詹金斯著，郝舫等譯，《鬼文化》（上海文化出版社，1988 年 12
月），頁23。

〔註3〕 同註一，頁287～288。

〔註4〕 《詩經》，十三經註疏（台北：藝文印書館，1985 年 12 月），頁427。

〔註5〕 同前註，頁427。

〔註6〕 同前註，頁428。

〔註7〕 《漢書》作短弧。〈五行志〉云：或生南越，亂氣所生，在水旁，能射人，射

有蚑民之國，桑姓，食黍，射蚑是食。

郭璞註：

蚑，短狐也，似鱉，含沙射人，中之則病死。〔註8〕

《博物志》〈異蟲〉載：

江南山谿中水射工蟲，甲類也，長一二寸，口中有弩形，氣射人影，
隨所著處發瘡，不治則殺人。今鸜鵒蟲溺人影，亦隨所著處生瘡。

〔註9〕

《錄異記》：

水弩之蟲……見人影則射，中影之處，人身隨有瘡腫，大小與沙虱
之毒同矣，速須禁氣制之，剜去毒肉，固保其命，不爾，一兩日死
矣。〔註10〕

蚑這種異蟲的危害，就是它口中的弩形，可以含沙射人影，而致人於死。人
們對這種異蟲也避之惟恐不及，《楚辭》〈大招〉云：

魂乎無南，蚑傷躬只！〔註11〕

尤其在南方，地多瘴亂，更容易有這種危險動物出沒。既能中人影爲害，則亦
可基於巫術聯想的心理，炙人影而治病。《酉陽雜俎》前集卷之十一〈廣知〉云：

古蠼螋、短狐、踏影蟲，皆中人影爲害。近有人善炙人影治病者。

〔註12〕

清、陳其元《庸閒齋筆記》卷十一〈神咒治病〉條：

凡人影爲蛇所啄，腰生赤瘭，痛痒，延至心，則不可救，名蛇纏，
又名纏身龍。治法，以右手持稻幹一枝，其長與腰圍同，向患處一
氣念咒七遍，即揮臂置稻幹門檻上，斷刀爲七，焚之，其患立愈。
蠼螋溺射人影，令人生瘡，如熱痛。治法畫地作蠼螋形，取腹中泥，
以唾和塗二次，即愈。或夜以燈照生瘡處之影於壁，百沸湯澆影上，
神效。〔註13〕

人有處，甚者至死。南方謂之短弧。顏師古注云：即射工，亦呼水弩。
〔註8〕　《山海經》，頁373。
〔註9〕　〔晉〕張華，《博物志》（台北：金楓出版公司，1987年1月），頁73。
〔註10〕《廣記》卷四七八引，頁3936。
〔註11〕屈原等，《楚辭四種》（台北：華正書局，1978年8月），頁131。
〔註12〕《酉陽雜俎》，頁108。
〔註13〕〔清〕陳其元，《庸閒齋筆記》，筆記小說大觀二編一冊。胡老師曾提及童年
　　　　時母親以藤杖鞭其身影，配合念誦咒語來治頭瘡的經驗，亦是這種影與身聯

即是基於模擬巫術的反映，可以連類感應。方以智《藥地炮莊》卷一云：

> 章大力曰：影以翳光，而如形之餘，非離也。神工炙影以起病，短
> 狐射影以中人；是則去身之物，尚亦關身也耶？〔註14〕

影雖去身，而實際上先民仍視為是身體的一個部分，在傳說當中，認為即是個體的靈魂，所以對於身影產生許多聯想，並且以為影子是危險產生的根源。

《莊子》〈漁父〉云：

> 人有畏影惡跡而去之走者，舉足愈數而跡愈多，走愈疾而影不離身，
> 自以為尚遲，疾走不休，絕力而死。〔註15〕

即反映人們對於身影的錯誤觀察及聯想，以及恐懼的心理。一直到今天，民俗禁忌中仍有這種觀念的保留，如林明峪在《台灣民間禁忌》一書中，即記錄了避免影子落入墓壙中，以及避免種香蕉時人影照入坑內等禁忌。〔註16〕

第二節　氣衰影淡與石壁留影

一、氣衰影淡

在民間傳說當中，影子常被視為是人身體的一部分，也是個體力量的指標，及精氣的表徵。尤其在未開化民族當中更是如此。弗雷澤在《金枝》中提到：

> 許多地方未開化的人把人的影子和人的生命看得十分緊密相關，如
> 果失去影子，就要導致人體虛弱或死亡。對於持這種觀念的人們來
> 說，他們很自然地認為人影的縮小是人的生命力減小的預兆。〔註17〕

所以赤道附近島嶼的居民訂一條規律，就是在日中時不走出戶外，以免失去他們的影子，因為在那裏，每天中午太陽很少或根本照不出人影。在芒艾亞島的土人還流傳著勇士圖凱達瓦的故事。據說他身上的力氣隨其影子的短長

繫的觀念。李豐楙先生說明此則筆記所載，實為有關靜脈瘤的民俗療法，為當時人對這種病症的現象說明，混合實證與巫術的急救療法，至今在田野調查當中，這類民俗療法仍然存在。

〔註14〕　〔明〕方以智，《藥地炮莊》（台北：廣文書局，1975年4月）。

〔註15〕　《莊子集釋》頁103。馮夢龍《古今譚概》癡部第三〈畏癡〉：涓石梁性畏，見己之影，以為鬼，驚而死。也是畏影的故事。

〔註16〕　林明浴，《台灣民間禁忌》（台北：東門出版社，1988年4月），頁287。

〔註17〕　《金枝》，頁289。

而消長，有一位英雄知道了這個秘密，而在中午時將他殺了，因為那時影子最短，力量最微弱。馬來半島的貝錫西斯土人不敢在中午時候埋葬死人，因為恐怕那時影子最短，將產生交感作用從而縮短他們的壽命。〔註18〕這類反映巫術觀念的傳說，在中國古代也有。

《荊楚歲時記》云：

> 五月。俗稱惡月，多禁忌曝床薦席及忌蓋屋。
>
> 按《異苑》云：新野庾寔嘗以五月曝席，忽見一小兒死在席上，俄失之，其後寔子遂亡，或始於此。《風俗通》曰：「五月上屋，令人頭禿。」或問董勛曰：「俗五月不上屋，云五月人或上屋，見影，魂便去。」〔註19〕

《酉陽雜俎》前集卷之十一〈廣知〉亦云：

> 俗諱五月上屋，言五月人蛻，上屋見影，魂當去。〔註20〕

這其中可能包含有兩個觀念。一是五月俗稱惡月，多鬼魅，影子不可暴露在空曠的地方，免被鬼魅抓住影子，而偷走靈魂。

另一觀念則恐怕是五月時日照強，上屋曝薦當在中午，日值當中，人影短小，如同赤道居民禁忌中午外出，因為其時影子最為微弱，生命力量也就微弱，有著影子縮短即生命力消失的信仰。

《酉陽雜俎》前集卷之十一〈廣知〉又云：

> 寶曆中，有王山人取人本命日，五更張燈相人影，知休咎。言人影欲深，深則貴而壽，影不欲照水、照井、及浴盆中，古人避影亦為此。〔註21〕

人影深則是精氣形質強大的表現，形質強則壽，所以身影避免落入水中以免渙散。故而傳說中老年子影淡，正是這一種觀念的衍化。

《風俗通義》佚文〈獄法〉載：

> 陳留有富室翁，年九十無子，取田家女為妾，一交接，即氣絕；後生得男，其女誣其淫佚有兒，曰：「我父死時年尊，何一夕便有子？」爭財數年不能決。丞相邴吉出殿上決獄，云：「吾聞老翁子不耐寒，

〔註18〕同前註。

〔註19〕〔梁〕宗懍，《荊楚歲時記》，歲時資料彙編三〇冊（台北：藝文印書館，1960年12月），頁37。

〔註20〕《酉陽雜俎》，頁104。

〔註21〕同前註，頁108。

又無影，可共試之。」時八月，取同歲小兒？俱解衣裸之，此兒獨言寒；復令並行日中，獨無影。大小歎息，因以財與兒。〔註22〕

《南史》卷五二〈梁宗室〉下：

荊州上津鄉人張元始，年一百一十六歲，膂力過人，進食不異，至年九十七方生兒，兒遂無影。〔註23〕

《朝野僉載》：

柳州古桂陽郡也，有曹泰年八十五，偶少妻，生子名曰曾，日中無影焉，年七十方卒，親見其孫子具說。道士曹體一即其從孫姪，云的不虛。故知邴吉驗影不虛也。〔註24〕

明代小說《醋葫蘆》當中，即有一段為爭家產而訴訟官府的情節，亦以驗影來判案：

許刺史道：「這也不難。」叫皂隸，速喚那成珪的兒子來，又差一名皂隸道：「可向街坊上，另喚一個少年人生的兒子，與成珪子年齒相等者一名。」……王家孩兒，壯父所生，成夢熊老父所生，若有不真，必有可辨。把二孩站在階前，俱去了衣服，此時初冬時候，看那一個畏寒。……卻是夢熊叫冷。……許知府又教將二子立在日中，看誰無影。……不知怎麼夢熊獨沒影子。〔註25〕

故事中知府並當庭令皂隸朗讀〈邴吉傳〉判例，可看出這一傳說的普遍。老年行將就木，如風中殘燭，氣血已盡，其子承秉其質，所以影淡，因為影子微弱正是精氣衰微的表徵。

二、石壁留影

石壁留影為一種遺蹟傳說，解說當地特殊景致。

《玉堂閑話》云：

劍門之左峭巖間，……又西巖之半，有志公和尚影，路人過者，皆西向擎拳頂禮，若親面其如來。王仁裕癸未歲入蜀，至其巖下，注目觀

〔註22〕〔漢〕應邵，《風俗通》（台北：漢京文化事業公司，1983年9月），頁587。

〔註23〕《南史》卷五二，頁1303。

〔註24〕〔唐〕張鷟，《朝野僉載》，《古今說海》，說略己集（台北：廣文書局，1968年7月）

〔註25〕《醋葫蘆》，題西子湖伏雌教主編。天一出版社（1985年10月）影印明筆耕山房刊本。

之，以質向來傳說。……又西瞻志公影，蓋巖間有圓柏一株，即其笠
首也。兩面有上下石縫，限之爲身形，斜其縫者，即袈裟之文也。上
有苔蘚斑駁，即山水之毳文也。方審……志公不留影於此。〔註26〕

石壁影像的傳說，可能即是這種因爲景觀掩映而產生的疑似聯想。但是傳說
的流行，也可能基於當地人對人物的紀念及感懷，附會而成這種遺跡傳說，
因爲影子正可作爲人精神力的一種象徵。

趙吉士《寄園寄所寄》卷上〈鏡中奇〉載：

安陸州故有岳武穆祠，爲十八景之一。……於城西闢土，下多積石，
最後得一碑，出而洗之，光澤可照，遠望之有人影甚多；其一奇偉
豐腴，簇擁而過。如此經日眾歡呼以爲武穆露形也。〔註27〕

即是當地人對岳飛的一種景仰懷念。這種影像示現的傳說，尤以仙佛最多：

《水經注釋》卷一：

迦那城……從此東北行二十里，到一石窟，菩薩入中西向，結跏趺
坐，心念若我成道，當有神驗，石壁上即有佛影見，長三尺許，今
猶明亮。〔註28〕

《三教源流搜神大全》卷七〈黃仙師〉：

仙師姓黃，行七，福建汀州上杭人也。業巫術，能鞭撻鬼魔，驅逐
妖怪。師廟在上杭縣治之西南，……相傳昔有山精石妖爲害，巫者
黃七公，以符法治之，因隱身入於其石不出，石壁隱映有人影，望
之，儼若先師像。〔註29〕

朱翔清《埋憂集》卷七載：

《北墅緒言》有〈黎峨仙影記略〉云：出平越郭門，行六七里，徑
轉崖橫，有高峰自天而下，水繞其下，履石梁而西望，見有人焉。
頂笠披衣，步虛東向，冉冉乎其將下也，即而視之則影也，有形模
而無眉目。影之左，四粉字曰：「神留宇宙」，行者相告曰：此明初
仙人張邋遢遺跡也。〔註30〕

〔註26〕 《廣記》卷四〇七引，頁3295。
〔註27〕 〔清〕趙吉士，《寄園寄所寄》，筆記小說大觀七編五冊，頁34。
〔註28〕 〔清〕趙一清，《水經注釋》（台北：華文書局：1960年5月），頁105。
〔註29〕 《繪圖三教源流搜神大全》（台北：聯經出版事業公司，1985年10月）影印
本，頁326。
〔註30〕 〔清〕朱翔清，《埋憂集》（台北：商務印書館，1979年4月）。

正是強調神仙佛道精神光華，神力廣被。釋迦牟尼佛即有留影石壁以感化龍王的傳說：

《釋迦譜》〈釋迦留影在石室記第二六〉：

> 龍王白佛言：「唯願如來常住此間，佛若不在，我發惡心無由成道。」……「云何捨我，我不見佛，當作惡事墜惡道。」爾時世尊安慰龍王：「我受汝請，當坐汝窟中經千五百歲。」時諸龍王合掌勸請，還入窟中佛即坐已。窟中作十八變，踊身入石猶如明鏡，在於石內映現於外，遠望則見近則不現。諸天百千供養佛影，影亦說法。〔註31〕

佛影，即作爲世尊的精神象徵，以影示化就代表世尊常在。

在民間傳說中這種身影的神力還一直流行，《寧波風物述舊》載〈觀音洞〉，相傳從前觀音曾在岩上現身，身影映入下方的萬工池中，遠近信士，都來此瞻拜。影子正是精神凝聚強大的象徵，顯示一種佛力無邊的庇蔭。〔註32〕

《閱微草堂筆記》卷六，載有一城影，如海市蜃樓，乃宋故縣也，曰「景城」。紀昀即言其形成之理曰：

> 余謂凡有形者，必有精氣，土之厚處，即地之精氣所聚處。如人之有魂魄也。此城周回數里，其形巨矣，自漢至宋千餘年，爲精氣所聚已久，如人之取多用宏，其魂魄獨強矣。故其形雖化，而精氣之盤結者，非一日之所蓄，即非一日所能散。〔註33〕

或者也可以解釋此類石壁留影的形成。《聊齋誌異》中一則留影故事，則是縊鬼之影留壁上：

《聊齋》卷七〈梅女〉：

> 封雲亭，大行人。偶至郡，晝臥寓屋。時年少喪偶，岑寂之下，頗有所思。凝視間，見牆上有女子影，依稀如畫，念必意想所致。而久之不動，亦不滅，異之。起視轉眞；再近之，儼然少女，容蹙舌伸，索環秀領。驚顧未已，冉冉欲下。知爲縊鬼，然以白晝壯膽，不大畏怯。語曰：「娘子如有奇冤，小生可以極力。」影居然下，曰：「萍水之人，何敢以遽以重務溷君子。但泉下槁骸，舌不得縮，索

〔註31〕 〔梁〕僧佑，《釋迦譜》，史傳部，大藏經五○冊，頁67～68。

〔註32〕 張行周，《寧波風物述舊》，北京大學民俗叢書一四九冊，頁93。

〔註33〕 《閱微草堂筆記》，頁98。

不得除，求斷屋梁而焚之，恩同山岳矣。」〔註34〕

既爲縊鬼，必定生前有一股幽仇怨結，無由申張，才會自縊，影子正是這一種冤屈魂魄的投射。

第三節　神鬼無影

一、神仙之屬

在古代的傳說中，人身後的影子，是現實生命本質的一種投射，古代人認爲神鬼是沒有影子的，正因爲神鬼是一種超現實的，非現實的存在。

《山海經》〈大荒西經〉云：

> 有壽麻之國。南嶽娶州山女，名曰女虔。女虔生季格，季格生壽麻。
>
> 壽麻正立無景，疾呼無響。爰有大暑，不可以往。〔註35〕

「壽麻正立無景，疾乎無響」。郭璞註云：

> 言其稟形氣有異於人也。〔註36〕

郭璞註解之意即說壽麻是異於人的一種存在，但並無明言何謂壽麻。據袁珂的考證、壽麻是和〈大荒北經〉所載的黃帝女魃神話有關，認爲壽麻可能即黃帝女魃之轉化。〔註37〕女魃是一個神，壽麻正立無影，也就是神日中無影之觀念，可能是見諸中國最早的紀錄。

無影的觀念在佛經中也有，佛典中有天人無影之說。

《起世經》卷第七云：

> 一切諸天有十種別法。……六諸天之身，有形無影。〔註38〕

天在佛典中指六趣中最高最勝之情，或是指彼等所居之世界；若指有情自體時，稱爲天人、天部、天眾，相當於通俗所謂「神」一詞。〔註39〕《起世經》中所描述的正是天人清淨殊勝，神通變化的妙相，也是一種有別於凡眾的存

〔註34〕　《聊齋誌異》頁907。

〔註35〕　《山海經》，頁410。

〔註36〕　同前註。

〔註37〕　同前註。帝女魃神話見頁430，〈大荒北經〉。壽麻正立無影，一說壽麻爲地中大國，故炙熱殺人，日中無影。如《淮南子》〈墜形訓〉：建木日中無影。」建木即爲天地大樹，故無影。

〔註38〕　《起世經》，隋闍那崛多等譯，阿含部，大藏經一冊，頁344。

〔註39〕　《佛光大辭典》頁133，「天」條下。（高雄：佛光出版社，1988年10月）

在，所以有形無影，無影正顯出「天身」與「凡身」的差別。〔註40〕

小說中亦載神仙無影的傳說。《拾遺記》卷四載：

> （燕昭王即位二年）廣延國來獻善舞者二人：一名旋娟，一名提謨，並玉質凝膚，體輕氣馥，綽約而窈窕，絕古無倫。或行無跡影，或積年不飢。……王好神仙之術，故玄天之女託形作此二人。〔註41〕

玄天之女是女神，託形為人，行無跡影，正是因為二女本質為神。

同書卷二：

> （周成王二四年）時東甌獻二女，一名延娟，二名延娛，……此二人辭口麗辭，巧善歌笑，步塵上無跡，行日中無影，及昭王淪於漢水，二女與王乘舟夾擁王身同溺於水，故江漢人到今思之，立祠於湄，數十年間，人於江漢之上猶見王與二女乘舟戲於水際。〔註42〕

此二女可能亦是神仙之屬，所以淪於水後，時人猶見王與二女乘舟共戲，而二女也是行日中無影。這有時是對於遠國異人，極容易將之神異化，而流傳的神異傳說，同書即載有二則關於神異國人的傳聞：

卷一：

> 溟海之北，有勃鞮之國，人皆衣羽毛，無翼而飛，日中無影，壽千歲。〔註43〕

卷九：

> 頻斯國民皆多力卷髮，不食五穀，月中無影。〔註44〕

日（月）中無影大抵即表徵了這些遠國異人是不同於凡人的，可能即是仙人之屬，故可以長生變化。

仙，指的是人而有神德者。〔註45〕人可藉由修鍊而成仙，仙有時可以成為受人祠奉的神，仙人就也是超現實的存在，所以小說中提及人修鍊成仙時，往往也就特別強調「日中無影」。成仙入聖是凡人企圖掙脫俗體枷鎖，俗情纏身，而達到絕對自由的圓通境界，冀求一種全新而超凡的精神生命。而在這

〔註40〕 《南史》載梁武帝身映日無影，可能與其宗教信仰有關，武帝篤信佛法，映日無影殆為強調其神仙天人福報。

〔註41〕 〔晉〕王嘉，《拾遺記》（台北：木鐸出版社，1982年2月），頁91。

〔註42〕 同前註，頁55。

〔註43〕 同前註，頁17。

〔註44〕 同前註，頁209。

〔註45〕 同註五，頁1336，「天仙」條。

之前必須要經過嚴格的試煉關卡，修道者在修持過程中，必須滌淨世情的習染，掙開世俗的價值觀以及成習，才得進入神聖之境。而獲得這種消解俗累的成就是有別於凡俗的，聖凡的對照在小說中就是神仙能變化無形，而凡人不能。「日中無影」正是一種確認的標準，顯示修道者到達一種超凡的層次。

《天平御覽》卷三八八引《太玄經》云：

> 老子行則滅跡，立則隱影。〔註46〕

這實際上是強調仙人變化無常，隱淪於無形的幻術。許慎釋「眞」字義爲「僊人變形而登天」，釋「僊」字爲「長生遷去」，因此說文解字所反映的漢人觀念是僊人變形而登天，長生遷去，都賦予「僊」、「眞」新意，「變化」成爲神仙道術的特殊能力，包括變化形體，昇登天庭，甚而僊入仙山。藉各種神通表現超乎平常的能力。法術神通正是道教中人的專長。其中變化隱淪之道更爲神仙變化之上法。《抱朴子》〈雜應篇〉：「或問隱淪之道？抱朴子曰：神道有五，坐在立亡其數焉……或可爲小兒，或可爲老翁，或可爲鳥，或可爲獸；或可爲草，或可爲木，或可爲畜；或依木成木，或依石成石，依水成水，依火成火，此所謂移形易貌，不能都隱者也。」無影正是易形變化，隱見無方的表現。〔註47〕

老子在傳說中被神格化，所以經云「行則滅跡，立則隱影。」小說中常見這種凡人得道成仙後，行日中無影的描述：

《神仙傳》〈皇初平〉云：

> 皇初平……共服松脂伏苓，至五百歲，能坐在立亡，行於日中無影，而有童子之色。〔註48〕

《女仙傳》〈昌容〉云：

> 昌容者，商王女也，修道於常山。……常行日中不見其影。或云：昌容能鍊形者也，忽沖天而去。〔註49〕

同書〈玄俗妻〉云：

> 玄俗得神仙之道，住河間已數百年，鄉人言常見之，日中無影。……王家老舍人云：嘗見父母說，玄俗日中無影，王召而視之果驗。

〔註46〕《太平御覽》，頁 2090。
〔註47〕《拾遺記》，頁 80。
〔註48〕《廣記》卷七引，頁 44。
〔註49〕《廣記》卷五九引，頁 362。

〔註50〕

又〈孫夫人〉云：

> 孫夫人，三天法師張道陵之妻也。同隱龍虎山。……時天師得黃帝
> 龍虎中丹之術，丹成服之，能分形散影。……子孫魯，字公期，……
> 公期託化歸真，隱影而去。〔註51〕

得道後的神仙也常示現神通來度化人，《集仙錄》〈王妙想〉載：

> 大仙謂妙想曰：「……天真憫俗，常在人間，隱景化形，隨方開悟，
> 而千萬人中無一人可教者。……汝布宣我意，廣令開曉也。」〔註52〕

故事說諸天大聖，高真大仙，愍世人劫曆不常，生死推移，所以孜孜下教以
救人，這些天仙在人間則隱影化形來示喻眾人，說明了隱影化形正是神仙得
道者的神通顯現，而且是可以藉修鍊來獲得的。《神仙傳》〈彭祖〉云：

> 其餘吐納導引之術，及念體中萬神，有舍影守形之事，一千七百餘
> 條。……可以教初學者，以正其身。〔註53〕

魏晉時期總合六朝道教形成以前的神仙類型，而有神仙三品之說。以藥來決
定仙品。其中「下品仙」有兩種情況：「若食穀不死，日中無影」及「白日尸
解過死太陰。」所以舍影是初學成仙的階段。象徵一種蛻去俗累的超脫。這
種勝境即可藉服食丹藥來獲致。〔註54〕

《抱朴子》〈金丹〉云：

> 小丹法……服三十日腹中百病愈三尸去，服之百日肌骨強堅，千日
> 司命削去死籍，與天地相畢，日月相望，形易容變無常，日中無影。
> 〔註55〕

神仙便是這種長生不死，舉形昇虛，純任自然的境界。《太平御覽》卷三八八
引《地鏡圖》云：〔註56〕

> 人行日中無影者，神仙人也，與虛合體，故居日月中無影，履霜無
> 跡，火中無影也。

〔註50〕《廣記》卷六〇引，頁370。
〔註51〕《廣記》卷六〇引，頁371。
〔註52〕《廣記》卷六一引，頁378。
〔註53〕《廣記》卷二引，頁10。
〔註54〕李豐楙，《探求不死》（台北：久大文化公司，1987年9月），頁72。
〔註55〕《抱朴子》，頁56。
〔註56〕《太平御覽》，頁2090。

所謂與虛合體，看似玄妙，以現實觀點來看，虛與實是對比，實乃具體的，物質的，以感官可知覺其存在的；與此對應即是虛，是不定形的存在，人信其為有，但是並不以固定的具體的形態出現，唯其如此，才能顯出不受拘束的能力。神仙合體清虛，所以能凌空雲翔，濡水火而不傷，分散形影，坐在立亡，這些描述都在強調與虛合體，能打破肉體的拘累，消解形質的束縛。影子既是實體映照光線而形成，若果消解形體的掣礙，俗情的縈心，達到心性的絕對圓融及自由，就擺脫了象徵俗體生命的「影子」，掙開了累贅，在小說就直以日月無影來強調。由形體與空間的有限，而昇華至無限制，無隔閡，進而體合宇宙，這一貫是神仙道家思想中「天人合一」的世俗化表現。所以《西遊記》第三回，美猴王海口自誇：

> 我自聞道之後，有七十二般地煞變化之功：觔斗雲有莫大的神通；
> 善能隱身遁身，起法攝法；上天有路，入地有門；日步日月無影；
> 入金石無礙；水不能溺，火不能焚。那些兒去不得？〔註57〕

正是不囿於固定形體限制，而達到的一種「神通」。

二、鬼妖之屬

在人們的觀念中，鬼也是沒有影子的，因為鬼也是超現實的存在，而且鬼是人失去生命之後的一種存在，鬼有形而無影，正是因為鬼沒有現實生命。

《酉陽雜俎》續集卷二〈支諾皋中〉載：

> 元和中，有淮西道軍將，使於汴州，止驛。夜久，眠將熟，忽覺一物壓已，軍將素健，驚起與之角力，其物遂退，因奪手中革囊。鬼闇中哀祈甚苦。軍將謂曰：「汝語我物名，我當相還。」良久曰：「此搐氣袋耳。」軍將乃舉覽擊之，語遂絕。其囊可盛數升，無縫，色如藕絲，攜於日中無影。〔註58〕

可見鬼在日中是無影的。

《博異志》〈趙齊嵩〉：

> 貞元十二年，趙齊嵩選授成都縣尉，收拾行李兼及僕從，負笥以行，欲以赴任。然棧道甚險而狹，常以馬鞭拂小樹枝，遂被鞭梢繳樹，猝不可脫，馬又不住，遂墜馬，枝柔葉軟，不得礙靴。直至谷底，

〔註57〕　〔明〕吳承恩，《西遊記》（台北：桂冠圖書公司，1985年4月），頁29。
〔註58〕　《酉陽雜俎》，頁215。

而無所損，視上直千餘仞，旁無他路，分死而已。……趙生自念曰：「我住亦死，乘龍出亦死，寧出而死。」攀龍尾而附其身，龍乘雲直上，不知幾千仞，趙盡死而攀之。……月餘日，達舍。家內始作三七齋，僧徒大集，忽見趙生至，皆驚恐奔曰：「魂來歸」，趙生當門而坐，妻孥輩亦恐其有復生，云：「請於日行，看有影否？」趙生怒其家人之詐恐，不肯於日行，疏親曰：「若不肯日中行，必是鬼也。」見趙生言，猶云：「乃鬼語耳。」良久，自敘其事，方大喜。〔註59〕

故事正是以行於日中有無影子，來判斷是否為鬼，若日中無影，必是鬼物。

《聊齋誌異》卷二〈嬰寧〉：

母擇吉將為合巹，而終恐為鬼物。竊於日中窺之，形影殊無少異。〔註60〕

同書卷十一〈晚霞〉：

值母壽，夫妻歌舞稱觴，遂傳聞王邸。王欲強奪晚霞。端懼，見王自陳「夫婦皆鬼。」驗之無影而信，遂不之奪。〔註61〕

人普遍相信鬼在日中是沒有影子的，故而以「驗影」來判定是人是鬼，甚且也以這種觀念來檢驗鬼子，傳說鬼子也是無影的。《聊齋誌異》卷五〈土偶〉即有記載：

沂水馬姓者，娶妻王氏，琴瑟甚敦。馬早逝。王父母欲奪其志，王矢不他。……女命塑工肖夫像，每食，酹獻如生時。一夕，將寢，忽見土偶人欠伸而下。駭心愕顧，即已暴長如人，真其夫也。女懼呼。鬼止之曰：「勿爾。感卿情好，幽壤酸辛。一門有忠貞，數世祖宗，皆有光榮。吾父生有損德，應無嗣，遂至促我茂齡；冥司念爾苦節，故令我歸，與汝生一子承祧緒。」……十月，果舉一男。向人言之，聞者罔不匿笑；女亦無以自伸。有里正故與馬有鄰，告諸邑令。令拘訊鄰人，並無異言。令曰：「聞鬼子無影，有影者偽也。」抱兒日中，影淡淡如輕煙然。又刺兒指血傅土偶上，立入無痕；取他偶塗之，一拭便去。以此信之。長數歲，口鼻言動，無一不肖馬

〔註59〕《廣記》卷四二一，頁3431。
〔註60〕《聊齋誌異》，頁156。
〔註61〕同前註，頁1481。

者，群疑始解。〔註62〕

《子不語》卷一〈酆都知縣〉：

> 四川酆都縣，俗傳人鬼交界處。縣中有井，每歲焚紙錢帛鏹投之。……
> 令曰：「鬼神何在？」曰：「井底即鬼神所居，無人敢往。」……入
> 井五丈許，地黑復明，燦然有天光。所見城郭宮室，悉如陽世。其
> 人民藐小，映日無影，蹈空而行，自言在此者不知有地也。〔註63〕

人鬼殊途，幽顯不同，鬼在傳說中是住在幽冥界的，所以傳說鬼即住井底，
自成一個國度，其人民映日無影，蹈空而行，正是一種虛無存在的表現，一
般也相信，鬼的形體略小於人。

除了鬼之外，妖也是無影的。《閱微草堂筆記》卷四：

> 江閣學曉園，僦居間王廟街一宅。庭有棘樹，百年以外物也。每月
> 明之夕，輒見斜柯上一紅衣女子垂足坐，翹首向月，殊不顧人。迫
> 之則不見，退而望之，則仍在故處。嘗使二人一立樹下，一在室中，
> 室中人見樹下人手及其足，樹下人固無所睹也。當望見時，俯視地
> 上樹有影，而女子無影，投以瓦石，虛空無礙，擊以銃，應聲散，
> 煙焰一過，旋復本形。主人云：自買是宅，即有是怪，然不為人害，
> 故人亦相安。夫木魅花妖，事所恒有，大抵變幻者居多，茲獨不動
> 不言，枯坐一枝之上，殊莫明其故，曉園慮其為患，移居避之，後
> 主人伐樹，其怪乃絕。〔註64〕

妖異和鬼一樣，也是屬於超現實之物，也是虛幻浮輕的。又如《情史》卷二
一情妖類〈孤山女妖〉亦記妖所幻化之婦女，下階數步，如霧濛花，行於殘
月中無影。

三、神鬼無形的觀念

對於神仙鬼妖無形影，清人朱翔清在《埋憂集》卷十〈附錄袁氏傳〉中
云：〔註65〕

> 夫人稟陽精，妖受陰氣，魂掩魄盡，人則長生，魄掩魂消，則立死，

〔註62〕同前註，頁661。
〔註63〕〔清〕袁枚，《子不語》（湖南：岳麓書社，1985年11月），頁10。
〔註64〕《閱微草堂筆記》，頁62。
〔註65〕《情史》卷二一〈情妖類〉，頁20。

故鬼怪無形，而全陰也；仙人無影，而全陽也，陰陽之盛衰，魂魄
之交戰，莫不表白於氣色。〔註66〕

神鬼無影，即是歷來神鬼是「無形」的觀念之反映。《說文解字》釋「巫」
字云：

巫，巫祝也。女能事無形以舞降神者也，象人兩褎舞形。

段玉裁註云：

無舞與巫疊韻。〔註67〕

巫所事為神，神為無形，以舞降神明，神即藉巫者舞形以示現其存在。〔註68〕
神鬼在傳統觀念中即是洋洋乎如在其上，如在其左右的無形存在。

《淮南子》〈泰族訓〉云：

夫鬼神視之無形，聽之無聲。〔註69〕

《論衡》〈論死篇〉云：

鬼神，荒忽不見之名也。〔註70〕

唯其無形，才顯出無所不能無所不在的神祕力量，使人信服。鬼神可以變化
於無形，也可以以有形出現，使人記認，而「無影」正可區分這種「有形」
並不等同於世俗的有形。

總體言之，神仙鬼妖，是人類信仰中超現實之存在，神仙是屬於善的，
人們所企盼祈求的境界，能消解有形的束縛，進而與自然契合，每一個個體

〔註66〕 〔清〕朱翔清，《埋憂集》（台北：商務印書館，1979年4月），頁8。
〔註67〕 〔漢〕許慎著，〔清〕段玉裁注，《說文解字》（台北：黎明文化事業公司，1984
年2月），頁203。
〔註68〕 周策縱以為「能事無形」的無字，應依古讀作「舞」。說文：「形，象形也。」
這可與「郊特牲」的「尸，神象也」對照看，「能事無形」就是能從事祭祀以
舞象神。這作為動詞用的「形」字及「象形」，即後世戲劇中「表演某人物」
的意思。
周策縱對「以事無形」的另一解釋，即直接說是能從事隱身之術。如《晉書》
〈夏統傳〉云：其從父敬寧祠先人，迎女巫章丹、陳珠二人，並有國色，莊
服甚麗，善歌舞，又能隱形匿影。甲夜之初，撞鐘擊鼓，間以絲竹。丹、珠
乃拔刀破舌，吞刀吐火，雲霧杳冥，流光電發。統諸從兄弟欲往視之，難統，
於是共紿之曰：從父間疾病得瘳，大小以為喜慶，欲因其祭祀，並往賀之，
卿可俱行乎？統從之，入門，忽見丹，珠在中庭，輕步佪舞，靈談鬼笑，風
觸桃栟，酬酢翩翩。
即是描寫女巫歌舞及隱形匿影的幻異神姿。
〔註69〕 《淮南子注釋》（台北：華聯出版社，1973年9月），頁348。
〔註70〕 〔漢〕王充，《論衡》（台北：世界書局，1976年4月），頁414。

的小生命，以是轉進至宇宙繼繼繩繩的大生命，變化無盡而恆久長生，「無影」便成為掙脫俗體局限而昇華的結果。鬼是幽冥的，有害的，令人恐懼的，鬼「無影」則是一種失去現實生命死亡的表徵，因為影子消失，代表靈魂自我已經離開了。〔註71〕神鬼對於「現實生命」而言，都是斷滅的，神是超脫了生死大限，而鬼是不具有生命的存在。對於這種超自然的存在，並非人以感官可以具體知覺，而是「信其為有」，相信它們存在於超現實中，是無形的。有時它們會以有形出現以使人認知，但又有別於凡人，所以小說中就慣以「行日中無影」來加以解說標識。

〔註71〕《Myth, Legend, and Custom in the Old testment》, JamesG.Frazer, Macmillan & Company, London, 1918, Printed in NewYork, 1969, P791, "The disappearing shadow".

第四章　叛亂者的鏡中影之傳說

第一節　鏡中見王者衣冠的情節

一、叛亂者

　　人們相信鏡（水）中的映影，正是靈魂的顯現，具有先知預卜的功能，認為映影的顯像也正是自己未來的形貌，所以一些善為幻術之徒就利用這種心理來蠱惑群眾。如《廣古今五行記》所載即是：

> 隋煬帝大業九年，唐縣人宋子賢善為幻術，每夜樓上有光明能變作佛形，自稱彌勒佛出世。又懸鏡於堂中，壁上盡為獸形。有人來禮謁者，轉其鏡，遣觀來生像，或作蛇獸形。子賢則告之罪業，當更禮念，乃轉人形示之。遠近惑信，聚數千百人，遂潛作亂。事洩，官捕之，夜至逮其所居，但見火坑，兵不敢進，其將曰：「此地素無坑，止妖妄耳。」及進，復無火，遂擒斬之。〔註1〕

在很多有關於叛亂及起事者的小說記載當中，就常傳說起事者在鏡中的映影儼然王者，也往往將這種現象當作號召起事的手段，而且這些與事者他們在鏡中的影子，也常就顯現百官服冕，在事涉叛亂的活動中，這常是必不可少的構設事件之要素。例如：

　　南朝、劉敬叔《異苑》卷九所載：

> 晉咸寧中，高陽新城嫗為淫祠，妖幻置署百官，又以水自鑒，輒見

〔註1〕《廣記》卷二八五引，頁2268。

所署之人衣冠儼然，百姓信惑，京都翕集，收而斬之。〔註2〕

〔宋〕洪邁《夷堅志》甲卷第二〈丹州石鏡鼓〉云：

> 丹州之境有兩山寨，日東池、西池。西寨懸崖百丈，嶄巖峭峻，人
> 不可陟。下有石鏡石鼓，其傍勒銘云：「石鼓響，兵雲屯。石鏡明，
> 南面尊。」紹興中，地雖陷虜，而秦民聚眾起義欲歸本朝者未嘗絕，
> 此寨常屯萬人。來者必擊鼓，寂無聲；照鏡，則昏暗。郡人曹布子，
> 少貧困，以紡績養父母，故里俗以布子呼之。虜天眷三年秋，歸身
> 於西寨。或邀之詣石所，試扣鼓，聲鏗鏗然，遠近皆震；洎臨鏡，
> 鏡倏明。傍觀者見布子容貌自若，而冠冕若王侯，遂相率羅拜，奉
> 以為主。久之，東寨亦聽命。關中群冠，蟻聚無時，戰爭輒敗衄而
> 退。歲餘，勝兵至十萬，遂據延安稱王。〔註3〕

在明代的叛亂起事當中，這種手法經常與祕密宗教結合：

〔清〕查繼佐《罪惟錄》〈叛逆列傳〉「李福達」條云：

> 李福達，山西崞縣人。其先世以幻術，從劉千斤、石和尚，作亂或
> 化間，及劉石敗亡去。福達其孫也，正德中，復以其術走延綏，祕
> 一室坐臥，令其徒鼓吻驚俗，謂彌勒佛空降，當主世界。注水一盂，
> 引男女自照得諸冠服狀不等，遂以為某當文武將相，某當后妃夫人，
> 於是遠近爭來照水，貧富爭捐贊，共圖不軌，至有其心破產，上千
> 金者，遂鼓眾劫縣，殺人，官兵討之。〔註4〕

同書又載「馬祖師」條云：

> 馬祖師者，不知何許人。傳正德中妖賊福達之術以盆水照影，文武
> 冠帶，男女具備。馬即因其影，署官爵大小，高下不等。走愚民，
> 即士大夫家弟子，往往惑之。嘉靖三十六年群聚烏程之雲霧山中。
> 〔註5〕

馬祖師事在明、田藝衡《留青日札》卷四中即有記載：

> 惟湖州士民崇信，雖仕宦大夫顯顯有名者亦受其愚，云以盆水照影，
> 則貴賤迥別。或有影帶貂璫、襆頭、紗帽、兜鍪諸色，種種奇怪者，

〔註2〕 〔南朝〕劉敬叔，《異苑》，說庫（台北：新興書局，1973年4月），頁85。

〔註3〕 〔宋〕洪邁，《夷堅志》（台北：明文書局，1982年4月），頁725。

〔註4〕 〔清〕查繼佐，《罪惟錄》，四部叢刊廣編一六冊，（台北：商務印書館，1981
年），頁1875。

〔註5〕 同註4，頁1881。

亦有帶平天冠如帝王像者。彼即署名簿籍，豫定官爵大小高下，大率如所見之影，群居烏程雲霧山中。……帶事倡亂，以白巾為號。
〔註6〕

《聊齋誌異》卷六〈白蓮教〉記徐鴻儒起事經過：

白蓮盜首徐鴻儒，得左道之書，能役鬼神。小試之，觀者盡駭。走門下者如鶩。於是陰懷不軌。因出一鏡，言能鑑人終身。懸於庭，令人自照，或襆頭，或紗帽，繡衣貂蟬，現形不一。人益怪愕。由是道路搖播，踵門求鑑者，揮汗相屬。徐乃宣言：「凡鏡中文武貴官，皆如來佛註定龍華會中人。各宜努力，勿得退縮。」因亦對眾自照，則冕旒龍袞，儼然王者。眾相視而驚，大眾齊伏。徐乃建旂秉鉞，罔不觀躍相從，冀符所照。不數月，聚黨以萬計，滕、嶧一帶，望風而靡。〔註7〕

也是以鑑照王侯冠服，來塑造起事者的神祕權威，而使人惑信。在《平妖傳》及《歸蓮夢》兩部事涉叛亂的小說當中，照影情節，也是起事的關鍵。

〔明〕馮夢龍四十回本《平妖傳》，講貝州王則叛亂事。聚事者乃老狐所化成之聖姑姑，及其子女胡黜兒（左黜）、胡媚兒（胡永兒），蛋子和尚、張鸞，卜吉等人，共佐貝州軍健王則舉事謀反。

胡萬川先生在《平妖傳研究》書中云：

平妖傳所述是以歷史上一件真實的叛亂事件為主要情節。平妖實即平亂，歷史上的記載，叛亂者往往就被稱作「妖人」，因為他們往往藉迷宗教起事。而事實上本書所述的王則之叛，原本就事涉妖異，因此民間說話，小說傳述，便多神怪妖異之事。妖異與叛亂，事俱屬非常，在民間傳說的觀念中，此種事件之起，是必定有其非常特殊，而且經常與神祕的要素有關的。〔註8〕

馮夢龍在四十回本《平妖傳》增補的主要環結，也即是許多爭戰叛亂小說中慣用的定格──玄女、白猿、天書。〔註9〕當然馮夢龍也不會忽略了「水中顯影」這樣一個慣見的傳說，小說將整起亂事定位在「天數底定」的根由上，

〔註6〕〔明〕田藝蘅，《留青日札》（台北：廣文書局，1969年），頁231～233。
〔註7〕〔清〕蒲松齡，《聊齋誌異》（台北：漢京文化事業公司，1984年4月），頁764。
〔註8〕胡萬川先生，《平妖傳研究》（台北：華正書局，1984年元月），頁99。
〔註9〕詳見註八，第三篇〈四十回本增補的主要環結──玄女、白猿、天書〉。

「水中的王者影」即預示著起事者上應天命，下服人心，而書中人物熱熱鬧鬧，多能善法，只是歷劫而生，應數而行，而無可違拗。小說中第六回敘聖姑姑遇會則天武后，天后道出一段姻緣：

> 媚兒前身是張六郎，當時稱他貌似蓮花者。朕與六郎恩情不淺，曾私設誓云：生生世世願爲夫婦。不幸事與心違，參商至此。今朕爲君，彼復得爲后，駕鴦牒已註定，豈可變哉。朕之發跡當在河北，從今二十八年後復與卿於見州相見。〔註10〕

原來武則天是王則前身，命定合當有天子之分。所以第三二回，「夙姻緣永兒招夫，散錢米王則買軍」寫道：

> 王則洗了個淨浴，女童將一身新衣與他通身換過了，聖姑姑教捧出龍袍、玉帶，沖天冠，無憂鞋，請他穿著。王則從不見這般行頭，那裏敢接，只見瘸師拐將過來，叫道：「都排！休懷謙遜，你若疑慮時，我引你到三生池上去照你今世的出身。」王則跟了瘸師走出莊院，來到一個清水池邊。瘸師教王則向清水中自家照著。王則看了大驚，只見本身影子照在水裏，頭戴沖天冠，身穿滾龍袍，腰上白玉帶，足下無憂履，相貌堂堂，儼然是一朝天子。瘸師道：「都排！你見麼？天數已定，謙遜不得。」王則方纔信了，當時就裝扮起來。
>
> 〔註11〕

王者的映影即被認爲是天意如此，天意要他起而舉事。

再有一部《歸蓮夢》，敘述的是白蓮岸應數歷劫，循白猿之助，因緣法到，得天書修鍊，聚眾散財，糾合豪傑，興兵十萬，雄踞一方。因這白蓮岸投母胎時原有蓮花感夢之異（第一回）。自家姓白，入其教者又均得在臂上刺上一朵蓮花，所以起個教名稱白蓮教，遂開啓後來白蓮教之亂，也不脫歷來爭戰小說的模式。然而劫數歷盡時，天書被白猿收回，也只落得空名一場。故事另一主線是講這蓮岸生前原是如來座下一朵白蓮花，因偶然感動便罰下來。〔註12〕乃是爲下凡遭逢情劫，感悟這世間有情無情，終要如夢一場。如蘇齋主人序言所說：

〔註10〕〔明〕馮夢龍，《平妖傳》（台北：鼎文書局，1978年8月），頁32。

〔註11〕同註10，頁203。

〔註12〕〔清〕蘇庵主人，《歸蓮夢》（台北：天一出版社，1985年，影印明刊本），十二回。

　　大地山河一夢局也，喜而笑？戚而悲，有情者自相逐于夢中而不自
　　覺，生而成，成而毀。無情者日相離於夢境而莫可分。天下事風塵
　　勞攘，無在非夢，豈僅四更殘漏，昏昧無知，始爲夢哉？〔註13〕

歸蓮，即是因蓮而悟歸也，悟知「寄者皆夢而歸者皆覺」。蓮岸下凡遭劫，數
載浮沈，終成一夢，最後因眞如法師大喝而覺悟。這蓮岸之名原即眞如法師
所命，自已露顯出一段天機，必得到萬劫嘗盡，回到湧蓮庵才得證無染本眞，
方才像「落水的人巴到岸上」，這「寶岸」竟是其生命初始的湧蓮庵，而終究
回歸到基點上，完成歷劫回歸的過程。這皆是冥冥天數的戲法，天數盈虛，
造物乘除，人何由知之？所以第一回眞如法師即對蓮岸說：

　　既是世上生了你這一副心性，自然留不住的。我待放你出去，只可
　　惜世上這些平人，不知受你多少累，豈不可恨。我如今也索罷了，
　　這也是天數如此。

天意即藉故事中鏡影情節拈出，第七回道：

　　白猿經上有神鏡降魔一法，從李（按即白蓮岸）依法煉成一面鏡子，
　　將他一照，那些天神天將，來來往往，隨你東西南北方，百里之內，
　　山川險要俱照出來。人有來照的，若是武官便現出金藍金中；若是
　　文官，便現出紗帽圓領。若是軍卒，便現出刀鎗奇箭。卻大奇怪，
　　從李自家照面，再不見什麼，止現出一朵蓮花。

正因爲白從李本命是蓮花轉生，故映照出蓮花本像。第九回「狐妖偷鏡喪全
眞」，在寶鏡被偷後，雖然鏡現奇能，將盜者打死，卻像一輪明月，從半空中
飛去，影也不見，這也預言著白蓮岸的最終失敗。

　　在上述小說中，涉及叛亂的起事者，都運用了顯現異影的手法來鼓動群眾。
　　又如《在野遺言》卷五：

　　粵匪擾湖北時，庠生某辦理團練，聲威頗壯，遠近數十寨聯爲一氣，
　　保守城池，戰功屢著，賊亦畏憚之。大營倚爲長城，累功保至監司。
　　一日方旅歸，揚鞭策馬，顧盼自雄。忽仰見明月中現己形，如對明鏡，
　　舉止悉合，問之他人皆不見，大異之，因念若我成非常事當易形。轉
　　瞬間見己身加黃袍冠服異制，儼然王者，心竊喜。明月遂舉眾叛，當
　　事者飛報大營，曾侯命裨將率師追捕擒獲之，赤其族。〔註14〕

〔註13〕同註12引書，序。
〔註14〕〔清〕王嘉模，《在野遺言》，筆記小說大觀三編八冊，頁4921。

則不惟草莽英雄專注於這種異相，即便爲討賊而組織的自衛武力，亦不能擺脫這「王者衣冠」的誘想。

至於近代則可見朱一貴的傳說。鄭成功據台爲明祀延一線，台灣成爲祕密結社，反清復明的中心，台灣民變迭起。康熙六十年朱一貴事件，是台灣民變史上第一件大事，因爲起事一星期，便占有全台灣。〔註15〕朱一貴案留下了臺灣民間眾所周知的「鴨母王」傳奇故事。

《臺灣通史》〈朱一貴列傳〉載：

> 朱一貴，少名祖，漳之長泰人，或言鄭氏部將也。明亡後，居羅漢門內，飼鴨爲生。地遼遠，政令莫及，性任俠，所往來多故國遺民、草澤壯士，以至奇僧劍客；留宿其家，宰鴨煮酒，痛譚亡國事；每至至悲歔不已。當是時，昇平日久，守士恬嬉，絕不以吏治民生爲意。一貴心易之。……黃殿者，亦羅漢門人，與一貴善，謀起兵，誅貪吏，集眾數百人，三月，李勇、吳外、鄭定瑞等相率至一貴家。聚謀曰：「今地方長官，但知沈楄蒲你，政亂刑繁，兵民瓦解，欲舉大事，此其時矣。」一貴曰：「我姓朱，若以明朝後裔光復舊物，以號召鄉里，則歸者必眾。」……眾見全臺俱得，奉一貴爲中興王。一貴冠通天冠，黃袍玉帶，築壇受賀，祭天地列祖列宗及延平邵王，遵故明，建元永和。〔註16〕

朱一貴生性任俠，廣結善緣，「輒歖延，烹鴨具饌務盡歡」，〔註17〕就已具雄才大略。連橫記載稱「草澤壯士，以至奇僧劍客」，殆即爲當時臺灣的許多「羅漢腳」，〔註18〕群眾基礎已具，只要加上一些讖應之類神話，就易於崛起，如連橫載以朱姓爲號召即是。而朱一貴從事蓄鴨，正提供了他自我塑造神祕色彩的有利條件。因鴨性本合群，行進間行列儼然，就使得趕鴨人領袖形象突出。如藍鼎元《平台紀略》所言：「其鴨旦暮編隊出入，愚盰惑焉。」〔註19〕

在民間傳說中則踵事增華，流傳朱一貴在溪邊，當他彎下身時，水面上

〔註15〕黃大受，《台灣史綱》（台北：三民書局，1982年），頁138。

〔註16〕連橫，《臺灣通史》（台北：台灣書店，1955年8月），頁593。

〔註17〕藍鼎元，《平台紀略》（台北：大通書局，1987年10月），台灣文獻史料叢刊第七輯，頁10。

〔註18〕劉妮玲，《清代台灣民變研究》（台北：國立臺灣師範大學歷史研究所專刊，1983年），頁121、267。

〔註19〕同註17，頁1。

突然浮現出一個人影，影中人頭戴沖天冠，身穿龍袍，起初他以為是自己的幻覺，於是用手將溪水胡亂地撥弄，待水面平靜後，再仔細注視、影子依舊存在，而且愈看愈自己，不禁疑慮起來，認為天意如此，合當天子。試著對鴨群發號口令，居然也聽從如儀。並且他所蓄養的鴨子每日生兩個蛋，就這樣「真命天子」的說法就傳開來了。鴨母王的名聲日益增大，豪士紛聚，就著手準備起義，很快地，占領台灣，擇了吉日，優令冠服，正式登壇，當起皇帝。傳說朱一貴原能保有三年帝位，做個草霸王‧只因穿著戲服登基，福份少了，所以康熙只引退了三天。最後終於被清廷平定。〔註20〕民間對朱一貴的故事傳唱一首歌謠：「頭戴明朝帽，身穿清朝服，五月稱永和，五月還康熙。」〔註21〕結束了三日皇帝的傳奇。

　　而在今天浙江淳安威坪一帶，當地人民還流傳方臘「托天賜袍」的故事，傳說方肥設計加袍，方臘井鏡照影，方臘見到自己在井水中戴皇冠，穿龍袍，以為天命不可違，遂起而率眾造事。〔註22〕可見出這類以水為鏡，照見自己王者衣冠的傳說極為普遍。

二、其　他

　　傳說吳越王錢鏐幼時，鄉里有石鏡，錢鏐在鏡前照見自己衣冠儼然王者。《喻世明言》卷二一〈臨安里錢婆留發跡〉便是敷說此事。錢鏐受梁王朱全忠封為吳越王。在五代紛擾時，錢鏐仍獨霸一方，非同小可。對於其出生及異相，小說著墨頗多。言其母懷孕之時，家中時有火發，而降生之日，其父自外歸來，遙見一條大蜥蜴，在自家屋上蜿蜒而下，頭垂及地，約長丈餘，兩目熠熠有光，誕生時前後火光宣天等種種奇象。所以其父母以為不祥而欲溺之，幸而給東鄰王婆留了下來，取個小名，就喚做婆留。漸顯頭角，相貌雄偉，臨安里中石鏡山，預示了他的超凡：

　　這臨安里中有座山，名石鏡山。上有圓石，其光如鏡，照見人形。
　　錢婆留每日同眾小兒在山邊遊戲，石鏡中照見錢婆留頭帶冕旒，身
　　穿蟒衣玉帶。眾小兒都吃一驚齊說神道出現。偏是婆留全不駭懼，

<hr>

〔註20〕《台灣民間故事》（台南：世一書局，1983年5月），頁1～16。
〔註21〕〈鴨母王〉，江肖梅整理，《台灣民間故事集》（台北：遠流出版公司，1989年六）頁90。
〔註22〕《方臘民間傳說》（，浙江人民出版社，1982年7月），「托天賜袍」，徐保土，湯良宇整理。

> 對小兒説道:「這鏡中神道就是我,你們見我都該下拜。」眾小兒羅
> 拜於前,婆留安然受之,以此爲常。一日回去,向父親錢公説知其
> 事。錢公不信,同他到石鏡邊照驗,果然如此。〔註23〕

雖然,錢鏐之父錢公吃驚對鏡暗暗禱告:「我兒婆留果有富貴之日,昌大錢宗,願神靈蔽鏡中之形,莫被人見,恐惹大禍。」禱告後,婆留再照,只見小孩模樣,並無王者衣冠。然其據石爲龍案,權作寶殿,及睡時化爲丈餘蜥蜴,頭生兩角,五色雲霧罩定,望氣及應讖,均強調其骨法之貴,不爲天子亦得五霸諸侯。因爲歷來君王都以龍爲帝王徵應,所謂蜥蜴頭出兩角,實際是暗喻錢鏐的命格非凡。在《青瑣高議》別集卷之中七人〈白龍翁〉條所載,即以頭生龍角來預示主角的大貴:

> 鄭内翰獬未貴時,常病瘟疫,數日未愈,甚困。俄夢至一處若宮闕,
> 有吏迎謁甚恭。公謂吏曰:「吾病甚倦,煩熱,思得涼冷,以清其飢。」
> 吏云:「以爲公澡浴久矣。」吏導公至一室,中有小方池,闊數尺,
> 甃以明玉,水光瀲瀲,以手測之,清冷可愛。公乃坐甃上,引水渥身,
> 俄視兩臂已生白鱗,視其影則頭角已出。公驚遁去。吏云:「玉龍池
> 也。惜乎公不入水,入其水,公當大貴。但露洒而已,不知貴也。幸
> 而公自是白龍翁,雖貴,終不至一品也。」公乃覺,少選,即汗出。
> 後登第爲天下第一。公爲詩對友人,詩曰:文闈叔載作元鋒,變化須
> 知自古同。霹靂一聲從地起,到頭終須白龍翁。〔註24〕

水中龍影,即是一種「本命」的顯示,總是不脱歷來王者出生神話的影響。錢鏐雖未叛亂,但是獨霸江南一隅,威望亦擬帝尊,傳説自然會增益誇大他的神奇異相,而有石鏡山的傳説。

另有一則故事,以水中顯現身著王者衣冠之影,雖然不像歷來叛亂爭戰小説當中記載,是糾眾起事,而是詐騙歛財,但是手法則相同。《洛陽搢紳舊聞記》卷四〈水中照見王者服冕〉:

> 洛陽甘露院主事僧,年六十餘,長大豐肥,甚有衣糧。開寶中,有
> 布衣,貌古,美鬚鬚,策筇杖,引一僕,鬚眉皓白,擔布囊隨之。
> 命老僕叩院門,僧啓扉納之,既陞堂,院主相揖,共語且久。……
> 布衣命去傳者,謂院主曰:「某前者,觀院主形神骨法,若不出家爲

〔註23〕 〔明〕馮夢龍編,《喻世明言》(台北:鼎文書局,1970年9月),頁299。
〔註24〕 〔宋〕劉斧,《青瑣高議》(台北:河洛圖書出版社,1977年4月),頁239。

佛弟子，即爲一小國王。」院主唯唯謙遜久之。布衣笑曰：「院主欲見大師形相否？」僧曰：「願見之。」命取一大盆，置諸中庭日內，滿盆添水，坐久，布衣引院主僧，先焚香向空作禮訖，再三瞻視，不得使人知，恐洩天機。須臾，使僧引頸照水中影，不復有僧儀相，見平冠垂旒，衣王者服，秉圭，僧驚喜，向空作禮。布衣又命僧焚香視水中，有白煙自水中出，起高丈餘，漸成五色，逼而視之，水色亦爾。……又謂院主曰：「今已出家，不可返衣初服也，尤須精進，然合大有錢，分可至三五萬貫。」僧愈謙懼曰：「何由至如是錢帛？」布衣笑曰：「可爾，市中有數般藥，但依數自買取來，當爲院主修合三五百丸藥，每丸可點百兩銅，作爲黃金。」〔註25〕

院主僧在目睹水中的王者服冕時，也相信布衣所說，以爲自己合當是富貴之身，只因出家而不可「返衣初服」。但是，因爲骨法不同凡人，所以終究可以「點銅爲金」，盡享榮華。故而甘心出重貲羅購藥材，當下設醮起壇，泥爐齋戒，擇日合鍊點化藥。殊不知這一切都是布衣老者巧設的圈套？一步步誘騙院主僧投下重資，在儉取財物後即失所在。而院僧猶以爲是神仙異人來示現異蹟。布衣老者正是捉住了人貪慕名利的弱點，來設怪取利。一方面也是這種「映像即爲人靈魂本相」觀念的普遍。

第二節　意義分析

在前所述一類有關爭戰、鼎革及叛亂的小說中，當主神器的首領人物，都有一共同的「特點」，那就是他們在鏡中或水面所呈現的映影，都是王者冠冕，蟒衣玉帶。而聚合的群眾，則照見王侯將相，百官儼然。這幾乎成爲此類小說中一個固定套用的情節，每每作爲起事號召，而且真能鼓動群起，造成聲勢。這樣一個情節在小說中何以能夠營造出類似的意象？因爲鏡中顯影往往被認爲是人的靈魂真相，具有預言性，正可以做爲天意垂示的憑藉。這其中自然有歷來君王創業神話的影響。

一、政治神話的影響

在中國傳統觀念中，皇帝不僅僅是政治權力的中心，也是文化典章制度

〔註25〕〔宋〕張齊賢，《洛陽搢紳舊聞記》，筆記小說大觀正編一冊，頁206。

的規範者，所謂「作之君，作之師」。稱孤道寡，正因為這個至高的尊嚴是僅有的，唯一的，更是不容侵犯的，因而歷代權力轉移就成為中國歷史著筆的基礎。但是歷史顯現的，卻是興廢匆忙一運數逃。為確保國祚懸長，政權穩固，歷來王者必須確立政權的合法性，以方便治御。「合法性是政治上有效統治的必要基礎」，德國社會學者韋伯對這種歷史現象作歸納分析，區別了三種純粹的合法性統治。〔註26〕

其中「神異性格性」統治立基於人民對某個個體所具有的超凡神性，英雄氣質，或模範性格所產生的歸順之心，和因之而起的，對此個體所啓示創造的規範模式之信仰。〔註27〕

中國的統治階層自商代起就以「政權天授」為統治找到合理性及必然性。殷人尚鬼故以神道設教，《周書》中提出天命，為此後歷代眞主開啓一個天與人歸，受命自天的模式。所以歷來創業帝王成定格的，都必有神異出生，來表現其不凡命格，也必有上天垂示的種種意象來顯示其必為眞主。「『眞命天子』的誕生，狀貌是異於常人，而又有許多奇蹟，即人們把『神』的性質加在人的身上，其人就變成眞命天子。」〔註28〕歷來帝王創業神話，便多是製造圖籙，宣說應讖當王，來突顯為王乃天授、天與。尤其是兩漢時期讖緯之學與徵應之說，促使天命思想成為中國人普遍存在的一種意識型態。圖讖以俗化的小傳統天命說，對於下層文化具有深遠的影響，其說固可為帝王位的理論根據；也可作為民間反抗專制統治的思想依據。〔註29〕所以叛亂者在企圖推翻既存政權時，也常製造種種天命假象，以招兵買馬，聚眾造反。馬幼垣在〈中國講史小說的主題與內容〉文中說：

> 叛徒與開國者在個別的事蹟上通常也有許多共同點，例如卑微的背景或籍籍無名起家，藉武力、政治謀略兩者雙管齊下來消滅敵人。他們之所以不同，只要的因素，只不過成者為王，敗者為寇而已。
> 〔註30〕

〔註26〕三種純粹的合法性統治權威：理性（rational）、傳統性（traditional）、以及神聖性格性（charismatic）統治。見張瑞穗，〈天與人歸──中國思想中政治權威合法性的觀念〉收於《中國文化新論》思想篇，一。頁98。

〔註27〕同註26引書，頁99。

〔註28〕薩孟武，《水滸傳與中國社會》（台北：三民書局，1988年5月），頁95。

〔註29〕李豐楙，《六朝隋唐仙道類小說研究》（台北：學生書局，1986年4月），頁347～348。

〔註30〕馬幼垣，《中國小說史集稿》（台北：時報文化出版，1987年3月），頁82。

所武力及政治謀略，在小說中即是爲敷陳誇張其超凡性，而多「事涉神異」的描述，而政治謀略也經常是「篝火狐鳴」「魚腹丹書」一類誕膺天命的神話運用。「臨水照見王者相」也就是這一些小說中常見的政治神話的一種，來烘托出掌劫人物、蓋代英雄，本身是非凡的，唯有神化才能造就非凡，所以他們在鏡中合該出現天子之相。

二、對特異英雄的期待心理

叛亂者製造這些異象，有助於他們政治權力的擴張，因爲人對於神異性及超凡性有一種期待、服從的心理，爲了表示自己的順服是合理的，群眾有時會誇張附會主事者的神異，而使自己甘心服從其領導。一方面這些歷代動盪鼎革的時代，也常常是兵荒馬亂的爭戰亂世，人們冀望有英雄出來爲他們解決痛苦，希望有人出來收拾苦難，自然希望這個英雄人物有擔當有能力，可以成功，而群眾生活才有保障。而且在貧困多戰亂的時代，人們也多少有時勢造英雄的心態，總覺得自己也可以有頭角崢嶸，揚名立萬的一天，所謂「將相寧有種乎？」正是這類豪傑武士心底的想望，所以當起事者以水中顯像來封侯賞爵時，自然能驅使從信者歡躍以待，誓死效力。

當起事者在製造神異時，「水中示現王者將相衣冠」正是一個可以造成特定意象及影響的神話，因爲人們相信人是有輪迴的，而水中的映影正是靈魂的顯現，可以透露生命中的天機，認爲本分真我即是水中的王侯將相，所以趨之若鶩。水中現影就成爲一個「類型化」的意象，所以自成一個基本情節，而可以運用在小說當中，呈現類似的情境，代表一定的意義，而成爲此類爭戰神異小說中的「熟典」。類化的結果，往往是將歷史人物回溯同化到遠古神話人物的模子裡，所以傳說中的歷史人物，每每就會轉化成神話英雄，成爲神化的人物。這個見解對於傳說中歷來英雄人物的特性及事跡何以常是大同小異的情形，是最好的說明。〔註31〕

當然，認爲鏡中影是未來的預現，是人靈魂本像這個觀念，歷來已經在小說筆記當中不斷傳載，故而小說作者在構造一個可以作爲「天意垂示」的有力證據時，都會套用這個觀念，而賦予主事英雄以神格。當起事成功時，這種異象就成爲帝王徵應，若起事失敗，淪爲賊寇妖人，異象就成了妖眚惑

〔註31〕胡萬川先生，《平妖傳研究》（台北：華正書局，1984年元月），頁131。

亂。如《瑣珩新論》卷二所云：

> 五代史晉安重榮傳曰：「禍之來也，陰必惑之，以至於敗。方重榮之
> 叛於成德軍也，鎮之牙署堂前有揭幡竿長數十尺。重榮將叛之前一
> 日，張弓彀矢，仰竿杪銅龍之首；謂左右曰：「我若必有天命；則當
> 一發而中，果中，左右即將拜賀。後終於斬首漆顱焉。……又漢李
> 守貞叛於蘇州，嘗會將佐，守貞執弧矢遙指一虎舐掌圖曰：「我若有
> 非常之事，當中虎舌。」一發中之，左右拜賀，守貞亦自負焉。終
> 於舉家蹈火，王師於煙中獲其尸、斷首函之。〔註32〕

其中關鍵就在成敗與否，「成則為王，具有神聖性格，敗則為寇，必不脫流氓
的本性。」〔註33〕對於政治神話，可作如是觀。

〔註32〕〔宋〕孔平仲，《珩瑣新論》，筆記小說大觀六編三冊，頁 1758。
〔註33〕同註 28，頁 109。

第五章　自我的其他象徵

第一節　畫與人

一、畫異傳說

　　和鏡中影所象徵的意義幾近相同的，則是「畫像」傳說及其所蘊含的巫術思想。畫像直可視爲鏡中影的裱框，將影像具體表現在圖紙上。更因爲圖像是固定的，在巫術中，更易於施法。就如影子之於形體，畫像寫物傳眞，其中即有畫與身同氣合體的觀念。〔註1〕畫家巧藝妙繪，神乎其技，寫形狀貌，風姿逸發，往往筆力所染，躍然紙上，呼之欲出。《名畫記》中所見畫成蒼鷹，鳩雀不敢近；畫馬於壁，則夜聞嘶齧長鳴；圖龍於素，舒之輒雲氣縈集等，都是對畫藝高超的稱異之辭。如《謝赫畫品》，言袁蒨畫藝之眞云：

> 齊袁蒨，陳郡人。時南康邵守劉繪妹爲鄱陽王妃，伉儷甚篤。王爲齊明帝所誅，妃追傷過切，心用恍惚，遂成癇病，醫所不療。袁蒨善圖寫，畫人面，與眞無別，乃令畫王形像，並圖王平生所寵姬，共照鏡，狀如偶寢，密令媼嫗示妃，妃見乃唾之，因罵曰：「斫老奴晚。」於是悲情遂歇，病亦痊除。〔註2〕

畫像逼眞，所以認爲畫是眞實的，如對生人，嗔怒對之。甚至於有與畫感通，與畫中人流連交會者。《聊齋誌異》卷一〈畫壁〉篇即記江西朱孝廉，因於一

〔註1〕錢鍾書，《管錐篇》（台北：書林出版公司，1980年8月）二冊，頁718。
〔註2〕《廣記》卷二一一引，頁1613。

蘭若中見殿壁圖繪散花天女，人物如生，內一垂髫者拈花微笑，櫻口欲動，眼波將流，不禁神思恍惚，而覺身入壁上畫中，與垂髫兒共聚，垂髫兒且上鬟梳髻，尤增光艷，樂方未艾，忽有金甲使者搜匿，張皇跼蹐榻下。時朱之友遍尋孝廉不著，僧告以「往聽說法去」，以指彈壁而呼之，友見壁間畫有朱像，傾耳佇立，僧又呼之下，遂飄忽自壁而下，灰心木立，目瞪足軟。共視畫壁中拈花人，螺髻翹然，不復垂髫。

朱秀廉因心識所致，精神得以感通，而生此幻像。《閱微草堂筆記》卷十九，亦載一則幻由心生的畫異故事。敘書生赴京試，寓旅次，見壁懸仕女一軸，風姿艷逸，生每凝思注視不覺客至。一夕，畫中女子忽翩然而下。後歸家買此畫去，寂無靈響，三四月後忽又翩然而下，笑語嫵婉，遂患羸疾，父召茅山道士劾治，道士言以先有邪心，以邪召邪，狐故得而假借為惑。

實際上，很多畫中人物真能憑畫而生，這是因為畫工妙藝，雖然虛擬之，而往往物像成實物真人，韓幹畫馬通靈，〔註3〕即是匠心所至，冥會感通的有名傳說。《廣記》〈黃花寺壁〉即載郟中軍士之女患妖病累年而無人可治，有元兆，能禁絕妖怪，言此為畫妖所魘。元兆詰畫妖曰：

> 爾本虛空。而畫之所作耳。奈何有此妖形？其神應曰：「形本是畫，畫以象真，真之所示，即乃有神；況所畫之上，精靈有憑可通，此臣所以有感，感之幻化。〔註4〕

本無形相，由畫具形，恃畫而魅人，正可解釋此類畫中人、畫妖傳說。所以擒捉魘人惡神之後，寺壁上此惡神的畫像就消失了，而女子即痊癒，正是因為失去憑依而無法興怪。

《聞奇錄》所記〈畫工〉故事：

> 唐進士趙顏，於畫工處得一軟障，圖一婦人甚麗。顏謂畫工曰：「世無其人也，如何令生，某願納為妻。」畫工曰：「余神畫也，此亦有名，曰真真，呼其名百日，晝夜不歇，即必應之，應則以百家彩灰酒灌之，必活。」顏如其言，遂呼之百日，晝夜不止，乃應曰：「諾」。

〔註3〕《酉陽雜俎》續集卷之二載：建中初，有人牽馬訪馬醫，稱馬患腳，以二十鎰求治。其馬毛色骨相，馬醫未嘗見，笑曰：「君馬大似韓幹所畫者，真馬中固無也。因請馬主繞市門一匝，馬醫隨之。忽值韓幹，幹亦驚曰：「真是吾設色者。」乃知隨意所匠，必冥會所肖也。遂摩挲，馬若蹶，因損前足，幹心異之。至舍，視其所畫馬本，腳有一點黑缺，方知是畫通靈矣。

〔註4〕《廣記》卷二一〇引，頁1611。

急以百家綵灰酒灌，遂活，下步言笑，飲食如常。曰：「謝居召妾，
妾願事箕帚。」終歲生一兒，兒年兩歲，友人曰：「此妖也，必與君
爲患，余有神劍，可斬之。」其夕，乃遺顏劍，劍繞及顏室，眞眞
乃泣曰：「妾南嶽仙也，無何爲人畫妾之形，君又呼妾名，既不奪君
願，君今疑妾，妾不可住。」言訖，攜其子上軟障，嘔出先所飲百
家綵灰酒，睹其障，唯添一孩子，皆是畫焉。〔註5〕

既寫圖像眞，神靈即可憑式，又呼名百日，名在俗信中即與靈魂關聯，如是
畫像既被賦予神靈，自可通靈而活。《平妖傳》第十六回〈胡員外喜逢仙畫，
張院君怒產妖胎〉，敘胡永兒出身一段前因，即受《聞奇錄》〈畫工〉影響。
後世筆記小說中，如《茅亭客話》卷四（〔宋〕黃休復集）〈勾生〉，《情史》（〔清〕
澹澹外史）卷九，〈情幻類〉畫幻所收〈眞眞〉〈吳四娘〉〈薛雍妻〉〈勝兒〉、
及補畫幻〈桂花仙子〉，《淞濱瑣話》（〔清〕王韜）〈畫奴〉，《茶餘客話》（〔清〕
阮葵生）〈鬼神作祟〉，俱是畫中人一類故事。

寫影傳神，畫物可以成眞，因爲神魂已憑附其中，由此看另一類畫異傳
說，即是所像眞實人物因畫成卻失神而死。即因爲其神靈已被傳攝圖中，所
以畫成靈通，而物亦昏殆，兩類故事實可相成。如《酉陽雜俎》所載：「令畫
工寫松，必數枝衰悴。」〔註6〕又《水經注釋》卷十三（灅水）載：

東掖門下舊慕容儁立銅馬像處。昔慕容廆有駿馬，赭白有奇相逸力，
至儁光壽元年，齒四九矣，而駿逸不虧，儁奇之，比鮑氏驄命鑄銅
以圖其像，親爲銘讚，鐫頌其傍，像成而馬死矣。〔註7〕

周密《雲煙過眼錄》卷一載曾紆「跋李伯時畫，『天馬圖』」：

魯直謂余曰：「異哉！伯時貌天廄滿川花，放筆而馬殂矣！蓋神駿精
魂皆爲伯時筆端攝之而去，實古今異事，當作數語記之。」〔註8〕

物尚且如此，施之於人更甚。程頤《家世舊事》載：

少師影帳畫……抱笏蒼頭曰福郎，家人傳曰：畫工呼使啜茶，視
而寫之，福郎尋卒，人以爲"畫殺"。叔父七郎中影帳亦畫侍者
二人，大者曰楚雲，小者曰儵奴，未幾二人皆卒。由是家中益神

〔註5〕 《廣記》卷二八六引，頁2283。
〔註6〕 〔唐〕段成式，《酉陽雜俎》（台北：漢京文化公司，1983年10月），頁286。
〔註7〕 〔清〕趙一清，《水經注釋》（台北：華文書局，1960年5月），頁779～780。
〔註8〕 〔宋〕周密，《雲煙過眼錄》，叢書集成新編五〇冊（台北：新文豐出版公司，
1985年元月），頁194。

其事。〔註9〕

〔宋〕鄧椿《畫繼》卷六〈人物傳寫〉云：

> 朱漸、京師人，宣和間寫六殿御容。俗云：「未滿三十歲，不可令朱
> 侍詔寫真。」恐其奪精神。〔註10〕

《西遊記》第三二回八戒遇群魔，被小妖認出是圖中豬八戒模樣，魔王叫掛
起影神圖來。八戒看見大驚道：

> 怪道這時沒精神哩！原來是他把我的影神傳將來也！〔註11〕

人神魂寫攝圖中，神魂離失，對生命體即有不好的影響。

畫攝人神魂，在西方文學作品中亦見。錢鍾書《管錐篇》所引例子：「德
國一詩人嘗賦畫師為少女寫真逼肖，然畫中人嫣紅，則女頰變為慘白，畫中
人目炯如，則女目轉而黯然，圖成而女死。」〔註12〕美國短篇小說家王爾
德（Oscar Wilde）〈德利克雷的畫像〉（The Picture of Dorian Gray）小說中描
述主角因為害怕面對衰老，而嫉妒肖像卻可永保年輕，就出賣靈魂來交換青
春，每當他做一件壞事時，肖像因為皆負他的罪惡而日趨衰老，而他本人則
保持虛偽美好的面具，肖像做為主角內在自我的反映，靈魂的真相。後來主
角為了湮滅罪證，拿刀刺殺見證一切罪惡的肖像，沒想到正是殺死真正的自
己，主角死後，畫像又恢復善良年輕的原貌，而躺在地上的卻是醜惡衰老的
主角。〔註13〕

兩則故事中，畫像都做為個人靈魂的寄託憑藉，畫中人與主角互為靈魂
的流動。

二、巫術心理的反映

如果追朔這類畫中人傳說的思想背景，巫術的心理應可解釋這類故事。
在模擬巫術中，一種制敵的「黑巫術」作法，是用蠟，木、土等刻下仇人的
像，或在沙上，紙上畫下仇人的像，再把它的頭髮，指甲、唾液或衣服的一

〔註 9〕 〔宋〕程頤，《家世舊事》，續百川學海第四冊（台北：新興書局，1960 年 11
月），頁 2209。
〔註10〕 〔宋〕鄧椿，《畫繼》學津討原一六冊（台北：新文豐出版公司，1970 年 12
月，影印本），頁 584。
〔註11〕 〔明〕吳承恩，《西遊記》（台北：桂冠圖書公司，1985 年 4 月），頁 399。
〔註12〕 錢鍾書，《管錐篇》（台北：書林出版公司，1980 年 8 月），頁 717。
〔註13〕 《Stories by Oscar Wilde》，Condon and Glasgon Collins Clear-Type press.

部分放在人像身上，用仇人的姓名叫它，用咒語咒他，使他毀滅。〔註14〕
這種對人的刻像施加外力，就可直接使被刻像象徵的人受到致命傷害的巫
術，在我國各民族中，用這種相似模擬的巫術來傷人的活動仍有。〔註15〕
而在古代史書中，就有這類巫術記載，《漢書》〈江充傳〉載武帝有疾，江充
見武帝年老，深恐武帝晏駕後，己為太子所誅，於是為奸計，奏武帝之疾祟
在巫蠱，並誣太子戾有意叛亂，以宮中有蠱氣，先治後宮希幸夫人，以次及
皇后，遂掘蠱于太子宮，得桐木人。〔註16〕桐木人即為巫祠作法的手段。

　　《朝野僉載》云：

　　　下里庸人，多信厭禱，小兒婦女，甚重符書，蘊慝崇姦，構虛成實，
　　　坮土用血，誠伊戾之故為，掘地埋桐，乃江充之擅造也。〔註17〕

即言此事《舊唐書》〈高駢傳〉載：

　　　初師鐸入域，呂用之，張守一，出奔楊行密，詐言所居有金，行密
　　　入城掘其家地下，得銅人長三尺餘，身被桎梏，釘其心，刻高駢二
　　　字於胸。蓋以魅道厭勝蠱惑其心，以至族滅。〔註18〕

《廣記》〈高駢〉條亦載此事：

　　　唐高駢嘗誨諸子曰：汝曹善自為謀，吾必不學俗物，死入四板片中，
　　　以累於汝矣。及遭畢師鐸之難，與諸甥姪同坎而瘞焉，唯駢以舊氊苞
　　　之，果符所言。後呂用之伏誅。有人發其中堂，得一石函，內有桐人
　　　一枚，長三尺許，身披桎，口貫長釘，背上疏駢鄉貫甲子官品姓名，
　　　為厭勝之事。以是駢每為用之所制，如有助焉。〔註19〕

人偶即像人，以符咒施於其上，聯想模擬，而其人靈魂則被控制。另有用紙
做人形施法者。元陶宗儀《輟耕錄》卷十三，〈中書鬼案〉記算卦王萬里殺聰
穎孩童，收取生魂，使去人家作禍，以得財物。於其住處，搜獲木印二顆，
黑羅繩二條，上釘鐵鍼四箇，魘鎮女身小紙人八箇，五色綵，五色絨，上俱
有頭髮相纏等等厭勝物，施法時使用人形樣紙，符水咒遣往人家作怪。〔註20〕

〔註14〕張紫晨，《中國巫術》（上海：三聯書局，1990年7月），頁61。
〔註15〕同前註，頁62～64。
〔註16〕《漢書》卷四五，〈蒯伍・江息夫傳〉（台北：洪氏出版社，1974年7月），頁
　　　　2176。
〔註17〕《廣記》卷二八三引，頁2255。
〔註18〕《舊唐書》卷一八二，〈高駢傳〉（台北：洪氏出版社，1974年7月），頁4712。
〔註19〕《廣記》卷二八三引，頁2260。
〔註20〕〔元〕陶宗儀，《輟耕錄》，筆記小說大觀七篇一冊，頁469。

　　《紅樓夢》第二五回,〈魘魔法叔嫂逢五鬼〉趙姨娘支使馬道婆施法陷害
熙鳳寶玉二人:

> 馬道婆見了這些東西,又有欠字,遂滿口應承,伸手先將銀子拿了,
> 然後收了欠契。向趙姨娘要了張紙,拿剪子鉸了兩個紙人兒,問了
> 他二人的年庚八字,寫在上面;又找了一張藍紙,鉸了五個青面鬼,
> 叫他併在一處,拿針釘了:「回去我再作法,自有效驗的。」

馬道婆作法的結果,果真差點要了叔嫂二人的命,虧得和尚以通靈寶玉方才
解除咒法。

　　《名畫記》載:

> 晉顧愷之字長康。……愷之有三絕:才絕、畫絕、痴絕。又嘗悅一
> 鄰女,乃畫女於壁,當心釘之,女患心痛,告於長康,康遂拔釘,
> 乃愈。〔註21〕

雖非有意危害,然正因為圖寫形貌,直可視為其人靈魂,所以簪刺畫形,而
人能感應。人類學者弗雷澤在《金枝》中云:

> 對於人的肖像也是這樣:認為其中包含了本人的靈魂。具有這樣信
> 念的人當然不願意讓人家給自己畫像,因為如果肖像就是本人的靈
> 魂或者至少是本人生命的重要部分,那麼,無論誰持有這幀畫像就
> 能夠對肖像的主人作出致命的影響。〔註22〕

基於這種觀念,「照像」這種新的技藝便保存許多古老的迷信,直到今天有很
多人不喜歡被拍照,尤其在婚禮及比賽前,拍照常招致不幸。阿拉伯人幾乎
不讓人拍照,甚至當照相機生產出來時,必須要遮蓋他們的臉。卡西勒《語
言與神話》:

> 照相機起初是一件使人恐懼的物體。當它對準一群土著人時,他們
> 發出恐懼的喊叫,向四面八方逃散。……在他們的腦子裏,『利索卡』
> (靈魂)是和圖像連在一起的。因此,把這圖像移至照像底片上就
> 意味著失去了形狀,而失去形狀的軀體就是疾病或死亡。〔註23〕

《管錐篇》亦載:

〔註21〕《廣記》卷二一○引,頁1608。

〔註22〕詹‧喬‧弗雷澤著,徐育新等譯,《金枝》(北京:中國民間文藝出版社,1987
年5月),頁292。

〔註23〕恩斯特‧卡西勒著,于曉等譯,《語言與神話》(台北:久大文化公司,桂冠
圖書公司聯合出版,1990年8月),頁96。

人類學家記初民畏攝影，非洲班圖族（The Bantu）謂照一相乃剝去
靈魂之外罩。（an unsheathing of the soul）〔註24〕

對於神話和巫術思維而言，圖像並非單純的存在，而是所表象的物體靈魂，
本質以及屬性，移注到形象中去，所以刻畫或相片，都具體表象所代表的事
物，而有精神存在。以致於在厭勝拔除的民俗中，「畫」作爲魔符，即是相信
所信仰的驅邪神靈，其靈威即隨圖像而憑附在其中。《論衡》〈訂鬼〉篇云：

> 山海經又曰：滄海之中，有度朔之山，上有大桃木，其屈蟠三千里，
> 其枝間東北曰鬼門，萬鬼所出入也。上有二神人，一曰神荼，一曰
> 鬱壘，主閱領萬鬼。惡鬼之害，執以葦索而食虎。於是帝乃作禮以
> 時驅之，立木桃人，門戶畫荼鬱壘與虎，懸葦索以禦。〔註25〕

同書〈亂龍〉亦載。所謂「刻畫效象，冀以禦凶」，〔註26〕便是相信在畫像中存
有此類驅魔神靈。這也即今天門神的由來。圖像除可辟邪、亦可愈疾。《廣記》
卷二十即載王可交本耕釣自業，一日遇道士七人，與栗吃，可交食後，絕穀，
動靜若有神助，不復耕釣，乃挈妻子往四明山。二十餘年，復出明州賣藥沽酒，
得錢但施於人。相傳藥極去疾，酒甚醉人，明洲里巷，皆言王仙人藥酒，世間
不及，道俗多圖其形像，有患疠及邪魅者，圖於其側即愈。〔註27〕

同書卷二一○〈顧光寶〉亦載：

> 顧光寶能畫，建康有陸溉，患瘧經年，醫療皆無效。光寶常詣溉，
> 溉引見於臥前，謂光曰：「我患此疾久，不得療矣，君知否？」光
> 寶不知溉患，謂溉曰：「卿患此，深是不知，若聞，安至伏至。」
> 遂命筆，以墨圖一獅子，令於外戶牓之。謂溉曰：「此出手便靈異，
> 可虔誠啓心至禱，明月當有驗。」溉命張戶外，遣家人焚香拜之。
> 已而是夕中夜，戶外有窸窣之聲，良久，乃不聞。明日，所畫獅
> 子，口中臆前，有血淋漓，及於戶外皆點焉，溉病乃愈，時人異
> 之。〔註28〕

王可交是得仙道指點而成仙，而且成醫仙，所以圖其形貌即可愈疾；而顧光
寶所繪神獅可咬殺瘧鬼愈疾。

〔註24〕同註1，頁717。
〔註25〕〔漢〕王充，《論衡》（台北：世界書局，1976年4月），頁451～452。
〔註26〕同前註，頁330。
〔註27〕《廣記》頁138。
〔註28〕《廣記》頁1609。

唐初就已流行的鍾馗信仰中，〔註 29〕即懸掛鍾馗圖以驅祟迎新，祈求平安，在民間認爲是百毒聚集的五月，也懸鍾馗圖像，都是以爲圖像即有精神附著，如同神靈到此鎭魘。吳自牧《夢梁錄》卷六〈除夜〉條云：

> 士庶家不論大小家，俱洒掃門閭，去塵穢，淨庭戶，換門神，挂鍾馗，釘桃符，貼春牌，祭祀祖宗。〔註 30〕

《燕京歲時記》云：

> 每至端陽，市肆間用尺幅黃紙蓋以硃印，或繪畫天師鍾馗之像，或繪畫五毒符咒之形，懸而售之，都人士爭相購買，粘之中門以避祟惡。〔註 31〕

即是此類慣習的記載，因此清人楊鳳徽《南皋筆記》〈畫鍾馗〉即記載畫像抓鬼故事：

> 竹禪和尚，善畫通神，嘗有人求畫鍾馗，供之中庭，蓋其指墨也。初無甚異，一夜，明月在地，寒星兩天，涼風徹骨，冷氣逼人，瞥見一巨鬼，高可六七丈！巨口獠牙，眼灼灼如斗，有無數鬼隨之，踰屋而下，若將爲厲者，家人悉驚駭狂奔。俄見一人藍袍破帽，亂髮虬髯，半赤其足，一手持劍，自畫上躍而下，與巨鬼戰於庭，約十分鐘許，斷其首，割其肉，生啖之，群鬼駭而奔，復獲四五鬼，亦啖之立盡，轉身忽不見。亟視畫上，口角間猶有血跡，其靈異如此。聞此畫尚在夔門吳家云。
>
> 南皋居士曰：「竹禪之畫，名震一時，此獨能通神若是，豈偶而得之耶，抑別有精神注於其間邪邪嘻、異矣。」〔註 32〕

精神貫注於其間，正是畫可辟邪除祟的說明。卡西勒《語言與神話》書中引〈埃及魔法〉一文云：

> 一個神或鬼的名稱或標記或圖象可以變成一個護身符，保護一個佩帶它的人；只要用來製造這個護身符的質料還沒變，只要護身符上的名稱、或標記或圖象未被抹去，護身符中的大力量就一直持續。……廟

〔註 29〕 胡萬川先生，《鍾馗神話與小說之研究》（台北：文史哲出版社，1970 年 5 月），頁 12。

〔註 30〕 〔宋〕孟元老等，《東京夢華錄（外四種）》（台北：古亭書屋，1975 年 8 月）頁 181。

〔註 31〕 〔清〕富察敦崇，《燕京歲時記》（台北：木鐸出版社，1982 年 8 月），頁 65。

〔註 32〕 〔清〕楊鳳徽，《南皋筆記》，筆記小說大觀一編一冊，頁 302～303。

　　宇中的神像表象它所表象的那個神的精神。從遠古時代起，埃及人就

　　一直認爲，每一尊雕象和形象都含有內在的精神。〔註33〕

也正如張紫晨《中國巫術》書中所云：

　　在神祇信仰中，刻畫或印制、塑造各種神偶、神像，也莫不是這種

　　觀念的發展。以神偶、神像代表所信奉的神祇，是將幻想的抽象的

　　崇拜物加以具體化，尚不完全是相信相同事物影響相同事物；但相

　　同事物可以互相代表，偶像可以代表實體，供奉神的偶像就等于直

　　接供奉神祇，其心理基礎是與此相通的。〔註34〕

其心理基礎，即巫術模擬聯想的心理運用。

　　小說中畫中人一類故事，以及刻畫神像辟邪等傳說，應都是基於與原物
的逼眞肖似，而認爲即身體的重要部分，與靈魂密切相關，視同鏡中影的另
一種顯現，畫像亦成爲人自我的另一表徵。

第二節　名與人

一、呼名辟邪

　　在迷信傳說中，名字也是人自我的表徵，在巫術觀念裏，這是象徵律的
延申。和映像，影子，以及人的畫像一樣，名字也與靈魂視爲同一，與生命
息息關聯的。在世界各民族都存在過這種信仰，就是藉著咀咒名字或知道他
人名字可以置人於死。弗雷澤在《金枝》中云：

　　未開化的民族對於語言和事物不能明確區分，常以爲名字和他們所

　　代表的人或物之間不僅是人的思想概念上的聯繫，而且是實在的物

　　質的聯繫，從而巫術容易通過名字，猶如通過頭髮指甲及人身其任

　　何部分一樣，來爲害于人。……今天仍有許多未開化的民族把自己

　　的名字看作自身生命的重要部分，從而極力隱諱自己的眞名，恐怕

　　給不懷好意的人知道後用來傷害自己。〔註35〕

佛洛伊德《圖騰與禁忌》中云：

〔註33〕同註23。

〔註34〕同註14，頁65。

〔註35〕詹·喬·弗雷澤著，徐育新等譯，《金枝》（北京，中國民間文藝出版社，1987
　　　　年5月）頁362。

> 原始民族對姓名極爲重視……他們並不像我們一樣將姓名視爲一種
> 無關緊要和沿於習俗的表記。他們很嚴肅的將姓名看成一種必需,
> 且具有特殊意義的東西。姓名在他們看來是人格的最主要部分,甚
> 至是構成自己靈魂的一個環節。〔註36〕

卡西勒在《語言與神話》中就對名字成爲靈魂代表的思維形成加以解釋:

> 在神話思維中,甚至一個人的自我,即他的自身和人格,也是與其
> 名稱不可分割地聯繫著的。這裏,名稱從來就不單單是一個符號,
> 而是名稱負載著個人屬性的一部分;這一屬性必須小心翼翼地加以
> 保護,它的使用必須排他而審慎地僅只歸於名稱負載者本人。有時,
> 它不單單只是他的名稱,並且還是其他某種東西的言語指稱,因此,
> 被看作是某種物質財產,是有可能被他人獲得或攫取的東西。……
> 名稱,當它視爲一種眞正的實體存在,視爲構成其負載者整體的一
> 部分時,它的地位甚至多多少少要高於附屬性私人財產。這樣,名
> 稱本身便與靈魂、肉體同屬一列了。〔註37〕

在世界各民族,命名是一種嚴肅愼重的生命儀式,名字作爲個體生命的標誌,也是人自我的象徵及靈魂。他們認爲名字是生命最重要最秘密的部分,人的生命端賴名字這個具體的靈魂存在與否。加諸在名字上的詛咒,都會直接應驗在名字本人身上。〔註38〕一個人的存在既和名稱如此緊密聯繫,只要有人稱呼名字,就會覺得被稱呼的實體即存在,而可以產生影響,以此爲基礎而衍生種種召喚名稱或避諱名稱等,都足以改變語詞的運用。尤以神名的稱呼爲著。卡西勒云:

> 在許多情況下,此種完全出自神話動機的程序極大地影響到語彙,
> 並在很大過程上改變了語彙。並且,一種神話存在的力量擴展得越
> 遠,他所包含的神話潛力和「意蘊」越大,其名稱的影響範圍也就
> 越廣。因此,「隱秘」這條規則首先適用於神的名稱;因爲,一旦提
> 及神的名稱,便可立即釋放出神身上固有的全部能量。〔註39〕

〔註36〕佛洛伊德著・楊庸一譯,《圖騰與禁忌》(台北:志文出版社,1989年3月),
　　　　頁155。

〔註37〕恩斯特・卡西勒著,于曉等譯,《語言與神話》(台北:久大文化,桂冠圖書
　　　　聯合出版,1990年8月),頁45。

〔註38〕見註35,頁362,「個人名字的禁忌」。

〔註39〕同註37,頁47。

首先要討論的便是此類對神名及超自然存在的名稱巫術及厭勝心理。

對於名字的神祕信仰，尤其對「神聖名稱」的保密性及不可思議力量來源的觀念，要以古代埃及人爲最爲牢固，也最充分發展。〔註40〕神名成爲眞正力量的來源，因爲一旦提及神的名稱，神的力量便會釋放，而知道神名的人，將可擁有這種力量，而支配該神的意志及能量。在埃及有名的傳說中，太陽神「拉」（Ra）的名字是神聖且必須保護在神體內，以免被巫術偷了去而獲得支配力量。女巫伊希絲（Isis）便是施加詭計，巧妙誘惑太陽神說出他的眞名。伊希斯說：「請告訴我您叫什麼名字，神聖的父。因爲只有被稱呼其名字的人才能活著。」太陽神終於告訴女巫眞名，並且任女巫從體內搜索出來，而傳到女巫胸中，女巫也因此控制太陽神及其他諸神。〔註41〕

從傳說中看出：神的名字和神力是不可分離的，在埃及，像伊希斯一樣通過知道神名而獲得神力，不只是古老傳說，卡西勒云：

> 埃及宗教，在其歷史的每個階段上，還以其他許多種方式一再地顯示出，這種對名稱的至尊地位及寓於其中的魔力的信仰。埃及國王的塗油儀式一絲不苟地遵從著將神的若干名稱移往法老身上的定規，其中每個名稱顯示一種專門的屬性，一種新的力量。不僅如此，這一種動機還對埃及人有關靈魂及其不朽性的教義起著決定性的作用。死者的靈魂在踏上往死亡國度的路途之際。不僅必須得到一些物質財產，諸如食物和衣物等，還必須配上某種具有魔力的東西：這主要是那些來世之國的守門人的名稱，因爲只有知道了這些名稱，才能叩開死神之國的大門。甚至連運送死者的渡船，以及船上的部件如舵、帆等等，也都要求死者按照正確的名稱稱呼它們；唯此，死者才能讓它們願意出力，把他們擺渡到目的地。〔註42〕

一直到今天，每個埃及的巫師都以同樣手段獲得權力，這也說明了何以在未開化民族，巫師、祭司都掌握控制人民的權力。所以在聖經中，基督徒的禱告「奉上帝的名」、「奉基督的名」，佛教淨土法門之一，便是持佛名號，一心稱念佛陀名號就可至彼淨土，其中「名」的意義就顯示出來。而在巫術及魔法中，知道惡魔的名就可以控制他們，鬼可以藉著呼他們的名字來驅趕，惡

〔註40〕同註35，頁384。
〔註41〕同前註，頁384～386。
〔註42〕同註37，頁44～45。

魔的名字被叫出時就喪失了法力。〔註 43〕在世界各地傳說故事中，有關於名字巫術的種種類型，包括猜出守關卡的人之名字而獲得利益，避諱等等應該很多。現僅就傳統小說中所見有關「名字巫術」來例舉。尤其是呼名辟邪，呼之即吉等厭勝觀念，都是認爲「名字」即靈魂表徵的一種觀念。《管子》〈水地篇〉：

> 或世見或世不見者，生蟡與慶忌。故涸澤數百歲，谷之不徙，水之不絕者生慶忌。慶忌者，其狀若人，其長四寸，衣黃衣，冠黃蓋，乘小馬，好疾馳，以其名呼之，可使千里外一日反報，此涸澤之精也。涸川之精者生於蟡，蟡者一頭而兩身，其形若虵，其長八尺。以其名呼之，可以取魚鱉，此涸水之精也。〔註44〕

另外《白澤圖》圖寫精怪形狀名並記錄其辟邪之用的圖籍，又如《抱朴子》提到《論百鬼錄》這本書也是記錄天下鬼怪名字的祕笈，這些書可以攜之入山而使眾鬼自卻，即是知悉精怪的名字而役使驅除的反映。

《太平廣記》卷三六一〈張翰〉：

> 右門衛錄事參軍張翰。有親故妻，天寶初，生子，方收所生男，更有一無首孩子，在傍跳躍，攬之則不見，手去則復在左右。按白澤圖曰：其名日常，依圖呼名，至三呼，奄然已滅。〔註45〕

這類圖籍即是當時人用以辟邪除怪的秘笈。

在道教法術中，知道精怪名字，即可將之被除，可保入山不爲所犯。《抱朴子》〈登涉〉云：

> 抱朴子曰：山中山精之形如小兒而獨足，走向後，喜來犯人，人入山若夜聞人音聲大語，其名日蚑，知而呼之，即不敢犯人也。一名熱內，亦可兼呼之。又有山精，如鼓赤色，亦一足，其名日暉；又或如人長九尺，衣裘戴笠，名日金累；或如龍而五色赤角，名日飛飛；見之皆以名呼之，即不敢爲害也。抱朴子曰：山中有大樹，有能語者，非樹能語也，其精名日雲陽，呼之則吉。……山水之間見使人者名日四徼；呼之名即吉。山中見大蛇著冠幘者，名日凡鄉，呼之即吉。〔註46〕

〔註43〕 《Standard Dictionary of Folklore, Mythology, and Legend》MelvileJ.Herskovits, New York, 1972, P783.

〔註44〕 《管子》（台北：廣文書局，1965 年 8 月），頁 263。

〔註45〕 《廣記》，頁 2869。

〔註46〕 〔晉〕葛洪，《抱朴子》（台北：廣文書局，1965 年 8 月），頁 225。

同書〈袪惑〉云：

> （崑崙山上）內有五城十二樓，……又有神獸，名獅子辟邪、天鹿
> 焦羊、銅頭鐵額、長牙鑿齒之屬，三十六種，盡知其名，則天下惡
> 鬼惡獸，不敢犯人也。〔註47〕

如果知道辟邪神獸之名，呼其名即可借助這些神獸威力來驅邪。

《摩訶止觀》卷八亦載呵名驅鬼的說法：

> 當惱坐禪人，此是源祖之鬼，……亦能惱亂，今呵其宗祖聞即羞去。
> 呵云：「我識汝名字，汝是慪惕惡夜叉。」……如是呵已即應去。……
> 治時媚鬼者，須善識十二時三十六獸，知時唱名媚即去。〔註48〕

《酉陽雜俎》前集卷之十四〈諾皋記〉上：

> 「太眞科經」說有鬼仙。……語忘、敬遺二鬼名。婦人臨產呼之，
> 不害人，長三寸三分，上下烏衣。〔註49〕

明談遷的《棗林雜俎》和集、〈妖異〉篇「藏經志怪」條所記載，則不止澤丘
墓室門廁有精憑存，即連故市故井故淵，道徑老木，金玉水火，也都有精怪
在其中，若知呼其名，則可去其為害保無咎，並可役使之取金銀飲食，使人
自明，不迷，宜禾穀等等。〔註50〕

《釋神》卷十〈雜神〉又記載了船神及斧甑神：

> 船神……下船三拜三呼其名，除百忌。
> 斧甑神……斧甑鬼，名婆女。凡遇斧鳴，呼其名，不災。〔註51〕

都是名字巫術的衍化。在民間習俗中，這類呼名制邪的運用也多有。如《風
俗通》載：

> 夏至著五綵，辟兵，題曰游光。游光，厲鬼也，知其名者無溫疾。
> 〔註52〕

《積閣閒話》云：

〔註47〕 同前註，頁282。

〔註48〕 《摩訶止觀》，〔隋〕天台智者大師說，門人灌頂記，大藏經九一冊，頁116。

〔註49〕 〔唐〕段成式，《酉陽雜俎》（台北：漢京文化事業公司，1983年10月），頁
129。

〔註50〕 〔明〕談遷，《棗林雜俎》，筆記小說大觀正編三冊，和集，頁13。

〔註51〕 〔清〕姚東升輯，《釋神》，中國民間信仰資料彙編冊一一（台北：學生書局，
1989年11月）

〔註52〕 〔漢〕應邵，《風俗通》（台北：漢京文化事業公司，1983年9月），頁605。

司書鬼名長思。除夕呼而祭之，鼠不齧，蠹不生。〔註53〕

二、呼名應答

　　小說中屬於「名字」神祕力量的另一類傳說，即是呼名應答，神魂即被攝走。名字為自我象徵及生命力量，不可輕易通名或應答呼名，否則名字一經自己口中說出或答應，靈魂就會由口中跑出來離開身體。小說《封神演義》中即記左道張桂芳慣用「呼名落馬」的幻術制敵。〈三十六回〉張桂芳奉詔西征，率大隊人馬，安營於西岐外五里，姜子牙與黃飛虎共議退兵之策，子牙問張桂芳用兵如何？黃飛虎道：

> 張桂芳乃左道旁門術士，俱有幻術傷人。子牙曰：「有何幻術？」飛虎曰：「此術異常，但凡與人交兵會戰，必先通名報姓，如末將叫黃某，正戰之間，他就叫黃飛虎不下馬，更待何時？末將自然下馬。故有此術，似難對戰。丞相分付眾位將軍，但遇桂芳交戰，切不可通名；如有通名者，無不獲去之理。」

子牙聽罷，面有憂色，然諸將卻不服信這「呼名落馬」之說。而果在與張桂芳交戰中，先後是黃飛虎、周紀被呼名大叫「不下馬更待何時」，而不由自己墜下馬來，子牙只得掛出免戰牌。幸有哪吒前來迎戰，通名報姓，與張桂芳大戰三十回合，張桂芳不能久戰，隨用法術要擒哪吒，大呼三聲「哪吒不下車來，更待何時？」哪吒腳蹬二輪，卻不得下來。張桂芳幻術失敗的原因，書中道及：

> 但凡精血成胎者有三魂七魄；被桂芳叫一聲，魂魄不居一體，散在各方自然落馬。哪吒乃蓮花化身，周身俱是蓮花，那裏有三魂七魄，故此不得叫下輪出。〔註54〕

《封神演義》喧騰戰鼓，也是因姜子牙沒有遵從其師及南極仙翁：「但凡有人叫名，切不可應」的叮嚀，應了申公豹而導出三十六路征伐（三七回）。《西遊記》（三四回）中孫行者被俘，便是精細鬼、伶俐蟲二小魔以「紫金紅葫蘆」底兒朝天，口兒朝地，照定孫行者，叫名，孫行者不覺應了一聲便被裝進葫蘆中。當時孫行者胡說個「者行孫」的假名，但即使是胡謅的假名，只要應了，「綽個應的氣兒，就裝了去了」。名字是自我神魂，應答呼名，神魂便離

〔註53〕同註51，卷十引。
〔註54〕〔明〕許仲琳，《封神演義》（台北：桂冠圖書公司，1984年）頁303。

了身，爲人掌握，若不應，則可保守神魂，外物不能加害。《搜神後記》卷七載：

> 晉中興後，譙郡周子文，家在晉陵。少時，喜涉獵，常入山，忽山
> 岫間有一人，長五六丈，手捉弓箭，箭鏑頭，廣二尺許，白如雪，
> 忽出聲喚曰：「阿鼠。」（子文小字）子文不覺應曰：「諾。」此人便
> 牽弓滿鏑向子文，子文便失魂厭伏。〔註55〕

同卷載富陽人王氏於窮瀆中作蟹斷，且往視之，則見材在斷中，蟹都出盡。乃修斷出材，明往視之，斷敗如初，如是再三，王疑材爲妖異，取內蟹籠中，云至家以斧斫燃之。未至家三里，籠中材化爲一怪物，自言爲山神，性嗜蟹，求王氏釋放，當報答令大丈得蟹，王不肯，此物懇告苦請，王仍不顧，物即問王姓名，物曰：「君何姓名？我欲知之。」頻問不已，王遂不答。去家轉近，物曰：「既不放我，又不告我姓名，當復何計，但應就死身。」〔註56〕

　王氏至家熾火焚之，後無復有異。物所以頻頻問名，即因問名就可加害於人。物實乃土俗所謂山猺，云「知人姓名，則能中傷人。」所以勤勤問王氏姓名，欲害人自免而終難逞其詭計。同書卷十八所載也是鼠妖欲害人反而自害：

> 魏齊王芳正始中，中山王周南，爲襄邑長，忽有鼠從穴出，語曰：「王
> 周南！爾以某月某日當死。」周南急往，不應。後至期，復出，更
> 冠幘皁衣而出曰：「周南！爾日中當死。」亦不應。鼠復入穴。須臾，
> 復出，出，復入，轉行，數語如前。……鼠復曰：「周南！爾不應
> 死，我復何道！言訖，顚蹶而死。〔註57〕

《閱微草堂筆記》卷三：

> 唐太宗三藏聖教序，稱風災鬼難之域，似即今闢展土魯番地。其地
> 沙磧中獨行之人，往往聞呼姓名，一應，則隨去不復返。〔註58〕

名字是靈魂表徵，所以鬼勾人魂魄，即往往先叫人姓名。《前定錄》云：

> 人將死，或半年，或數月內，即先於城中呼其名。〔註59〕

〔註55〕 〔晉〕陶潛，《搜神後記》（北京：中華書局，1988年1月），頁50。
〔註56〕 同前註，頁48～49。
〔註57〕 同前註，頁143。此則《幽明錄》亦見載，同書「清河太守」亦是同型故事。
　　　　見筆記小說大觀三一編一冊。頁4102。
〔註58〕 〔清〕紀昀，《閱微草堂筆記》（台北：大中國圖書公司，1984年1月），頁42。
〔註59〕 《廣記》卷一四九引，頁1075。

所以如果暗中有人呼姓名，常常是死亡的凶兆。如《幽冥記》載：

> 元嘉九年，南陽樂遐嘗在内坐，忽聞空中有人，呼其夫婦名甚急，半夜乃止，殊自驚懼。後數日，婦屋後還，忽舉體衣服悉是血，未一月，夫婦相繼病卒。〔註60〕

《稽神錄》：

> 天祐丙子歲，浙西軍士周交作亂，殺大秦進忠，張胤、凡十餘人。進忠少時，嘗怒一小奴，刃貫心，殺而并埋之。末年，恆見此奴捧心而立，始於百步之外，稍稍而近，其日將出，乃在馬前，左右皆見之，而入府，又遇亂兵，傷胃而卒。張胤前月餘，每聞呼其姓名，聲甚清越，亦稍稍而近，其日若在對面，入府皆斃矣。〔註61〕

所以在民間習俗當中，如果在深夜戶外有人叫名不可答應，因爲可能即是鬼在勾魂。

《帝京景物略》：

> （正月元旦五鼓時……）或戶外呼，則不應，因呼者鬼也。〔註62〕

一直到今天，在民間中還是有這種禁忌。林明裕《台灣民間禁忌》中提到，忌在深夜答人呼叫己名，如果回答，就中了鬼魂的圈套，以致魂魄被拘走。〔註63〕

答應呼名，則魂魄被勾攝去，易致不幸。與這個觀念相對，但是也是反映出名字即靈魂象徵的習俗，則是叫魂。叫魂是在人臨命終時，呼叫其名字，希望他還魂醒復過來。在唐傳奇《霍小玉傳》中，霍小玉擲盃於地，怒詰李益，長慟號哭數聲而絕，母乃舉尸置於生懷，令喚之。即是希望藉由小玉親愛的人來呼叫小玉魂魄回來。《通幽錄》記載一則叫魂而復活的故事：

> 大曆四年，處士盧仲海與從叔纘客於吳，夜就主人飲，歡甚，大醉，邵屬皆散，而纘大吐，甚困，更深無救者，獨仲海侍之，仲海性孝友，悉箧中之物藥以護之。半夜纘亡，仲海悲惶，伺其心尚煖，計無所出。忽思禮有招魂望反諸幽之旨，又先有力士説招魂之驗，乃大呼纘名，連聲不息，數萬計，忽蘇而能言曰：「賴爾呼救我。」……言語之際，忽然又沒，仲海又呼之，聲且哀屬激切，直至欲明方蘇，

〔註60〕 同前註，卷三六〇引，頁2856。
〔註61〕 同前，卷三五三引，頁2797。
〔註62〕 〔明〕劉侗，《帝京景物略》（台北：廣文書局，1969年1月）卷二春場三。
〔註63〕 林明裕，《臺灣民間禁忌》（台北：東門出版社，1988年4月），頁238。

曰：「還賴爾呼我。」……雞鳴興，陰物向息，又聞鬼神不越疆……

倍道併行而愈。〔註64〕

民間有一種「喊驚」「喊精神」的習俗，是在小孩受了驚嚇，就要呼喊小孩姓名，說某某精神回來之的話以魘驚。〔註65〕也是同樣心理的反映。

三、名稱的改變

名字既是人的精神魂魄，也往往象徵著自我人格及一生命運。卡西勒云：

> 神話意識非但不把人格看作某個固定不變的東西，相反，它把人一生中的每個階段都視爲一個新的人格，一個新的自我；而人格的這種變化首先就是在其名稱經歷的變化中表現出來。……在其他情況下，名稱的變化有時可以保護某人免遭即將臨頭的危害；只要這人採納一個不同的自我就可逃離危險，因爲另一自我的形態會使該人變得無法辨識。〔註66〕

《禮記》〈曲禮卷二所說「男子二十冠而字」，「女子許嫁筓而字」，命名取字，正是成年儀式，象徵一個人自我的蛻變成長。爲了使小孩平安長成，民俗中有許多偷名、借名，寄名等等做法，即如卡西勒所指出名稱的變化在免除危難及改變命運。據《中華全國風俗志》所載各地有關名字的奇風異俗很多，有所謂「討名姓」「借名」「偷名」「撞名」等等，無非是希望這個自我的象徵是最適切，而且能帶來平安好運。《紅樓夢》二十五回，馬道婆是寶玉的「寄名」〔註67〕乾娘。「寄名」據《中華全國風俗志》卷三〈江蘇〉載：

> 二月十九日爲觀音誕辰。……即生小兒則於觀音座下皈依寄名，可保長壽。〔註68〕

又載吳縣之奇俗云：

> 吳縣有小兒寄名神佛之俗。此風全境皆然，蓋富貴家之小孩，驕生慣養，太半身體柔弱，時膺疾病，其親乃至廟香，用紅布製一袋，置小兒年庚於其中，俗名過寄袋，懸佛櫥上，自是以後，每舊曆年

〔註64〕《廣記》卷三三八引，頁 2680～2681。

〔註65〕吳玉成，《粵南神話研究》，北京大學民俗叢書一一六冊，1932 年，頁 159～160。

〔註66〕同註37，頁 46。

〔註67〕《紅樓夢》，頁 273。

〔註68〕胡樸安，《中華全國風俗志》（台北：啓新書局，1968 年 1 月），下篇，頁 45。

> 終，寺僧備飯菜，送小兒家中，名曰年夜飯，其親必給僧以錢，凡
> 送三年始畢，當過寄時，僧爲小兒取名。譬如神佛姓金，即取名金
> 生，金壽等類，其親並攜小兒來廟拈香，呼神如寄爺，乃至成年完
> 婚後乃將紅布袋取回，名曰拔袋。〔註69〕

在南方，這類風俗想必確實存在過。而《紅樓夢》〈五十二回〉中麝月說到叫
寶玉名字，原是奉賈老太太之命，又巴巴的寫了小名各處貼著，叫萬人叫去，
爲的是好養活。其中用意，或許是恐怕小兒魂散，要叫著提醒，另一方面則
是紓降其尊，不要人叫二爺，以免折壽。

名字既爲人格代表，小說中人物的命名，往往也載負著人物的榮辱成敗，
關乎主角一生際運，在中國，所謂「顧名思義」，從姓名學中正可見出。張火
慶在《中國小說史論叢》中說：

> 名字所代表的意義，在中國是非常慎重的，人們往往從信仰的觀點來
> 注視名字對擁有者終生休咎的支配與影響，它一旦取定，便如同符咒
> 般，伴隨著人而成爲命運。中國一向有「姓名學」這種學問，不論它
> 五行生剋的憑藉是否效驗，但它在心靈上是一奉極重要的表徵。
>
> 若說天賦是前世習慣的延伸，則一個暗示性的名字可能就會是喚醒
> 前世累積的潛力的咒語。〔註70〕

名字，已由純粹的，沿習的符號，附加上象徵心理的作用，而代表著自我人
格。名字與人已經是等同的聯繫；一如影像、畫像等代表的意義。

〔註69〕同前註，頁72。

〔註70〕張火慶，〈由說岳全傳看通俗小說天命與因果系統下的英雄造型〉，收於《中
國小說史論叢》（台北：學生書局，1984年5月），頁142～143。

第六章　結　語

　　傳統小說中鏡子的神異性，大多爲初民對鏡子光明照物的特殊屬性產生的聯想，賦予鏡子洞照萬物眞象的靈力，鏡子本具巫術厭勝的功能，尤其在道教法術當中，扮演重要的儀式道具。民間更將之視爲神祕之物，神化鏡子的功能，種種傳說附麗誇異，成爲六朝筆記小說中常見的主題，後代筆記小說亦迭有記載，多能取擷綺幻題材，鎔鑄新意，寓諸筆端。

　　鏡子在傳說中即扮演志怪志奇的功能，正是鏡子所映照的奇幻景象，烘染出小說傳奇載異的趣味性，「志怪」，原即是記錄奇異之事。魯迅在《中國小說史》中云：

　　　　中國本信巫，秦漢以來，神仙之說盛行，漢末又大暢巫風，而鬼道
　　　　愈熾；會小乘佛教亦入中土，漸見流傳。凡此，皆張皇鬼神，稱道
　　　　靈異，故自晉訖隋，特多鬼神志怪之書。其書有出于文人者，有出
　　　　于教徒者。文人之作，雖非如釋道二家，意在自神其教，然亦非有
　　　　意爲小說，蓋當時以爲幽明雖殊塗，而人鬼乃皆實有，故其敘述異
　　　　事，與記載人間常事，自視固無誠妄之別矣。〔註1〕

鏡子在傳說中由原本只具照面容，整衣冠的日常用具，進而具備透視預卜，照見本像，驅邪除崇等神奇性。漢鏡鏡飾及畫像鏡所反映的神仙傳說及思想，〔註2〕正代表了寶鏡神異傳說的流傳，也指出了寶鏡神異性產生的一些背景。傳統小說中的鏡子，除了反映巫術中認爲映像即靈魂的觀念，實亦受到仙道及佛教思想的影響，佛道兩教對鏡子的徵引譬喻，孳乳增飾了傳說的炫麗多

〔註1〕周樹人，《中國小說史》（台北：谷風出版社）頁47。
〔註2〕張金儀，《漢鏡所反映的神話傳說與神仙思想》（台北：國立故宮博物院，1981年7月）書中詳論。

奇，透過鏡子的傳說，正可以窺探出文化的內涵及隱喻的意義。

傳統小說中鏡子呈現的普遍意象，即是「照見本我」，面對鏡子，即是潛意識的浮昇，在明鏡的玄覽下，內在情感心識，生命本相呈露無遺，傳說的寄意好奇，文學上的象徵聯想，使得鏡子的意象，一直到現代的文學技巧運用上，可以成為一個「原型」。〔註3〕

傳統小說中對於身影，認為即是人靈魂的寄寓，傳說反映巫術觀念中認為身影為個體的有機部分，以及作為生命本質投射，精氣強弱的表徵。道教中辟穀養生，為身體文化的表現，影子的消解，正作為隱形變化，蛻去遺跡的象徵，掙脫俗體的拘囿而達到圓通無礙的勝境。

影子呈現幽黑，空廓，依附人身，徬徨于明暗之間的意象，在哲學上及文學上，也含藏著極深遠的象徵空間，《莊子》〈齊物論〉中魍魎問影，陶淵明詩作《形贈影》，《影答形》等〔註4〕都有著對影子哲學上的思考。心理學家容格提出的影子原型，也即是基於影子的象徵意象，澳大利亞土著的傳統建築，有一些「陰影的掩蔽所」，這些是「靈魂的庇護所」，在那裡如果沒有「影子」也就沒有生命，影子的觀念，就如同「靈魂的隱喻」。〔註5〕在現代的藝術創作中，人的側影或投影，其符號、象徵，及所傳達的訊息，在現代藝術裡蘊涵著一種不易察覺又神秘不可捉摸的異度精神空間。〔註6〕

本文原先所屬意的叛亂小說的鏡中影情節，由於前所蒐集整理的鏡與影傳說，都可以各自成為一個小主題，限於篇幅及時間對這一主題也僅能就「照見本我」「預示未來」的主要範疇下討論，對於這一主題與創業神話，建國神話有關的小說情節之比較，以及其與符讖圖籙意義上的指涉，也就只有期諸將來作深入討論。

研究過程發現民俗信仰傳說常為文學家取擷，成為作意好奇的題材；而民俗慣習也藉文學作品而保存下來。

〔註 3〕 所謂「原型意象」是指著那些具有原型功能的意象。「原型」在這裡被視為一個文學批評術語使用，意指「初民的（或其記憶裡的）行動模式，或生命型態，具有永恆人性和宇宙性的象徵意義。見《說鏡——現代詩中一個原型意象的試探》，李瑞騰著，收於《中華現代文學大系，評論卷貳》文中指出：鏡子在現代詩中出現的頻繁，意味著現代詩人在追尋自我，表現這種「生死」、「自我」兩個原型主旨上是大費心機的，它的重要性也就不言而喻了。

〔註 4〕 見《陶淵明集》（台北：里仁出版社，1985 年 4 月）頁 35、36。

〔註 5〕 高秀蓮，《關於「影子」的寓意》，收於《藝術家》1991 年 1 月。

〔註 6〕 同註5。

參考書目

一、

1. 《三國志集解》，〔晉〕陳壽，藝文印書館廿五史本。
2. 《四書集注》，〔宋〕朱熹，世界書局，1983 年 7 月。
3. 《南史》，〔唐〕李延壽，洪氏出版社，1977 年 5 月。
4. 《莊子集解》，〔清〕郭慶藩，木鐸出版社，1983 年 9 月。
5. 《晉書》，〔唐〕房玄齡，洪氏出版社，1975 年元月。
6. 《梁書》，〔唐〕姚思廉，洪氏出版社，1974 年 7 月。
7. 《詩經》，藝文印書館十三經注疏本，1985 年 12 月。
8. 《楚辭四種》，屈原等，華正書局，1978 年 8 月。
9. 《管子》，廣文書局，1965 年 8 月。
10. 《漢書》，〔漢〕班固，洪氏出版社，1975 年 9 月。
11. 《魏書》，〔北齊〕魏收，洪氏出版社，1977 年 5 月。
12. 《舊唐書》，〔後晉〕劉昫，洪氏出版社，1977 年 5 月。

二、

1. 《人物志》，〔魏〕劉邵，金楓出版社，1986 年 12 月。
2. 《子不語》，〔清〕袁枚，岳麓書社，1987 年 4 月。
3. 《山海經校注》，袁珂，里仁出版社，1982 年 8 月。
4. 《天中記》，〔明〕陳耀文，文海書局，1964 年 8 月。
5. 《太平廣記》，〔宋〕李昉，文史哲出版社，1987 年 5 月。
6. 《太平御覽》，〔宋〕李昉，平平出版社，1975 年 5 月。
7. 《水經注釋》，〔清〕趙一清，華文書局，1960 年 5 月。

8. 《五雜組》，〔明〕謝肇淛，筆記小說大觀八編七冊，1988 年 5 月。

9. 《平妖傳》，〔明〕馮夢龍，鼎文書局，1983 年 7 月。

10. 《古今譚概》，〔明〕馮夢龍，新興書局，1985 年 10 月。

11. 《本草綱目》，〔明〕李時珍，鼎文書局，1973 年 9 月。

12. 《四遊記》，〔明〕余象斗等，文化圖書公司，1984 年 1 月。

13. 《玉泉子》，〔唐〕無名氏，筆記小說大觀二二編一冊，1978 年 9 月。

14. 《玉歷寶鈔》，〔北宋〕淡痴，瑞成書局，1967 年 8 月。

15. 《北夢瑣言》，〔宋〕孫光憲，源流出版社，1983 年 4 月。

16. 《西遊記》，〔明〕吳承恩，桂冠圖書公司，1985 年 4 月。

17. 《池北偶談》，〔明〕王世禎，商務印書館，1976 年 7 月。

18. 《弘明集》，〔梁〕僧祐，四部叢刊初編子部二八冊，商務印書館，1975 年 5 月。

19. 《曲洧舊聞》，〔宋〕朱弁，學津討原本一四冊，新文豐文化事業公司，1980 年 12 月。

20. 《夷堅志》，〔宋〕洪邁，明文書局，1982 年 4 月。

21. 《在野遍言》，〔清〕王嘉模，筆記小說大觀三編八冊，1978 年 7 月。

22. 《有象列仙全傳》，〔明〕汪雲鵬，民間信仰資料彙編六冊，學生書局，1989 年 11 月。

23. 《酉陽雜俎》，〔唐〕段成式，漢京文化事業公司，1983 年 10 月。

24. 《金華神記》，〔宋〕崔伯易，筆記小說大觀五編三冊，1980 年 1 月。

25. 《李義山詩集》，〔唐〕李商隱，學生書局，1937 年 10 月。

26. 《庚己編》，〔明〕陸粲，筆記小說大觀六編五冊，1983 年 1 月。

27. 《抱朴子》，〔晉〕葛洪，廣文書局，1965 年 8 月。

28. 《東京夢華錄外四種》，〔宋〕孟元老等，古亭書屋，1975 年 8 月。

29. 《夜航集》，〔清〕破額山人，筆記小說大觀二編一冊，1978 年 2 月。

30. 《青瑣高議》，〔宋〕劉斧，河洛圖書出版公司，1977 年 4 月。

31. 《松濱瑣話》，〔清〕王韜，筆記小說大觀正編六冊，1960 年 1 月。

32. 《癸辛雜識》，〔宋〕周密，西南書局，1973 年 3 月。

33. 《帝京景物略》，〔明〕劉侗，廣文書局，1969 年 1 月。

34. 《春在堂全書》，〔清〕俞樾，中國文獻出版社，1968 年 9 月。

35. 《宣和博古圖》，〔宋〕王黼，四庫全書子部一四六冊，商務印書館影印文淵閣四庫全書，1983 年。

36. 《風俗通義校注》，〔漢〕應邵著，王利器注，漢京文化事業公司，1983

年9月。

37. 《南皋筆記》，〔清〕楊鳳徽，筆記小說大觀一編一冊，1978 年 1 月。

38. 《幽明錄》，〔劉宋〕劉義慶，筆記小說大觀三一編一冊，1980 年 8 月。

39. 《茅亭客話》，〔宋〕黃休復，筆記小說大觀十篇一冊，1984 年 8 月。

40. 《封神演義》，〔明〕許仲琳，桂冠圖書公司，1984 年。

41. 《洞冥記》，〔漢〕東方朔，說庫，新興書局，1973 年 4 月。

42. 《述異記》，〔梁〕任昉，說庫，新興書局，1973 年 4 月。

43. 《柳崖外編》，〔清〕徐崑，廣文書局，1969 年 1 月。

44. 《洛陽搢紳舊聞記》，〔宋〕張齊賢，筆記小說大觀正編一冊，1960 年 1 月。

45. 《秋燈叢話》，〔清〕王椷，廣文書局，1968 年 7 月。

46. 《俞樾箚記五種》，世界書局，1963 年 4 月。

47. 《拾遺記》，〔晉〕王嘉，木鐸出版社，1982 年 2 月。

48. 《素問王冰注》，王冰，中華書局，四部備要子部六八冊，1976 年 3 月。

49. 《朔方備乘》，〔清〕郭秋燾，老古文化事業公司，1981 年 7 月。

50. 《家世舊事》，〔宋〕程頤，續百川學海四冊，新興書局，1960 年 11 月。

51. 《留青日札》，〔明〕田藝蘅，廣文書局，1969 年 1 月。

52. 《破除迷信全書》，李幹忱編，收於中國民間信仰資料彙編三○冊，學生書局，1989 年 11 月。

53. 《荊楚歲時記》，〔梁〕宗懍，收於歲時資料彙編三○冊，藝文印書館，1960 年 12 月。

54. 《寄園寄所寄》，〔清〕趙吉士，筆記小說大觀七編五冊，1982 年 11 月。

55. 《埋憂集》，〔清〕朱翔清，商務印書館，1979 年 4 月。

56. 《情史》，〔清〕澹澹外史，廣文書局，1982 年 8 月。

57. 《異苑》，〔劉宋〕劉敬叔，說庫，新興書局，1973 年 4 月。

58. 《淮南子注釋》，〔漢〕高誘，華聯出版社，1973 年 9 月。

59. 《清稗類鈔》，〔清〕徐珂，上海商務印書館，1917 年。

60. 《庸閒齋筆記》，〔清〕陳其元，筆記小說大觀二編一冊，1978 年 2 月。

61. 《聊齋誌異》，〔清〕蒲松齡，漢京文化事業公司，1984 年 4 月。

62. 《開元天寶遺事》，〔五代〕王仁裕，叢書集成新編八一冊，新文豐文化事業公司，1985 年 1 月。

63. 《雲仙雜記》，〔唐〕馮贄，筆記小說大觀十編一冊，1984 年 8 月。

64. 《博物志》，〔晉〕張華，金楓出版社，1987 年 1 月。

65. 《棗林雜俎》，〔明〕談遷，筆記小說大觀正編三冊，1960 年 1 月。

66. 《搜神記》，〔晉〕干寶，鼎文書局，1970 年 3 月。

67. 《搜神後記》，〔晉〕陶潛，中華書局（北京），1988 年 1 月。

68. 《雲煙過眼錄》，〔宋〕周密，叢書集成新編五〇冊，新文豐出版事業公司。

69. 《朝野僉載》，〔唐〕張鷟，古今說海，廣文書局，1968 年 7 月。

70. 《菽園雜記》，〔明〕陸容，筆記小說一四編二冊，1988 年 1 月。

71. 《開闢演繹》，〔明〕周游，天一出版社，1985 年 10 月。

72. 《畫繼》，〔宋〕鄧椿，學津討原一六冊，新文豐文化事業公司，1970 年 12 月。

73. 《稗史彙編》，〔明〕王圻，筆記小說大觀三編七冊 1978 年 7 月。

74. 《喻世明言》，〔明〕馮夢龍編，鼎文書局，1970 年 9 月。

75. 《罪惟錄》，〔清〕查繼佐，四部叢刊廣編一六冊，商務印書館，1981 年。

76. 《瑯環記》，〔元〕伊世珍，學津討原一三冊，新文豐出版事業公司。

77. 《說苑》，〔漢〕劉向，商務印書館，1977 年 1 月。

78. 《夢溪筆談》，〔宋〕沈括，世界書局，1978 年 10 月。

79. 《醋葫蘆》，西子湖伏雌教主，天一出版社，1985 年 10 月。

80. 《輟耕錄》，〔元〕陶宗儀，筆記小說大觀七編一冊，1982 年 11 月。

81. 《閱微草堂筆記》，〔清〕紀昀，大中國圖書公司，1984 年 1 月。

82. 《論衡》，〔漢〕王充，世界書局，1976 年 4 月。

83. 《燕京歲時記》，〔清〕富察敦崇，木鐸出版社，1982 年 8 月。

84. 《諧鐸》，〔清〕沈起鳳，筆記小說大觀，二編一四冊，1978 年 2 月。

85. 《繹史》，〔清〕馬驌，商務印書館影印文淵閣四庫全書，史部紀事本末類，冊三六五，1983 年。

86. 《歸田錄》，〔宋〕歐陽修，木鐸出版社，1982 年 2 月。

87. 《歸蓮夢》，〔清〕蘇庵主人，天一出版社，1985 年 5 月。

88. 《雙槐歲鈔》，〔明〕黃瑜，筆記小說大觀十四編二冊，1988 年 1 月。

89. 《藥地炮莊》，〔明〕方以智，廣文書局，1975 年 4 月。

90. 《釋神》，〔清〕姚東升，收於中國民間信仰資料彙編三〇冊，學生書局，1989 年 11 月。

91. 《續子不語》，〔清〕袁枚，筆記小說大觀正編四冊，1960 年 1 月。

92. 《欒城集》，〔宋〕蘇轍，四部叢刊初編集部五三冊，上海商務印書館縮印明活字版本，1975 年 5 月。

三、

1. 《文化人類學》，林惠祥，商務印書館，1981 年 9 月。

2. 《中國小說史集稿》，馬幼垣，時報文化出版公司，1987 年 3 月。

3. 《中國上古神話》，劉城淮，上海文藝出版社，1988 年 10 月。

4. 《中國古代銅鏡》，孔祥星、劉一曼，北京文物出版社，1988 年 5 月。

5. 《中國巫術》，張紫晨，上海三聯書局，1990 年 7 月。

6. 《中國的妖怪》，中野美代子著，何彬譯，黃河文藝出版社，1989 年 2 月。

7. 《中國笑話書七一種》，王利器，世界書局，1960 年 5 月。

8. 《中華全國風俗志》，胡樸安，啓新書局，1968 年 1 月。

9. 《六朝隋唐仙道類小說研究》，李豐楙，學生書局，1986 年 4 月。

10. 《水滸傳與中國社會》，薩孟武，三民書局，1988 年 5 月。

11. 《方臘民間傳說》，徐保土、湯良宇整理，浙江人民出版社，1982 年 7 月。

12. 《古小說鉤沈》，周樹人，無出版年月。

13. 《平台紀略》，藍鼎元，台灣文獻史料叢刊第七輯，大通書局，1987 年 10 月。

14. 《平妖傳研究》，胡萬川先生，華正書局，1984 年元月。

15. 《自我的探索》，卡爾·榮格著，黎惟東譯，桂冠圖書公司，1989 年 8 月。

16. 《西藏民間故事集》，收於中國民間故事全集，遠流出版社，1989 年 5 月。

17. 《西藏度亡經》，蓮華生大師原著，徐進夫譯，天華出版社，1983 年 4 月。

18. 《金枝》，詹·喬·弗雷澤著，徐育新等譯，中國民間文藝出版社，1987 年 5 月。

19. 《佛家名相通釋》，熊十力，廣文書局，1974 年 7 月，。

20. 《紅樓夢的兩個世界》，余英時，聯經出版事業公司，1978 年 1 月。

21. 《鬼文化》，艾倫·C·詹金斯著，郝舫等譯，上海文化出版社，1988 年 12 月。

22. 《校定本紅樓夢》，潘重規主編，中國文化大學中國文學研究所，1983 年 5 月。

23. 《探求不死》，李豐楙，久大文化公司，1987 年 9 月。

24. 《張愛玲小說集》，張愛玲，皇冠出版社，1988 年 5 月。

25. 《張愛玲的小說藝術》，水晶，大地出版社，1985 年 7 月。

26. 《敦煌俗文學論叢》，蕭登福，商務印書館，1988 年 7 月。

27. 《超越死亡》，格拉夫著，周勳南譯，收於人類精神文明奧秘，龍田出版社，1981 年 3 月。

28. 《新編石頭記脂硯齋評語輯校》，陳慶浩編，聯經出版事業公司，1986 年 10 月。

29. 《達賴喇嘛傳》，牙氏，文殊出版社，1986 年 12 月。

30. 《語言與神話》，恩斯特·卡西勒著，于曉等譯，久大文化·桂冠圖書聯合出版，1990 年 8 月。

31. 《精神分析與文學》，王溢嘉，野鵝出版社，1983 年 12 月。

32. 《榮格心理學入門》，C.S. Hall & V.J. Nordby 著，蔡春輝，史德海譯，五洲出版社，1988 年 5 月。

33. 《黑龍江民間故事集》，收於中國民間故事全集，遠流出版社，1989 年 5 月。

34. 《管錐篇》，錢鍾書，書林出版社，1980 年 8 月。

35. 《臺灣史綱》，黃大受，三民書局，1982 年。

36. 《臺灣民間故事集》，收於中國民間故事全集，遠流出版社，1989 年 5 月。

37. 《臺灣民間禁忌》，林明峪，東門出版社，1988 年 4 月。

38. 《臺灣通史》，連橫，台灣書店，1955 年 8 月。

39. 《圖騰與禁忌》，佛洛伊德著，楊庸一譯，志文出版社，1989 年 3 月。

40. 《鍾馗神話與小說之研究》，胡萬川先生，文史哲出版社，1970 年 5 月。

41. 《醫、巫與氣功》，漆浩，人民體育出版社，1990 年 9 月。

42. 《繪圖三教源流搜神大全》，聯經出版事業公司，1985 年 10 月。

43. 《靈魂與心》，錢穆，聯經出版社，1976 年 2 月。

44. 《青海風土記》，楊希堯，北京大學民俗叢書四三冊，東方文化書局複印本。

45. 《寧波風物述舊》，張行周，北京大學民俗叢書，一四九冊。

46. 《粵南神話研究》，吳玉成，北京大學民俗叢書，一一六冊。

四、

1. 《大藏經》，新文豐出版事業公司，新脩大正藏，1983 年元月。

2. 《大莊嚴論經》，馬鳴菩薩造，〔東晉〕鳩摩羅什譯，本緣部，大藏經四冊。

3. 《五苦章句經》，〔東晉〕竺曇無蘭譯，經集部，大藏經一七冊。

4. 《四分律行事鈔資持記》，〔宋〕元照，律疏部，大藏經四一冊。

5. 《正法念處行經》，〔元魏〕般若流支譯，經集部，大藏經一七冊。

6. 《百喻經》，僧伽斯那撰，蕭齊·求那毗地譯，本緣部，大藏經四冊。

7. 《佛說普門品經》，〔西晉〕竺法護，寶積部，大藏經一一冊。

8. 《佛說捺女祇域因緣經》，〔東漢〕安世高譯，經集部，大藏經一四冊。

9. 《起世經》，〔隋〕闍那崛多等譯，阿含部，大藏經一冊。

10. 《俱舍論記》，〔唐〕普光譯，論疏部，大藏經四一冊。

11. 《盧堂和尚語錄》，〔元〕妙源編，諸宗部，大藏經四七冊。

12. 《景德傳燈錄》，〔宋〕道原，史傳部，大藏經五一冊。

13. 《摩訶止觀》，〔隋〕天台智者大師說，門人灌頂記，諸宗部，大藏經九一冊。

14. 《佛說地藏菩薩發心因緣十五經》，〔唐〕藏川述，續藏經一五〇冊，新文豐出版事業公司，1983年元月。

15. 《佛光大辭典》，慈怡主編，佛光出版社，1988年10月。

16. 《佛學大辭典》，丁福保，天華出版社，1987年4月。

17. 《釋氏六帖》，義楚，現代佛學大系，彌勒出版社，1982年7月。

五、

1. 〈太平廣記引書考〉，盧錦堂，政治大學博士論文，1981年5月。

2. 〈六朝志怪小說變化題材研究〉，謝明勳，文化大學碩士論文，1988年5月。

3. 〈佛家地獄說之研究〉，丁敏，政治大學碩士論文，1981年5月。

4. 〈清代台灣民變研究〉，劉妮玲，師範大學歷史研究所專刊，1983年9月。

5. 〈水滸傳宋江政治神話之研究〉，張出塵，收入中國古典小說論集，幼獅文化事業公司，1982年5月。

6. 〈六朝精怪傳說與道教法術思想〉，李豐楙，中國古典小說研究專集，聯經出版，1981年5月。

7. 〈六朝鏡劍傳說與道教法術思想〉，李豐楙，中國古典小說研究專集，聯經出版，1989年2月。

8. 〈天與人歸——中國思想中政治權威合法性的觀念〉，張瑞穗，中國文化新論，思想篇，聯經出版，1982年1月。

9. 〈由說岳全傳看通俗小說天命與因果系統下的英雄造型〉，張火慶，中國小說史論叢，學生書局，1984年5月。

10. 〈神仙三品說的原始及其衍變〉，李豐楙，漢學論文集，文史哲出版，1983年12月。

11. 〈神仙與富貴之間的抉擇〉，胡萬川先生，小說戲曲研究，聯經出版，1989年8月。

12. 〈封神演義中「封神」意義的探討〉，沈淑芳，中國古典小說研究專集，聯經出版，1981年5月。

13. 〈紅樓夢中的神話與心理〉，陳炳良，神話、禮儀與文學，聯經出版，1985

年4月。

14. 〈紅樓夢的兩個世界〉，余英時，歷史與思想，聯經出版，1988年4月。

15. 〈雪裡的金簪──從命名談薛寶釵〉，康來新，紅樓夢散論，漢光文化事業公司，1985年4月。

16. 〈報──中國社會的一個基礎〉，楊聯陞著，段昌國譯，中國思想與制度論集，聯經出版，1985年11月。

17. 〈報恩與復仇：交換行為的分析〉，文崇一，社會及行為科學研究的中國化，中研院民族學研究所專刊，乙種第一○號，1982年4月。

18. 〈說鏡──現代詩中一個原型意家的探討〉，李瑞騰，中華現代文學大系評論卷，九歌出版社，1989年5月。

19. 〈論甄寶玉的意義與結局〉，皮述民，紅樓夢考論集，聯經出版，1984年5月。

20. 〈業與輪迴之研究〉，木村泰賢，佛教根本問題研究，收於現代佛教學術叢刊，大乘文化出版社，1978年。

21. 〈平妖傳之主題研究〉，徐貞姬，中外文學十六卷八期，1988年1月。

22. 〈紅樓夢兩段鏡子情節的象徵〉，張春榮，中外文學六卷八期，1978年1月。

23. 〈情僧浮沈錄〉，余國藩著，李奭學譯，中外文學一九卷八期，1991年1月。

24. 〈中國古代的巫醫與祭祀、歷史、樂舞、及詩的關係〉，周策縱，清華學報十二卷一期～二期。

25. 〈中國思想史中的鬼神觀〉，錢穆，新亞學報第一期。

26. 〈從六朝志怪小說看當時傳統的神鬼世界〉，金榮華，華學季刊，五卷三期。

27. 〈從冥律看我國的公道觀念〉，鄺文海，東海學報，五卷一期。

28. 〈我國正史中的政治神話〉，孫廣德，社會科學論叢三○期，1982年9月。

29. 〈商代的巫術與神話〉，陳夢家，燕京學報二○期。

30. 〈釋巫〉，瞿兌之，燕京學報第七期。

六、

1. C.A.S. Williams, "Outlines of Chinese Symbolism and Art Motives", 台北：敦煌書局，1979年。

2. James G. Frazer, "Myth, Legend and Custom in the Old Testment",Macmillan & Company, London, 1918, Printed in New York, 1969.

3. Oscar Wilde "Stories by Oscar Wilde", Condon and Glasgon Collins Clear-Typepress.

4. Mircea Eliade, "The Myth of the Eternal Return", Translated fromthe French by Willard R. Trask, Princention University Press, 1974.

5. Ad. devries, "Dictionary of Symbols and Imagery", North-holland Publishing Company, London, 1976, 2nd, revised edition.

6. Christina Hole, "Encyclopedia of Superstition", London, 1961.

7. James Hastings, "Encyclopedia of Religion and Ethics", Charles Scribner's Sons, New York,1955.

8. J.E. Cirlot, "A Dictionary of Symbols", Second Edition, Translated from the Spanish by JACK SAGE, 1971, Vail-Ballon Press, Inc., New York.

9. Melvile. J.Herskovits, "Standard Dictionary of Folklore, Mythology and Legend", New York, 1972.

10. Mircea Eliade, "The Encyclopedia of Relition", Macmillan Publishing Company, New York, 1987.

「三言」人物心態研究

陳曉蓁　著

作者簡介

陳曉蓁，國立臺灣師範大學國文學系學士，中國文化大學中國文學研究所碩士。現為中國文化大學中國文學研究所博士班研究生、國中教師。

提　　要

　　中國古典小說人物形象之刻劃，由唐傳奇至宋元話本，漸受重視，而對其等內在心理之刻劃，則在明擬話本中趨於豐富。對小說人物內心世界詳加描述，可使情節敷衍周全生動，角色形象更趨立體豐滿；而「三言」中，即有不少描寫人物心態之精彩篇章，本論文試就「三言」人物形象，做較全面的探索。

　　首章緒論，說明研究動機、方法與前人研究梗概，並簡介「三言」作者馮夢龍之生平大要，且兼敘三言版本。

　　第貳、參章為人物心態類型，先敘正面心態，分親情、愛情、恩情三項探討；次敘負面心態，分貪慾、怨忿、屈悔三端論述。

　　第肆章為人物心態呈現方式，有由行為表徵、由言語透露、由裝扮展現之外顯形式；以及由想法揭示、由夢境顯現之內蘊形態。

　　第伍章由寫作技法之向度，以觀察人物形象之刻劃，分就渲染、烘托、鋪墊、對比、順逆等藝術手法，論述刻劃人物心態之藝術美。

　　第陸章結論，就「三言」人物心態展現類型、人物心態刻劃之法、人物心態描摹效果，總結出馮夢龍「三言」人物心態描寫，實已內外、深廣兼俱，展現出無盡之藝術魅力。

目次

序

　　在大學畢業多年後，接觸了以往未曾觸及的中國古典小說，加上踏入社會後之人事歷練，遂對明代白話短篇小說集——「三言」之人物心理刻劃，產生研究探索的興趣。

　　感謝指導老師不斷地給予提醒、匡正，使學生在論文撰寫期間歷經無數次的琢磨苦思，而略有所得；同時對口考教授就論文給予精要針砭，深致謝忱。

　　最後，謹以本論文獻給所有關心我的人。

第一章 緒 論

第一節 研究動機與方法

一、研究動機

六朝出現的志怪、志人小說,已具小說雛形,衍至唐朝,現實人生被加以敘寫,人物刻劃轉爲細緻,語言轉爲成熟。宋元之時,以貴族、文人等上層人士爲閱讀聽聞對象的小說轉移至市井小民身上,「話本」於焉產生;說書人爲吸引聽眾,故事情節漸趨豐富,人物形象更顯鮮明,至明朝擬話本,文人作家更將人物形象提煉加工,內心世界也刻劃得更爲傳神,胡士瑩《話本小說概論》中即提出:

> 宋元話本中,人物已經有了個性化的刻畫,這種個性描寫又能和人物的社會存在及時代特徵相適應,因而形象更鮮明。……明代的白話短篇小說,已由民間藝人的創作逐漸朝著作家文學創作的方向發展,其中優秀的作品,個性描寫更爲細緻;宋元話本之較優秀者,已能通過人物的語言行動,心理描寫來刻畫人物,有時且能和環境氣氛結合。明代擬話本的某些篇章,則尤爲細緻生動,其最重要的特點,是著重在刻畫人物的內心世界。擬話本小說,善於把人物內心活動和生活細節描寫結合起來,和人物的表情、對話、行動結合起來,繪聲繪色,入微入骨。〔註1〕

〔註1〕 胡士瑩:《話本小說概論》(下冊)(北京:中華書局,1980 年 5 月第 1 版),

　　然針對「三言」人物內心活動之研究，並不多見，泛論者有蔡國梁〈古代短篇小說心理描寫敘論〉〔註2〕、戴汝才〈談談我國古典小說中的心理描寫〉〔註3〕二篇；單就某篇探討者，也僅見張永芳、張國慶、陳炳良及孟祥榮對〈蔣興哥重會珍珠衫〉、〈杜十娘怒沉百寶箱〉、〈白娘子永鎮雷峰塔〉及〈金玉奴棒打薄情郎〉有所探析；〔註4〕至於學位論文方面，涉及心理描寫者大多為論文的一小部分，如柳之青《三言人物研究》僅將心理描寫在人物描繪技巧中作一節探討，〔註5〕而陳裕鑫《細緻與奇巧──「三言」的細節、情節與心理描寫》，則將人物心理描寫的部分擴展至一章敘寫；〔註6〕可見此一範疇尚待深究。

　　梁啓超曾指出小說具有「熏」、「浸」、「刺」、「提」四種力量，使人讀畢小說，頃刻間產生無法自制的感受、為之迷惘、久久不能釋然，更甚者，不覺化身為小說中的主人翁，在情境中體驗喜怒哀樂。〔註7〕人物是小說的靈魂，人物形象的塑造，除外部特徵，如形貌、動作、語言的刻劃之外，和內部的心理實密切相關，而小說之所以感人，正因人物塑造成功，而人物形象動人之由，乃外部動作和內心世界巧妙結合所致，而其外顯的動作又由內心

　　　頁452。

〔註2〕　蔡國梁：〈古代短篇小說心理描寫敘論〉，《上海師範學院學報》，1980年第3期（1980年9月），頁57～61。

〔註3〕　戴汝才：〈談談我國古典小說中的心理描寫〉，《上海師範學院學報》（社會科學版），1984年第2期（總第20期）（1984年6月），頁38～42。

〔註4〕　張永芳：〈細膩傳神、生動準確：〈蔣興哥重會珍珠衫〉的心理描寫〉，《電大語文》（瀋陽），1985年第4期，頁21～22；張國慶：〈櫝中有玉──杜十娘內心世界簡析〉，《文史知識》，1985年第6期（總第48期）（1985年6月），頁32～36；陳炳良：〈母子衝突──〈白娘子永鎮雷峰塔〉的心理分析〉，收入國立清華大學人文社會科學院中國語文學系主編《小說戲曲研究》第二集（臺北：聯經出版事業公司，1989年8月初版），頁99～128；孟祥榮：〈在心理描寫中見出的人物性格──說小說〈金玉奴棒打薄情郎〉〉，《名作欣賞》，第3期（2000年5月），頁98～100。

〔註5〕　柳之青：《三言人物研究》（臺北：國立臺灣師範大學國文研究所碩士論文，1991年5月），第五章第五節，頁194～203。其後馮翠珍的《《三言二拍一型》之戒淫故事研究》（臺北：中國文化大學中國文學研究所碩士論文，2000年6月）亦對「心理描寫」作一節探討，黃惠華的《《三言》、《二拍》商人形象研究》（臺北：國立政治大學中國文學系國文教學碩士班碩士論文，2006年6月）則對商人的心理作一節探討，分別見於頁188～193，162～169。

〔註6〕　陳裕鑫：《細緻與奇巧──「三言」的細節、情節與心理描寫》（臺北：輔仁大學中國文學系碩士論文，2000年6月），第四章，頁61～84。

〔註7〕　梁啓超：《飲冰室文集·論小說與群治之關係》（上海：天行出版社，1949年），卷3，學術類2，頁13～14。

世界所激發；是故與其純就外部觀察人物形象的塑造，不如追本溯源，一探人物的內心世界，正如胡士瑩所言，明擬話本中最重要的特點乃人物內心世界的刻劃，故由人物內心情緒的活動為出發點，擴及外顯之形象，冀能對「三言」人物形象作表裡相映、較全面的探索。

二、研究方法

　　本論文主由「三言」人物心態出發，凡涉及人物心理之描寫，且含七情六慾之情緒感受者，皆屬研究範疇。檢視「三言」一百二十篇小說中：有藉學佛求道，以登仙界的篇章，如《喻世明言》第十三卷〈張道陵七試趙昇〉、第十四卷〈陳希夷四辭朝命〉、第三十卷〈明悟禪師趕五戒〉、第三十七卷〈梁武帝累修歸極樂〉、《警世通言》第七卷〈陳可常端陽仙化〉、第三十九卷〈福祿壽三星度世〉、《醒世恆言》第十二卷〈佛印師四調琴娘〉、第二十一卷〈呂洞賓飛劍斬黃龍〉、第二十六卷〈薛錄事魚服證仙〉、及第三十八卷〈李道人獨步雲門〉，每論摒絕慾望，達於無欲之境，較無心理活動的刻劃；亦有涉及鬼怪妖物者，如《喻世明言》第十九卷〈楊謙之客舫遇俠僧〉、第三十一卷〈鬧陰司司馬貌斷獄〉、第三十二卷〈遊酆都胡母迪吟詩〉、《警世通言》第十三卷〈三現身包龍圖斷冤〉、第十四卷〈一窟鬼癩道人除怪〉、第十九卷〈崔衙內白鷂招妖〉、第二十七卷〈假神仙大鬧華光廟〉、第三十六卷〈皂角林大王假形〉、第四十卷〈旌陽宮鐵樹鎮妖〉、及《醒世恆言》第六卷〈小水灣天狐詒書〉，多述鬼妖的幻化，心理描寫的部分並不多；另有發跡變泰故事，如《喻世明言》第五卷〈窮馬周遭際賣䭔媼〉、第十一卷〈趙伯昇茶肆遇仁宗〉、第十五卷〈史弘肇龍虎君臣會〉、第二十一卷〈臨安里錢婆留發跡〉、及《醒世恆言》第三十一卷〈鄭節使立功神臂弓〉，重在遭際的轉換，也對心理感受較少著墨；至於《喻世明言》第十八卷〈楊八老越國奇逢〉、第二十五卷〈晏平仲二桃殺三士〉、第三十三卷〈張古老種瓜娶文女〉、《警世通言》第九卷〈李謫仙醉草嚇蠻書〉、及《醒世恆言》第十一卷〈蘇小妹三難新郎〉、第三十三卷〈十五貫戲言成巧禍〉，係屬心理描寫並不明顯之篇章；是故以上三十一篇將摒置於論文之外；研究文本在《喻世明言》中有十四篇，《警世通言》九篇，而《醒世恆言》僅八篇，顯見心理敘寫，在《醒世恆言》最多，次為《警世通言》，《喻世明言》則份量較少，可見「心理描寫」在馮夢龍的創作過程中，

愈發受到重視。〔註8〕

　　本論文探討八十九篇中，人物依心理情緒加以歸納，計分十七類，其中有同一人因處於不同情境而心緒有異者，則置於不同類別中；亦有同一人心中掛念的事件類似，情境卻不同者，則置於同一大類中分別敘述。

　　除在人物心態上作歸類研究，論述時兼及彼時環境背景，以探析人物的內心世界，由社會、歷史、宗教、人物遭遇等方面，對人物形象作較多層面的觀察。此外希冀由外在形貌舉措、言語神態等方面，與內在思維作對照連結，並由渲染、烘托、鋪墊、對比、順逆等抒情的藝術手法作觀察，以探討心理活動的呈現方式，由內而外作全面的形象分析。

第二節　前人研究梗概

　　「三言」在明末盛極一時，蘇州、南京皆可見傳刻本，甚至傳到日本、〔註9〕韓國〔註10〕等地，然而到了清代卻遭受被禁毀〔註11〕的命運，「三言」遂沉寂了二、三百年。自五四運動起，白話文慢慢嶄露頭角，受到重視，「三言」也漸受關注，魯迅在講授中國小說史的課程中，提及馮夢龍及「三言」，當時僅見《醒世恆言》，而《喻世明言》、《警世通言》「今皆未見，僅知其序目」；〔註12〕至1924年日本漢學家鹽谷溫發表〈關於明代小說「三言」〉，〔註

〔註8〕《喻世明言》刊刻時間約在明泰昌元年至天啓4年之間（1620～1624），《警世通言》於天啓4年刻成，《醒世恆言》則於天啓7年（1627）輯成。

〔註9〕十八世紀，岡田白駒、澤田一齋師徒，編了《小說精言》、《小說奇言》和《小說粹言》，稱爲「日本三言」，係將《三言》、《二拍》以及《西湖佳話》中部分的作品譯成日文而成。見繆咏禾：《馮夢龍和三言》（原上海古籍出版社出版，1978年9月第1版，臺北：萬卷樓圖書有限公司，1993年6月初版1刷），頁93～94。

〔註10〕1762年之前，「三言」已傳入韓國，閔寬東在韓國奎章閣圖書館發現《醒世恆言》殘本9冊，而「三言」有被翻爲韓文或改作者，詳參〔韓〕閔寬東：《中國古典小說在韓國之傳播》（上海：學林出版社，1998年10月第1版），頁249、405～407。

〔註11〕清康熙起，對淫詞小說加以禁止，認爲有違「正人心厚風俗」，應予銷毀，若有「造作刻印」者，罰以杖、流、徒之刑，或罰俸。《水滸傳》、《西廂記》皆在禁毀之列，《今古奇觀》被抽禁，〈三笑姻緣〉、〈賣油郎〉也列名其中。參見王利器《元明清三代禁毀小說戲曲史料》（臺北：河洛圖書出版社，1978年1月臺景印初版），頁23～24、122～126。

〔註12〕魯迅：《中國小說史略》第21篇〈明之擬宋市人小說及後來選本〉，收入《魯迅小說史論文集——中國小說史略及其他》（臺北：里仁書局，1992年9月初

13〕論及發現了明朝「三言」的刊本，在文學史及小說史上出現了重大突破。1957 年起，李田意自日本陸續帶回「三言」的攝影資料，交由世界書局刊印，「三言」全貌始為人所知，對「三言」的研究也漸成風氣。

「三言」的研究，首先著重作者生平及作品的考證。1931 年孫楷第在〈三言二拍源流考〉〔註 14〕一文中，對「三言」的版刻源流詳加考證；鄭振鐸則在〈明清二代的平話集〉〔註 15〕中，考察「三言」每一篇的寫作時間；1932 年容肇祖發表〈明馮夢龍的生平及著述〉、〈明馮夢龍的生平及著述續考〉，〔註 16〕對馮夢龍的生卒年、籍貫、主要作品以及出版時間，做了詳細的考訂，極具價值；1936 年至 1940 年，趙景深陸續發表了〈《警世通言》的來源和影響〉、〈《醒世恆言》的來源和影響〉、〈《喻世明言》的來源和影響〉，〔註 17〕對故事的本事來源做了梳理；1980 年胡士瑩《話本小說概論》〔註 18〕據此而對話本有了較見系統且全面的敘述，繼鄭振鐸於 1938 年的《中國俗文學史》，給予「三言」更崇高的定位，譚正璧更進一步編成《三言兩拍資料》，〔註 19〕「三言」的本事源流及寫作年代遂有了較完整的呈現。

1929 年、1935 年，《挂枝兒》及《山歌》印行，「三言」陸續有世界文庫本出現，《古今譚概》和《墨憨齋定本傳奇》也相繼影印出版，馮夢龍及其作品，漸受重視，相關的研究論文也如雨後春筍般提出，原本對作者生平及作品的考證，逐漸擴及內延的研究，對馮夢龍作品的文學定位也有所評價。1973 年胡萬

版，2000 年 10 月增訂 1 版），頁 177。

〔註 13〕轉引自傅承洲〈馮夢龍研究六十年〉，《文史知識》1991 年第 4 期（總第 118 期）（1991 年 4 月），頁 118。

〔註 14〕孫楷第：〈三言二拍源流考〉，《國立北平圖書館館刊》5 卷 2 號（1931 年 3 月 4 日），頁 7～30。

〔註 15〕鄭振鐸：〈明清二代的平話集〉（上），《小說月報》第 22 卷第 7 號（1931 年 10 月），頁 933～958；〈明清二代的平話集〉（下），《小說月報》第 22 卷第 8 號（1931 年 10 月），頁 1057～1084。

〔註 16〕分別見《嶺南學報》第 2 卷第 2 期（1931 年 7 月），頁 61～91；《嶺南學報》第 2 卷第 3 期（1932 年 6 月），頁 95～124。

〔註 17〕〈《醒世恆言》的來源和影響〉，收錄於《醒世恆言》（臺北：桂冠圖書股份有限公司，1984 年 3 月初版），頁 859～870；〈《喻世明言》的來源和影響〉則見於《學術》第 1 輯，1940 年 2 月，頁 31～35。三文皆收入《小說叢考》（濟南：齊魯書社，1980 年版），轉引自黃霖等著：《中國小說研究史》（杭州：浙江古籍出版社，2002 年 7 月第 1 版第 1 刷），頁 234。

〔註 18〕胡士瑩：《話本小說概論》，同註 1。

〔註 19〕譚正璧：《三言兩拍資料》（上海：上海古籍出版社，1980 年 10 月初版）。

川提出《馮夢龍生平及其對小說之貢獻》，〔註20〕乃繼 1961 年李漢祚的《三言研究》，〔註21〕再啓台灣對馮夢龍及「三言」的後續研究，展開了主題、思想的探索，舉凡單篇小說的分析、市民商賈的現象及意識、晚明的社會及思潮，皆成探討範疇；1982 年陳煜奎先生輾轉得到上野圖書館《壽寧待志》孤本的膠卷，並於次年出版，更爲馮夢龍的研究提供了珍貴的資料；〔註22〕1984 年王凌發表〈馮夢龍研究應該有一個大的突破〉，〔註23〕引起廣大迴響，而談論的範圍也更加廣泛，涉及文學觀、情教觀、小說理論等；而馮夢龍的籍貫也被陸續關注；〔註24〕在學位論文方面，由題材故事、人物研究等處著眼，〔註25〕進而更加深入，細分爲姻緣、獄訟、女性形象及生活、商人形象、游民等項；〔註26〕而在

〔註20〕 胡萬川：《馮夢龍生平及其對小說之貢獻》（臺北：國立政治大學中國文學研究所碩士論文，1973 年 6 月）。

〔註21〕 在國家圖書館中未見此書，政大圖書館社資中心亦未能得見，資料轉引自黃麗月：〈台灣地區《三言》、《二拍》研究的回顧與展望——以各大學博碩士論文爲範圍〉，《中國文化月刊》第 266 期（2002 年 5 月），頁 111。

〔註22〕 袁志：〈馮夢龍研究七十年〉，《福建論壇》（文史哲版），1993 年第 5 期（總第 78 期）（1993 年 10 月），頁 61；《壽寧待志》原刊本在中國已佚，存於日本，校點者陳煜奎尋求相關方面支持，得到原刊本膠卷，並交福建人民出版社出版，見林英：〈馮夢龍和《壽寧待志》〉，《光明日報》，1983 年 9 月 20 日第 3 版。

〔註23〕 王凌認爲「研究馮夢龍要有一個大的突破，就必須在加強基礎研究的同時，強調進行總體研究、比較研究和綜合研究。」提出應對馮夢龍的思想與時代作結合，才能尋出其獨特的地位。此後的研究，多朝這些面向發展。原載《文學報》，1983 年 11 月 15 日，收入王凌：《畸人‧情種‧七品官——馮夢龍探幽》（福建：海峽文藝出版社，1992 年 3 月第 1 版），頁 2。

〔註24〕 詳參傅承洲：〈馮夢龍研究六十年〉，同註 13，頁 118～124。

〔註25〕 王淑均：《三言主題研究》（臺北：輔仁大學中國文學研究所碩士論文，1979 年 5 月）；崔桓：《三言題材研究》（臺北：國立台灣大學中國文學研究所碩士論文，1985 年 5 月）；柳之青：《三言人物研究》，同註 5。

〔註26〕 咸恩仙：《三言愛情故事研究》（臺北：輔仁大學中國文學研究所碩士論文，1983 年 5 月），楊凱雯：《《三言》幽媾故事研究》（中壢：國立中央大學中文研究所碩士論文，1999 年 5 月）；郭靜薇：《三言獄訟故事研究》（臺北：私立輔仁大學中國文學研究所碩士論文，1990 年 5 月），霍建國：《三言公案小說罪與法》（臺北：國立政治大學中文研究所碩士論文，1995 年 6 月），倪連好：《《三言》公案故事計謀之研究》（臺北：國立台灣師範大學國文教學研究所教學碩士班碩士論文，2002 年 6 月）；林麗美：《《三言二拍》中的女性研究》（中壢：中央大學中文研究所碩士論文，1995 年 5 月），劉灝：《「三言、二拍、一型」中的婦女形象研究》（臺北：中國文化大學中國文學研究所碩士論文，1995 年 12 月），陳國香：《根據三言二拍一型見證傳統的女性生活》（臺南：國立成功大學中國文學研究所碩士論文，1998 年 6 月），王世明：《《三言》中女性角色的形象塑造與婚姻愛情觀——以《三言》中明代小說爲主體的考察》（嘉義：南華大

主題方面，也有深化闡發，如教化、婚戀、貞節、死亡、情色、戒淫、公案計謀、越界等；〔註27〕此外，藝術方面，也有學者加以探討。〔註28〕除了總體研究，尚有兼及經濟、社會、宗教、歷史背景的探究，〔註29〕使研究更趨全面化；也有與中國的其他作品或外國同時期作品如《十日談》作比較者。〔註30〕截至目前為止，「三言」研究面向可謂趨於多元，1987 年陸樹崙的《馮夢龍研究》，〔註31〕1993 年《馮夢龍全集》〔註32〕的出版，2002 年聶付生的《馮夢龍研究》，〔註33〕更提供了詳盡且具價值的資料。

　　綜言之，「三言」在內延研究上，已有多面的發展，主題、題材、人物方面，皆有討論，然而由人物心態出發，由內而外探討者，目前並未得見，故由心態的研究著手，似應可為，祈有所得。

文學研究所碩士論文，2005 年 6 月），陳映潔：《三言兩拍的女性生活空間探究》（臺中：私立東海大學中國文學系碩士論文，2006 年 6 月）；黃惠華：《《三言》、《二拍》商人形象研究》（同註 5）；賴文華：《「三言二拍」中的游民探析》（臺北：國立政治大學中國文學系碩士論文，1996 年 6 月）。

〔註27〕柯瓊瑜：《《三言》教化功能之研究》（臺北：國立臺灣師範大學國文研究所碩士論文，1995 年 6 月）；蔡蕙如：《《三言》中的婚姻與戀愛》（高雄：高雄師範大學國文系碩士論文，1995 年 6 月）；劉素里：《三言二拍一型的貞節觀研究》（臺北：中國文化大學中國文學研究所碩士論文，1995 年 12 月），劉純婷：《《三言》貞節觀研究》（斗六：雲林科技大學漢學資料整理研究所碩士論文，2005 年 1 月）；金明求：《三言的死亡故事探討》（臺北：國立政治大學中國文學系碩士論文，1999 年 6 月），陳嘉珮：《《三言》、《兩拍》愛與死故事探討》（臺中：國立中興大學中國文學系碩士論文，2004 年 1 月）；陳秀珍：《《三言》、《兩拍》情色世界探究》（臺中：私立東海大學中國文學系碩士論文，2000 年 6 月）；馮翠珍：《《三言二拍一型》之戒淫故事研究》（同註 5）；吳玉杏：《《三言》之越界研究》（臺北：國立政治大學中國文學系碩士論文，2003 年 6 月）。

〔註28〕陳裕鑫：《細緻與奇巧——「三言」的細節、情節與心理描寫》，同註 6。

〔註29〕咸恩仙：《話本小說果報觀研究》（臺北：中國文化大學中國文學研究所博士論文，1989 年 6 月）；王鴻泰：《〔三言二拍〕的精神史研究》（臺北：國立臺灣大學歷史學研究所碩士論文，1992 年 6 月）；黃明芳：《馮夢龍編作三言的社會經濟基礎》（高雄：國立中山大學中國文學研究所碩士論文，1994 年 6 月）。

〔註30〕蔡蕙如：《《三言》與《十日譚》婚姻愛情故事之比較研究》（高雄：國立高雄師範大學國文系博士論文，2000 年 6 月）。以上類別參黃麗月〈台灣地區《三言》、《二拍》研究的回顧與展望——以各大學博碩士論文為範圍〉（同註 21，頁 111～114）一文，並補足未及收錄者。

〔註31〕陸樹崙：《馮夢龍研究》（上海：復旦大學出版社，1987 年 9 月第 1 版）。

〔註32〕魏同賢主編：《馮夢龍全集》共 22 冊（南京：江蘇古籍出版社，1993 年 3～9 月第 1 版）。

〔註33〕聶付生：《馮夢龍研究》（上海：學林出版社，2002 年 12 月第 1 版）。

第三節　馮夢龍生平

一、字號年籍

　　《蘇州府志・人物》云：「馮夢龍，字猶龍。」；〔註 34〕《明詩綜》、馮夢龍《智囊・序》亦皆言及馮夢龍「字猶龍」。〔註 35〕袁行雲曾在〈馮夢龍「三言」新證——記明刊《小說》（五種）殘本〉中述及馮夢龍字猶龍的來源，係由孔子提及老子而來：「馮夢龍字猶龍，『猶龍』兩字見於《史記・老子韓非列傳》：『（孔子謂弟子）吾今日見老子其猶龍耶？』」。〔註 36〕呂天成《曲品》卷上，提及馮夢龍：「子猶，吳縣人。」。〔註 37〕《曲品》卷下，在《雙雄記》之前標明作者爲「馮耳猶」，其下並附註「所著傳奇一本」。；〔註 38〕王國維《曲錄》卷四亦云：「夢龍，字猶龍，一字耳猶。」；〔註 39〕「耳猶」名稱的來源，據袁行雲的解釋，也和老子有關：「老子姓李名耳，所以馮夢龍一字『耳猶』。」〔註 40〕

　　馮夢龍別號頗多，有「龍子猶」，如《情史》〈序〉即提及：「吳人龍子猶序」；〔註 41〕馮夢龍編寫的傳奇、散曲，也署名「龍子猶」，如《雙雄記》中云：「古吳龍子猶編」，〔註 42〕《太霞新奏》中所收馮夢龍的作品，亦署名龍子猶。〔註 43〕

　　一名「綠天館主人」，如《古今小說》總目之下題：「綠天館主人評次」。

〔註 34〕　〔清〕李銘皖等修、馮桂芬等纂：《蘇州府志》第 4 冊（臺北：成文出版社，據清光緒 9 年刊本影印，1970 年出版），卷第 81，人物 8，頁 1981 右上。

〔註 35〕　〔清〕朱彝尊：《明詩綜》（下冊）（臺北：世界書局，1962 年 6 月初版），卷 71 之 23；〔明〕馮夢龍：《智囊》，收入魏同賢主編：《馮夢龍全集》第 10 冊（江蘇：江蘇古籍出版社，1993 年 3 月第 1 版），自序頁 2。

〔註 36〕　袁行雲：〈馮夢龍「三言」新證——記明刊《小說》（五種）殘本〉，《社會科學戰線》，1980 年第 1 期（總第 9 期）（1980 年 3 月），頁 347。

〔註 37〕　〔明〕呂天成：《曲品》卷上（1922 年北京大學排印本），頁 4 左。

〔註 38〕　呂天成：《曲品》卷下，同前註，頁 9 右。

〔註 39〕　王國維：《曲錄》，收入《叢書集成續編》第 2 冊（臺北：新文豐出版公司，影印晨風閣本，1989 年臺 1 版），卷 4，頁 462。

〔註 40〕　袁行雲：〈馮夢龍「三言」新證——記明刊《小說》（五種）殘本〉，同註 36。

〔註 41〕　《情史・龍子猶序》，收入魏同賢主編：《馮夢龍全集》第 7 冊（南京：江蘇古籍出版社，1993 年 3 月第 1 版），序頁 1。

〔註 42〕　《墨憨齋重定雙雄記傳奇》，收入魏同賢主編：《馮夢龍全集》第 12 冊（南京：江蘇古籍出版社，1993 年 7 月第 1 版），頁 485。

〔註 43〕　《太霞新奏》，收入魏同賢主編：《馮夢龍全集》第 14 冊（南京：江蘇古籍出版社，1993 年 4 月第 1 版），目次頁 1～7。

〔註44〕關於綠天館主人是否即爲馮夢龍，至今有不同的看法：楊曉東認爲綠天館主人並不是馮夢龍，他就《古今小說》〈序〉提出綠天館主人和茂苑野史並非同一人，綠天館主人非等閒之輩，應是當時與馮夢龍同時代之人，乃董其昌門人、江南名士葉有聲；〔註45〕而陸樹崙則從序文的行文手法及語氣，認爲綠天館主人應是馮夢龍，〔註46〕袁行雲也由「三言」的眉批和圈點方法如出一人之手，認爲綠天館主人即是馮夢龍，甚至可一居士、無礙居士、墨浪主人也都是馮夢龍的化名。〔註47〕

　　此外尚有稱「茂苑野史」者，見《古今小說・序》：「茂苑野史氏，家藏古今通俗小說甚富。因賈人之請，抽其可以嘉惠里耳者，凡四十種，畀爲一刻。」日本學者鹽谷溫由左思《蜀都賦》〔註48〕中「佩長洲之茂苑」，認爲「茂苑野史」即爲馮夢龍。〔註49〕

　　另有「墨憨齋主人」之稱，《山歌》即署：「墨憨齋主人題」；〔註50〕《太霞新奏》中的評語，也有「墨憨齋主人」的署名，如《太霞新奏・卷十・麗情》即言「墨憨齋主人評云」。〔註51〕「墨憨齋」是馮夢龍的書齋名，其所作傳奇、散曲、曲譜多用此名，如《墨憨齋傳奇》、《墨憨齋散曲》、《墨憨齋曲譜》。〔註52〕

〔註44〕〔明〕馮夢龍編、李田意攝校：《古今小說》（上冊）（臺北：世界書局，據明天許齋本影印，1958年出版）。

〔註45〕見楊曉東：〈《古今小說》序作者考辨〉，《文學遺產》，1991年第2期（1991年4月），頁102～107。

〔註46〕陸樹崙：〈「三言」序的作者問題〉，《中華文史論叢》，1985年第4輯（總第36輯）（1985年11月），頁121～127。

〔註47〕袁行雲：〈馮夢龍「三言」新證——記明刊《小說》（五種）殘本〉，同註36，頁346～347。

〔註48〕陸樹崙更正鹽谷溫的《蜀都賦》爲《吳都賦》。見陸樹崙：《馮夢龍研究》，同註31，頁4。

〔註49〕鹽谷溫在〈論明之小說「三言」及其他〉一文中，敘及《全像古今小說》之序，提及：「茂苑野史大概就是馮夢龍了。在左太沖底〈蜀都賦〉裏有『佩長洲之茂苑』之句，所以茂苑不妨看做長洲底異稱。長洲爲吳縣，即今之蘇州，又稱爲古吳或姑蘇。馮氏因賈人——恐怕就是天許齋——之請，選了四十種使出版的，即這書了。」見〔日〕鹽谷溫著，孫俍工譯：《中國文學概論》附錄（臺北：臺灣開明書店，1970年12月臺1版），頁513。

〔註50〕見魏同賢主編：《馮夢龍全集》第18冊（南京：江蘇古籍出版社，1993年6月第1版），《山歌》敘頁1。

〔註51〕《太霞新奏》，同註43，頁172。

〔註52〕見陸樹崙：《馮夢龍研究》，同註31，頁1～2。

　　「浮白齋主人」也是另一種稱呼，《笑林》、《挂枝兒》的作者即署名「浮白齋主人」。〔註53〕又有「詞奴」一稱，如《新灌園・序》云：「古吳詞奴龍子猶述」。〔註54〕尚有「顧曲散人」、「香月居主人」之名，〈太霞新奏發凡〉末尾即提及：「香月居顧曲散人」，《太霞新奏》每卷卷首皆題「香月居主人評選」。〔註55〕另有「詹詹外史」一名，見《情史》首署：「江南詹詹外史評輯」。〔註56〕

　　馮夢龍的別號，多出現於小說、戲曲、民歌等著作中，在經、史的著作中則多以本名出現，可見馮夢龍雖酷愛小說、戲曲、民歌，仍有雅俗之別。

　　馮夢龍的籍貫，歷來爭議頗多，或認爲是吳縣（今江蘇吳縣）人者，如《四庫全書總目提要》「春秋衡庫」條〔註57〕、呂天成《曲品》〔註58〕、王國維《曲錄》〔註59〕、吳梅《顧曲麈談》〔註60〕、《蘇州府志》〔註61〕等；或主長洲（今江蘇蘇州）人氏，如朱彝尊《明詩綜》〔註62〕及黃文暘《曲海總目提要》。〔註63〕持馮夢龍係吳縣人者，認爲馮夢龍「常以『姑蘇』、『古吳』、『東吳』、『吳國』、『吳門』、『吳趨』爲其籍貫」，便認爲這些名稱爲吳縣專稱，故馮夢龍爲吳縣人，〔註64〕然而「姑蘇」、「古吳」、「東吳」、「吳國」、

〔註53〕　見謝巍：〈馮夢龍著述考補〉，《文獻》第14輯（北京：書目文獻出版社，1982年12月北京第1版），頁58～59。

〔註54〕　《墨憨齋重定新灌園傳奇》，見於《墨憨齋定本傳奇》（上冊），收入魏同賢主編：《馮夢龍全集》第12冊，同註42，頁3。

〔註55〕　〔明〕香月居顧曲散人編：《太霞新奏》第1冊，收入王秋桂主編《善本戲曲叢刊》第5輯（臺北：臺灣學生書局，據明崇禎刻本影印，1987年初版），頁8、49。

〔註56〕　據胡萬川在〈三言敘及眉批的作者問題〉一文中，提及臺大圖書館善本書室藏有「立本堂藏本」《情史》，封面上即有「馮猶龍先生原本，詹詹外史評輯」，然該書已亡佚，無從參看，資料轉引自胡萬川：〈三言敘及眉批的作者問題〉，收入胡萬川：《話本與才子佳人小說之研究》（臺北：大安出版社，1994年2月第1版第1刷），頁131。

〔註57〕　〔清〕紀昀等奉敕撰：《合印四庫全書總目提要及四庫未收書目禁燬書目》第1冊（臺北：臺灣商務印書館，1971年增訂初版），頁610。

〔註58〕　見註37。

〔註59〕　見註39。

〔註60〕　〔清〕吳梅：《顧曲麈談・談曲》（上海：商務印書館，1916年5月初版，1930年9月5版，1934年4月國難後第1版），頁177。

〔註61〕　見註34。

〔註62〕　見註35。

〔註63〕　該書卷9《新灌園》處即提及「啓禎間長洲人馮夢龍改定本也」。見〔清〕黃文暘《曲海總目提要》（1930年大東書局排印本），卷9，葉11左。

〔註64〕　一丁：〈「三言」作者的疑問〉，轉引自高洪鈞：〈馮夢龍生平拾遺〉，《天津師

「吳門」、「吳趨」等名稱，既非吳縣、也非長洲的專稱；持馮夢龍係長洲人者，則由「長洲別稱茂苑」，且其兄弟馮夢桂及馮夢熊在《明畫錄》及《蘇州詩鈔》中皆提及為長洲人，認為馮夢龍應是長洲人，陸樹侖即採此說。〔註65〕馬幼垣〈馮夢龍與《壽寧待誌》〉一文，更由自日本影印《壽寧待誌》原本中〈官司〉所載：「馮夢龍，直隸蘇州府吳縣籍長洲縣人」，認為第一手資料顯示出馮夢龍應是「以長洲人自居，卻在吳縣報戶籍」，由法律觀點認定他是吳縣人，〔註66〕據此，蘇州府吳縣人的說法，似較具說服力。

馮夢龍生於明萬曆二年甲戌（西元 1574 年），其出生之年，可由以下三說推論而出：

一，由錢謙益《初學集・馮二丈猶龍七十壽詩》得知：此詩作於癸未年，即明崇禎十六年（西元 1643 年），〔註67〕由此上推七十年，則為明萬曆二年。

其次，馮夢龍《甲申紀聞》小序中署：「七十一老臣馮夢龍識」，〔註68〕《甲申紀事》敘後署：「七一老人草莽臣馮夢龍述」，〔註69〕甲申年所編《中興實錄》敘中云：「七十一老人草莽臣馮夢龍述」，〔註70〕甲申年為西元 1644年，由此逆推，當於西元 1574 年出生。

其三，馮夢龍《中興偉略》引之文末署：「七十二老臣馮夢龍恭撰」，〔註71〕《中興偉略》編於乙酉年（西元 1645 年），上推七十二年，可知馮夢龍當生於明萬曆二年。

而馮夢龍的卒年，可由兩方面得知：

沈自晉在〈重定南詞全譜凡例續紀〉中述及：

　　重修詞譜之役，肪于乙酉仲春。而烽火須臾，狂奔未有寧趾。丙戌

大學報》，1984 年第 1 期（1984 年 2 月），頁 78。
〔註65〕陸樹侖：《馮夢龍研究》，同註31，頁 4。
〔註66〕馬幼垣：〈馮夢龍與《壽寧待誌》〉，收入國立清華大學人文社會科學院中國語文學系主編：《小說戲曲研究》第 3 集（臺北：聯經出版事業公司，1990 年12 月初版），頁 169～171。
〔註67〕〔清〕錢謙益：《牧齋初學集》，收入《四部叢刊正編》第 78 冊（臺北：臺灣商務印書館，上海涵芬樓景印崇禎癸未刊本，1979 年 11 月臺 1 版），卷 20下，東山詩集 4，頁 216。
〔註68〕《甲申紀聞》（手稿本），未標頁數。
〔註69〕《甲申紀事》，收入魏同賢主編：《馮夢龍全集》第 17 冊（南京：江蘇古籍出版社，1993 年 8 月第 1 版），《甲申紀事》頁 3。
〔註70〕《中興實錄》（手稿本），未標頁數。
〔註71〕《中興偉略》引，收入魏同賢主編：《馮夢龍全集》第 17 冊，同註69。

夏，始得僑寓山居，猶然旦則攤書搜輯，夕則捲束置牀頭，以防宵遁也。……春來病軀，未遑展卷，擬于長夏，將細訂之。適顧甥來屏寄語：曾入郡，訪馮子猶先生令嗣贊明。出其先人易簀時手書致囑，將所輯《墨憨詞譜》未完之稿，及他詞若干，畀我卒業。六月初，始攜書併其遺筆相示。……先是甲申冬杪，子猶送安撫祁公，至江城，即諄諄以修譜促予。予唯唯。越春初，子猶爲苕溪、武林遊，道經垂虹言別，……別時，與予爲十旬之約。不意鼙鼓動地，逃竄經年，想望故人，鱗鴻杳絕。迨至山頭，友人爲余言：馮先生已騎箕尾去。予大驚惋，即欲一致生芻往哭，而以展轉流離，時作獐狂鼠竄，未能行也。……時丁亥秋七月既望吳江沈自晉重書于越溪小隱〔註72〕

可知沈自晉在丙戌年（西元 1646 年）春天得知馮夢龍去世的消息。

王挺在〈輓馮猶龍〉一詩提及：

去年戒行役，訂晤在鷟水。及汎西子湖，先生又行矣。石梁天姥間，於焉恣游屐。忽忽念故園，匍蔔（匐）千餘里。感憤填心胸，浩然返太始。〔註73〕

對照沈自晉所寫的〈重定南詞全譜凡例續紀〉，可知乙酉年馮夢龍遊苕溪、武林、石梁、天姆，王挺在詩中稱「去年」，故而可知馮夢龍卒年在清順治三年丙戌（即唐王隆武二年，西元 1646 年），〔註74〕年七十三。

二、家世背景

馮夢龍出生於儒學家庭，有兄弟各一人；兄馮夢桂，字若木，又字丹芬，爲一畫家，《明畫錄》中有傳。〔註75〕弟馮夢熊，字非熊，號杜陵居士，〔註76〕

〔註72〕吳江詞隱先生原編，鞠通先生刪補：《重定南九宮詞譜》（明崇禎己卯（12 年，1639 年）刊清順治乙未（12 年，1655 年）修補本），〈重定南詞全譜凡例續紀〉頁 1、4。

〔註73〕〔清〕陳瑚輯：《離憂集・減菴》，收入《叢書集成三編》第 43 冊（臺北：新文豐出版公司，據峭帆樓刻行本影印，1996 年出版），卷上，頁 65。

〔註74〕詳參野孺：〈關於馮夢龍的身世〉（原載《光明日報》1957 年 11 月 3 日、《文學遺產》181 期，收入人民文學出版社編輯部編《明清小說研究論文集》，北京：人民文學出版社，1959 年 2 月北京第 1 版），頁 34～38。

〔註75〕〔清〕徐泌《明畫錄》卷 8：「馮夢桂，字丹芬，長洲人。」見周駿富輯《明代傳記叢刊》第 72 冊（臺北：明文書局，1991 年初版），頁 133。

乃一太學生，同時也是位詩人，列名〈啓禎兩朝遺詩考〉中；〔註77〕兄弟三人
頗負盛名，人稱「吳下三馮〔註78〕」。其父和當時的蘇州大儒王仁孝有深厚的交
情，王仁孝《俟後編・杜凌馮先生〔註79〕跋》即云：

> 孝子以道王先生，與先君子交甚厚，蓋自先生父少參公，即折行交。
> 先君子云：予舞勺時，數數見先生杖履相過，每去，則先君子必提
> 耳命曰：此孝子王先生，聖賢中人也，小子勉之。……通家後學馮
> 非熊跋。〔註80〕

王仁孝以孝子而成儒士，馮夢龍父親與之往來密切，並以王仁孝之行勉勵後
輩，可見馮夢龍父親對聖賢之修爲頗爲看重。此外，由馮夢熊〈哭通家侯仲
子文中茂才〉一詩〔註81〕及侯峒曾《忠節公全集・友人馮杜陵集序》一文，
可見馮家與明末的顯宦家族嘉定侯家交情匪淺。侯峒曾之弟爲侯岐曾，侯岐
曾第二子即爲侯文中，侯岐曾在當時頗享聲譽，曾和兩位兄長有「江南三鳳」
之稱。〔註82〕《忠節公全集・友人馮杜陵集序》云：

> 嗚呼，此余故人杜陵馮君之作也。君初名夢熊，字非熊……往余兄
> 弟與杜陵同事筆墨者累年。〔註83〕

馮夢熊曾與侯家文字往來多年，而馮夢龍也曾於神宗萬曆三十八年（西元1610

〔註76〕《蘇州詩鈔》中提及馮夢熊，杜陵則爲其字：「馮夢熊，字杜陵，長洲人，太
學生」。轉引自陸樹侖：《馮夢龍研究》，同註31，頁3。

〔註77〕舊學庵主人所撰〈啓禎兩朝遺詩考〉中，馮夢熊屬「目錄之外有詩無傳」者。
收入周駿富輯《明代傳記叢刊》第12冊，（臺北：明文書局，1991年初版），
頁391。

〔註78〕〔明〕梅之煥：〈敘《麟經指月》〉，收入魏同賢主編：《馮夢龍全集》第20冊
（南京：江蘇古籍出版社，1993年9月第1版），《麟經指月》，敘頁1。

〔註79〕即馮夢熊。

〔註80〕〔明〕王敬臣：《俟後編・杜陵馮先生原跋》，收入四庫全書存目叢書編纂委
員會編：《四庫全書存目叢書》子部第107冊（臺南：莊嚴文化事業有限公司，
據華東師範大學圖書館藏清康熙38年彭定求重刻本影印，1995年9月初版1
刷），卷後，頁69～70。

〔註81〕馮夢熊〈哭通家侯仲子文中茂才〉一詩，收入陳濟生《天啓崇禎兩朝遺詩》
中，而國家圖書館藏書，僅見陳濟生的《天啓崇禎兩朝遺詩小傳》，及舊學庵
主人所撰的〈啓禎兩朝遺詩考〉，在〈啓禎兩朝遺詩考〉中，有馮夢熊之名，
而其詩作則未收錄其中。資料轉引自陸樹侖：《馮夢龍研究》，同註31，頁9。

〔註82〕陸樹侖：《馮夢龍研究》，同註31，頁10。

〔註83〕《忠節公全集・卷10・友人馮杜陵集序》，轉引自趙維國：〈論馮夢龍的政治
理想及其對小說的文體思考〉，《河南大學學報》（社會科學版），第38卷第4
期（1998年7月），頁30。

年）館於侯家。〔註84〕

三、仕途際遇

馮夢龍在經學方面，曾下過極大的功夫，而「經世濟民」的思想也深植內心，《麟經指月》中馮夢龍自敘以往經歷：

> 不佞童年受經，逢人問道，四方之秘笈，盡得疏觀，廿載之苦心，
> 亦多研悟。〔註85〕

其攻讀《春秋》的情形，在馮夢熊的〈《麟經指月》序〉中有詳細的敘述：

> 余兄猶龍，幼治《春秋》，胸中武庫，不減征南。居恆研精覃思，曰：
> 「吾志在《春秋》」。牆壁戶牖皆置刀筆者，積二十餘年而始愜。其
> 解粘釋縛，則老吏破案，老僧破律；其劈肌分理，則析骨還父，析
> 肉還母。其宛析肖傳，字句間傳神寫照，則如以燈取影，旁見側出，
> 橫斜平直，各得自然。〔註86〕

除了儒家的經學之外，馮夢龍也廣泛地涉獵其他學問，在《太平廣記鈔》中，馮夢龍自敘少即涉獵稗官野史，〔註87〕對於兒歌童謠，馮夢龍也抱有很高的興趣，其《山歌‧卷一》便記載著：

> 余幼時問得十六不諧，不知何義；其詞頗趣，並記之。〔註88〕

不囿於經、史、子、集方面的學問，兼及於稗官野史、民間歌謠，造就了馮夢龍的博學多聞。

馮夢龍生當明末，正當資本主義萌芽，工商業發達之際，而世宗嘉靖（1522～1566）之後皇帝對朝政的用心不如以往，神宗（1573～1619）更是多致力

〔註84〕徐朔方：〈馮夢龍年譜〉，收入魏同賢主編：《馮夢龍全集》第 22 冊（南京：江蘇古籍出版社，1993 年 9 月第 1 版），附錄頁 21。

〔註85〕〈《麟經指月》發凡〉，收入魏同賢主編：《馮夢龍全集》第 20 冊，同註78，《麟經指月》頁 1。

〔註86〕《麟經指月》，同前註，敘頁 2，。

〔註87〕《太平廣記鈔》卷上：「旋有言《廣記》煩瑣，不切世用，復取板置閣。……至皇明文治大興，博雅輩出，稗官野史，悉傳梨登架，而此書獨未授梓。……夫《廣記》非中郎帳中物，而當時經目者已少，若訛訛相仍，一覽欲倦，此書不遂廢爲蠹糒乎？予自少涉獵，輒喜其博奧，厭其蕪穢，爲之去同存異，芟繁就簡」，收入魏同賢主編：《馮夢龍全集》第 8 冊（南京：江蘇古籍出版社，1993 年 3 月第 1 版），小引頁 1。

〔註88〕《山歌‧睃》，同註50，《山歌》，私情四句卷 1，頁 1。

在酒色財氣的追逐上，〔註89〕致使朝政日益腐敗，放誕之風遍及朝野，清趙翼〈明中葉才士傲誕之習〉云：

> 吳中自祝允明、唐寅輩，才情輕豔，傾動流輩，放誕不羈，每出名教外。〔註90〕

馮夢龍身當其時，加上個性豪邁，「才情跌宕」，〔註91〕雖然在二十歲左右考中了秀才，〔註92〕但之後卻是蹭蹬場屋，致使難脫風氣習染，甚而留連青樓尋求寄託。

數度應考不中，懷才不遇，經世濟民的抱負無法伸展，馮夢龍遂寄情於青樓酒館，「逍遙豔冶場，遊戲煙花裡〔註93〕」，藉以化解心中抑鬱之情。

馮夢龍的深情，見於《情史·序》：

> 余少負情癡，遇朋儕必傾赤相與，吉凶同患。聞人有奇窮奇枉，雖不相識，求爲之地。或力所不及，則嗟嘆累日，中夜輾轉不寐。見一有情人，輒欲下拜；或無情者，志言相忤，必委屈以情導之，萬萬不從乃已。〔註94〕

馮「少負情癡」，故多以情感層面看待事物，對識與不識者皆有情，甚乃青樓女子，其也以真心相待。如馮夢龍同情白小樊的遭遇，基於東山劉某本「與白小樊相善」，曾經「匆匆訂密約而去」，卻「去則復不相聞」，小樊因此而「哽咽」，〔註95〕馮夢龍遂作〈青樓怨〉，將白小樊化爲黃素娘，東山劉某化爲劉雙，作成傳奇《雙雄記》，進而感動了劉生，終爲小樊脫籍；馮愛生被凌辱致死，馮夢龍爲其作《愛生傳》，以悼其不幸遭遇。

〔註89〕 明代自武宗正德（1506～1521）、世宗嘉靖之後，政治趨於衰敗，到神宗萬曆時期，則更爲嚴重。萬曆初期由張居正輔佐國政，神宗尚無法總攬大權，張居正卒後，神宗遂陷於酒色財氣之中，萬曆十七年大理評事雒于仁便上了酒色財氣四箴，點出皇帝的缺失。見孟森：《明代史》（臺北：中華叢書委員會印行，1957 年出版），頁 268、283。

〔註90〕 〔清〕趙翼：《廿二史箚記·明中葉才士傲誕之習》（上海：國學整理社，1936年 12 月初版，1939 年 9 月新 1 版），卷 34，頁 494。

〔註91〕 《蘇州府志》的卷 81〈人物〉中云：「馮夢龍，字猶龍，才情跌宕，詩文麗藻，尤明經學。崇禎時，以貢選壽寧知縣。」同註 34。

〔註92〕 王凌：〈馮夢龍生平簡編〉，《福建論壇》：文史哲版，1991 年第 3 期（總第 64期）（1991 年 6 月），頁 66。

〔註93〕 王挺：〈輓馮猶龍〉，同註 73，頁 64。

〔註94〕 《情史·龍子猶序》，同註 41。

〔註95〕 《太霞新奏·青樓怨》，同註 43，卷 12，頁 210。

出入風月之地，結識三教九流，也爲馮夢龍增添不少搜集民間文學資料的機會，《挂枝兒》中一首〈送別〉即是由青樓女子馮喜口中得知：

> 喜美容止，善諧謔，與余稱好友。將適人之前一夕，招余話別。夜半，余且去，問喜曰：「子尚有不了語否？」喜曰：「兒猶記〈打草竿〉及〈吳歌〉各一，所未語若者獨此耳！」因爲余歌之。〔註96〕

又如：

> 琵琶婦阿圜，能爲新聲，兼善清謳，余所極賞。聞余廣《挂枝兒》刻，詣余請之，亦出此篇贈余。云傳自婁江。〔註97〕

> 抱琵琶過船者，僅歸之彈詞之盲女與行歌之丐婦。名娟名妓，實聱乞之不若矣。試得一有喉嚨者，何妨愛殺。〔註98〕

唯有在民間，才能得到眞正屬於民間的文學，如此的作品，才是眞正貼近生活的情眞之作；馮夢龍正是因爲寄情青樓酒肆，在民間文學的資料搜集上，才能達到豐富的地步，而馮夢龍的《挂枝兒》、《山歌》，也因此得以問世。

然馮夢龍自《挂枝兒》、《葉子新鬥譜》等民歌刊刻後，〔註99〕幾乎人人皆能成誦，〔註100〕然多才招忌，馮夢龍受到攻訐，遂到湖廣求助恩公熊廷弼：

> 熊公廷弼，當督學江南時，試卷皆親自批閱……凡有雋才宿學，甄拔無遺。吾吳馮夢龍亦其門下士也。夢龍文多游戲，《挂枝兒》小曲與《葉子新鬥譜》皆其所撰，浮薄子弟，靡然傾動，至有覆家破產者，其父兄群起訐之，事不可解。適熊公在告，夢龍泛舟西江，求解於熊，相見之頃，熊忽問曰：「海內盛傳馮生《挂枝兒》，曾攜一二冊以惠老夫乎？」馮踧踖不敢置對，唯唯引咎，因致千里求援之

〔註96〕 《挂枝兒·送別》第四首後注，收入魏同賢主編：《馮夢龍全集》第 18 冊，同註 50，《挂枝兒》，別部四卷，頁 41。

〔註97〕 《挂枝兒·帳》後注，同前註，《挂枝兒》，想部三卷，頁 28。

〔註98〕 《挂枝兒·嗔妓》後注，同註 50，《挂枝兒》，隙部五卷，頁 66。

〔註99〕 蘇州爲明末東南地區文化薈萃之地，刊刻書籍極爲普及，「他們除了刻印讀書人用的經、史、子、集和應考讀物之外，也刻印各種能夠暢銷的通俗讀物，藉此賺錢，並滿足市民的需要。」見繆咏禾先生《馮夢龍和三言》一書，同註 9，頁 16。

〔註100〕 「比年以來，又有打棗乾、掛技兒二曲，其腔調約畧相似，則不問南北、不問男女，不問老幼良賤，人人習之，亦人人喜聽之，以至刊布成帙，舉世傳誦，沁人心腑。」〔明〕沈德符撰：《萬曆野獲編》（第四冊）（臺北：偉文圖書出版社有限公司，1976 年 9 月版），卷 25，〈時尚小令〉，頁 1709～1710。

意。熊曰：「此易事，毋足慮也。我且飯子，徐爲子籌之。」……抵
家後，則熊飛書當路，而被訐之事已釋。〔註101〕

熊廷弼爲馮夢龍修書解圍，但馮夢龍並未因遭受攻訐而退縮，其對民間文學
的興趣依然不減。

　　對於蘇州名妓侯慧卿，馮夢龍更是寄予一份眞情，甚至有白首偕老之約，
後來侯慧卿另適他人，致使馮夢龍「幾番中熱難輕捨」，然而佳人已離，只能
「清清涯著長夜」，過著「離情慘、何曾慣者，特受這個磨折」〔註102〕的痛苦
日子，並將對侯慧卿的離情別緒寫成〈怨離詞〉，也寫了三十首〈怨離詩〉，
即使事經一年，對於侯慧卿的思念仍綿延不絕：

　　五月端二日，即去年失慧卿之日也。日遠日疎，即欲如去年之別，
　　亦不可得。傷心哉！行吟小齋，忽成商調，安得大喉嚨人，順風唱
　　入玉耳耶？噫！年年有端二，歲歲無慧卿，何必人言愁、我始欲愁
　　也。〔註103〕

對侯慧卿久久不能忘情，「來歲今朝想更顛」，在慨歎「才子佳人不兩全」〔註104〕
之際，馮夢龍決定從此絕跡青樓，〔註105〕以免觸景傷情：

　　從今去，一筆勾。瑞香花，各有頭。姻緣限滿三合湊，便相見不似
　　當初厚。免躊躇，隨伊即溜，做不得滿江愁。〔註106〕

　　熱心腸閒窮究，強因親到底是暫綢繆，拚箇謝卻青樓不去走。〔註107〕

　　馮夢龍自錯失了侯慧卿，痛苦異常，恰得友人邀約，遂藉機離開傷心之
地，前往麻城（今湖北麻城）講學。其友梅之煥爲馮夢龍《麟經指月》所作
之〈敘〉，對此頗多著墨：

〔註101〕〔清〕鈕琇撰：《觚賸續編‧英雄舉動》，收入《續修四庫全書》編纂委員會
　　　　編：《續修四庫全書》子部雜家類第1177冊，（上海：上海古籍出版社，據天
　　　　津圖書館清康熙臨野堂刻本影印，2002年出版），卷2，頁115～116。
〔註102〕分別見於〈怨離詞〉中的〈太師引‧其二〉、〈繡帶兒‧其二〉〈繡帶兒〉，見
　　　　《太霞新奏‧怨離詞》，同註43，卷7，頁115～116。
〔註103〕《太霞新奏‧端二憶別‧序》，同註43，卷11，頁192。
〔註104〕分別見於〈端二憶別‧尾聲〉及〈端二憶別‧貓兒逐黃鶯〉，同前註，頁
　　　　193。
〔註105〕董斯張〈怨離詞評注〉：「子猶自失慧卿，遂絕青樓之好。有〈怨離詩〉三十
　　　　首」《太霞新奏‧卷7‧怨離詞》，同註43，頁116。
〔註106〕《太霞新奏‧誓妓‧簇御林》，同註43，卷10，頁166。
〔註107〕《太霞新奏‧誓妓‧尾聲》，同前註。

> 迺吾友陳無異令吳，獨津津推轂馮生猶龍也。王大可自吳歸，亦爲余言吳下三馮，仲其最著云。余附驥者久之。無何，而馮生赴田公子約，惠來敝邑，敝邑之治《春秋》者往往反問渡於馮生。《指月》一編，發傳得未曾有。余于是益重馮生，而信二君子爲知言知人也。〔註108〕

陳以聞字無異，曾任吳縣縣令，乃「尊賢禮士」〔註109〕之人，而王大可認爲「吳下三馮，仲其最著」，麻城人由此知悉馮夢龍的才華，由田公子出面邀請馮夢龍至麻城講學，馮夢龍於是開展另一段新生活。

馮夢龍少時對《春秋》即已下了不少功夫，到了麻城，即是以《春秋》的造詣受到敬重，「治《春秋》者，往往反問渡於馮生」。在麻城，馮夢龍與八十八人結文社，鑽研《春秋》，之後並編成《麟經指月》，成爲研究《春秋》的專著。此外，和梅之熄（梅之煥的從弟）等人組韻社，馮夢龍因學問淵博，加上個性狂放不羈，被推爲「社長」。幾番科舉不中，仕途前景未卜，講學成了馮夢龍可走的道路，馮氏曾在長洲的浦家、莊家、陶家，無錫的吳家、黃家，烏程沈家，麻城的田家、陳家、劉家、周家、董家擔任西席，〔註110〕藉著《春秋》之學廣結士子，總算在失意之餘有些安慰。

馮夢龍在麻城，也和袁宗道有所來往，經由梅之熄、梅之煥、袁宗道等人，馮夢龍更加了解到李贄的思想。李贄倡導「童心」說，認同俗文學的價值，馮夢龍深有同感，故而對李贄之書「奉爲蓍蔡」；〔註111〕麻城是李贄晚年生活區域所在，馮夢龍到麻城講學，離李贄去世後不久，朝廷對李贄著作的禁絕漸趨寬鬆，馮夢龍更有機會一探李贄思想精髓，〔註112〕由馮氏《古今譚概》一書多引用李贄說法來看，可見馮夢龍深受李贄之影響。〔註113〕

〔註108〕〔明〕梅之煥：〈敘《麟經指月》〉，《麟經指月》，同註78，敘頁1。

〔註109〕〔清〕李銘皖等修、馮桂芬等纂：《蘇州府志》第4冊，卷第71，〈名宦4〉：「陳以聞，字無異，麻城人，萬曆三十六年以進士知吳縣，尊賢禮士，嚴絕匪類，有治辦聲」，同註34，頁1779右上。

〔註110〕陸樹侖：《馮夢龍研究》，同註31，頁22。

〔註111〕〔明〕許自昌《樗齋漫錄》，收入《續修四庫全書》子部雜家類第1133冊，（上海：上海古籍出版社，據明萬曆刻本影印，2002年出版），卷6，頁103。

〔註112〕王凌：〈馮夢龍麻城之行——馮夢龍生平及思想探幽之二〉，《福建論壇》：文史哲版，1988年第4期（總第47期）（1988年8月），頁47。

〔註113〕馮夢龍在《古今譚概·天后時三疏》即提及：「天后作事，往往有大快人意者，宜卓老稱爲聖主也。」見〔明〕馮夢龍《古今譚概》，收入魏同賢主編：《馮夢龍全集》第6冊（南京：江蘇古籍出版社，1993年4月第1版），卷18，

　　馮夢龍在崇禎三年（1630 年）方入國子監為貢生，[註114] 其時已五十七歲。次年以歲貢方式，得授丹徒（今江蘇鎮江）訓導。

　　在丹徒訓導任內，馮夢龍編《四書指月》以教授生員，並因升科不實，建議縣令石景雲踏勘落實，提出虛懸的舊攤金額以新墾沙田徵收到的錢糧抵銷，馮夢龍在《壽寧待誌‧陞科》中，回憶此事道：

> 因思前司訓丹徒時，適焦山沙長數里，諸勢家紛紛爭佃。然有長則
> 必有攤，長則議增，攤不議減，宗祖承佃，遺累子孫，坐此破家，
> 歷歷可數。余曾苦口為石令景雲言之，求其踏勘條陳，即以新佃准
> 銷舊攤之額，利民甚博。景雲慨然力任，會調宜興而止。[註115]

人民因舊規蒙害，馮夢龍本著一貫的「情癡」個性，為百姓尋求較為合理的解決之道，此次馮夢龍終能藉著建議縣令升科之事，稍展其經世濟民的抱負，暫解久久無法用世的鬱悶。

　　崇禎七年（1634 年），馮夢龍六十一歲，終升至福建壽寧縣（今福建壽寧）任知縣。壽寧是個「嶺峻溪深，民貧俗儉」[註116] 的地方，馮夢龍到此當個七品官員，卻也盡力為人民謀福祉，做到「政簡刑清」，[註117] 堪稱清官。

　　壽寧縣「每更一官，則修理衙門一次」，衙門內的傢俱係「科斂」而來，離任時，傢俱則「濫充賞人之用」，龐大的花費致使「宦債未清」，常發生人民「典妻賣子，猶不能償」[註118] 的情況，而十年一次的造黃冊，也使平民遭受敲詐的痛苦。馮夢龍主張一切依實際情形確實審查，簡化原本複雜不實的程序，以減輕人民負擔，展現馮氏「不求名而求實」的態度。

　　對於棘手的案件，馮夢龍微服暗訪，理清了姜廷盛的誣告案；地方上的惡霸陳伯進，馮夢龍則以聲東擊西的方式，使其束手就擒；百姓苦於虎害，馮夢龍則設阱除虎；因此在馮夢龍任內，壽寧縣的牢房處於「時時盡空」[註119] 的

　　　顏甲部，頁 336。

〔註114〕〔清〕李銘皖等修、馮桂芬等纂：《蘇州府志》第 3 冊（臺北：成文出版社，據清光緒 9 年刊本影印，1970 年出版），卷 62，選舉 4，頁 1599 右下。

〔註115〕《壽寧待誌‧陞科》，收入魏同賢主編：《馮夢龍全集》第 17 冊（南京：江蘇古籍出版社，1993 年 8 月第 1 版），《壽寧待誌》，卷上，頁 11。

〔註116〕同註 115，卷下，〈官司〉，頁 54。

〔註117〕〔清〕趙廷機修、柳上芝纂：《壽寧縣志‧官守誌‧官績》（臺北：成文出版社，據清康熙 25 年刊本影印，1970 年出版），卷 4，頁 175。

〔註118〕《壽寧待誌》，同註 115，卷下，〈里役〉，頁 36～37。

〔註119〕同註 115，卷上，〈縣治〉，頁 4。

狀態，百姓生活日益安定。

壽寧縣重男輕女，「生女多不肯留養」，有著溺女嬰的風俗，馮夢龍認為此風不可長，於是頒布〈禁溺女告示〉，聲明對於生女「欲行淹殺或拋棄者」，予以重責，而抱養之家則給予賞錢，「以旌其善」，〔註120〕藉著賞善罰惡，以糾正當時陋習。

壽寧縣雖有學校，但讀書的人極少，學風並不普及，馮夢龍將學宮作番整修，頒下任丹徒訓導時所編的《四書指月》，親自為學生講解，使得「士欣欣漸有進取之志」。〔註121〕

壽寧雖是個偏遠之地，馮夢龍卻不因此而對壽寧的民風、學風有所忽略，抱著做一清官的理想，處處留心，凡事本著「為民之心」，〔註122〕「遇民以恩，待士有禮」，〔註123〕政績為地方所肯定，徐𤊑曾在〈壽寧馮父母詩序〉中，對馮頗多讚揚：

> 蓋寧為建屬邑，界萬山中，峰巒峭菁，灘水瀦潀，最稱僻壤。……
> 令早起坐堂，皇理錢谷簿書，一刻可了。退食之暇，不丹鉛著書，
> 則捻鬚吟詠，計閩中五十七邑，令之閒無逾先生，而令之文亦無逾
> 先生者，顧先生雖耽乎詩，而百端苦心，政平訟理，又超於五十七
> 邑之殿最也。〔註124〕

可見馮夢龍無論在治理縣務，或在學問上，都受到眾人的肯定及尊重。

馮夢龍約二十歲時考中秀才，直至五十七歲成為貢生，得授丹徒訓導，六十一歲時任壽寧縣令，四年後壽寧縣令任滿，歸隱蘇州，其仕宦生涯也到此結束，多年的科舉失意，仕宦生涯不長，但在著述方面，有了豐富的成績。

四、著作論述

馮夢龍除治經有成外，民歌、傳奇、小說皆有建樹，對於明末國事，更是關心，因此，馮夢龍可說是涉獵各方的多產作家。

〔註120〕《壽寧待誌》，同註115，卷上，〈風俗〉附〈禁溺女告示〉，頁31。
〔註121〕同註115，卷上，〈風俗〉，頁28。
〔註122〕〔清〕趙廷機修、柳上芝纂：《壽寧縣志·官守誌·官績》，同註117，卷下，〈祥瑞〉，頁70。
〔註123〕《壽寧待誌》，同註119。
〔註124〕徐𤊑：〈壽寧馮父母詩序〉，轉引自魏同賢：〈馮夢龍的生平、著述及其時代特點〉，《中華文史論叢》，1986年第2輯（總第38輯）（1986年6月），頁105。

　　對經學鑽研多年，《春秋》方面更有獨到的心得，故當馮夢龍被邀至麻城講學時，經與社友切磋討論下，遂有《麟經指月》一書，不久又寫就了《春秋衡庫》。任丹徒訓導時，為教授生員，編了一本《四書指月》，此書更在馮夢龍擔任壽寧縣令時，振興當地的學風。

　　馮夢龍少年時留連於風月場所，得以有機會和下層人民多所接觸，因茲搜集到許多民歌，也將青樓酒館中的所見所聞、親身的經歷，化為曲文；如友人董遐周（即董斯張）和歌妓薛彥升別後重逢的心緒，使馮夢龍填成了〈為董遐周贈薛彥升〉曲；另一友人無涯氏對名妓王多生情有獨鍾，然而王多生「迫於家累」，被「鬻為越中蘇小」〔註125〕，馮遂作〈送友訪妓〉，支持無涯氏尋回王多生；己身和侯慧卿的情感及離情別緒，則都記錄在〈怨離詞〉、〈端二憶別〉、〈誓妓〉裡，後均輯入《太霞新奏》。〔註126〕青樓女子中，不乏情操卓犖者或具豪俠氣概者，馮夢龍遂將所知輯成《情史》，使後人得知「情」感人至深。〔註127〕

　　文從簡〔註128〕在〈馮猶龍〉中，提及馮夢龍的個性：「早歲才華眾所驚，名場若個不稱兄」，「一時名士推盟主，千古風流引後生」，〔註129〕馮夢龍狂放的性格，加上流連酒館的經歷、對民歌的偏好，使得馮夢龍負「情癡」之名，生死皆多情：

　　　　嘗戲言：「我死後不能忘情世人，必當作佛度世，其佛號當云『多情歡喜如來』。有人稱贊名號，信心奉持，即有無數喜神前後擁護，雖遇仇敵冤家，悉變歡喜，無有嗔惡妒嫉種種惡念。」〔註130〕

執持著「多情歡喜如來」的想法，馮夢龍便是以「情」看待世事，加上李贄「童心說」提出以「人欲」對抗「天理」的思想，在奉李贄之學為「蓍蔡」的情況下，「借男女之眞情，發名教之僞藥」〔註131〕的「情教觀」於焉產生。《挂枝兒》、《山歌》展現的「眞」，《情史》呈現的「生機之情」皆為情教的發揮；〔註132〕

〔註125〕《太霞新奏・送友訪妓》，同註43，卷5，頁60。

〔註126〕王凌：〈馮夢龍生平簡編〉，同註92，頁66～67。

〔註127〕陸樹侖：《馮夢龍研究》，同註31，頁14。

〔註128〕「字彥可，長洲人，文震孟之子。對馮十分了解」。轉引自王凌：〈馮夢龍生平簡編〉，同註92，頁66。

〔註129〕文從簡〈馮猶龍〉，轉引自陸樹侖：《馮夢龍研究》，同註31，頁12。

〔註130〕《情史・龍子猶序》，同註41。

〔註131〕《山歌・敘山歌》，同註50。

〔註132〕李志宏：〈試從馮夢龍「情教說」論「三言」之編寫及其思想表現〉，《臺北師

在封建制度僵死之際，提出「情爲理之維」，〔註133〕肯定人欲，提倡男女皆有追求眞情的自由，並將其規範於儒家體系內，如此欲使「怯者勇，淫者貞，薄者敦，頑鈍者汗下」〔註134〕的觀點，並發揮於「三言」中，通過《喻世明言》、《警世通言》及《醒世恆言》〔註135〕的成書，達到喻世、警世，甚而醒世的效果，並藉著描寫市井人物生活的眞實面，達到「適俗」「導愚」的教化作用，而「三言」一出，不但成爲馮夢龍的代表作，更堪稱明代白話短篇小說的代表，並造成群起效仿，使白話短篇小說風行一時。

個性上的放曠不羈，馮夢龍在和社友交游之時，產生了《古今譚概》，在談笑中彰顯嚴肅且殘酷的社會現實，而《智囊》更是馮夢龍長期觀察社會百態所得的智慧累積。基於對民間文學、通俗文學的喜愛，馮夢龍除了對歌謠多所蒐集外，話本、傳奇也是他所努力的方向。話本方面，除「三言」之外，馮夢龍曾修改及補寫羅貫中的《三遂平妖傳》。在傳奇方面，馮夢龍蒐集古今傳奇中較具代表性的著作，有些加以刪改，有些更換了題目，也有自己的創作，計有：《三報恩》、《夢磊記》、《新灌園》、《酒家傭》、《女丈夫》、《灑雪堂》、《量江記》、《精忠旗》、《楚江情》、《風流夢》、《一捧雪》、《人獸關》、《占花魁》、《永團圓》、《雙雄記》、《萬事足》〔註136〕等，結集爲《墨憨齋定本傳奇》。

馮夢龍雖個性灑落，但對於明末朝政卻也關心，在壽寧縣令任內，編有《壽寧待誌》，壽寧縣令離任，歸隱蘇州之後，明末正瀕臨亡國之危，馮夢龍一介老臣，對朝廷命運極度關切，聞知崇禎皇帝殉國，馮夢龍爲此感到震撼，〔註137〕又聞清兵入關，福王在南京即位，爲求明朝能振興，其將對政治、經濟、軍事等方面的改革想法，及痛恨清兵摧殘明朝江山的心緒輯入《甲申紀事》一書中，希望明朝能再度振興；不久聞唐王稱監國，馮夢龍心中歡喜，

院語文集刊》第 8 期（2003 年 6 月），頁 68。

〔註133〕《情史・情貞類》卷末總評，同註41，卷1，頁36。

〔註134〕〔明〕馮夢龍編、許政揚校注《古今小說・敘》（臺北：里仁書局，1996 年 5 月出版），敘頁 2。

〔註135〕胡萬川在〈三言敘及眉批的作者問題〉一文中，提及《情史》已爲 Hua-Yuan Li Mowry 等人證實爲馮夢龍所作，胡萬川更將「三言」的敘者和評者與《情史》互爲比較，由文中「批」的用語具有極大的相似性，證實「三言」作者爲馮夢龍。見胡萬川：〈三言敘及眉批的作者問題〉，同註56，頁 123～138。

〔註136〕魏同賢主編：《馮夢龍全集》第 12 冊，同註 42，目錄頁 1～2。

〔註137〕徐文助：〈馮夢龍之生平及其《警世通言》〉，《師大學報》第 27 期（1982 年 6 月），頁 220。

作成《中興偉略》、《中興實錄》，惜僅曇花一現，明朝已至無可挽回的地步，不久即告滅亡；凡此均可見馮夢龍心繫明朝，固守儒家忠君效國的思想。

綜觀馮夢龍的一生，在儒學世家濡染下，卻有著豪放灑脫的個性，致使其在經史子集之外，也鍾情於通俗文學及民間文學。在科舉路上屢受窒礙，使其寄情風月，和歌妓及市井百姓互有往來，並得以對流傳於民間的文學作品多所接觸及蒐集；科舉之路乖舛，卻使他在著作之路大有成就，短暫的仕宦生涯，治績雖然得到人民的肯定，但到底不如其在著作方面的豐厚成就；而其著作，又以「三言」最著，表現出馮夢龍的才華，展現了小老百姓的點點滴滴。馮夢龍雖在仕途上不如意，但其著作等身的光芒，便足以將其仕宦的失意全數掃盡。

第四節　三言版本

「三言」乃《喻世明言》、《警世通言》及《醒世恆言》的合稱，此一名稱在《醒世恆言》隴西可一居士的敘中即已出現：「吾不知視此三言者得失何如也」，〔註138〕而《喻世明言》、《警世通言》及《醒世恆言》三書，並非一次刊刻完成，《醒世恆言》流傳較為廣泛，《喻世明言》、《警世通言》的版本殘缺散佚，全本反而是由日本傳回。〔註139〕三書的版本也有差異之處，現概述於後：

一、《古今小說》與《喻世明言》

「三言」首本為《喻世明言》，而又有《古今小說》一名出現。

〔註138〕〔明〕馮夢龍編、顧學頡校注：《醒世恆言》（臺北：里仁書局，1996年5月出版），頁863。

〔註139〕「三言」在明末極為盛行，流傳極廣，然而到了清代，因嚴屬思想統治，「三言」被視為「淫詞小說」之流，受到數度禁止，並有禁燬小說的命令，因此，自清康熙之後，「三言」一直沒有重刻本；而另一方面，書商對於小說內容擅加刪削，使得「三言」內容殘缺，完整版本無法在中國尋獲；直至1924年鹽谷溫在日本發現「三言」，1957年起，李田意自日本拍攝其內容，陸續交由世界書局印行，「三言」才再度在中國風行。詳參徐文助：〈馮夢龍之生平及其《警世通言》〉，同註137，頁227；胡萬川：〈馮夢龍所編話本小說「三言」的版本與流傳〉，《中華文化復興月刊》第9卷第6期（1976年5月），頁73；王國良：〈三言──馮夢龍與三言〉，收入《中國文學講話》（九）明代文學（臺北：巨流圖書公司，1987年5月1版1印），頁205。

《古今小說》綠天館主人敘云：

> 茂苑野史氏，家藏古今通俗小說甚富，因賈人之請，抽其可以嘉惠
> 里耳者，凡四十種，畀爲一刻。〔註140〕

所附天許齋的「識語」提及：

> 本齋購得古今名人演義一百二十種，先以三之一爲初刻云。〔註141〕

在此僅見「古今小說」之名，未見「喻世明言」之名，然而在《醒世恆言》
可一居士序中則云：

> 六經國史而外，凡著述皆小說也。而尚理或病於艱深，修詞或傷於藻
> 繪，則不足以觸里耳而振恆心。此《醒世恆言》四十種，所以繼《明
> 言》、《通言》而刻也。明者，取其可以導愚也。通者，取其可以適俗
> 也。恆則習之而不厭，傳之而可久。三刻殊名，其義一耳。〔註142〕

序中只見《喻世明言》之名，未見《古今小說》之名。《今古奇觀》姑蘇笑花
主人之序，也作《喻世明言》：

> 墨憨齋增補《平妖》，窮工極變，不失本末，其技在《水滸》、《三國》
> 之間；至所纂《喻世》、《警世》、《醒世》三言，極摹人情世態之歧，
> 備寫悲歡離合之致，可謂欽異拔新，洞心駭目。〔註143〕

在馮夢龍的另一本著作《新列國志》的「識語」亦云：

> 墨憨齋向纂《新平妖傳》及《明言》、《通言》、《恆言》諸刻，膾炙
> 人口。〔註144〕

而在二十四卷本的《喻世明言》〔註145〕上則署有「重刻增補古今小說」，現存
葉敬池《醒世恆言》版本封面上有「繪像古今小說醒世恆言」。天許齋《古今
小說》本在總目之前有「古今小說一刻」六字，〔註146〕重刻本則稱爲《喻世
明言》，且鹽谷溫在《中國文學概論》中亦曾提及：「『三言』中最初出的是『明

〔註140〕〔明〕馮夢龍編、許政揚校注：《古今小說》綠天館主人敘，同註134，敘頁2。
〔註141〕〔明〕馮夢龍編、李田意攝校：《古今小說》卷首，同註44。
〔註142〕〔明〕馮夢龍撰：《醒世恆言·原序》，同註138，頁863。
〔註143〕〔明〕抱甕老人編、馮裳標校：《今古奇觀》（臺北：建宏出版社，據上海圖
書館明版清印24冊爲底本，1995年3月初版1刷），原序頁2。
〔註144〕〔明〕馮夢龍編：《新列國志》（上海：上海古籍出版社，1987年2月第1版），
圖1，明末葉敬池梓本書影（一）。
〔註145〕《古今小說》現存最早版本爲天許齋本，次爲24卷衍慶堂刻本，名爲《喻世
明言》，詳見次頁《古今小說》版本敘述。
〔註146〕〔明〕馮夢龍編、李田意攝校：《古今小說》，同註44。

言』，因這是《古今小說》底改名再版」；〔註147〕至《醒世恆言》刊出，名稱
前又加上「古今小說」之名，並在序中明白道出《明言》、《通言》、《恆言》。
而陸樹侖先生認爲《喻世明言》是《繪圖古今小說喻世明言》的省略，〔註148〕
以時代先後而言，《喻世明言》之名的出現略晚於《古今小說》，且之後不再
出現《古今小說》的稱呼，「古今小說」反而出現在《醒世恆言》名稱之前，
使「古今小說」遂成三書的總稱。

　　因此「古今小說」可說是一百二十篇小說的總名，而《喻世明言》、《警
世通言》及《醒世恆言》爲各書之名，三書名稱取得協調統一，遂合稱「三
言」。〔註149〕《古今小說》重刻後改稱爲《喻世明言》，而後世或將《古今小
說》、《喻世明言》，混同稱之。

二、版本簡介

　　1924 年，日本學者鹽谷溫在日本內閣文庫中發現「三言」，〔註150〕1926
年在長澤文學士處圖書室所藏的「舶載書目」中發現《警世通言》的目錄，
〔註151〕「三言」的各種版本遂被重視，並陸續被發現，至目前爲止，「三言」
可見之版本有：

（一）《古今小說》

　　《古今小說》在中國不見傳本，現存最早者爲天許齋刊本，其所刊《全像

〔註147〕〔日〕鹽谷溫著，孫俍工譯：《中國文學概論・論明之小說「三言」及其他》，
　　　　　同註49，頁512。
〔註148〕陸樹侖：〈「三言」的版本及其他〉，原載《復旦大學學報》1963 年第 1 期，
　　　　　收入《馮夢龍散論》（上海：上海古籍出版社，1993 年 6 月第 1 版），頁18。
〔註149〕楊家駱在〈景印珍本宋明話本叢刊提要・古今小說四十卷〉中提到《古今小
　　　　　說》總目首行的書名爲「古今小說一刻」，「則繼此所刻之《警世通言》、《醒
　　　　　世恆言》即二刻、三刻，而『古今小說』乃其總稱可知」，《喻世明言》乃《古
　　　　　今小說》的改稱。見楊家駱：〈景印珍本宋明話本叢刊提要・古今小說四十卷〉，
　　　　　收入〔明〕馮夢龍編，李田意攝校：《古今小說》，同註44，頁3～4；胡萬川
　　　　　認爲「古今小說」爲叢書的總名，《喻世明言》之名爲後來所加，詳參胡萬川：
　　　　　〈馮夢龍所編話本小說「三言」的版本與流傳〉，同註139，頁72；而陸樹侖
　　　　　在〈「三言」的版本及其他〉一文中，則認爲《喻世明言》之名並非後來所追
　　　　　加，而是原來即有的。然二人對於「古今小說」爲三書總名的看法則趨於一
　　　　　致。詳見陸樹侖：〈「三言」的版本及其他〉，同前註，頁18。
〔註150〕莎日娜：〈日本學者的版本發現與20世紀的「三言」研究〉，《國際關係學院
　　　　　學報》，2002 年第 6 期（2002 年 11 月），頁31。
〔註151〕徐文助：〈馮夢龍之生平及其《警世通言》〉，同註137，頁227。

古今小說》四十卷四十篇全本在日本被發現，日本內閣文庫及尊經閣各藏一部。內閣文庫所藏者，爲「明刊原本」，尊經閣所藏者則「或係初印本」。〔註152〕有綠天館主人評次及序，刊刻時間約在明泰昌元年至天啓四年之間（1620～1624）。

《古今小說》除四十卷全本外，另有衍慶堂所刊《喻世明言》二十四卷二十四篇，上題「重刻增補古今小說」，爲「可一居士評，墨浪主人校」，也藏於日本內閣文庫；內有綠天館主人序，和天許齋本相較，序文內容相同，但有脫漏；篇章內容方面，二十四篇中和天許齋《古今小說》同者有二十一篇，其餘三篇，一見於《警世通言》，另兩篇見於《醒世恆言》，可見衍慶堂所刊並非原刻本。

大連圖書館則藏有映雪齋所刻，題「七才子書」的《古今小說》，僅有十四篇，〔註153〕而馬廉所蒐集到的《古今小說》也只有三篇，因此衍慶堂、映雪齋及馬廉所蒐得輯的，皆屬殘本，不如天許齋版本來得完整。

李田意在日本發現內閣文庫及尊經閣的版本後，遂交由世界書局影印出版，〔註154〕以內閣文庫本爲主，殘缺部分則以尊經閣藏本補足，成爲現今研究《古今小說》較爲完整的版本。

（二）《警世通言》

《警世通言》版本有三：

一爲金陵兼善堂本，爲李田意在日本名古屋蓬左文庫中尋得，〔註155〕四十卷四十篇，上署「可一主人評，無礙居士校」，內有無礙居士序。刊刻時間爲天啓四年，爲現存《警世通言》中最早的版本，日本的名古屋蓬左文庫以及倉田武四郎氏各藏有一部。此一版本雖是現存最早的，但刊刻有許多錯漏，

〔註152〕孫楷第認爲天許齋刻本爲《古今小說》最早刊本。見孫楷第：《日本東京所見中國小說書目——附大連圖書館所見中國小說書目》（臺北：鳳凰出版社，1974年10月初版），頁10。而陸樹崙則持不同看法，認爲天許齋所刊刻的《古今小說》不是原刻本，原因有二：一、若爲原刻本，則不可能一次購得120篇小說，應爲40種較爲合理。二、若爲原刻本，其刊刻時間約在萬曆末年到天啓元年之間，應不會出現天啓年間的作品才爲合理。因此陸樹崙以爲《古今小說》原刻本並非天許齋所刻，而爲綠天館所刻。詳見陸樹崙：〈「三言」的版本及其他〉，同註148，頁16～18。

〔註153〕孫楷第：《日本東京所見中國小說書目——附大連圖書館所見中國小說書目》，同前註，頁180～181。

〔註154〕1958年出版。

〔註155〕徐文助：〈馮夢龍之生平及其《警世通言》〉，同註137，頁227。

有目次的題名和正文題名不同、正文卷數錯誤、頁數倒置者、還有文字羨奪，均是其不足之處。〔註156〕

次爲衍慶堂本，大連圖書館及日本天理大學附屬圖書館鹽谷溫文庫各藏一部。大連圖書館所藏者，題爲《二刻增補警世通言》，上署「可一居士評，墨浪主人校」，有無礙居士序。刊印不甚精，篇數也不足四十篇，有缺少及抄補的篇章。〔註157〕而鹽谷溫文庫所藏版本，爲二十四卷二十四篇，封面同於大連圖書館所藏衍慶堂版本，但少了「二刻增補」四字，且有些內容出自《古今小說》，如第十九卷〈范巨卿雞黍死生交〉即是。衍慶堂本和兼善堂本，屬於同板刻印，只是兼善堂本的刊刻時間較早，衍慶堂所刻二本則稍後。〔註158〕

另一爲三桂堂本，王振華刊，原書四十卷四十篇，但流傳者多爲三十六卷本，最後四篇缺，然其書目可見於日本「舶載書目」，〔註159〕而胡萬川發現臺北國家圖書館藏有完整四十卷四十篇的三桂堂版本，爲「可一主人評，無礙居士序」，僅封面不見，但內容爲三桂堂本無誤。〔註160〕三桂堂本第二十三卷爲〈樂小舍拚生覓喜順〉，和兼善堂本之名〈樂小舍拚生覓偶〉有異；三桂堂本第二十四卷爲〈卓文君慧眼識相如〉，實爲兼善堂本第六卷〈俞仲舉題詩遇上皇〉之入話，而兼善堂本第二十四卷的〈玉堂春落難逢夫〉，則在三桂堂本中未見；三桂堂本第四十卷爲〈葉法師符石鎮妖〉，兼善堂本則爲〈旌陽宮鐵樹鎮妖〉，爲截然不同的兩篇，更是版本間明顯的差異。

〔註156〕詳參李田意：〈日本所見中國短篇小說略記〉，《清華學報》新1卷第2期（1957年4月），頁63～64；徐文助：〈馮夢龍之生平及其《警世通言》〉，同註137，頁227～228。其中徐文助所言「倉田武四郎氏」，李田意則作「倉石武四郎氏」。
〔註157〕詳參孫楷第：《日本東京所見中國小說書目——附大連圖書館所見中國小說書目》，同註152，頁149。
〔註158〕李田意：〈日本所見中國短篇小說略記〉，同註156，頁65。
〔註159〕鹽谷溫所著《中國文學概論・論明之小說「三言」及其他》中提及：日本長澤文學士的圖書室藏有「舶載書目」，內有《警世通言》目錄。所謂「舶載書目」，「是把當時從清國舶載於長崎的書籍在有司底手邊一一紀錄下來的」。見〔日〕鹽谷溫著，孫俍工譯：《中國文學概論》，同註49，頁515。最後四篇「有目無書」，分別爲第37卷〈萬秀娘仇報山亭兒〉、第38卷〈蔣淑貞刎頸鴛鴦會〉、第39卷〈福祿壽三星度世〉及第40卷〈葉法師符石鎮妖〉。轉引自李田意：〈日本所見中國短篇小說略記〉，同註155，頁66。
〔註160〕胡萬川：〈馮夢龍所編話本小說「三言」的版本與流傳〉，同註139，頁73～74。

　　《警世通言》版本中，兼善堂本與三桂堂本都有四十卷四十篇的版本出現，衍慶堂本則為殘本，故衍慶堂版本較為晚於兼善堂本和三桂堂本，而兼善堂本、三桂堂本的先後問題，胡萬川則由插圖的草率、所印批語殘缺、文字多簡筆、目錄的更改等方面，認為三桂堂本應晚於兼善堂本。

（三）《醒世恆言》

　　《醒世恆言》版本，其一為金閶葉敬池本，為四十卷足本，日本內閣文庫藏有一部，上署「可一主人評，墨浪主人校」，並有可一居士序，天啟七年（西元1627年）刊出，為《醒世恆言》最早的刊本。

　　另有金閶葉敬溪本，大連圖書館以及日本吉川杏次郎各藏一部。葉敬溪本在繪圖、目次及本文部分，和葉敬池本相較，為同板後印，是葉敬池本的後印本，因此在卷數上亦為四十卷足本。

　　衍慶堂本所刊則有四十篇足本及三十九篇本之別。三十九篇本係將第二十三卷〈金海陵縱慾亡身〉刪去，將原本篇幅長的第二十卷〈張廷秀逃生救父〉，析為上下兩篇，分入第二十及第二十一卷，原本二十一卷的〈張淑兒巧智脫楊生〉則補入第二十三卷，成為三十九篇本，而今所流傳者，多為三十九篇本。〔註161〕

　　本論文論述所引原典，以台北里仁書局於民國八十五年五月所出版的「三言」為本。其中《古今小說》，採用藏於日本內閣文庫的天許齋版本，1947年商務印書館根據拍攝回來的照片排印，內閣文庫本有缺頁之處，則以日本尊經閣本補足。1955年時文學古籍刊行社重印此書，而里仁書局即以文學古籍刊行社的重印本作為底本，以原照片校之，且參考了《清平山堂話本》及《今古奇觀》，以訂正錯字，由許政揚校注。〔註162〕

　　《警世通言》較通行的版本為兼善堂本及三桂堂本，世界文庫曾經根據兼善堂本傳鈔排印，在國內出版，而里仁書局即以世界文庫本為主，校以三桂堂本，世界文庫本所缺的第三十七卷，則以另外的抄本補足，由嚴敦易校注。〔註163〕

〔註161〕「三言」版本問題，詳見胡萬川：〈馮夢龍所編話本小說「三言」的版本與流傳〉，同註139。

〔註162〕《古今小說》前言，同註134，頁15。

〔註163〕〔明〕馮夢龍編、嚴敦易校注：《警世通言》出版說明（臺北：里仁書局，1996年5月出版），頁5。

　　《醒世恆言》則以世界文庫覆排金閶葉敬池本爲底本，並且參校了衍慶堂本及《今古奇觀》等書，而第二十三卷〈金海陵縱欲亡身〉則整篇刪去，全書由顧學頡校注。〔註164〕

〔註164〕《醒世恆言》出版說明，同註138，頁4。

第二章　人物正面心態類型

　　人物的內心世界豐富多樣，或喜怒、或哀樂，每因外在事物影響，形成不同心態，有正向的溫馨情懷，亦有負面的多樣情緒，本章由正向內在情感出發，以歸納「三言」人物的心態。其中有剪不斷的倫理親情：對兒女關懷一世，對父母恪盡孝道，對兄弟友愛扶持者；也有化不開的男女情愛：或戀才愛貌、或執守真情，突破禮教束縛，積極尋求婚姻幸福；又有秉持情義，受傳統行善講義觀念影響，展現朋友間可貴的情誼、及勇於助人或泉湧報恩者。此三大類人物呈顯出人類溫馨的情誼，概分為親情、愛情、恩情三端加以探討。

第一節　親情類

　　父母對子女的關愛，自少及長，甚至成家立業，可謂無時不具。子女對雙親，亦存有尊重掛念、侍奉孝順之思。手足之間，往往飽含友愛、互助的情感。

一、憐子愛女

　　父母對子女之情，始於香火延續的渴求中，並對其等生長過程備極關愛，更在兒女姻緣婚配上費心盡力。

（一）渴求香火，傳承家業

　　「三言」中的人物，多對香火的延續寄予厚望，如《醒世恆言》第二十八卷〔註1〕〈吳衙內鄰舟赴約〉及卷二十〈張廷秀逃生救父〉中，賀司戶、王

〔註1〕　為免冗贅，以下徵引文本時，將簡稱《古今小說》、《警世通言》、《醒世恆言》
　　　　為《古》、《警》、《醒》，並以阿拉伯數字標示卷次。

憲皆有女無子，因茲每興發無限感嘆，而賀司戶則有「廣置姬妾，以圖生育」〔註2〕之想法。

世人對男丁的重視，與儒家傳統孝道大有關聯，為免絕嗣斷祀，渴求子嗣成了「三言」中的要事，納妾置婢乃為求子嗣的普遍做法，〔註3〕以致妻妾爭風吃醋，男子還不得不低聲下氣以求家庭和睦，如《古今小說》卷二十二〈木綿菴鄭虎臣報冤〉中，賈涉因「壯年無子」，納胡氏為妾，妾常遭妻唐氏「尋事打罵」，賈涉為保住胎兒，忍著「滿肚子惡氣」，挨過和胡氏及兒子的分居苦楚，待唐氏染病去世，才得與骨肉相見。可見封建體制中，居主宰地位的男性，在面臨血脈傳承問題時，有時也不得不妥協。

子嗣除延續血脈香火外，亦為了傳承家業，《警世通言》卷十六〈小夫人金錢贈年少〉張士廉因「無兒無女」，遂興「要十萬家財何用」之嘆，〔註4〕顯見家產須子嗣繼承，才得彰顯意義；《古》10〈滕大尹鬼斷家私〉中的倪守謙年近遲暮，為使幼子善述能平安成長，隱忍長子善繼的不肖作為，將其不樂「藏在肚裏」，表面上將家產「盡數交付」善繼，卻將珍愛善述的心寄於「行樂圖」中，懷著憂慮也帶著冀望而逝。〔註5〕為人父母者一如倪守謙，多為子女的未來設想，冀望留存的財產，足供其日後所需。〔註6〕若兒子不成器，家業傳承產生問題，財產有落入他人手中之虞，憾恨與失望便繼之而生，如《醒》17〈張孝基陳留認舅〉過善得知愛子過遷「在外狂放」，動用家中銀兩，「氣倒在一個壁角邊坐地」，雖然冀望其悔改之願屢次落空，仍不肯放棄，畢竟除恨鐵不成鋼外，更憂心家業陵替難繼。

〔註2〕 《醒》28〈吳衙內鄰舟赴約〉，頁581。

〔註3〕 中國傳統男女之定位，在《醒》11〈蘇小妹三難新郎〉入話中，即有述及：「男子主四方之事，女子主一室之事。主四方之事的……出將入相，無所不為；須要博古通今，達權知變。主一室之事的……一日之計，止無過饔飧井臼；終身之計，止無過生男育女」，頁217。

〔註4〕 又如《醒》20〈張廷秀逃生救父〉中的王憲，亦因無子得以「接紹香烟」，而愁眉不展。

〔註5〕 歐陽代發在〈卻教死父算生兒〉中提及：「倪太守是帶著對幼子日後告大兒子的願望死去的」，顯見倪太守的委屈及苦心。見歐陽代發：《解讀宋元話本》（臺北：雲龍出版社，1999年4月初版），頁141。

〔註6〕 《警》25〈桂員外途窮懺悔〉施濟「豪俠成名」，「揮金不吝」，其父施鑑「恐他將家財散盡，去後蕭索，乃密將黃白之物，埋藏於地窖中」，「待等天年，纔授與兒子」；《警》31〈趙春兒重旺曹家莊〉中，曹太公在生前攢積許多元寶，也是為了要「傳與子孫」。

（二）關懷成長，顧念安危

父母在孩子孕育於腹中之始，即對其存有血濃於水的情感，而在其成長過程中，更百般疼愛，此中多屬不求回報的付出。《古》28〈李秀卿義結黃貞女〉中的小生意人黃老實與《古》1〈蔣興哥重會珍珠衫〉中的蔣世澤，均因擔憂年幼子女乏人照料，「割捨不下」，陷於「左思右想，去住兩難」之況，為顧及生計，不得不將之帶在身邊，以便就近照顧，才能放心。而《古》10〈滕大尹鬼斷家私〉中，梅氏在倪守謙逝世後，並未離開倪家，即是對親生骨肉善述，抱著「要守在這孩子身邊」的念頭。即使身為武將，須在沙場與人爭戰，亦指望兒女在家中受到妥適照顧，因此當《醒》27〈李玉英獄中訟冤〉中的李雄，發現兒子承祖遭其繼母焦氏毒打，對於當初指望續絃以「看顧兒女」，反覺「增了一個魔頭」，乃毅然將子女送去讀書，或交由奶媽照顧，日後焦氏改變態度，李雄觀察良久，才「從此放下這片肚腸」。

父母不僅顧及子女在家的生活，也掛懷其出外的安全，如《醒》20〈張廷秀逃生救父〉，廷秀、文秀兄弟為父申冤，經「半月二十日」仍未回轉，母親陳氏「急得如煎盤上螞蟻」，尋訪不著，「轉思轉痛，愈想愈悲」。昔時出門在外，不管是途中安危、突發狀況等，皆不易及時使家人知曉，基於臍帶相連的母子天性，子女在外，未通訊息，常令曾懷胎十月的母親，掛懷不已。〔註7〕

（三）慎擇婚配，力促姻緣

子女的生活、安危使父母掛心，繫乎一生的終身幸福，更令父母操煩。門第觀念〔註8〕及才貌相稱，多為「三言」中父母為子女考量婚姻大事時的要件。《醒》14〈鬧樊樓多情周勝仙〉中的周大郎，認為范家的酒店，無法與自家「販海」事業匹配，便極力反對女兒勝仙與范二郎的婚事；「才」須「壓眾」，「貌」須「超群」常是父母對女婿的要求，《醒》7〈錢秀才錯占鳳

〔註7〕 如《警》11〈蘇知縣羅衫再合〉中的張氏，二子皆離家多年，見徐繼祖「面貌與蘇雲無二」，勾起昔日傷痛，其贈衫與徐繼祖，盼望繼祖能為其帶來訊息，顯見張氏對二子仍抱著一絲得以團聚的希望，然其再度被勾起與兒子離別的痛，卻是不易平復的，因此「送了徐繼祖上馬」，留給張氏的，則是無盡之傷懷及遙遙無期的等待。

〔註8〕 自魏九品中正制施行，門第尊卑之階級觀念益形明顯，直至明朝，市民意識抬頭，真情的追求打破了階級的限制，致有士人與娼妓通婚之事；如《警》24〈玉堂春落難逢夫〉中的王景隆與玉堂春、《古》17〈單符郎全州佳偶〉中的單飛英與邢春娘等；然門第觀念仍深植人心，大部分人在婚姻的考量上，仍執守門當戶對的觀點。

鳳儔〉中的高贊便是如此，且要親身審察，眼見爲信；〔註9〕《古》4〈閒雲菴阮三償冤債〉中的陳太常更要尋個「名登黃甲」、「才貌相當」，且爲「將相之子」〔註10〕的女婿。

　　雙親基於「愛女愼於擇配」，若「及笄未嫁」之女，因憧憬愛情做出越禮之事，〔註11〕每在痛憐氣憤下，既加鞭楚卻又百般迴護，如《警》20〈計押番金鰻產禍〉中的計安夫婦、《醒》8〈喬太守亂點鴛鴦譜〉中的劉媽媽，均因女兒做出「敗壞門風」之醜事，乃「連腮贈掌」、以木棒「拷打」；卻因「家醜不可外揚」，〔註12〕更不願女兒請死謝罪，只得既往不咎。《警》29〈宿香亭張浩遇鶯鶯〉中，李鶯鶯自訴姦情，李父因僅一女，反認爲「可以商議」，「一切不問」，並力促成婚。子女因追求情慾滿足而越軌鑄錯，父母在僅只一子或獨有一女的情況下，多採以「一牀錦被相遮蓋」〔註13〕的方式，防止家醜外揚，也不讓子女因此尋短，反積極尋求補救措施，藉「父母之命」、或「父母官」的權限〔註14〕、抑是激男方高中作爲解決之策。〔註15〕

　　父母幫子女訂定婚約，假使對方家境中落、生死未卜、或病重難癒，常因私心而有悔婚之議。《古》2〈陳御史巧勘金釵鈿〉顧僉事因女婿家境轉趨消乏，即思「悔婚」；《醒》5〈大樹坡義虎送親〉之梁氏在女婿從軍，音訊不明下，便欲替女兒潮音「再許個好人」，試圖一解女兒未來無依無靠；《醒》8〈喬太守亂

〔註9〕　如《醒》28〈吳衙內鄰舟赴約〉中，吳衙內「儀表超群」，對於「古今書史」「應答如流」，賀司戶便有心招爲女婿；《醒》20〈張廷秀逃生救父〉中的王憲，對女婿之能，亦多方觀察探問。

〔註10〕　宦家之女如《醒》28〈吳衙內鄰舟赴約〉中的賀秀娥見到吳衙內時，便有著「今番錯過此人，後來總配個豪家宦室，恐未必有此才貌兼全」的想法，顯見門當戶對的觀念，猶深植人心。

〔註11〕　如《警》34〈王嬌鸞百年長恨〉中的王嬌鸞、《古》4〈閒雲菴阮三償冤債〉中的陳玉蘭，皆是父母掌中呵護備至的明珠，然因保護過度，「及笄未嫁」，致使其長期對愛情產生憧憬，而引發越軌之事。

〔註12〕　如《警》20〈計押番金鰻產禍〉中，計安夫婦爲避免醜事張揚，將周得贅爲女婿；《古》4〈閒雲菴阮三償冤債〉中，陳太常聞及女兒已懷阮家後代，僅能「無奈何」地「請阮員外來家計議」兩家之事。

〔註13〕　《古》4〈閒雲菴阮三償冤債〉，頁94。

〔註14〕　如《醒》8〈喬太守亂點鴛鴦譜〉中，孫玉郎與劉慧娘逾越禮節，便由喬太守以官職之權加以成全。

〔註15〕　如《醒》28〈吳衙內鄰舟赴約〉中，賀章聞知秀娥與吳衙內出軌之事，氣憤中難掩珍愛女兒之心，以吳衙內考取功名爲迎娶秀娥之條件，藉以掩飾吳衙內及秀娥鑄下之錯。

點鴛鴦譜〉中，孫寡婦聽聞女婿劉璞病篤，反將兒子玉郎假扮作新嫁娘，「住在那裏，看個下落」，以先探虛實。不過亦有將心比心之父母，如《醒》9〈陳多壽生死夫妻〉陳青在兒子多壽染上癩症後，顧念朱家憐惜女兒，同意對方「別締良姻」。由上可見，「三言」中的父母，並不因婚約講定即徹底執守，他們冀求的是兒女能終身幸福，物質不虞貧乏，抱有「未過門的媳婦，守節也是虛名兒」〔註16〕的觀點，能由現實面著眼，確立真正、實質的家庭幸福。

當雙親顧及子女幸福而欲悔婚，女兒卻堅持實踐婚約，甚至以死明志時，亦令為人父母者驚慌失措，如在《醒》20〈張廷秀逃生救父〉中，王憲夫妻聽聞女兒玉姐「弔死」，酒醉的王憲，「驚得一滴酒也無了」，二人慌張「趕上樓」，從樓梯滾下，也「顧不得身上疼痛」，徐氏更自此對女兒「寸步不離」，「伴他睡臥」，並私自差人尋訪女婿廷秀，就怕玉姐又有個三長兩短。顯見不管是女兒或因越軌、或因執守婚約，採取死亡方式以爭取或維護其信念，為人父母者基於愛護、珍惜兒女生命，大都選擇順應女兒心志，此乃父母珍愛子女的真情流露。

二、侍長奉親

雙親對兒女百般呵護，相對地，兒女對雙親亦具孺慕之情，或顧念健康、照料起居，或順親長心意行事，進而代解煩憂。

（一）掛懷起居，侍親順意

「三言」中兒女之輩對親長的關懷，多表現在注重健康狀況上，如《醒》10〈劉小官雌雄兄弟〉中，方申與父親在雪夜暫宿於小酒店，夜半父親風寒發作，人生地不熟，又不敢驚動酒店主人，一夜憂心難眠。雙親的身體狀況，實牽動著子女心緒，「父母在」，他們多「不遠遊」，《警》1〈俞伯牙摔琴謝知音〉中的鍾子期即是；而《古》16〈范巨卿雞黍生死交〉中的張劭，及《古》38〈任孝子烈性為神〉中的任珪，欲出遠門，亦要確定父母生活起居無虞後，才「放得心下」，遠行他處；〔註17〕即如鍾子期欲「遊必有方」，更必經父母

〔註16〕《醒》5〈大樹坡義虎送親〉，頁104。
〔註17〕任珪與張劭二人，對雙親有顧念之心，然其行為，一為實踐對朋友的信義，一為無法容忍父親受冤，雖說顧念雙親乏人照顧，為其安排照護之人，在物質照顧的層面，他二人可謂盡孝，然由精神層面觀之，於守信、雪冤中，為信而死、殺人伏法，卻帶給雙親喪失愛子之痛，二人對於「孝」是否有所成

允准，顯見爲人子女者顧念父母的身體健康，多欲隨侍在側，俾使父母生活受周到的照護。此外，爲人子女者，亦需「得親順親」，《警》37〈萬秀娘仇報山亭兒〉的尹宗，《警》16〈小夫人金錢贈年少〉的張勝，皆事母至孝，在與落難陌生者萬秀娘及主母小夫人的相處上，守住禮的分際，「不肯胡行」，即是以母命爲圭臬之故；在《醒》3〈賣油郎獨占花魁〉中，秦重雖與生身之父分離，仍繫念深切，尋得父親後，尊重其欲「清淨出家」，「不敢違親之志」，便以常往問候代替照顧、供養，表達對父親的敬重及孝心。

（二）代親伸冤，維護清譽

雙親若遭災遇難，兒女亦無法置身事外，《古》40〈沈小霞相會出師表〉沈小霞聽聞父親「以言事獲罪」，「甚是掛懷」，即欲親往探望。《古》38〈任孝子烈性爲神〉的任珪，欲爲父親討回公道竟至殺人。《醒》20〈張廷秀逃生救父〉中，張廷秀、文秀兄弟二人，聽聞父親被嫁禍而陷於縲絏，「嚇得魂飛魄散」，常因探獄而荒疏了學業，更長途跋涉爲父伸冤，並希冀藉由科舉之路得以雪冤。〔註18〕

當雙親受了冤屈，人子既已爲官，多能將犯罪者繩之以法，以平反冤情；年少者亦循法律途徑，或致力於科考求仕，以昭雪父母之冤；爲人之女者，則經由婚姻，冀望丈夫中舉爲官，代申冤屈。《醒》36〈蔡瑞虹忍辱報仇〉中，蔡瑞虹舉家爲陳小四所害，自己也數度失節，甚至淪於煙花之地，然心繫報「一家之仇」，忍著失節之苦，嫁與朱源，在朱源科舉得中後，終報得父母枉死之仇。

三、悌兄友弟

家庭中除父母子女的親情外，手足間亦含濃厚昆仲摯情，他們時在仕途、行止上加以佐助、關懷，或爲兄弟昭雪冤屈。

（一）輔助仕途，規勸行止

情篤手足多互相關照，尤當父母雙亡，昆仲相互扶持之況更形密切，甚至有爲使手足有成，寧願犧牲自己者，以《醒》2〈三孝廉讓產立高名〉的

全，其作爲是否恰當，則有待商榷。

〔註18〕士子一旦科舉中試，授了官職，親人的冤情便有了指望。《警》11〈蘇知縣羅衫再合〉中的徐繼祖，即是於位居監察御史的官職時，秉持著「養育教訓之恩，恩怨也要分明」，選擇公理的伸張，爲親身父母雪了當年遭劫之冤；而《警》24〈玉堂春落難逢夫〉中的王景隆也因科舉爲官之故，救了玉堂春。

許武，最具代表性。許武累官至「御史大夫」，為使兩個弟弟也能光宗耀祖，「析居」時，刻意獨取「廣宅」、「良田」，「般般件件，自占便宜」，卻讓弟弟許晏、許普分得「竹廬茅舍」及「磽薄」之田，許晏、許普「全以孝弟為重」，和順接受，遂被逐年舉薦至「九卿之位」；許武干冒「貪饕」惡名，全為了成就弟弟，終使其「位列公卿」；許武兄弟實充份展現了兄弟友悌的精神。

此外，亦有兄長素行不良，為弟者極力規勸，冀盼手足能行善去惡，不違天良。《警》11〈蘇知縣羅衫再合〉，好善的徐用常阻止哥哥徐能「不仁」的劫財之舉，得知蘇雲、鄭氏夫婦搭其船，欲赴任「蘭溪縣大尹」，苦勸徐能別害「少年科甲」、拆散「好夫好婦」，不得，遂力主哥哥將蘇雲「拋在湖中，也得個全屍而死」，暗中再解救鄭氏，以全其「名節」，為蘇雲及鄭氏爭取到一線生機。

（二）手足情深，尋蹤明冤

家族中的成員，為撐持家計外出工作，若時日一久，消息俱無，不免令人擔憂，《警》5〈呂大郎還金完骨肉〉中，呂珍外出尋訪大哥呂玉，沉船獲救而巧遇大哥，並要哥哥「急急回家」，以免大嫂遭二哥逼嫁，即是基於手足相護之心。

讀書人金榜題名，受朝廷指派為官，亦有赴任遠方之可能，疏於傳遞家書，或途中遭寇遇難，亦令家人延頸企踵，掛念安危。《警》11〈蘇知縣羅衫再合〉，蘇雨花費近一個月時間，往蘭溪尋哥哥蘇雲，聞蘇雲可能「覆舟」或「遭寇」，「心下痛苦，晝夜啼哭」，更顯手足間情感深厚。

昆仲彼此掛念行蹤、安危，當其一含冤莫白命喪黃泉之際，生者每竭力為死者雪冤申屈。《醒》27〈李玉英獄中訟冤〉的李玉英發現弟弟承祖冤死，妹妹被迫「為奴為丐」，自己亦被陷以「奸淫忤逆」之罪入獄，後母焦氏無情的虐待及迫害，令玉英常覺「求生不得，求死不能」，然而念及「兄弟被他謀死」，玉英忍住苦楚，冀望「有個出頭日子」，以昭雪其弟之冤。在「家業」「瓦解冰消」之時，長姐毅然肩負照顧弟妹之責，不願愧對亡故父母，更在悲慘苦難中，增加手足共患難、相扶助的可貴情感。

「三言」「親情」類，展現出父母對子嗣的渴望，對子女生活及安危，無時釋懷；對兒女的終身大事，更是積極地為其覓求好姻緣。子女對於雙親，亦具孺慕之情，繫念父母的起居、健康，也願順其心意，展現孝心；若遇雙親身陷囹圄或遇寇喪命，兒女多致力於平反雙親之冤，以維護雙親清譽。在

手足之間，「悌兄友弟」者多互相扶持、彼此勸勉，或從旁助其成就功名、或爲其昭雪不白之冤，顯現深厚的手足情誼。基於「親情」前題，「三言」人物多能付出積極關懷，對於至親則有感同身受之心，喜、怒、哀、樂，皆隨至親的際遇而定，可見親人間無法斬斷的血脈關連。

第二節　愛情類

明代上層社會禮制嚴明，[註19] 公子仕女的情愛，多呈含蓄委婉之狀，然明中葉後，人欲漸被強調，「三言」中的愛情，往往具主動色彩，有情男女常以才情高、相貌佳者爲追求對象，且對愛情抱持執著、護衛之態，並依己意，尋求眞愛。

一、愛才悅貌

洋溢的才華，常是「三言」中男女向慕之要項，而俊貌美顏，亦深具吸引力。

（一）愛慕文采，欣羨才華

才華出眾，易使人因欣賞、重視，而生戀就之情。《警》34〈王嬌鸞百年長恨〉的周廷章，得到王嬌鸞「答詩」，「益慕嬌鸞之才，必欲得之」；《古》23〈張舜美燈宵得麗女〉的劉素香，聞張舜美「口占如夢令一詞以解懷」，愛其「胸中錦繡」，因而「引起春心追慕」。而已婚女子亦有因具文采，爲丈夫所重，如《醒》25〈獨孤生歸途鬧夢〉中，獨孤遐叔對於妻子白娟娟，「一者敬他截髮的志節，二者重他秀麗的詞華，三者又愛他嬌豔的顏色」，顯見女子才能亦屬吸引力之一，不再侷限於「女子無才便是德」[註20] 之舊說。

妓家女子平昔和各方人士多有來往，然對才子，每願「侍奉箕帚」，《古》

〔註19〕北宋程顥（1032～1085）、程頤（1033～1107）主張「減私欲，則天理明」，朱熹亦言「天理存則人欲亡。人欲勝則天理滅」，認爲天理、人欲不能並存；明朱元璋更以爲帝王「治天下」，「必定禮制」。愛情被歸於儒學中的五倫，受制於「父母之命」、「媒妁之言」的封建婚姻體制中，在政治力量強調禮教推行下，受到更多桎梏。

〔註20〕〔明〕陳繼儒：《安得長者言》，收入四庫全書存目叢書編纂委員會編：《四庫全書存目叢書》子部第94冊（臺南：莊嚴文化事業有限公司，據北京大學圖書館藏明崇禎刻眉公十種藏書本影印，1995年9月初版1刷），頁467。

12〈眾名姬春風弔柳七〉謝玉英甚愛柳永之詞，因其「描情寫景，字字逼真」，及見本人「丰姿灑落」，便立下「山盟海誓」，一心相隨。一般女子追隨有才之士者，亦所在多有：《醒》32〈黃秀才徼靈玉馬墜〉中，韓玉娥雖為商家之女，得知黃損「情詞俱絕」，「心中十分欣慕」，又見其具「麟鳳之姿」，遂以身自許；《古》4〈閒雲菴阮三償冤債〉中的陳玉蘭，為「殿前太尉」之女，也因聽阮華吹簫，「樂聲縹緲」，「情不能已」，主動贈與戒指，見其「一貌非俗」，更心有所屬；〔註21〕而《警》6〈俞仲舉題詩遇上皇〉入話中的卓文君，雖為新寡之婦，因司馬相如「乃文章巨儒」，又且「丰姿俊雅」，寧可虧了「婦道」，「私奔苟合」。可見才華易使人致生情愫，而俊美之姿更有增強之效。

（二）忻戀嬌容，鍾情俊貌

人際互動中，外顯之「貌」乃引人注目之首，因人類感官，以視覺「最有勢力」，〔註22〕姣好的面容，易使人留下深刻印象，女子若具閉月羞花之貌，男子極易受其吸引；女子若見及俊美之男，亦易滋鍾情之思。《醒》16〈陸五漢硬留合色鞋〉中的潘壽兒，見張藎「人物風流」，不免「凝眸流盼」；《醒》28〈吳衙內鄰舟赴約〉中的吳衙內，見賀秀娥「秋水為神玉為骨，芙蓉如面柳如眉」，便「魂飄神蕩，恨不得就飛到他身邊」，更盼望「細細飽看」。

嬌容、俊貌易使公子、仕女生發忻喜之心、綺戀之想。《警》29〈宿香亭張浩遇鶯鶯〉中的張浩，瞥見「新月籠眉，春桃拂臉，意態幽花未艷，肌膚嫩玉生光」的李鶯鶯，則「神魂漂蕩，不能自持」，「即頃刻亦難捱」；《警》34〈王嬌鸞百年長恨〉中的王嬌鸞，見周廷章生得「俊俏」，遂挑動心中之情；《警》30〈金明池吳清逢愛愛〉入話中，崔護「生得風流俊雅，才貌無雙」，更使一女子「昏昏如醉，不離床席」，當其盼而未見崔護，「瞥然倒地」，及至崔護守候在旁，卻又「三魂再至，七魄重生」。〔註23〕

〔註21〕又如《醒》28〈吳衙內鄰舟赴約〉中的賀秀娥，聞知吳衙內才貌兼具，又親見其「青年美貌」，主動邀其相會。

〔註22〕「視覺在人類為一切感覺中之最有勢力的，其次為聽覺。」張耀翔：《感覺心理》（臺北：臺灣商務印書館，1966年9月臺1版，1969年1月臺3版），頁169。

〔註23〕女子具姣好面容，亦常被男子作為婚姻對象之要件，《警》29〈宿香亭張浩遇鶯鶯〉中的張浩，抱持「不遇出世嬌姿，寧可終身鰥處」的想法，《醒》7〈錢秀才錯占鳳凰儔〉中的顏俊，也「立誓要揀個絕美的女子，方與締姻」，可見

二、篤情思人

「三言」之有情男女，對心儀之人每有綺想情思，總傾注浩邈深情，在愛情觀點態度上，時呈情感專一之況。

（一）綺想眷念，輾轉縈懷

世間男女常因目睹對方美貌俊態，往往想一親芳澤或接近良士，卻因無由得見，情思難托，致「一夜臥不安穩」，如《醒》32〈黃秀才徼靈玉馬墜〉中的黃損，瞥見韓玉娥「嬌豔非常」，乃「展轉不寐」，「一夜無眠」。更或有思及佳麗之男子在家坐立不安，竟至當初與女子相遇之處徘徊踱步者：《醒》16〈陸五漢硬留合色鞋〉的張藎，見了「面如白粉團，鬢似烏雲繞」，「賽過西施貌」，生得「嬌豔」的潘壽兒，即「趁著月色」，踱至女方家「門首」，盼能見及麗人；《古》23〈張舜美燈宵得麗女〉中的張舜美、《警》30〈金明池吳清逢愛愛〉中的吳清，在邂逅了「鳳髻鋪雲，蛾眉掃月，生成媚態，出色嬌姿」的劉素香、「眼橫秋水，眉拂春山，髮似雲堆，足如蓮蕊，兩顆櫻桃分素口，一枝楊柳鬬纖腰」的褚愛愛之後，「卻似勾去了魂靈一般」，對其掛念不已，次日，至雙方相會處，冀望「再得與他一會」。〔註24〕女子多因居處深閨，出入不便，然對男子之情思亦不免存在。《警》34〈王嬌鸞百年長恨〉中的王嬌鸞，見周廷章「俊俏」，興起欲「嫁得此人」之念；《醒》16〈陸五漢硬留合色鞋〉中的潘壽兒，得「風流俊俏」的張藎所擲之「紅綾汗巾」，「當作情人一般，抱在身邊而臥」，「癡迷」不已。

昔日在難通音訊下，有情男女會因心中情愫無由傳達，致生相思情懷，或引發身體不適。《醒》14〈鬧樊樓多情周勝仙〉的范二郎與「足步金蓮，腰肢一捻，嫩臉映桃紅，香肌暈玉白」的周勝仙相見後，「俱各有情」，二人歸家後，皆「飯也不吃，覺得身體不快」；《古》4〈閒雲菴阮三償冤債〉中的阮華，雖有「如花之容，似月之貌」的陳玉蘭所贈戒指在身，由於思致未能傳達，遂「廢寢忘餐」，「慊慊成病」；然若情懷得到適度回應，不適之身心又常不藥而癒，如范二郎經王婆帶來周勝仙口信後，原本「飲食不進」，「害在床上」，轉而馬上可下床，一切「無事」，顯見精神情感層面的滿足與否，與身

其等對「貌」的重視。

〔註24〕《醒》3〈賣油郎獨占花魁〉中的秦重，見了瑤琴「容顏嬌麗，體態輕盈」，「牽掛著美人」，為了再睹瑤琴風采，便藉賣油之便以遂其念，「不見時費了一場思想，便見時也只添了一層思想」，亦屬此例。

體狀況多所關聯。

（二）深情守貞，生死不渝

「三言」之有情男女面對愛情，易呈癡戀之狀，專情執著。《古》9〈裴晉公義還原配〉的唐璧，得知聘定之妻黃小娥因「才色過人」被強帶至相府，對自己「一妻之不能保」深感憾恨，乃至裴相國府左近，「早晚府前行走」，「一日最少也踅過十來遍」，欲「打探小娥信息」；〔註25〕《警》26〈唐解元一笑姻緣〉中的唐寅，見一青衣小鬟「眉目秀豔，體態綽約」遂「神蕩魂搖」，為與其相見相聚，更在華府「卑詞下氣」，屈身為奴而不悔；《警》23〈樂小舍拚生覓偶〉的樂和，僅因同儕戲言與喜順娘「合是天緣一對」，便顯癡情，其夢中憶裡，皆滿佈順娘身影，每遇「勝會」之日，便「挨擠」於「人叢」中，盼能與順娘「僥倖一遇」；見順娘不慎落水，顧不得自己不諳水性，「為情所使」，「向水一跳」，使順娘死而復生，樂和之所作所為，已至「至情」狀態。〔註26〕

丈夫對分處異地之妻子，亦有深切懷思者。《古》20〈陳從善梅嶺失渾家〉陳辛與妻子張如春的情感，「不願同日生，只願同日死」，當如春失蹤三年，陳辛「思憶渾家，終日下淚」。思妻之情，甚而極想成夢。《醒》25〈獨孤生歸途鬧夢〉，獨孤遐叔在外三年，日夜惦記髮妻，致與妻子同處於夢中之「龍華寺」，即為日之所思，致夜有所夢，其對妻子思憶情感的濃厚，可想而知。

「三言」女子對男子情感之專一，則展現在「貞節」情操的貫徹上，此一「貞節」，係以「情」為前提，其等對愛情，採取爭取及護衛之姿。

被迫分隔兩地、情意篤實的夫妻，歷經掛念彼此卻又不得相見之煎熬，當妻子面臨失貞之脅，總極力抵抗，如《古》20〈陳從善梅嶺失渾家〉，張如春為申陽公所擄，為表「貞潔」，「寧死而不受辱」。〔註27〕「貞節」亦存於青樓娼妓，她們遇心儀對象，會主動爭取愛情，但因落入風塵，無法如一般女子執守肉體上的貞節，遂轉而表現在「愛情貞節」〔註28〕中，如《古》12〈眾

〔註25〕又如《醒》3〈賣油郎獨占花魁〉中的秦重，為與心儀之名妓莘瑤琴相見，「積趲」銀兩「一年有餘」，情願耐心等待「一萬年」與瑤琴相聚，常至瑤琴家門外「探信」，「空走了一月有餘」。

〔註26〕樂和之「至情」，即如湯顯祖《牡丹亭・作者題詞》所言「生者可以死」之情狀。

〔註27〕又如《醒》19〈白玉孃忍苦成夫〉中，白玉孃明瞭夫婿程萬里心有大志，鼓勵其「覓便逃歸」，自己不幸被賣，也「誓不再適」；出家後，亦「記掛著丈夫」，盼其能「脫身走逃」。

〔註28〕李奉戩、黃曉霞在〈杜十娘與愛情貞節論〉一文中將「愛情貞節」定義為：「女

名姬春風弔柳七〉中的周月仙、謝玉英，本為黃秀才、柳永而「杜門絕客」，卻因情勢所逼，須送往迎來，然而情感的歸屬，僅只繫於一人，因其情感專一，亦屬貞節的表現。〔註29〕

　　貞節存於分處異地的有情人之間，更深植於守寡女子的信念中，此種貞節，繫於情感的依戀，強調真情的流露。《警》10〈錢舍人題詩燕子樓〉的關盼盼、《古》4〈閒雲菴阮三償冤債〉的陳玉蘭，她們在張建封、阮三逝世後，「誓不再嫁」，緣「情」而守節，大異於傳統禮教下某些女子為博取令譽、囿於社會輿論，極力壓抑慾望的情況，也因此守節對玉蘭、盼盼而言，當甘之如飴。

　　「三言」女子對情感執著程度之深，她們不容愛情受到他人些許的褻瀆或輕視，時以死亡方式，喚起世人對真愛的理解與嚮往。《警》34〈王嬌鸞百年長恨〉之王嬌鸞對周廷章的摯情，卻換來廷章的移情別戀，嬌鸞不願「便宜了薄情之人」，遂將其負心之舉訴諸官府，為自己的愛情爭取最後尊嚴。〔註30〕

　　為使情感綿延長久，以成就永恆之愛，竟在死後，憑藉魂魄展現對情感的執著，如《古》24〈楊思溫燕山逢故人〉的鄭義娘、《警》8〈崔待詔生死冤家〉的璩秀秀，抱持著「生死之隔，終天之恨」，魂魄留戀人間，甚至為與男子共處，強將男子帶至陰間，以成就其一生想望的愛情；〔註31〕亦有生時無法成就愛戀，欲於死後完就其願者，像《警》30〈金明池吳清逢愛愛〉的盧愛愛、《醒》14〈鬧樊樓多情周勝仙〉的周勝仙，即因「一心只憶着」吳清、范二郎，乃以魂魄方式和鍾情之人聚首，圖續舊緣。〔註32〕若生前的愛情未能如願，使她們產

子一生只能把自己的愛情奉獻給一個男人，并矢志不移」，且提出娼家女子因自身際遇之故，對愛情貞節奉行得更為虔誠，且多主動恪守。見於《殷都學刊》1994年第3期，頁73。

〔註29〕在青樓女子的愛情路上，亦有兼顧肉體及愛情貞節的幸運者，如《警》24〈玉堂春落難逢夫〉中的玉堂春，雖不幸被賣予沈洪，仍奮力使自己不失節於彼，顯現其對王景隆的情意。玉堂春在際遇上雖屢遭挫折，然在情感之路，兼顧了愛情貞節及一般女子的肉體貞節，堪稱風塵中的幸運者。

〔註30〕《警》32〈杜十娘怒沉百寶箱〉中，杜十娘亦是為維護理想的愛情，選擇以死成就之。

〔註31〕《警》16〈小夫人金錢贈年少〉中的小夫人，亦因「甚有張勝的心」，故「死後猶然相從」，只是張勝終以禮相待，使小夫人未能得償所願。

〔註32〕洪順隆〈六朝異類戀愛小說芻論〉一文中曾提及：「中國傳統的鬼觀念，雖然認為鬼是人死後的變化，是可怕的存在，但是在對象轉化的過程中，鬼與生前的對象（按：或脫「重」字）疊會合，乃成為情愛的對象，尤其在六朝時代，許多在陽世無法得到滿足的情欲，就藉助人鬼的轉化作用，企求由鬼『遂願』，達到愛情的境界。」（見於《文化大學中文學報》創刊號，1993年2月，

生不甘情懷，為了維持那分求之不得或是為期短暫的愛情，她們死後仍徘徊人間，冀盼情感持續，然當她們身分暴露，無法再以「人」的形態存在世間，若再加上所愛之人對她們有所排拒，其強烈的情感歸屬遭毀滅，此時她們仍採取主動態勢，為與所愛之人長相廝守，遂將時空轉換至陰間，使男子由人化為鬼，以實現女子心中想望恆久的愛情，義娘、秀秀之情懷，即基於此。

三、依情尋愛

「三言」中的愛情，有呈現勇於追求之勢，在真情勝於「父母之命，媒妁之言」的禮制下，「三言」中的男女常私許終身，而社會階級不再是愛情的絕對鴻溝，甚有官娼聯姻之況。

（一）私許終身，真情為貴

「三言」中的未婚男女，一旦產生情愫，往往未經父母之命即私訂終身，罔顧禮制之束縛。《醒》32〈黃秀才徼靈玉馬墜〉的韓玉娥，「欣慕」黃損「內才」、「外才」兼具，「不羞自媒」；《古》4〈閒雲菴阮三償冤債〉的陳玉蘭，慕阮華「笙簫彈唱」之才，私贈「金鑲寶石戒指」以傳情。「三言」男女，時有不受禮教羈絆，積極爭取愛情，顯現過人勇氣。《醒》14〈鬧樊樓多情周勝仙〉的周勝仙和范二郎，當其「四目相視，俱各有情」，即在大庭廣眾下，藉與「賣水的」對話，大膽表露自己的家世及情意。〔註33〕《古》23〈張舜美燈宵得麗女〉的劉素香，為避免與張舜美「永抱兩地相思之苦」，決定攜手「私奔他所」；《警》29〈宿香亭張浩遇鶯鶯〉的李鶯鶯，慕張浩之「清德」，「私許偕老」，更在張浩被逼娶孫氏為妻時，向父母坦承「女行已失，不可復嫁他人」，為自己爭取婚姻的歸屬。他們遇見心儀之人，便把握機會，主動訴說衷腸，傳統婚姻的父母之命，有漸趨式微之況，他們存主觀意念，不受命運擺佈，積極為爭取真情而努力。〔註34〕

頁44）即使在六朝之後的小說，藉由鬼魂形式遂願之表達方式，仍被沿用下來，如「三言」中的周勝仙、小夫人、璩秀秀皆如此。

〔註33〕周勝仙二度因范二郎而亡，劉灝提及禮教束縛對於周勝仙而言，是其極欲擺脫的：「如果說，周勝仙第一次的死，是使她脫離家庭所代表的禮教勢力約束的客觀因素；那麼，她直奔樊樓的舉動，便象徵著她主觀意識的要擺脫家庭和禮教的束縛。」（見劉灝：《「三言、二拍、一型」中的婦女形象研究》，同第壹章註26，頁40）

〔註34〕「三言」中，未婚男女私訂終身之情事訴諸官府時，每得縣官認同，亦顯出

已婚夫婦間，亦具真誠熾熱之摯情。《古》1〈蔣興哥重會珍珠衫〉的蔣興哥，由陳大郎口中得知妻子王三巧出軌，並與陳大郎暗通款曲，由疑而惱，再由怒轉悔，使興哥「不忍明言」休了三巧，又將三巧的「細軟箱籠」轉作「賠嫁」。蔣興哥雖循封建禮制而休妻，然無損於對三巧的愛戀疼惜。

（二）官娼聯姻，跨越階級

「三言」男女對於愛情，時有主動追求之勢，爲官士子與青樓女子間，亦有真誠情感存在。不幸落於樂戶的女子，在環境中雖乏自主權，然對於愛情，卻是極力追求。《警》24〈玉堂春落難逢夫〉的「本司院」女子玉堂春，爲與「尚書」之子王景隆團聚，運用機智及勇氣，取得「贖身文書」，脫離一秤金之掌控，即使不幸被賣與沈洪，也奮力全己節操，對沈洪之慾，「題着便罵，觸着便打」，便是爲尋求積極的幸福。王景隆對玉堂春的情感，亦不因時空變異而「輕捨」，其爲玉堂春「神思恍忽」，爲其「發志勤學」，聞其被賣，更立誓參試以赴任「山西巡按」，爲其審明冤案。

門當戶對的階級限制，對士子、娼妓間的婚姻並不起影響作用。《古》17〈單符郎全州佳偶〉中，當「全州司戶」單飛英得知心儀的官妓楊玉，即爲當年聘定的妻子，能屏除士不與娼聯姻〔註 35〕之俗，「復聯舊約」，飛英對楊玉，有情愛在先，又執守倫理式的愛情，〔註 36〕不僵死於士娼不聯姻之階級觀念，可謂爲真情勝於禮制。單飛英、王景隆居於官職，娶青樓女子以爲妻妾，顯出封建階級對愛情已失去左右大局的絕對力量。

青樓女子如玉堂春、《醒》3〈賣油郎獨占花魁〉的莘瑤琴，在尋得有情

傳統禮教的束縛已顯鬆動。如《警》29〈宿香亭張浩遇鶯鶯〉中的張浩與李鶯鶯、《警》34〈王嬌鸞百年長恨〉中的周廷章與王嬌鸞、《醒》8〈喬太守亂點鴛鴦譜〉中的孫玉郎與劉慧娘等，當他們私情暴露，轉由官府判決時，陳待制、樊祉、喬太守皆未堅持以「父母之命」爲依歸，反而對男女情感「有成全之意」。

〔註35〕《大明會典·婚姻·娶樂人爲妻妾》條言及：「凡官吏娶樂人爲妻妾者，杖六十，並離異。若官員子孫娶者，罪亦如之。」（見〔明〕李東陽等奉勅撰、申時行等奉勅重修：《大明會典》（四），臺北：新文豐出版公司，1976 年 7 月初版，卷 163，頁 2287）

〔註36〕葉慶炳在〈禮教社會與愛情小說〉一文中，提及愛情分爲三種：浪漫愛、倫理愛以及商業愛。其中商業愛爲買賣的行爲；倫理愛，係基於「因爲她是我妻子，所以我應該愛她」；而浪漫愛則是情感最爲真誠直接，「因爲我愛她，所以要娶她」。（見葉慶炳：〈禮教社會與愛情小說〉，《幼獅文藝》第 45 卷第 6 期（總第 282 期），1977 年 6 月，頁 74）

人後，毅然擺脫風塵，成爲情愛眷顧下的幸福女子，〔註37〕《警》32〈杜十娘怒沉百寶箱〉中的杜十娘，也一心追求愛情，其一廂情願欲突破封建禮教之桎梏，將所有心意寄託在「忠厚志誠」的布政之子李甲身上，卻慘然落空。「三言」中的妓家女子，雖處於惡劣環境，然爲企求眞情摯愛，往往得付出更大的代價，甚或生命。

　　綜觀「三言」「愛情」類，「才」、「貌」的彼此吸引，對人格的尊重、關懷，眞情的滿足及寄託，成就了眞正愛情，不但展現於情思懷想，更訴諸行動實踐；富於「眞情」的「貞節」，亦呈現了堅毅之意志；爲求愛情而跨越生死，對情愛堅執不悔，正如天儍生在《中國歷代小說史論》中所言：「男女私相慕悅，或因才而生情，或緣色而起慕，一言之誠，之死不二；片夕之契，終身靡他。其成者則享富貴，長子孫；其不成者則拚命相殉，無所於悔」。〔註38〕「三言」男女時或跳脫傳統禮教觀念，以「情」爲內驅力，尋找自己所愛，顯現自我人格與生命努力不受封建階級所左右，私訂終身、相悅爲婚的情況已普遍多見，避免了禮教制度下「臨之以父母，誑之以媒妁，敵之以門戶，拘之以禮法，婿之賢不肖」〔註39〕無保障的封建婚姻。情感的眞誠遠勝於禮教的規範，只要情意兩相契合，官與娼有聯姻之美好結局，煙花女子亦可追求自己的愛情。眞情賦予眾人爲追求摯愛而勇敢前進的力量，即如天花藏主人所言：「情定則如磁之吸鐵，拆之不開；情定則如水之走下，阻之不隔」，〔註40〕眞情在「三言」愛情中，已被提昇至相當高的地位。〔註41〕

〔註37〕　《醒》3〈賣油郎獨占花魁〉的莘瑤琴，本以身分財勢作爲從良條件，及至受到貴冑吳八公子百般凌辱，瑤琴終於了解，在「衣冠子弟」身旁，自己只是玩物，毫無自尊可言；但在與秦重相處之時，瑤琴不須迎合對方的心意，可活出眞正的自己。「衣冠子弟」只是「買笑追歡」，並不能給瑤琴幸福，只有「憐香惜玉」，具有眞心眞情之人，才是瑤琴要共與白頭之人，因而瑤琴選擇「市井之輩」，成就其平凡卻幸福的婚姻。

〔註38〕　轉引自孫遜、孫菊園編：《中國古典小說美學資料匯粹》（上海：上海古籍出版社，1991年5月第1版），頁84。

〔註39〕　《情史・情俠類・梁夫人》，同第壹章註41，卷4，頁124。

〔註40〕　〔清〕天花藏主人：《定情人・序》。轉引自夏咸淳：〈晚明文人的情愛觀〉，《天府新論》，1991年第4期（1991年7月），頁63。

〔註41〕　「情」之突出、無法遏止的狀態，在李漁的《十二樓・合影樓・防奸盜刻意藏形　起情氛無心露影》中更有進一步的闡釋：「……天地間越禮犯分之事件件可以消除，獨有男女相慕之情，枕席交歡之誼，只除非禁於未發之先。若到那男子婦人動了念頭之後，莫道家法無所施，官威不能攝，就使玉皇大帝下了誅夷之詔，閻羅天子出了緝獲的牌，山川草木盡作刀兵，日月星辰皆爲

第三節 恩情類

朋友之情，貴在相互扶持、誠信待人；在陌生人間，基於仁義之心，亦有關懷他人的善行、義舉出現；受恩者基於圖報之心，亦有回饋之舉。

一、講情重信

在親人之外，願付出心力互相扶持幫助者，朋友為其一，危難時能體恤扶持，在相知情誼下，堅守然諾。

（一）相互體恤，扶危濟難

友情的可貴，在於不帶功利觀念，在朋友身處困難時，願兩肋插刀，提供實際且有建設性的幫助，適時伸以援手。《警》25〈桂員外途窮懺悔〉的施濟，在「幼年」「同窗」支德、桂富五處於人生低潮、生計窘困之際，適時提供安頓處所，便是本著朋友患難時，「虛言撫慰」遠不如實際協助。

同病相憐者，則易生彼此體恤之情，如《警》32〈杜十娘怒沉百寶箱〉杜十娘贖身後「禿鬢舊衫」，「與十娘親厚」的青樓姊妹謝月朗見狀，與徐素素「各出所有」，將其「裝扮得煥然一新」，並留其「過宿」。《古》17〈單符郎全州佳偶〉的邢春娘，當其如願脫離「風塵」，聞「情似同胞」的李英亦極思「脫籍」，乃央求丈夫單飛英再納李英；春娘對李英的想望，感同身受，故而願意與之同奉箕帚。

（二）相知相惜，重諾守信

朋友交往，特重契合，信守然諾，雖有地位之異也不致影響友誼。〔註42〕《警》1〈俞伯牙摔琴謝知音〉，晉國「上大夫」俞伯牙在樵夫鍾子期「道着了伯牙的心事」後，有了「相識滿天下，知心能幾人」的相知摯情，遂成莫逆之交；基於心靈的交會堪屬難得，故而伯牙對與鍾子期來年再聚之約，「無日忘之」，滿含期待，結果子期先亡，致使伯牙「五內崩裂」，「昏絕於地」。

朋友間甚有因守諾致「為信而死」者，《古》16〈范巨卿雞黍生死交〉，

矢石，他總是拼了一死定要去遂心了願，覺得此願不了，就活了幾千歲，然後飛升，究竟是個鰥寡神仙，此心一遂就死上一萬年不得轉世，也還是個風流鬼魅」。（〔清〕李漁：《十二樓》（臺北：長歌出版社，1975年10月初版），第1回，頁1～2）

〔註42〕參王定璋：〈「三言」中的人情倫理〉，《西南師範大學學報》：哲社版（重慶），1995年第2期，頁79。

范式爲踐履與張劭所訂重陽「雞黍之約」，在「蠅利所牽」，爲免「爽信」下，即欲以「魂能日行千里」履行諾言。《古》7〈羊角哀捨命全交〉左伯桃爲使羊角哀一展「王佐之才」，捐衣「并糧」，凍死途中，羊角哀感於伯桃的捨命成全，爲踐履「厚葬」之諾，使死者安於墳塋，「生」無法報其恩，就以「死」來酬其義。對范式與羊角哀而言，「信」成了他們行事之最高準則，爲貫徹重然諾的信念，他們以犧牲生命呈現，顯見「信」在其心中，占有至高地位。

二、存仁行義

「講情重信」一型著重友情上的扶持，朋友互相幫助；而「存仁行義」型，則是見陌生者有難，即觸動惻隱仁心，挺身掖助。

（一）矜憐處境，體念設想

人本具「怵惕惻隱之心」，不忍見他人受難，當陌生人落於險境，存於心中的「良知」「善端」，易觸發援救之舉，冀使落難者復歸平安。《醒》27〈李玉英獄中訟冤〉中，居於保安村的老嫗，援救「病凶」的承祖；《醒》10〈劉小官雌雄兄弟〉中的劉德，在風雪之夜，供素未謀面的方勇、方申父子食、宿，照顧方勇之病，更在方勇病逝後，爲其備辦「送終之事」，留方申「暫住」其家，且於另一陌生少年劉奇垂死之際伸出援手，「蚤晚好酒好食管待」，待他們「勝如骨肉」。此等人出於仁心，使遇難之人得以絕處逢生。〔註43〕

《警》5〈呂大郎還金完骨肉〉販「綿花布疋」、「粗細絨褐」的呂玉拾獲「二百金」，不爲所動，反以爲「倘或失主追尋不見，好大一場氣悶」，遂至原地「伺候」，將原物奉還；《醒》18〈施潤澤灘闕遇友〉內，養蠶織紬爲業的施復拾得六兩銀，本欲「湊做本錢」，計劃造屋、置產，卻在將進家門時，

〔註43〕又如《醒》10〈劉小官雌雄兄弟〉中，方申發現劉奇「氣息將絕」，生了兔死狐悲之心，助其脫離苦境；《警》17〈鈍秀才一朝交泰〉中，馬德稱「舉目無依」，欲投河自盡之時，一老者「惻然憐憫」，及時救之；《醒》1〈兩縣令競義婚孤女〉中，鍾離義、高原對「兩任前石縣令之女」月香爲人所賣的不幸起了「兔死狐悲」之感，盡力挽救月香於不幸，並使其有所歸。而《醒》22〈張淑兒巧智脫楊生〉中的張淑兒、《醒》30〈李汧公窮邸遇俠客〉中的李勉，亦因楊元禮、房德「丰儀出眾」，生了「矜憐之念」，施了巧計，在楊元禮、房德生命垂危時，使其原本可能冤死、甚或在獄中過著暗無天日的人生，開拓了新境。此外，《古》34〈李公子救蛇獲稱心〉中的李元救了小蛇，幫其「洗去汙血」，又加以放生，亦屬仁心之表現。

設身處地爲人著想，乃將此「養命之根」物歸原主。〔註44〕此等人物，在利益與理性之間，克服欲望之誘惑，視「利人」重於「利己」，體現了儒家「重義輕利」的道德觀念。

（二）昭彰公理，挽救性命

執「義」之人，具「行而宜之」〔註45〕的觀念，遇他人落難，或見不公不義，則奮起欲使正義伸張，善人遠禍。《古》40〈沈小霞相會出師表〉的賈石，讓出屋舍供沈鍊居住、沈鍊亡故時葬其屍首、並善待沈鍊一家人，即因欽敬沈鍊爲「忠義之士」，不忍見其受難；《醒》20〈張廷秀逃生救父〉中，獄中之囚种義「熱腸仗義」，得知張權被人陷害，「路見不平」，鼓勵其子廷秀「等待新按院按臨」，爲父伸冤，至於張權在獄中的「早晚酒食」，則种義全權「支持」，甚至讓出自己床鋪，供張權養「棒瘡」之傷；《警》24〈玉堂春落難逢夫〉，劉志仁對於玉堂春被趙昂、皮氏行賄「買成死罪」，感到不平，不僅於獄中供其「飯食」，並「指點」她待機「去叫冤」。

再者，《警》34〈王嬌鸞百年長恨〉的孫九、《古》24〈楊思溫燕山逢故人〉的周義，不滿周廷章、韓思厚對主人之女王嬌鸞、主母鄭義娘的「薄情」、「負義」之舉，「一頭罵，一頭哭」。他們雖爲旁觀者，對事理能作清晰觀察，見不平種種，便激而爲憤慨之行。〔註46〕見及無辜之人落於賊手、或身陷囹圄，居生死邊緣，仗義者常救人於水火之中：《醒》30〈李汧公窮邸遇俠客〉中，路信認爲房德「恩將仇報」之舉有失「天理」，毅然協助李勉逃命；〔註47〕《警》21〈趙太祖千里送京娘〉的趙匡胤，護送京娘，「本爲義氣上

〔註44〕《醒》18〈施潤澤灘闕遇友〉入話中，裴度歸還寶帶，使一女子得以解除父親「陷於大辟」之苦；《古》2〈陳御史巧勘金釵鈿〉入話中，金孝之母則能體諒失銀者「煩惱非小」，可能「連性命都失圖了」，教金孝歸還原主，此二例亦屬之。

〔註45〕孟子將「義」視爲「人之正路」，韓愈解之爲「行而宜之之謂義」，亦即「合於天理，順乎本性，無私無僻的事就應該做，無邪無曲的路就應該走」。（此說見於楊承彬：《孔、孟、荀的道德思想》，臺北：臺灣商務印書館，1983年4月2版，頁95）

〔註46〕《古》40〈沈小霞相會出師表〉中，嫉惡如仇的沈鍊，見馬給事被嚴世蕃揪耳灌酒，遂生「一肚子不平之氣」，「揎袖而起」，便「揪了嚴世蕃的耳朵」，強灌以酒，替馬給事出一口怨氣，亦屬此例。

〔註47〕又如《警》11〈蘇知縣羅衫再合〉中，徐用不忍蘇雲「少年科甲」「方纔赴任」，即死於哥哥徐能的刀下，退而力勸徐能留其全屍，又擔憂蘇雲之妻鄭氏的性命名節，趁機助其脫逃；《醒》29〈盧太學詩酒傲王侯〉中，董紳對於汪岑「將

千里步行相送」；〔註48〕《醒》29〈盧太學詩酒傲王侯〉中，前任知縣汪岑對於盧柟「私怨羅織，陷人大辟」，現任知縣陸光祖極不認同，遂「四下暗暗體訪」，「審出眞情」，昭雪了盧柟十數年的冤情。〔註49〕這些人極重是非曲直，他們不願無辜者受冤、邪惡之人反遂其願，〔註50〕於是將義氣化爲行動，主動伸出援手。

　　諸如上述人物，在他人橫遭災禍之際，爲求「義」之實踐而出手相助，只因秉持著正義、天道，對於命不該絕之人拉其一把，此類人物，其行爲顯出高尚情操，便是將「義」視爲最高行事準則所致。

三、感德報恩

　　中國向來有投桃報李、施恩不望報，受恩尚必報的觀念，〔註51〕基於情感上的虧欠，受人之恩，點滴在心，必當泉湧以報才能解除心中虧欠之感。〔註52〕此一心態類型，即爲受人恩惠心懷感激，報恩者秉持受恩必報的心

盧柟屈陷大辟」，「十分不平」，在盧柟命在旦夕時，將其及時救回。

〔註48〕曹正文提及趙匡胤拒絕京娘之心、對京娘父兄的有意撮合感到憤怒，係爲「正統的封建觀念讓宋代俠客披上了理智的外衣」。見曹正文：《中國俠文化史》（臺北：雲龍出版社，1997年7月初版），頁59。

〔註49〕又如「警」11〈蘇知縣羅衫再合〉當塗縣一「里正」鄰家的家長聞鄭氏受「冤苦」，「心懷不平」，替鄭氏寫狀紙；《醒》30〈李汧公窮邸遇俠客〉，劍俠由李勉處得知「房德假捏盧情」，無法容忍其恩將仇報，於是使之慘死刀下。

〔註50〕清廉自持之官，更具此種心態，他們常在不疑處懷疑，小心求證，常能因此破案，爲百姓造福，《醒》39〈汪大尹火焚寶蓮寺〉中的汪大尹、《警》35〈況太守斷死孩兒〉中的況太守，即是懂得懷疑、假設、並求證，頭腦清晰有條不紊之父母官。汪大尹對於寶蓮寺「祈嗣靈驗」甚感懷疑，在查不出端倪下，運用巧思，派妓女探得實情，終使得寶蓮寺奸邪之事得到過止，民風復歸端正。況太守打撈到血孩兒，對於「灰醃」的處理方式甚表懷疑，仔細詢問，查得支助犯下的滔天罪行，終使得逍遙法外的罪魁禍首得以伏法，昭彰了天理。在秉持正義公理、追根究柢的態度之下，汪大尹、況太守肅清民風惡行，爲社會添加不少正義之風。

〔註51〕西漢即有「夫施德者，貴不德；受恩者，尚必報」的說法。見〔漢〕劉向：《說苑·復恩》（臺北：臺灣中華書局據明刻本校刊，《四部備要》本，1965年臺1版），卷6，葉1右。

〔註52〕劉兆明在〈「報」的概念及其在組織研究上的意義〉一文中，將「報」分成三大性質，一爲工具性，產生報答、報復兩個概念；次爲情感性，產生報恩、報仇之概念；三爲因果性，有善報、惡報之概念。收入楊國樞、余安邦主編：《中國人的心理與行爲——理念及方法篇（1992）》（臺北：桂冠圖書股份有限公司，1993年11月初版1刷，1994年8月再版1刷），頁294。

理，以酬其恩德於萬一。

（一）受助遠貧，感恩回饋

感德報恩之舉，多肇因於困頓窘境中受人援助，而予以回饋。生計、經濟上面臨窘境，卻又幸而得人解救，感念之心常易生發，《醒》10〈劉小官雌雄兄弟〉中，劉德的善心，使異鄉之人方申、劉奇脫離生死困境，且於「舉目無親」、「無處容身」時有所依靠，二人感其大恩，對其「朝夕奉侍」，善盡孝道；《警》25〈桂員外途窮懺悔〉中，支德義無反顧，「以宦家之女下贅貧友之孤兒」，正為報昔日同窗施濟慷慨好義，使其失怙之時得以遮風避雨之恩，故當施家趨於沒落，支德對施家母子的安頓，亦為對當年施濟雪中送炭的回饋；《醒》18〈施潤澤灘闕遇友〉中，施復全數奉還朱恩遺失之銀，解除其生計困難，朱恩由衷感激，當尋獲「昔年還銀義士」，不但助其解決困難，「結為兄弟」，甚而成為「兒女親家」，以報當日恩情。

當親人的生命、家人的生計出現困境，援助者的出現，帶給落難之人光明之望，也因此受恩之人對施恩者滿懷感激，或對其加以服侍，或在其遭遇困難時，伸出援手，以表達感激之心。

（二）得人識拔，酬報知恩

士人不管為文職、居武職，多冀望有晉身機會，若得人識拔，受到肯定，自會萌發感念之情。

隋唐以來，愈趨激烈的科考，常是士子數十年寒窗苦讀之所盼，一旦高中，自是感激座師拔擢賞識。《警》18〈老門生三世報恩〉中，鮮于同二十餘年應試皆未能如願，卻遭蒯遇時三次提攜，鮮于同受「知遇之恩」，因此當得知蒯遇時陷於困境，不管是恩師之難，其子之殃，其孫之學，鮮于同皆「周旋看覷」、「効勞」盡心，在在可見鮮于同酬報蒯遇時「相識提拔之德」。

《古》8〈吳保安棄家贖友〉中，吳保安因郭仲翔之薦而謀得軍中「管記」之職，當仲翔「在死生之際」，保安夜以繼日地「傾家所有」，甚至撇下妻兒十數年，為仲翔之事「東趁西奔」，即是欲回饋素未謀面者的知遇恩情。《醒》27〈李玉英獄中訟冤〉的曾虎二，在上司李雄戰死後，恩人之子承祖「窮途孤弱」，曾虎二親自背負恩人遺骸，「護送」承祖回京，乃回報「識拔之恩」，「少效犬馬之勞」。

（三）臨危蒙救，犬馬以報

　　經濟困窘，仕途未能有所突破，皆不及生命垂危嚴重，「三言」中，時有循吏使繫於縲絏無辜者得以起死回生，常令受助之人心懷感激。《醒》1〈兩縣令競義婚孤女〉，賈昌能「保家活命」，係因知縣石璧「所賜」，故當其得知恩人「身死」，其女月香及養娘遭「官賣」，賈昌乃將石璧厚加殯殮，「合家掛孝」，且不惜花費銀兩接回月香及養娘，對其「不敢怠慢」；當二女為妻子賈婆「賣去他方」，賈昌更與賈婆「大鬧幾場」，將養娘贖回與月香相聚。《古》8〈吳保安棄家贖友〉的郭仲翔，因吳保安曾棄家相助，使自己免受囹圄災苦，當保安夫婦患病身亡後，仲翔親自背著遺骨，不顧腳傷復發，腳面「紫腫」，忍痛勉行，「立心不要別人替力」，並照顧其遺孤天祐，俾使保安後代在生活上無虞。〔註53〕

　　賈昌、郭仲翔因絕處逢生，在施恩者身故後，遂對恩人後代，長期給予生活上的照料，與受知遇之恩短期回饋的情況，程度上更形強烈。

　　在報恩形式中，尚有藉婚配以表感激者，《警》25〈桂員外途窮懺悔〉的支德、《醒》18〈施潤澤灘闕遇友〉的朱恩，願與施濟、施復結「兒女親家」；《醒》22〈張淑兒巧智脫楊生〉的楊元禮、《警》21〈趙太祖千里送京娘〉的趙京娘，則自薦婚姻；他們皆冀望藉著兩家結合，得將感恩之念延至世世代代。〔註54〕

　　綜上所述，「三言」中「講情重信」之人，在朋友陷於困境時，給予實際助益，甚至煙花女子，也彼此扶助；「信」成了交友之準則，甚且有「為信而死」以「舍生取義」之舉。「存仁行義」之人，具仁心善念，能以體恤之心待人；仗義之人，則本著伸張正義之情懷，對素昧平生的落難者，出手相助，此類懷仁執義之輩，使落難者命途得以轉圜，實具居功厥偉之勞。「感德報恩」之人，其精神上有著受人之惠的溫暖，使其亟思回饋，即如文崇一在〈報恩與復仇：交換行為的分析〉一文中所言：「所謂恩德、恩惠，不祗是物質上的支援，同時也是精神上的感受，使人不得不在可能範圍內，設法回報；如果不回報，就會產生一種恥辱感」。〔註55〕基於精神層面上的虧欠感，及未報恩

〔註53〕又如《醒》30〈李汧公窮邸遇俠客〉中，房德、王太原為「待死之囚」，皆因畿尉李勉得以起死回生，故一以盛情款待、「親自施設衱褥、提攜溺器」報之，另一則寧不為官府「押獄之長」，也要為李勉效勞。

〔註54〕報恩者心中之念，可由唐君毅〈說中國人文中之報恩精神〉一文中之話語得到佐證：「中國人文中之報恩，即要在報在先的人對現在的我之一切生活上的事之恩德。」見唐君毅：〈說中國人文中之報恩精神〉，原載於《鵝湖》第6期，收入《病裏乾坤》（臺北：鵝湖出版社，1984年5月再版），頁103。

〔註55〕文崇一：〈報恩與復仇：交換行為的分析〉，原載楊國樞、文崇一主編：《社會

德的恥辱感，受恩之人對施恩者具感恩及回饋之心，而受恩者受惠的感受強度，將決定其報恩之強度，〔註 56〕故而受助遠貧、得人識拔、遇險生還等不同境遇之人，其對恩人之回饋，亦有程度上的差別。「三言」「恩情」類心態，朋友的情誼、善念的執持、義氣的伸張，人與人間產生善意情感交流，彼此互動下，更有受人恩情、感恩回報之舉，「善」與「義」，使人間充滿溫情，人性之可貴，便在良善意念下，散發出令人動容的光輝。

及行為科學研究的中國化》（臺北：中央研究院民族學研究所，1982 年，頁311～344），收入楊國樞主編：《中國人的心理》（臺北：桂冠圖書股份有限公司，1988 年 3 月初版 1 刷，1990 年 4 月初版 3 刷），頁 357。

〔註 56〕「受施者感恩圖報的強度是受施者獲得的淨利及施恩者付出的代價之和，三者的關係，可用一個方程式來加以說明：I=B+C。I 代表受施者感恩（Indebtedness）的強度，B 代表他所獲得的淨利（Benefit），C 代表施恩者付出的代價（Cost）。」見黃光國：〈報的個體與群體〉，收入《中國人的世間遊戲——人情與世故》（臺北：張老師出版社，1990 年 7 月初版 1 印），頁 22。

第三章 人物負面心態類型

前一章探討範疇，著眼於正面、溫馨之情，本章則就「三言」人物負面心態作番研究。人有慾望之念本無可厚非，然一旦放縱，爲「色」、「利」、「祿」誘引，或將使人造成諸多醜態；若因周遭環境導致負面情緒，則易影響人之正當行事，或因個性差異，而萌懷疑、恐懼、嫉妒、憤怒、懊惱之感，易滋怨悔之情。現將之概分爲貪慾、怨忿及屈悔三端，加以敘論。

第一節 貪慾類

人存有七情六慾，〔註1〕不免千方百計渴望滿足無窮慾念，或貪墨戀色，或徵名逐利，或攀援富貴，致醜態窘境畢現。

一、逞慾戀色

「飲食男女之慾」爲「人之大共」，〔註2〕人雖有本能慾望，也存道德觀

〔註1〕 「七情」，最早出現於〔漢〕鄭玄注：《禮記·禮運第9》：「何謂人情？喜、怒、哀、懼、愛、惡、欲七者弗學而能。」見《四部叢刊正編》第1冊（臺北：臺灣商務印書館，據上海涵芬樓以宋刊本景印，1979年11月臺1版），卷之7，頁71。所謂「六欲」，一爲「生、死、耳、目、口、鼻也」，另一解爲佛家語，「一、色欲，見青黃赤白及男女等色，而生貪者也，二、形貌欲，見端容美貌而生貪著者，三、威儀姿態欲，見行步進止、含笑嬌態等而生愛染者，四、語言音聲欲，於巧言美語適意之音聲清雅之歌詠等，而生愛著者，五、細滑欲，於男女皮膚之細軟滑澤等而耽染者，六、人相欲，見男女可愛之人相而貪著者，此六法能起人之貪欲心，故稱欲」。見龍樹菩薩造，（後秦）龜茲國三藏法師鳩摩羅什奉詔譯：《大智度論》21，轉引自丁福保編纂：《佛學大辭典》（北京：文物出版社，1984年1月第1版，2002年9月第3次印刷），頁325。

〔註2〕 〔清〕王夫之：《詩廣傳·陳風》（光緒25年（己亥）夏月慎記書莊石印本，

念，然當本能的慾求過度，無法為精神、文化層面的道德所約束，則以「樂」為訴求的內驅力，越出倫理道德的價值判斷，便造成慾的放縱。﹝註3﹞「三言」中逞慾戀色題材的篇章頗多，且多呈現慾求過度之況，男子縱情聲色，女子則墮於慾海。

（一）貪戀女色，傾洩慾望

「三言」男子，見及「天下絕色」，時或見放縱「本我」，僅求本能慾望之滿足，甚而強行劫人以逞目的，如《醒》32〈黃秀才徼靈玉馬墜〉的呂用之、《警》24〈玉堂春落難逢夫〉的沈洪，聞黃玉娥「嬌豔非常」、見玉堂春「鬢挽烏雲，眉彎新月，肌凝瑞雪，臉襯朝霞」，強搶二人入轎，望自家「飛奔」，對女子絲毫不加尊重。見及「如花似玉」的有夫之婦，竟欲「謀他一宿」，如《警》28〈白娘子永鎮雷峯塔〉的李克用、《古》1〈蔣興哥重會珍珠衫〉的陳大郎，即為滿足私慾，﹝註4﹞施奸計欲與具「傾國之姿」的白娘子、「嬌姿艷質」的王三巧「共宿一宵」。另有為覘覷女子容顏，冒他人之名一親芳澤，以遂逞慾目的，如《古》2〈陳御史巧勘金釵鈿〉的梁尚賓、《醒》16〈陸五漢硬留合色鞋〉的陸五漢，冒充顧阿秀、潘壽兒屬意之魯學曾、張藎，﹝註5﹞即因心懷女子「必定是有顏色的」，遂欲「抱在身邊睡一夜」之念。為將美色據為己有，亦有罔顧生死者，如《醒》15〈赫大卿遺恨鴛鴦絛〉的赫大卿，見「非空庵」中女尼空照「天然豔冶」、靜真「姿容秀美」，對其「戀戀不捨」，

出版地不詳），卷2，葉7左。

﹝註3﹞ 楊子怡：〈借男女之真情，發名教之偽藥——從「三言」愛情、婚姻題材看明代世俗之真情〉，《婁底師專學報》，1994年第1期，頁15；馮夢龍在《醒》15〈赫大卿遺恨鴛鴦絛〉中，即認為「亂色」只圖「暫時之歡樂」，卻成「萬世之罪人」，最為人所詬病。

﹝註4﹞ 陳大郎雖戀三巧之色而引發慾望，卻歷經了由慾轉情的過程：與三巧臨別，陳大郎「哭得出聲不得」；託興哥轉遞書信、汗巾及玉簪，並「叮囑千萬寄去」，顯見大郎對三巧的在意；後大郎遍尋珍珠衫不著而「情懷撩亂」，聞及與三巧的情事爆發，由悶悶不樂、綿延的思念，至驚嚇怯懦鬱成疾病，在在顯出大郎對三巧有情。

﹝註5﹞ 《醒》7〈錢秀才錯占鳳凰儔〉中，顏俊為貪戀高秋芳美色，央錢青冒充身分、代為娶妻，其借錢青「俊俏」之貌，欲娶得「美豔」嬌娘，亦屬頂替之例。至於《醒》8〈喬太守亂點鴛鴦譜〉的孫潤，則因冒充姐姐出嫁，見慧娘「生得風流標致」，進房「陪臥」，鑒於「此番錯過，後會難逢」，便藉機與慧娘弄假成真。然而孫潤雖戀於美色在先，對慧娘仍存情感，見慧娘遭劉媽媽拷打，孫潤「心如刀割」，眼中落淚，雖說孫潤本身已聘了媳婦，卻對慧娘朝夕不忍離去，孫潤由慾轉為情之心緒，正和陳大郎之心理轉折多所類似。

「淫慾無度，樂極忘歸」，致以性命換取慾望，臨終時尚不能與家人相見，敘些天倫。

為得女色，更或利用對方忌諱之事加以設計慾愿，藉力使力，達到內心盤算，《警》32〈杜十娘怒沉百寶箱〉之孫富，覷覦十娘「國色天香」，便以門第禮教觀念、父子天倫之情為說詞，使李甲憂心「為妾而觸父，因妓而棄家」，甘心「割衽席之愛」；《警》35〈況太守斷死孩兒〉之支助，亦見邵氏「青年標致」，欲與其歡會不成，轉而慾愿得貴勾引主母邵氏成奸，待邵氏生下一子，便以嬰屍為威脅，欲再「求利」、「求奸」。他們為圖女色，全然不管道德禮法。

類似情況在僧人身上更顯慾火之熾烈，如《醒》39〈汪大尹火焚寶蓮寺〉中，至慧見一「美貌婦人」而「神魂蕩漾，遍體酥麻」，為與其親近，「想極成夢」，而有「還俗」之舉；亦有利用婦女礙於自身名節遭毀、不敢張揚的心理，以逞其私慾，如《醒》39〈汪大尹火焚寶蓮寺〉寶蓮寺的僧人，「貪淫奸惡」，使佛堂成為「奸宿」之所。

（二）男色慾引，放縱本我

「三言」女子，或有「超我」為「本我」所蒙蔽，淪為慾望之奴，而將道德棄置一旁者：《警》2〈莊子休鼓盆成大道〉中，田氏見了楚國王孫「俊俏無雙，風流第一」，「動了憐愛之心」，便忘了對亡夫莊子「從一而終，誓無二志」之心，不但「與王孫攀話」，主動央老蒼頭「為媒說合」，更欲以莊子腦髓來醫治王孫心疼之病，受原始、本能「慾」念驅使，竟使田氏悖離昔日對故人的情義及誓言。〔註6〕

「三言」中的女子雖有慾望放縱之舉，〔註7〕然大多數女子之所以放縱「本我」，常因他人誘引，致慾望淹沒理性，無可抑遏。《古》1〈蔣興哥重會珍珠衫〉中，王三巧因丈夫蔣興哥久羈不歸，空閨獨守了一年半載，「目不窺戶，足不下樓」，守活寡般的三巧在情慾上必須壓抑，生活上的空寂和單調，使薛婆趁虛而入，薛婆由話家常解其孤寂，詢及其夫的「消息」，又藉「街坊穢褻

〔註6〕又如《古》38〈任孝子烈性為神〉中，梁聖金為與周得重修舊好，向丈夫任珪告狀，誣陷公公任父欲對其「行奸」，以便能回娘家與周得「同歡同樂」，道德仁義的觀念在貪慾下已蕩然無存。

〔註7〕如《警》38〈蔣淑真刎頸鴛鴦會〉中的蔣淑真即是，為求旺盛慾望的滿足，先後與阿巧、李二郎、朱秉中發生關係，又使其等喪命，自己最後也因紅杏出牆為張二官所殺。

之談」挑動其原始情慾，使三巧一步步走入薛婆設下的陷阱，成就了陳大郎的慾求，卻讓自己陷入熾情誘惑，終至一發不可收拾。〔註8〕《警》35〈況太守斷死孩兒〉中，邵氏在丈夫丘元吉病故後，「立志守寡」，家人善意勸其改嫁，亦「心如鐵石，全不轉移」，豈料遭支助設計，瞥見家中小廝得貴「夜睡之時」，「赤身仰臥」，撩動了私情，使堅守十年的「清心冰雪，化爲春水向東流」。〔註9〕

　　道觀尼院中亦有因私慾難抑而行雲雨之事者，如《醒》15〈赫大卿遺恨鴛鴦縧〉的空照、靜眞，即是個「眞念佛，假修行，愛風月，嫌冷靜，怨恨出家的主兒」，見赫大卿「一表人材」，便與大卿做出不軌之事，更將其「頭髮剃淨」，迫其留在庵院，最後致使大卿葬身其間。〔註10〕

二、圖財謀利

　　「利」之誘惑，易使人因之而貪，將正義公理置諸腦後，甚而爲獨得財富，生害人之心，棄他人性命於不顧。「三言」中爲財利所誘者，輕者萌勢利之心，重者則有害人之舉。

（一）貪求財富，流於勢利

　　有利可得、有便宜可占，幾成爲人們揮之不去的誘惑，財利當前，又爲貪念所惑，不免貪多務得。妓院中的鴇兒，以營利爲前提，見錢眼開之況，自是不在話下，〔註11〕市井小民好貪便宜，亦不在少數。《古》2〈陳御史巧

〔註8〕 《醒》23〈金海陵縱欲亡身〉中，定哥性本「端謹嚴厲，言笑不苟」，卻因丫鬟貴哥的慫恿，被挑起情慾，竟使定哥越軌而行，甚且殺了丈夫，亦屬此例。里仁書局的版本，該篇整篇刪去，故據廖吉郎校訂《醒世恆言》版本補（臺北：三民書局，1989年1月初版），頁435～467。

〔註9〕 觀之田氏、邵氏，皆係守寡而被誘，她們爲求慾望的滿足，卻相對地犯了貞節禮教之戒律，當其不軌情事爲人揭發，唯一能爲當時社會所接受的，僅止於自我毀滅以謝罪，當時寡婦的無奈及悲哀，由此可知。《古》24〈楊思溫燕山逢故人〉中的劉金壇，在丈夫去世後「發愿」出家，卻仍心存「還俗」之念，離亂的遭遇使她在道觀中消磨歲月，然外在的觀念促使她終身守節，內心的孤獨淒涼卻無法消除，亦呈現出寡婦不爲人知之苦楚。

〔註10〕 《醒》15〈赫大卿遺恨鴛鴦縧〉中的了緣、去非，亦爲了滿足己慾，在「極樂菴」中作「光頭夫妻」。

〔註11〕 如《警》24〈玉堂春落難逢夫〉中的一秤金、《警》32〈杜十娘怒沉百寶箱〉中的杜媽媽，起初對官家子弟王景隆、李甲「奉承不暇」，及至王、李二人「手內財空」，態度也轉爲「怠慢」。在鴇兒眼裡，有「利」可圖才最緊要，她們

勘金釵鈿〉入話中的客人、《醒》16〈陸五漢硬留合色鞋〉入話中的強得利，均「好占便宜」，欲多貪財利；《警》25〈桂員外途窮懺悔〉的孫大嫂，將恩人施家的財產據爲己有，欲「自做個財主」。即使號稱良官循吏，亦不免貪得，《古》10〈滕大尹鬼斷家私〉中的滕大尹，發現「行樂圖」中暗藏金銀之奧秘，遂起「垂涎之意」，在裝神弄鬼中，公平斷了倪家的家務事，卻也藉此撈足油水，在迎神送鬼的幌子下，贏得「清名」，又飽了私囊。

財利薰心下，或有人將子女的幸福和金錢的多寡畫上等同標記，以爲物質富裕保障著婚姻美滿，豈知二者並無絕對關係。《醒》1〈兩縣令競義婚孤女〉入話中，王奉慮及女兒瓊眞未來幸福，貪及潘華「標致」相貌及富貴家境，將女兒「充做姪女，嫁與潘家」，結果女婿潘華「自恃家富」，好賭成性，致百萬家產蕩然無存，瓊眞幾乎遭受被賣爲奴的命運，王奉貪財勢利，反葬送女兒一生幸福。

重財風氣下，人情冷漠、人倫崩解，《警》5〈呂大郎還金完骨肉〉中，呂寶爲「得些財禮」，將嫂嫂暗中嫁與江西「喪偶」客人，豈知陰錯陽差，讓江西客人錯將妻子楊氏帶上轎，及至發現此事，已人財兩失，悔不當初。《古》10〈滕大尹鬼斷家私〉的倪善繼、《醒》20〈張廷秀逃生救父〉的瑞姐，一心冀望「承受」「家私」，對自己的手足則生「妒忌」之意，善繼對弟弟善述，「斷然不認他做兄弟」，瑞姐對妹妹玉姐，亦存「算計」之心，毀謗其與未婚夫婿「背地裏做下些蹺蹊勾當」，陷其「弔死」，阻其贅婿之路以獨占家私；人們一旦成爲金錢之奴隸，便成無情乏德之輩。

（二）覬覦財利，行惡害人

人們常爲獲取財利，不惜行惡害人。《醒》5〈大樹坡義虎送親〉入話中的張稍、《警》11〈蘇知縣羅衫再合〉的徐能、《醒》36〈蔡瑞虹忍辱報仇〉的陳小四，「貪財好色」，見及財色，遂生劫財劫色之念；《警》33〈喬彥傑一妾破家〉的王酒酒，發現董小二猝死，爲圖取利益，便以「首告」要脅，向高

在乎的是取財、得財有道，只要公子囊篋漸空，便成了她們極欲擺脫之人，故當王景隆「氣象一新」，一秤金聞其有「五萬銀子」，便「一發不肯放手」，其對有錢之人殷勤招呼，無錢之人冷言以對的貪財行徑、勢利之舉，明顯可見。〔明〕金木散人《鼓掌絕塵》中曾提及：「要的是錢，喜的是鈔，你若有錢有鈔，便是乞丐偷兒，也與他朝朝寒食，夜夜元宵；你若無錢無鈔，總是公子王孫，怎生得入？」便是鴇兒的最佳寫照。轉引自趙伯陶：《市井文化與市民心態》（漢口：湖北教育出版社，1996年9月第1版），頁246。

氏行詐財之舉，否則要其「喫一場人命官司」。而若是他人將利益誘之在前，並委請行不義之舉，更易使趨利者罔顧道德，陷人於難。《醒》20〈張廷秀逃生救父〉中，楊洪見趙昂奉上「白銀五十兩」，「猶如蒼蠅見血」，即不管是非，設計陷害張權父子。〔註12〕

　　至於常穿梭於他人門戶的三姑六婆，〔註13〕在人際互動頻繁中，常不管行事是否合理，只管拿人錢財與人做事，〔註14〕即使一般認為修行甚篤的尼姑，亦難敵財利之誘惑。《古》4〈閒雲菴阮三償冤債〉的王守長，見了「兩錠細絲白銀」，「眉花眼笑」，願湊成阮華和陳玉蘭的好事，成人姻緣本無可厚非，然而將尼菴清淨之地，提供作為歡會之所，不免惹人非議；佛門本是「第一戒邪淫」〔註15〕之地，壞了佛門淨地的清規，無非是貪求慾望蒙蔽了理性修為。〔註16〕

〔註12〕《醒》23〈金海陵縱欲亡身〉中，貴哥貪得「寶環一雙，珠釧一對」，誘使主母定哥做出偷情之事；《醒》39〈汪大尹火焚寶蓮寺〉中，凌志為獨貪佛顯的「一百兩」銀子，不願工作本分，將寶蓮寺凶徒縱放出獄。

〔註13〕〔元〕陶宗儀在《輟耕錄‧三姑六婆》云：「三姑者，尼姑、道姑、卦姑也；六婆者，牙婆、媒婆、師婆、虔婆、藥婆、穩婆也」，收入《叢書集成新編》第 8 冊（臺北：新文豐出版公司，1985 年初版），卷 10，頁 578。〔清〕褚稼軒在《堅瓠六集‧三姑六婆》中則進一步解釋：「卦姑，今看水碗遣鳥龜、算命之類；師婆，今師娘，即女巫也；藥婆，今捉牙蟲、賣安胎、墮胎藥之類。但虔婆未知何所指。魏仲雪釋《西廂》，亦不載。後見沉留侯年伯《稱號篇‧方言》謂賊為虔，虔婆，猶言賊婆也。人家有此，必為奸盜之招，故比之三刑六害，不許入門」。見〔清〕褚稼軒：《堅瓠六集》，收入《筆記小說大觀》第 23 編第 9 冊（臺北：新興，1962 年出版），卷 4，頁 5067。郭立誠則解為：尼姑是「奉佛落髮出家」的女子；道姑是「入道出家不落髮」者；卦姑是「精通占卜之術，會算命打卦的俗家女人」。牙婆即為「官媒」，「專管介紹買賣人口」；虔婆為「妓院的鴇母」；藥婆則是「穿房入戶」，賣藥與大門不出的女性；師婆為「裝神弄鬼、畫符唸咒」的「女巫」；穩婆就是「產婆」，有時還「為人非法墮胎」或「替官府作檢驗工作」。見郭立誠：《中國婦女生活史話‧三姑六婆的由來》（臺北：漢光文化事業股份有限公司，1983 年 4 月初版），頁 187～189。三姑六婆因便於穿門走巷，也易於替人穿針引線，不法之事也因之而生。

〔註14〕如《古》1〈蔣興哥重會珍珠衫〉的薛婆，看在「黃白之物」分上，對有夫之婦王三巧百般撩撥，以激發其原始情慾，陷人於不貞。《警》16〈小夫人金錢贈年少〉中，張媒婆、李媒婆亦因貪「百十貫」的媒婆錢，把花樣年華的小夫人，說與年逾花甲的張士廉，斷送小夫人後半輩子的幸福。

〔註15〕《醒》28〈吳衙內鄰舟赴約〉，頁 577。

〔註16〕凌濛初（1580～1644）認為尼姑頂著以佛度眾生的頭銜，反倒行奸邪之事，堪稱三姑六婆中最狠毒者：「話說三姑六婆，最是人家不可與他往來出入。……其間一種最狠的，又是尼姑。他藉著佛天為由，庵院為囤，可以引得內眷來

　　貪念一旦產生，便少有滿足之時，宛若無底深淵，利之所趨，甚至會不惜草菅人命，以達目的。《醒》27〈李玉英獄中訟冤〉中，焦氏為奪得丈夫李雄家的「官職產業」，對李雄前妻之兒女，有「磨滅」殺害之念，遣其子承祖尋父親骸骨，美其名為盡人子孝道，實則行借刀殺人之計，知其大難不死，繼以毒酒害之，更「砍下兩隻小腿」，以將屍首裝入較小的棺木。〔註17〕此等人物基於己身貪念，欲獨占財物，遇有構成威脅者，便欲去之而後快，即使傷及人命也在所不惜，其人性已至滅絕地步；而《古》26〈沈小官一鳥害七命〉中的黃老狗，為賺得「一千五百貫」賞錢，以脫離「口食不敷」的日子，竟慫恿兒子殺了自己，領賞錢以發跡，更屬荒謬之舉，為得財物而失去理智，其行可笑卻也可歎。

三、攀龍附驥

　　「天下熙熙，皆為利來，天下壤壤，皆為利往」，〔註18〕自古以來，「名利」常為浮世之人所爭逐，位高權重，得享富貴榮華，不免為人所慕羨，其騰達之途，或藉婚姻以顯，或攀權貴以榮。

（一）匹配婚姻，以貴為尊

　　在崇奢尚侈的風氣影響下，一般人往往藉婚姻關係提升地位增加財富；〔註19〕而《警》6〈俞仲舉題詩遇上皇〉入話中的卓王孫、《醒》25〈獨孤生

　　　燒香，可以引得子弟來遊耍。見男人問訊稱呼，禮數毫不異僧家，接對無妨；到內室念佛看經，體格終須是婦女，交搭更便。從來馬泊六、撮合山，十樁事倒有九樁是尼姑做成的、尼庵私會的。」〔明〕凌濛初撰、冷時峻校點：《拍案驚奇·酒下酒趙尼媼迷花　機中機賈秀才報怨》（上海：上海古籍出版社，1996年12月第1版），卷6，頁78。

〔註17〕謀財殺人之例，又如《警》20〈計押番金鰻產禍〉中，周得欲偷竊財物以「過冬」，在惡行敗露前，殺了岳父母計安夫婦。《古》26〈沈小官一鳥害七命〉中，張公為畫眉所誘，為換得「二三兩銀子」，將沈小官殺害。《醒》20〈張廷秀逃生救父〉中，趙昂、瑞姐夫婦為「獨並王員外家私」，陷張廷秀父子，甚且趕盡殺絕，必欲張家絕命才得放心。《醒》22〈張淑兒巧智脫楊生〉中，悟石和尚為貪楊元禮等六人之財，假意殷勤留其住下，待眾人不勝酒力，「乘機取勢」，殺人奪財。

〔註18〕〔漢〕司馬遷：《史記·貨殖列傳》，見《景印文淵閣四庫全書》第244冊（臺北：臺灣商務印書館，1986年3月初版），卷129，貨殖列傳第69，頁929。

〔註19〕洪武之時，在婚禮方面即有「專論聘財，習染奢侈」之風，《大明會典·婚禮五·庶人納婦》中即言：「洪武五年詔：古之婚禮，結兩姓之好，以重人倫，近代以來，專論聘財，習染奢侈，宜令中書省集議定制，頒行遵守，務在崇

歸途鬧夢〉的白長吉，在司馬相如、獨孤遐叔貧困失意之際，反對女兒卓文君、妹妹白娟娟嫁予窮漢「餓莩」，及至相如、遐叔聲名大噪，反「備了厚禮」來「稱賀」，分外殷勤，顯見顯貴地位乃婚姻的催化劑。

名利財富的誘人吸引力，使世俗之人用盡力氣、使盡手段，安富尊榮，即如居於社會底層之丐，亦欲逃離社會輕蔑的眼光，跳脫為人輕賤，如《古》27〈金玉奴棒打薄情郎〉之金老大，將婚姻作為晉身上流社會的踏階，以女兒幸福為賭注，把婚姻當作跳脫「團頭」階級的籌碼，一心要與「讀書飽學」的「士人」聯姻，一旦女婿科舉中試，前程看好，自己的地位似乎便不同凡響。

（二）惑於虛榮，冀求祿位

在貧窮、富足的強烈對比下，卑賤、尊貴的地位差別中，多數人往往選擇棄貧賤而就富貴，此其基於自我之得到肯定、受人尊重之價值感得以體現，故有趨而就之之舉。《醒》30〈李汧公窮邸遇俠客〉中，房德貧極，衣食匱乏，又常被妻子數落，房德感受不到自己存在之價值，當素不相識的盜匪提供「華服」、「酒餚」，「肥甘美醞」下，糊裏糊塗被擁為「寨主」，備受「奉承」，使他有了歸屬感及優越感，房德減少了對卑微際遇的不滿，受損的自尊心得以修補，「不覺移動其念」，遂而是非混淆，以享受為先，落為匪寇，亦在所不惜。

坐擁權力、富貴，可脫離困苦，居領導支配地位，優越感因之而生，亦或有耽於虛榮之況；《古》27〈金玉奴棒打薄情郎〉中的莫稽，「俯就」於丐戶之家，然其一旦讀書有成，得享「富貴」，屈辱及自卑之感則益形強烈，娶丐為妻成了極欲去除的陰影，〔註20〕卻因虛榮，〔註21〕罔顧恩義，將髮妻陷害。

而親戚已居權貴之位者，更使人欲趨附攀援，如《古》22〈木綿菴鄭虎

尚節儉，以厚風俗，違者，論罪如律。」〔明〕李東陽等奉勅撰、申時行等奉勅重修：《大明會典》（三）（臺北：東南書報社，1963年9月出版），卷71，頁1149；嘉靖時，更呈現「世俗結親，只論家資、奩粧，寸較銖量」之況。〔明〕張萱：《西園聞見錄‧婚姻‧前言》引霍韜之語，收入王有立主編：《中華文史叢書》第42冊（臺北：華文書局股份有限公司，1940年北平哈佛燕京學社排印本，1969年6月初版），卷5，頁419。

〔註20〕莫稽欲改進環境，以獲得優越生活；反觀金玉奴，雖恨「自己門風不好」，卻是以「勸丈夫刻苦讀書」，求個出頭之日，相較之下，莫稽改進環境之方式，顯然劣於玉奴，又更顯得卑劣。

〔註21〕莫稽追求富貴，可說是虛榮心的作祟，人一旦「失去現實感，失去與生活的聯繫」，「虛榮」便呈現而出。參 Alfred Adler 撰、陳蒼多譯：《了解人性》（臺北：大中國圖書公司，1991年5月初版），頁145。

臣報冤〉的賈似道，向身爲皇帝妃子的姊姊冀求一官半職，位高權重後，便大肆享受，「淫樂無度」；爲求官運亨通，極力地貶抑、擠排阻撓其官途之人，使政治、軍事之功皆歸於己，凡揭發其舞弊之實者，便構陷置之死地；而自己親近之人，如母親、姬妾之屬，只能專爲己有，故而繼父不得存活、姬妾有二心便頭顱落地，親人似只是賈似道所擁有的「物品」，未見一點親情存在。「富貴薰心」之下，賈似道成了冷血無情之徒，而這其中卻也蘊含著虛榮之感，藉著踩在他人鮮血上，以顯自己威風，於是攀附權貴，成了他鞏固自身地位之手段，而人性則早已夭折。

　　世人爭逐權貴，宮廷中人，更有爲虛榮心所役者。《醒》24〈隋煬帝逸遊召譴〉中，晉王廣爲奪太子之位，極力塑造「仁孝」形象，以博得文帝、獨孤皇后及眾人之青睞；待達到目的，「即位」之後，則露出「沉迷女色」之本性，顯見世人爲追求權力，所努力營造的假象只是一種爲達目的而奪取權力的手段而已。

　　綜上所述，「三言」之「逞慾戀色」類型中，人不免落於求「本我」慾望之滿足，美色往往成爲慾念引發之淵藪，一旦慾念放縱，具道德信念的「超我」常無容身之地，強搶陷害、不顧他人生死之行，因滋產生，乃欲求本我之遂行。人們爲「圖財謀利」，常易鋌而走險、失去理智，一旦爲貪財之念蒙蔽，正義、恩德、親情、道德等，便完全喪失價值，而貪婪、負義、無情、失德等罪惡之事，便在利之驅使下一一浮現。當人處於卑下環境，爲晉身於高層階級，易以名利爲躍登於優越階層之補償手段，[註22] 當名利之心悄然而至，便易產生強而有力的心志動力，然在「攀龍附驥」下，反喪失了關懷他人之情懷，顯現出現實人生的醜態。

第二節　怨忿類

　　人物遭際中的負面心態，除貪慾外，尚有疑慮、嫉妒、憤怒等情緒，此導因於懷疑、恐懼、維護自尊、鞏固自身優勢等情況，遂對他人持疑、奪權、陷害、甚或使其喪命。

〔註22〕 「補償作用」係「渴望獲得能力以克服自卑」，爲「驅使人們去追求自尊、追求優越的基本動力」。俞汝捷：《人心可測——小說人物心理探索・論自卑》（臺北：淑馨出版社，1995 年 8 月初版），頁 213。

一、抱慮懷懼

面臨憂心、懷疑之事，非居主導地位者，多以退避之方式消極以對；〔註23〕非居於人下者，較不掩飾焦躁、懷疑、憤怒之情緒反應。

（一）居於人下，戒慎恐懼

陸沉下僚，居於下位者，憂讒畏譏，擔心災禍臨頭，每每產生戒慎恐懼之態。《古》6〈葛令公生遣弄珠兒〉的申徒泰，由於為主上葛令公寵妾弄珠兒「光艷」美貌所吸引，看得「出神」，對葛令公的呼喚竟「全不答應」，因此「心下憂惶」，之後凡事盡力效勞，更在與敵軍交手時，一馬當先，實乃申徒泰彌補心態之展現。

當恐懼感瀰漫，為求保全，或有以退避之態因應事物者，譬如《醒》19〈白玉孃忍苦成夫〉篇，程萬里為軍隊所擄，「解到張萬戶營中」，被「留為家丁」，在人屋簷下，頗為「無奈」，對於張萬戶為其所配之妻子玉孃，也不輕易「傾心吐膽」，甚且懷疑玉孃勸其逃脫之議，乃張萬戶所安排，萬里個性「把細」，為表明自己對主上並無「他念」，反將妻子勸其「逃走」之議「當面說破」，此正因懼而生之退縮防禦心所致。

（二）懷疑困惑，促滋焦慮

當人對事件有所懷疑，所生警戒之心，有時亦具忱惕作用；〔註24〕然當疑慮中含有不滿或擔憂，則為求保護自己，時或轉而主動出擊。《警》15〈金令史美婢酬秀童〉中，金滿丟了公家銀兩，且動用自家財產抵賠，「心中好生不樂」，見家僕秀童「有閒錢買酒喫」，邀莫道人「召將」，又三示秀童之名，不免令金滿生疑確認秀童偷了銀兩，雖乏證據，猶將其舉發至衙門。

假使曾行不義，不免心虛，憂心惡行暴露，遂生焦慮、恐懼之情，為「改變處境，化險為夷」，〔註25〕則逕行剷除恐懼之源，以徹底根除憂慮。《醒》30〈李汧公窮邸遇俠客〉房德本對恩人李勉有「執鞭隨鐙」的感激之心，然

〔註23〕張耀翔對「怒」及「懼」作了區別：「怒以自尊心、懼以自卑心作基礎。怒的態度為進攻，懼為退避。怒的目的在破壞，懼在保全。」張耀翔：《情緒心理》（臺北：臺灣商務印書館，1966年9月臺1版，1970年1月臺4版），頁83。

〔註24〕如《醒》22〈張淑兒巧智脫楊生〉的楊元禮，在悟石和尚殷勤招待之時，心生疑慮，認為其「苦苦要留，必有緣故」，故能有所警覺，避免成為刀下之俎，可謂為因焦慮而自救者。

〔註25〕俞汝捷：《人心可測——小說人物心理探索·論焦慮》，同註22，頁9。

而妻子貝氏以犀利言詞，點出李勉不願與己相認係「奸巧」之計，致使平日懼內又常拿不定主意的房德「漸生疑惑」；經貝氏一再挑撥，房德反將李勉的善意解讀為另有用心，畏懼「強盜出身」之事暴露，對貝氏所提刺殺李勉之計反感到「大喜」，「遂把報恩念頭，撇向東洋大海」，繼之而起的則是斬草除根之狠計，顛倒是非，乃對李勉恩將仇報。

二、滋妒含怨

人本有「利己」之性，對事物有獨占感，當利益被剝奪或分享時，易使嫉妒心孳衍，〔註 26〕產生敵意及憤怒，使「利己」之念有了「排他」之舉，或藉由「貶低」、「責備」、無理由地限制他人行動等手段，〔註 27〕以爭取權力、奪回原先之利益。

（一）富貴失勢，萌生嫉妒

以男子而言，地位、名譽、權力、事業等社會方面的評價向受重視，〔註28〕若其事業財富出現敵手，本身信用遭受質疑時，某些人會不擇手段去鞏固優勢地位，維護榮譽高度，若不見成效，則不免妒恨難平。《警》28〈白娘子永鎮雷峯塔〉的張主管，見許宣至李克用藥舖幫忙，頗覺自己藥舖主管地位受到威脅，「心中不悅」，便在背後散播許宣的不是，言其「大主買賣肯做，小主兒就打發去了」，「人說他不好」，冀能貶低許宣的表現。

《古》36〈宋四公大鬧禁魂張〉入話中的王愷，當自家寶物「不及石崇」，為扳回局勢，便「陰懷毒心」，「生計嫉妒」，向天子進讒言，陷害石崇入獄。

如張主管、王愷之類人物，在事業、財富方面，一旦存有「丟失」之感，便生「憂悒」情緒、痛苦感受，進而對使其產生「丟失感」者生出敵意，〔註29〕眼見他人幸福，自身利益卻受損，為挽回顏面、奪回優勢，心中因「憂悒」致生的憎恨，轉為攻擊行動，〔註30〕或是藉貶低、責備他人，以回復其原先的「獨

〔註 26〕Alfred Adler 撰、陳蒼多譯：《了解人性》，同註 21，頁 169。
〔註 27〕同上註，頁 171。
〔註 28〕〔日〕詫摩武陵著、歐明昭譯：《嫉妒心理學》（臺北：國際文化事業有限公司，1975 年，出版月份及版次不詳），頁 55。
〔註 29〕俞汝捷：〈論憂悒〉、〈論嫉妒〉，《人心可測——小說人物心理探索》，同註 22，頁 18、頁 82。
〔註 30〕「嫉妒是憎恨的感情，也是攻擊對方的激烈的做法。」〔日〕詫摩武陵著、歐明昭譯：《嫉妒心理學》，同註 28，頁 78。

占感」，此時道德良知全然不被考慮。

（二）喪失愛寵，懷抱怨怒

男子之嫉妒心態常表現於事業、財富追求上，以顯其身分地位；女子亦有因受忽略而生嫉妒之心緒表現，然傳統女子多半在家庭中活動，故其嫉妒對象，總侷限在生活中相處之人。當家中出現另一女子，且爲丈夫所重視對待，易有怨懟之心，並將之歸咎於新來女子身上。《醒》1〈兩縣令競義婚孤女〉中的賈婆，因賈昌接回恩人之女石月香及養娘，並「以賓客相待」，自己受丈夫重視的程度日漸低落，久而久之，「心下漸漸不平」，賈婆擔憂丈夫將月香「養得白白壯壯」，或欲「收用他做小老婆」，不免「爭風喫醋」，賈婆對月香、養娘的敵意逐漸增加，由「茶不茶，飯不飯」，漸而變本加厲，命其擔水燒火，並以言語奚落，甚而將月香及養娘「賣去他方」。《警》20〈計押番金鰻產禍〉的李子由妻，不容丈夫將計慶奴帶進李家，將慶奴打發至廚下「打水燒火做飯」，亦是對其存有顧忌。

妻妾之間，若涉及子嗣問題，更常啓勃谿。元配若無子嗣，地位會因妾生壯丁而搖搖欲墜，此種心態常使元配因恐懼疑慮，乃對妾百般排擠欺陵。馮翠珍在《《三言二拍一型》之戒淫故事研究》中提及：

> 對元配們來說，妾室們就像是不勞而獲的競爭者；……元配們……
> 除了以地位上的優勢來羞辱對手以外，再沒有別的管道來發洩心中
> 的不滿。〔註31〕

《古》22〈木綿菴鄭虎臣報冤〉中，唐氏不能享受「以子爲貴」的權利，當賈涉納妾，唐氏深感威脅，處處刁難胡氏，將其「毒打一頓」，要她「燒茶煮飯」、掃地鋪被，想要「墮落他的身孕」，以鞏固自己地位；當似道出生，更堅持丈夫要「將胡氏嫁出」，才肯讓小孩回賈家。

三、蓄怒銜恨

人們遇到不平或矛盾之事，感性、理性情緒將因其本身素養產生不同反應，〔註32〕思維較深入者，較能考慮周延，進而能作較公允之抗議或抗爭；

〔註31〕馮翠珍：《《三言二拍一型》之戒淫故事研究》，同第壹章註27，頁120。
〔註32〕劉再復在《性格組合論》中提及：「黑格爾把人們對矛盾的認識分爲三個階段：第一是感性認識階段，……。第二階段是知性認識階段，……。第三階段是理性階段，……。」由觀察到事物的「表象」進而產生「機智的反思」，逐漸

若僅任由感性情緒作膚淺感受，未經理性思維，則時易生出憤怒之情，或有毀謗誣詆之舉，甚有害人性命之念。

（一）貪得受阻，憎恨報復

人心有喜有惡，對喜者常趨之若鶩，惡者則敬而遠之，當欲貪得某物而受阻，或易對阻礙者生厭惡之心，而厭惡常致生逃避之念，易有欲厭惡者遠離己身，甚或冀盼其消失。《警》5〈呂大郎還金完骨肉〉入話中的金鐘，吝嗇成性，不願「布施」，為杜絕僧人一再上門「蒿惱」，遂贈與僧人暗摻「砒霜」的餡餅。《醒》34〈一文錢小隙造奇冤〉中，朱常與趙完、趙壽父子，為「爭田」而彼此交惡，藉拾來屍首嫁禍於對方，欲從中賺得田地及「財采」，他們因厭惡彼此而希望對方落於陷阱之中，藉以補償心中不滿。

當對某事之期待落空，時易生不樂之情，基於情感受創，欲尋得彌補途徑，對阻斷期待者的敵意多因之萌發，傷害之舉常伴隨出現，或由言語上非議以發洩之。〔註33〕《醒》29〈盧太學詩酒傲王侯〉中，石雪哥即因王屠的無心之言，失去「營運度日」的機會，遂對其「恨入骨髓」，為發洩心中之恨，即使自身行竊「被拿到官」，也寧違背天理，要「扳害王屠」，硬將其拖下水。〔註34〕《醒》30〈李汧公窮邸遇俠客〉中的貝氏，只因丈夫房德欲贈恩人李勉「一千」疋布之「厚禮」，心中不捨，致生「不良之念」，憑著一張「巧於應變」的利嘴，搬弄唇舌，將自己當初對丈夫吝嗇之意，轉成「激發」之術；將李勉欲讓豪傑出頭之心，轉成別有心機、指望報償，更以房德最關心的前途為利害威脅之誘惑，將房德原欲報恩之心全力翻轉，且要趕盡殺絕以除後患，務使李勉喪命才甘心。石雪哥、貝氏等人，在自私心作祟，為圖一己心意之滿足下，將天道正義棄於一旁。

有人當自身行了不當之事，且有被揭穿之虞，竟先行痛下毒手，如《警》

深入到問題的本質，到第三階段則進入「思維的理性」。詳參劉再復：《性格組合論》（上）（臺北：新地出版社，1988年9月初版），頁228。

〔註33〕張耀翔認為「怒」以強度而言，可分為暗怒及明怒。藏於內心者為暗怒。明怒則有表達於顏面的，即「忿怒」；表現於語言的，稱「嗔怒」；表現在舉動，以打倒怒的刺激的，為「赫怒」；向刺激以外的人或物表達激烈舉動的，則叫「狂怒」。張耀翔：《情緒心理》，同註23，頁80。

〔註34〕又如《古》39〈汪信之一死救全家〉中的程彪、程虎，原指望投奔汪革，圖個「小富貴」，然僅得到其子汪世雄五十兩路費的回饋，「大失所望」，便以口舌之非，陷汪家「謀叛之情」。

20〈計押番金鰻產禍〉中，計慶奴與丈夫李子由之心腹張彬並肩喫酒，爲丈夫元配之子佛郎發現，「迴避不迭」，慶奴畏懼佛郎向李子由告狀，情急之下，乃勒死佛郎。又如：《警》24〈玉堂春落難逢夫〉，皮氏爲免被丈夫沈洪發現其與趙昂「有了私情」，且挪用錢財、致「房計空虛」，決定以「砒霜」「暗地謀殺」沈洪及玉堂春。計慶奴與皮氏皆是有夫之婦，與人私通已有違婦德，爲擔憂出軌及挪用財物之事被發現，恐懼之情致使她們急欲消除恐懼之源，而心中又夾雜著所行惡事將爲人揭穿之憤恨，於是爲掩飾惡行遂變本加厲。

（二）尊嚴遭損，報復反擊

憤怒之情一旦產生，多易影響認知，蒙蔽理性判斷，因而產生攻擊行爲，傷及他人，此一情況或產生於未被尊重、自尊受損時。〔註35〕《古》29〈月明和尚度柳翠〉的柳宣教，僅因臨安府府尹上任之日，玉通禪師未曾相迎，感覺未受應得之尊重，心中「不忿」，遂生陷害之心，差一妓女紅蓮，壞了玉通禪師五十二年的修行。《醒》29〈盧太學詩酒傲王侯〉中，濬縣知縣汪岑更因才子盧柟未曾以禮相待，懷恨於心，又爲妻子「破家縣令」之語驚醒，遂濫用職權，構陷盧柟，「把情節做得十分利害」，務使其無法出獄。〔註36〕

在下位者忍辱抑憤，經時間積累，亦易爆發，藉機傾洩。《醒》29〈盧太學詩酒傲王侯〉篇，獄卒放盧柟親友「直進直出」以探視盧柟，因而遭「知縣心腹」蔡賢重責，蔡賢平日待獄卒即頤指氣使，令其等極爲不滿，於是藉濬縣巡捕縣丞董紳拷問蔡賢之際，獄卒藉著行刑之便，「尋過一副極短極緊的夾棍」，即使蔡賢願招「謀盧柟性命」之事，仍不理會董縣丞的制止，還「務命收緊」，展現了獄卒們對遭受欺壓的反動，以宣洩心中積累的不平。〔註37〕

〔註35〕張耀翔在《情緒心理》一書中認爲：人的自覺有積極、消極的層面，自卑爲消極自覺，自尊則爲人的積極自覺，而積極自覺一方面和喜樂有關，一方面則和憤怒有關。張耀翔：《情緒心理》，同註23，頁119～120。

〔註36〕《古》12〈眾名姬春風弔柳七〉中，丞相呂夷簡瞥見才子柳永無意的詞句「我不求人富貴，人須求我文章」，使其本在一人之下、萬人之上的優越感驟失，深覺自尊受辱，亦藉由官位之便，對柳永仕途百般阻撓，絕其官宦仕途，以彌補心中不平。

〔註37〕《警》38〈蔣淑眞刎頸鴛鴦會〉入話中，步非烟的女奴亦因「細故」遭非烟數次打罵，痛苦積累於心，在長期的忍氣吞聲下，女奴心中憤怒的強度增加，於是發而爲攻擊行動，將非烟與趙象之私情向武公業揭發，以撫平心中被羞辱之感；《醒》15〈赫大卿遺恨鴛鴦絛〉中，服侍靜眞的女童，亦因靜眞平日待其苛刻，在取「燈火」不愼，遭靜眞嚴厲斥責、「亂打亂踢」下，憤憤地向蒯三道出赫大卿爲靜眞等人所害之事跡，亦屬此例。

　　至於女子，若有違婦道，多不爲傳統社會所接受，爲人父母者一旦得知女兒受辱，尊嚴遭損，更易化爲憤怒之行。《警》33〈喬彥傑一妾破家〉中，高氏得知女兒玉秀爲雇工董小二「姦騙」，有辱「門風」，爲顧全女兒「一世之事」，「免得人知」，高氏寧以身試法，取「麻索」、「斧頭」，結果了董小二性命。

　　在父系社會中，男子不容綠雲罩頂，爲維護尊嚴，對不軌之妻，往往休棄，甚而殺之。《醒》34〈一文錢小隙造奇冤〉的邱乙大，聽聞妻子楊氏有紅杏出牆之嫌，因「怕人恥笑」，未加查證，便因猜忌而忿怒，令楊氏「吊死」以表清白。〔註38〕《古》38〈任孝子烈性爲神〉中，任珪得知妻子梁聖金竟與周得「有姦」，自己則被譏爲「煨膿爛板烏龜」，加上妻子又誣陷父親欲對兒媳婦「行姦」，岳父母家竟也幫忙掩護周得，任珪一口怒氣無法撫平，恐家醜外傳，尊嚴盡失，盛怒之下，將聖金、周得，及梁家人一併殺害，以洩心頭之忿。任珪眼見妻子出牆之實，男子尊嚴受到極大侮辱，再也無法隱忍，〔註39〕實如程明道所言：「人之情易發而難制者，惟怒爲甚」，〔註40〕當憤怒達於極端狀態，常至一發不可收拾的地步，致生殺人之舉。

　　綜觀「三言」中「怨忿」類，「抱慮懷懼」一型，屬居於人下者，在憂慮戒懼之心態下，往往將心思深藏，暗自默默承受疑懼的後果；在疑慮中，或有生出不快、憤怒之情，發而爲行動者，甚至蒙蔽理性，導致他人受到傷害。「滋妒含怨」一型，見自己利益受損，他人優於自己，便生嫉妒之心，爲彌補自己所受之不平待遇，奪回先前的獨占感，讒言、欺壓之舉常爲嫉妒者採取之行動。「蓄怒銜恨」者，則因不平致生抱怨、憤怒之事，他們多個性直率，遇有不平，不願鬱積胸中，或因貪遭阻、或尊嚴遭辱，致生憎恨報復之心，遂挾帶攻擊意向，產生攻擊行爲，因怒氣之不可抑遏，往往罔顧後果，導致他人受害甚或喪失性命。

〔註38〕又如《古》35〈簡帖僧巧騙皇甫妻〉中，皇甫松見「落索環」、「短金釵」、「簡帖兒」，見了〈訴衷情〉之詞，疑心妻子另有新歡，盛怒之下逼問、拷打，仍無所獲，爲保顏面，遂休了楊氏。

〔註39〕《警》38〈蔣淑眞刎頸鴛鴦會〉中，張二官發現妻子蔣淑眞與對門店主朱秉中在自家房內「執手聯坐」，自尊受創，不能見容他二人出現在自己眼前，於是結果了他二人性命，亦屬此例。

〔註40〕程顥：〈定性書〉，見〔明〕黃宗羲撰、〔清〕全祖望補、〔清〕王梓材、馮雲濠、何紹基校：《宋元學案·明道學案》（臺北：世界書局，1961 年 11 月初版），卷 13，頁 319。

第三節　屈悔類

本節探討的心態類型，包含生活遭際中命在且夕的憂惶之情、禮制規範下壓抑愛情的扭曲之情，及理念、行事中因偏執成見、或鑄下錯事產生的後悔愧疚之情，此類人物在心緒上，歷經較複雜的轉變，人物的內心世界因此更顯豐富。

一、遭舛蒙屈

「遭舛蒙屈」型，指人物遭遇乖違命運時，或積極表達情感、奮力突破現況，卻因外在因素而趨於失敗，致際遇多舛；亦有依禮制為最高行事準則，致情感受到壓抑，無法正常表露傳達，且蒙受許多委屈。

（一）瀕臨生死，驚惶憂懼

生死問題，往往非人所能坦然面對，在瀕臨死亡威脅，不免易驚懼失措。《警》11〈蘇知縣羅衫再合〉中的蘇雲，在赴任蘭溪縣大尹途中，「一應行李，盡被劫去」，家僕蘇勝夫婦，也死於攬船載客的趙三、徐能之刀斧下，自己性命危在且夕，「慌得」「雙膝跪下」，且幾乎被徐能「舉斧照頂門砍下」，又轉而被「拋在湖中」，掙扎於生死邊緣；其妻鄭氏，成為徐能的甕中之鱉，性命、名節皆面臨重大危機，亦陷於窮途末路；夫妻二人歷經了憂惶無助的歷程。《醒》30〈李汧公窮邸遇俠客〉中，當李勉得知房德恩將仇報，自己將有殺身之禍，驚得「猶如弔在冰桶」，「踉踉蹌蹌」，狂奔逃命，心力交瘁下，尋到旅店歇腳，卻又見劍俠「殺氣騰騰」，再次落入性命即將喪失的恐懼中，李勉在性命堪憂，無處安身時，可謂嚐盡了刻骨銘心的惶懼。〔註41〕

己身瀕臨生死磨難，當然得歷經畏恐情緒，若是要與家人生離死別，則又是另番悲痛。《醒》36〈蔡瑞虹忍辱報仇〉中的蔡瑞虹，在父親赴將軍任時，

〔註41〕《醒》29〈盧太學詩酒傲王侯〉中，盧柟為知縣汪岑構陷入罪，甚且幾為令史譚遵、獄卒蔡賢鞭打至死，在獄十餘年，「傲骨」之性漸被消磨，原先本充滿自信，積極送出「書札」向外求援，遭汪岑屢次阻礙後，出獄之日遙遙無期，希望漸漸代之以絕望，盧柟心中，可謂歷練了一場精神苦難。又如《醒》4〈灌園叟晚逢仙女〉中，愛花如命的秋先，遭張委蠻橫地摧殘花園，「氣得敢怒而不敢言」；被要求賣園，秋先更「一發氣得手足麻軟」；一生心血，遭張委無理破壞，更有被佔據的危機，突來的剝奪感令秋先感到畢生心血即將白費，使其痛苦惶惑。其與李勉、盧柟突遭迫害又無法突破困難之處境，有所類似，故並列於此。

慘遭滅門，自己又失節於匪徒陳小四，在數度「忍辱偷生」、為報「一家之仇」的遭際中，惶恐、疑懼、無可依賴之感，深切存在；《醒》10〈劉小官雌雄兄弟〉中，方申在異鄉驟臨父亡之事，頓覺「舉目無親」；《醒》1〈兩縣令競義婚孤女〉中，石月香本與父親相依為命，卻突遭父亡，陷於悲傷「苦楚」。如蔡瑞虹、方申、石月香之屬，無法突破己身命運的困頓，使他們頓感惶然無措，而無人可依，更顯命運的乖蹇。

（二）禮教鉗制，踬喪情愛

「三言」中的婚姻，多半遵行禮制，在倫理規範下的男女，存在著重義務、盡責任，守承諾的情愛。

媒妁之言的婚姻，使女子命運顯得孤注一擲，雖不乏能如願尋得可相知相守者，然事與願違之例亦所在多有。《醒》13〈勘皮靴單證二郎神〉中，韓玉翹貴居宮中卻「不沾雨露之恩」，引起無限春思而憊憊成病；《警》16〈小夫人金錢贈年少〉中的小夫人見所嫁之人「鬢眉皓白」，己身成為媒人賺取錢財的犧牲品，心中之苦、內心之悲無由傾訴。正值青春年華之少女，對情感的滋潤、情愛的眷顧多所盼望，然在崇尚倫理之下，「三言」中女子看待婚姻，常執守「從一而終」之準則，願「同生同死」。《醒》17〈張孝基陳留認舅〉中的方氏，不因丈夫過遷「狂放」成性，嗜酒、嗜賭，而「另選良配」；《古》27〈金玉奴棒打薄情郎〉中，金玉奴雖為其夫莫稽所害，仍堅持不肯改嫁。在婚姻生活中，丈夫沒有責任感，致使妻子須獨自持家，或丈夫不滿妻子家世而加以輕視甚或謀害，為妻者為遵循禮教，必須忍耐，過著壓抑自我情感的日子。

傳統中女子的貞節觀，一再被強調，名節幾乎與女子生命同重。〔註42〕《古》35〈簡帖僧巧騙皇甫妻〉中，楊氏遭設計，在丈夫皇甫松強調女子名節下，慘遭休逐，正是天地之大，不知何處得以「安身」。名節可謂為女子立身於傳統社會的護身符，名節操守一旦被質疑，便失了立足社會的保障。「貞節」觀念的深植，亦在未嫁女子身上體現，她們執守忠於「倫理」的愛情，男方悔約另婚或出自善意解除婚約，對她們而言，亦如同失節一般，無法接受。〔註43〕《醒》9〈陳多壽生死夫妻〉中的朱多福「懸梁自縊」、《警》

〔註42〕陳東原認為貞節是婦女的第一生命，比婦女本身的生命更重要，貞節觀念經由明代至清代，漸走至宗教化的程度。見陳東原：《中國婦女生活史》，（臺北：臺灣商務印書館，1981年11月臺7版），頁241～242。
〔註43〕宋朝以後的婚姻屬於契約制，只要女子訂了婚，對夫家便負有了責任，可見

17〈鈍秀才一朝交泰〉中的黃六瑛「以死自誓」;《醒》5〈大樹坡義虎送親〉中的林潮音與《醒》20〈張廷秀逃生救父〉中的玉姐,也固存「一女不喫兩家茶」的觀念,堅不他適。《古》2〈陳御史巧勘金釵鈿〉中的顧阿秀,即秉持著對婚姻絕對忠誠,一旦失節於婚約中丈夫之外的人,便覺「有玷清門」,即採取不忠即死的方式,表達一生堅持的信念。〔註44〕

在封建禮制下,有人因堅守傳統觀念,而犧牲愛情、放棄婚姻,比方《古》35〈簡帖僧巧騙皇甫妻〉中的皇甫松、《古》1〈蔣興哥重會珍珠衫〉中的蔣興哥,皆對妻子保有深情,但當妻子有「七出」〔註45〕之嫌,基於男子尊嚴受創,不得不將妻子逐出家門;在社會倫理規範下,他們不得不壓抑情愛,忍受椎心之痛。至於《警》32〈杜十娘怒沉百寶箱〉的李甲,雖迷戀名妓杜十娘,卻畏於父親李布政對門第家風的堅持,不敢力爭,當孫富提出「迷花戀柳」將「不堪承繼家業」,並加以搧風點火,使李甲毅然接受孫富「千金」以換「衽席之愛」之計策,將摯愛拱手與人;而李甲和十娘之間的戀戀深情,則葬送於封建禮教之下。

二、銜悔含疚

銜悔之情多發生在個人觀念及遭遇的轉變中,含疚之況則多出現於傷及他人後所產生的罪惡感上,他們皆在心緒體驗裏,歷經前後不同且改變轉折的過程。

女子的婚姻觀,和契約婚不無關聯。參董家遵〈歷代節烈婦女的統計〉,收入鮑家麟編著《中國婦女史論集》(臺北:稻鄉出版社,1979年10月初版,1988年4月再版),頁114～115。

〔註44〕顧阿秀和《醒》36〈蔡瑞虹忍辱報仇〉中的蔡瑞虹對於貞節,有著相類似的觀點,她們執守著傳統的貞節觀,只要失貞於非自己心中所屬之人,便覺有違貞操、名譽受損,也就沒有活下去的理由,她們將貞節視爲比生命還重要,一旦受到污辱,便走上死亡之途,只是瑞虹身負全家冤仇,但當瑞虹報仇之事已了,便和顧阿秀一樣,選擇自盡,以維護心中固有的貞節觀。

〔註45〕「七出」又名「七去」,在《大戴禮記・本命》曾提及:「婦有七去,不順父母去;無子去;淫去;妬去;有惡疾去;多言去;竊盜去。不順父母去,爲其逆德也;無子,爲其絕世也;淫,爲其亂族也;妬,爲其亂家也;有惡疾,爲其不可共粢盛也;口多言,爲其離親;盜竊,爲其反義也。」〔漢〕戴德:《大戴禮記》,收入《四部叢刊正編》第3冊(臺北:臺灣商務印書館,上海涵芬樓借無錫孫氏小綠天藏明袁氏嘉趣堂刊本景印,1979年11月臺1版),卷13,頁69。

（一）囿於成見，懷愧銜悔

　　人若僅憑己意之好惡或想法行事，未慮及旁人之想法或反應，易有懊惱後悔之事。《醒》19〈白玉孃忍苦成夫〉中，程萬里對妻子白玉孃勸其「覓便逃歸」，疑心為其主上「張萬戶教他來試我」，向張萬戶「當面說破」，才明白妻子「果是一片真心，懊悔失言」，然已無法挽回玉孃為張萬戶所賣之命運。程萬里在寄人籬下中，對他人存防備之心，反而忽略了枕邊人的真心關懷，造成後悔莫及之憾。《警》4〈拗相公飲恨半山堂〉中，王安石為推行新法，僅信「福建子」呂惠卿之言，「違眾而行之」，卻使百姓「民窮財盡」，致「民間怨恨新法，入於骨髓」，直至「告病辭職」，前往江寧以安居途中，始逐漸發現百姓怨恨之深，「撫膺頓足，懊悔不迭」。〔註46〕

　　「三言」中含有愧悔之感者，亦出現在富家公子身上，他們迭因家產富饒，致生揮霍惡習，及至落魄後，經過省思亦有悔不當初之慨。《醒》37〈杜子春三入長安〉的杜子春、《警》31〈趙春兒重旺曹家莊〉的曹可成、《醒》17〈張孝基陳留認舅〉的過遷，皆以為家有金山銀山，取之不盡，用之不竭。杜子春在坐吃山空中，深切體會無財之時，親戚「帶譏帶訕」，有財之時，則逢迎拍馬，始悟世情冷暖，而轉變心性，收斂奢華習性；曹可成「撒漫」成性，將「房產」用罄，尚「不知稼穡艱難」，直至「費一分，沒一分，坐喫山空」，在平淡的教書生涯及「枯茶淡飯」的淬鍊下，對於「偌大家私」「付之流水」，感到「悔之無及」，心性乃趨於成熟；過遷則迷戀於「酒館賭坊」，「撒漫」使錢，甚且「私下將田產央人四處抵借銀子」，觸怒父親過善，流浪在外，嚐盡「家破人亡」的滋味後，痛定思痛，浪子回頭，終得有機會再踏入家門，持掌家業，以補父親生前之憾。此等富家子弟，多須親身經歷無錢之苦，深自體認世態炎涼，在極度落魄之後，認清儉約的可貴，再由「無」出發，脫胎換骨以重生。

〔註46〕剛愎致生後悔之例，又如《醒》3〈賣油郎獨占花魁〉中，朱十老僅憑侍女蘭花、新招夥計邢權的一面之詞，便將原在店中幫忙的秦重「打發出門」，趕出油店，及至邢權「席捲」油店「資本」，和蘭花遠走高飛，始知邢權包藏禍心，致資本盡失，悔之已晚。此外，《警》3〈王安石三難蘇學士〉中，蘇東坡「自恃聰明」，左遷為「黃州團練副使」後，始漸漸發現王安石的確學問篤實，最後羞慚地居於下風；《醒》40〈馬當神風送滕王閣〉中，閻都督原不看重王勃之才，之後對其文采評價頗高，贊其為「天才」，亦因囿於成見而起，只是此二人並未如前述之人，經歷心靈上的痛苦，然其覺悟囿於成見之非的過程，則頗雷同。

（二）私心鑄惡，含歉生疚

人常有爲己設想之私心，父母對子女更有出自善意之私念，當私心引發惡事，傷及他人時，便引發內疚感，此一情況，或發生在父母對子女的婚姻安排上。當女婿生死不明、或疾病纏身，爲求女兒終身有靠，父母寧將女兒他嫁，不顧女兒「不事二夫」的堅持，造成悲劇。一如《醒》5〈大樹坡義虎送親〉勤自勵「應募從軍」，歷經數年「杳無歸信」，梁氏憂心女兒潮音與勤自勵的婚姻無著，不顧潮音「斷然」不願「生死二心」，暗將女兒嫁給「李承務家三舍人」，途中「一陣狂風」，反使得潮音因此失蹤；《警》22〈宋小官團圓破氈笠〉中，劉順泉夫婦慮及女兒宜春未來，棄久病的女婿宋金於不顧，豈料宜春執意要尋回丈夫，甚至要「跳水」自誓。潮音、宜春的雙親，皆擔心女兒的未來幸福，千方百計要替她們尋求好對象，豈知事與願違，潮音生死未卜，宜春則生不如死，反使梁氏、劉順泉夫婦遭受更大的擔憂及痛苦，在此同時，移情作用產生的負疚之情亦隨之增強，〔註47〕於是往往改變初衷，順從孩子心意，以免造成終生遺憾。

善意的私心引起不良結果，易有內疚之情產生；惡意的私心如戀色貪財若回歸理性，經道德檢視，亦易有罪惡感。《古》29〈月明和尚度柳翠〉中，玉通禪師爲「上廳行首」紅蓮所誘，動了「禪心」，犯下色戒，受戒律道心譴責，致圓寂以謝罪。〔註48〕《古》3〈新橋市韓五賣春情〉中，吳山戀金奴姿色，引來犯戒和尚魂魄纏身，致「病勢危篤」，其親身經歷生死關卡，終有所覺悟，知「昧己」之事終究不可爲。《醒》16〈陸五漢硬留合色鞋〉之張藎，也因貪花戀色，害了潘壽兒一家，從此「喫了長齋，立誓再不奸淫人家婦女，連花柳之地也絕足不行」；張藎在傷害他人性命所引發的自罪感中，生了內疚之心，於是尋求補償之道。〔註49〕

內疚與道德的認知互爲因果，當道德的體驗深入人心，明瞭了是非及先前的不當，此時內疚之感將驅使其往具道德正義之境發展，此種情況，常與

〔註47〕俞汝捷：《人心可測——小說人物心理探索・論內疚》，同註22，頁52～53。

〔註48〕在此馮夢龍不免透露出自然人性之不可抑過，修行清高之人亦須有極高的自律力量，始能克服慾望之誘惑，否則人性易陷於慾望的蠱惑之中。

〔註49〕同在《醒》16〈陸五漢硬留合色鞋〉中，潘壽兒爲與心儀之張藎相會，葬送雙親性命，在公堂上道出己身私情，名節已損，又禍及親人，愧悔亦屬枉然，潘壽兒在父母及己身的名譽掃地之下，僅能以賠上生命謝罪，以爲內疚之補償。

善惡果報相結合。〔註50〕《警》25〈桂員外途窮懺悔〉中，桂遷因昔日施家之濟，有幸躍爲「財主」，卻遲遲不願對施家後來之難施援，及至覷見妻兒去世，且化爲施家的三隻黑犬後，才「痛如刀割」，懊悔前非，覺悟輪迴果報之理，僅能藉轉員外身份爲施家僕人，加以彌補。

　　綜觀「三言」中「屈悔類」人物心態，多游離在含蓄壓抑、痛苦、悲傷、委屈、愧悔、內疚的情緒之中。「遭舛蒙屈」一型，因外在環境接連強烈的打擊，使人長期處於不順遂的境遇中，經歷生命將走至盡頭的驚惶、欲改變局勢卻仍備受桎梏的抑鬱及無助，在其精神層面上，可謂備受折磨；而另有因社會規範、禮制、輿論，須壓抑眞正情感者，此等人守著僅具形式或無眞愛的婚姻，或是「貞節」空名，眞情遭掩蔽扭曲，甚或吞噬，「禮教」下的婚姻看似有「情」，實則禮教之桎梏，使「情」無可容身。「銜悔含疚」一型，則在想法、行事上歷練了自省悔恨，爲撫平內疚罪惡感，他們常力求補償。

〔註50〕佛教認爲今生的窮達富貴爲前生所決定，今生的爲善爲惡又註定了來生的禍福報應；道教也吸收了佛家的因果報應說，認爲「爲善善至，爲惡惡來」（（宋）張君房纂輯、蔣力生等校注：《雲笈七籤・七報》（北京：華夏出版社，1996年8月北京第1版），卷91，頁557），對中國人民形成強大的約束力。見趙伯陶：《市井文化與市民心態》，同註11，頁246。

第四章　人物心態呈現方式

　　中國古典小說至唐傳奇堪稱成熟，其對人物略加點染，側重於曲折情節；衍至宋元話本，情節結構雖爲吸引聽眾之重要訴求，然在人物形象上，已更求鮮明立體；直至明代擬話本，爲吸引讀者目光，遂由「事件結構」的訴求轉至「人物結構」的著重，〔註1〕人物刻劃愈趨細緻，進而產生心理層面的描寫。

　　人物形象刻劃是否傳神，關鍵取決於心理描摹、形態展露成功與否。人物心理蘊含感情的映照，而外部環境的刺激、理性思維的判斷，將與感性的心靈產生震盪糾結，使感情呈現微妙情狀，激揚出豐富的生命力，故而人物形象的生動，便藉由思想性格、感情舉止等方面，呈現出複雜多面，而內心想法便發而爲外在的行動、言語、狀貌，甚或在夢境中顯現，馬振方認爲「只有寫出人物的靈魂，寫出靈魂的獨特表現，也就是性格，人物才能活起來，有生命力」，〔註2〕人物的生命力，便在心態呈現中，展示多樣風貌。本章即欲就人物的行爲、言語、裝扮，以探究人物內心思維；人物的想法、夢境，更繫乎內心思緒；藉由不同面向的觀察，冀能將人物的內心世界，作較爲完整的分析。

〔註1〕　劉鶴岩在〈唐傳奇與「三言」悲劇情節結構之比較〉一文中指出：「唐傳奇中的愛情悲劇作品基本上屬於事件結構」，「『三言』的愛情悲劇作品是以人物結構爲主。」兩種結構的差別在於「事件結構的特點是注重敘述事件的過程，對人物的具體描寫則十分簡略。而人物結構在展開情節時，注重對人物的細緻描寫。」見劉鶴岩：〈唐傳奇與「三言」悲劇情節結構之比較〉，《錦州師院學報》(哲學社會科學版) 1994 年第 3 期(總第 62 期)(1994 年 7 月)，頁 80。

〔註2〕　馬振方：《小說藝術論》(北京：北京大學出版社，1999 年 1 月第 2 版)，頁 69。

第一節　由行爲表徵

人物思想的直接顯現，一爲言語，一爲行動。就生理學論，大腦的「間腦」和情緒產生連結後，臟腑中的「平滑肌筋」便產生不自覺的反應，並外顯爲「身體外面的動作」。〔註3〕人類的情緒和行動關聯密切，常由行爲形諸於外，且不易隱藏，因外顯易察之故，行爲的描摹，多爲歷來小說人物善用之刻劃方式，而「三言」人物心態的呈現，行爲的表徵即爲一大途徑，有急切躁進之舉，憂急憤怒之緒；有留連顧盼之狀，與喜樂企盼之情。

一、急切躁進，顯憂現怒

在親子、夫婦間，若遇生命危殆、期待落空、或摯情遭阻，因彼此情感深厚，非常在意對方，故胸中憂心如焚的急躁心情、痛徹心扉的失落感覺，多化爲無法掩飾之舉動。

面臨突發狀況的焦急，易由行爲表現而出，如命在旦夕者急於逃命，身體雖遭受傷痛依舊忍痛奮力求生，顯見憂急情緒中的求生意志，遠勝於皮肉苦楚。如《醒》22〈張淑兒巧智脫楊生〉中，楊元禮驚見同伴爲悟石和尚一夥人所殺，驚慌地奮力逃命，跳至「亂棘叢中」，「用力推開棘刺，滿面流血，鑽出棘叢，拔步便走」；《警》11〈蘇知縣羅衫再合〉中，鄭氏爲徐用所助，得以逃命，便「顧不得弓鞋步窄」，雖是步履艱難，亦「不怕腳痛」。在性命攸關之況下，身上的劇痛已不比性命的活存來得重要，在艱困的行動中奮力向前，即是人性求生存的行爲表現。

當父母面對子女性命的安危，更會在一連串緊湊的行爲中，顯露骨肉相連的焦慮。如《古》2〈陳御史巧勘金釵鈿〉中，孟氏聞女兒阿秀有生命之危，嚇出冷汗，「巴不得再添兩隻腳在肚下」，由「管家婆扶著左腋，跑到繡閣」；《警》23〈樂小舍拚生覓偶〉中，樂美善聞及兒子樂和「被潮頭打在江裏」，「慌得一步一跌」，直跑到出事地點；《醒》9〈陳多壽生死夫妻〉中，柳氏一聞及女兒多福「縊死」，「穿衣不及，就駞了被兒」，「哭兒哭肉跑到女兒房裡來」；《醒》20〈張廷秀逃生救父〉中的王憲夫婦，聞及女兒玉姐「弔死」，即陷於一片驚慌：

〔註3〕何曉鐘：〈小說中的人物〉，《新文藝》第165期（1969年12月），頁78～79。生理學中述及：「間腦」中的「下視丘」有統治情緒行爲的作用，而「平滑肌」的「內臟肌」部分具有自動收縮性質。見吳京一、蔡長添、施河編著：《生理學精義》（臺北：茂昌圖書有限公司，1999年9月第2版），頁57、110。

> 王員外沒心腸再問，忙忙的尋衣服，只在手邊混過，那裏尋得出個
> 頭腳。偶扯着徐氏一件襖子，不管三七二十一，披在身上。又尋不
> 見鞋子，赤着腳趕上樓去。徐氏止摸了一條裙子，卻沒有上身衣服。
> 只得把一條單被，披在身上，到拖着王員外的鞋兒，隨後一步一跌，
> 也哭上來。那老兒着了急，走到樓梯中間，一腳踏錯，谷碌碌滾下
> 去。又撞着徐氏，兩個直跌到底，絞做一團。也顧不得身上疼痛，
> 爬起來望上又跑。那門卻還閉着，兩個拳頭如發擂般亂打。

在尋找衣服、鞋子的錯亂之態中，已見慌張之情；徐氏「一步一跌」、王員外
腳步踩空，滾下樓尚且顧不得撞擊之痛，「爬起來望上又跑」，乃對女兒生命
安危之高度關切；對著緊閉的房門猛力「亂打」，更是憂急心態的表現。救援
中阻礙愈多，雙親關切之心也益形強烈。〔註4〕

急切躁進之行，或因期待落空，親長不免有恨鐵不成鋼之忿怒，如《醒》
17〈張孝基陳留認舅〉，過善聞愛子過遷並未「到學裏讀書」，「氣得手足俱戰」；
聞其偷銀花費，「氣得雙腳亂跳」，便「一頓棍棒」將其「打得滿地亂滾」；當
得知過遷將妻子的「衣飾」「弄得罄盡」，更「氣得手足麻冷」，將其「一把頭
髮揪翻，亂踢亂打」；過遷將「田產」「抵銀」，過善甚至「拾起」「大石」，「照
過遷頂門擊將去」，「氣得一句話也說不出」，對於過遷鑄下之錯，「咬牙切齒」。
過善對兒子疏於學習、敗家之行，顯出深沉的痛心，當然與家產承繼與血脈
淵源有關，面對這一切即將斷送於子孫之手，不免憤怒憂心。

當情感受創，痛苦失落之感也難不顯露於外，化為躁進之舉。《古》1〈蔣
興哥重會珍珠衫〉中，蔣興哥欲回鄉與妻子王三巧團圓，途中卻親耳聽聞陳
大郎與三巧「相好之情」，陳大郎又且將「書信」、「汗巾」及「羊脂玉鳳頭簪」
託興哥轉交三巧，蔣興哥免不了激起心中嫉妒之情，「把書扯得粉碎，撇在河
中；提起玉簪在船板上一摜，折做兩段」，興哥不能接受自己竟成妻子與情夫
的信物傳遞者，內心蘊藏著對三巧的深情、變為痛苦及憤怒，遂藉著扯書、
摜簪，刻劃出興哥內心情感之矛盾衝突。〔註5〕

〔註4〕 朋友之間情誼深厚之表現，雖未出現如親人間憂心性命安危之慌急，亦可在
其行止中，明顯看出，如《警》1〈俞伯牙摔琴謝知音〉中，俞伯牙聞知己鍾
子期「亡故」，「五內崩裂，淚如湧泉，大叫一聲，傍山崖跌到，昏絕於地」，
悲傷之情無法抑止，遂又「雙手搥胸，慟哭不已」。
〔註5〕 《醒》25〈獨孤生歸途鬧夢〉中，獨孤遐叔見一女郎為一群少年所「簇擁」，
其貌極似妻子白氏，甚感「詫異」，以為妻子易節，「心裏不勝忿怒，摩拳擦

二、留連依戀，含情存望

　　小說人物的舉措，囿於關係生疏或個性內向，其等心態常由溫婉舉止、眼神，以映照內蘊之心思情感。

　　「三言」中有情男女，初嘗情愛滋味時，時或在行為中流露出對真情之震撼。《古》23〈張舜美燈宵得麗女〉中，張舜美醉心於劉素香之「媚態」「嬌姿」，癡心希望再得相見，次日又至相遇處逡巡徘徊，「立了一會，轉了一會，尋了一會，靠了一會，呆了一會」。在舜美「立」、「轉」、「尋」、「靠」、「呆」的動作轉換中，道出其對素香的魂牽夢縈、欲見其人而又不得的無奈。〔註6〕有情男女時有因對方容貌出眾而心生愛慕，進而產生企盼見面的心緒，然因內心想法或不願形諸於外，故多呈現行止上靦腆含蓄、有所保留。《醒》28〈吳衙內鄰舟赴約〉中，賀秀娥見吳衙內「風流俊雅」，對其心存「愛慕」，欲圖相見，即顯現於行為中：

> 左思右想，把腸子都想斷了，也沒個計策，與他相會。心下煩惱，倒走去坐下。席還未煖，恰像有人推起身的一般，兩隻腳又早到屏門後張望。看了一回，又轉身去坐。不上喫一碗茶的工夫，卻又走來觀看。猶如走馬燈一般，頃刻幾個盤旋。恨不得三四步走至吳衙內身邊，把愛慕之情，一一細罄。

對吳衙內的想望，希望相會卻又無由相見的焦急之情，藉著秀娥的徘徊不定，席未暇暖、急於窺伺張望的坐立不安，顯出其欲見吳衙內而不能，苦思無計的徬徨猶豫，不僅其行步顯現逡巡徘徊之態，其視線亦圍繞在吳衙內身上，內心盼望的殷切程度藉此鮮活地刻畫出來。〔註7〕

掌的要打將出去」，刻劃出獨孤遐叔對妻子的情感，存有著一份無法接受妻子可能離己而去的失落及傷心。當其知曉妻子係遭少年逼迫，氣憤非常，「暗裏從地下摸得兩塊大磚梘子」，對少年施以反擊；及至未見眾人「蹤跡」，疑心妻子生命垂危，「等不得金雞三唱，便束裝上路」，回家以探究竟，其對妻子的深情，皆在其行止中展露無遺。

〔註6〕　《醒》16〈陸五漢硬留合色鞋〉中，張蓋乍見潘壽兒「賽過西施貌」，「身子就酥了半邊」，走在路上，「行一步，懶一步，就如走幾百里山路一般，甚是厭煩」，亦屬此例。

〔註7〕　對鍾情者之顧念，常不自覺地展現於有情者之行為中，其情感緊緊繫於鍾情之人身上，且掛念之心時刻不移，如《警》23〈樂小舍 生覓偶〉中，樂和欲娶喜順娘為妻，其父「不允」，「大失所望」，「背地裏歎了一夜的氣」，即為順娘裝「生位」，三餐時「對而食之」，就寢時「安放枕邊」，將「生位」視為順娘之代替物，時刻相隨，以補未能陪伴之憾。《警》29〈宿香亭張浩遇鶯鶯〉中的張浩，

　　「三言」之男女見及異性貌美時，易滋生情愫，十八世紀英國哲學家休謨在其《人性論》中曾提及：「由美貌發生的愉快感覺」易促成兩性之感情發生。〔註8〕除了人性對美貌易引起愉悅感，觸動情思，當時之社會風潮亦有相關影響；魏晉以來，門閥觀念漸興，隋唐科舉興起，男女的婚姻幾與家族、家世的匹配與否畫等號，然而父母爲子女安排的婚姻對象，未必與子女意願相符，魏晉志怪小說之所以透過超現實現象呈現愛情篇章，實透露著人類心中對眞實情愛的憧憬。禮教制度的包覆下，明代宦家或富室之女須固守閨閫之則，然其內心充滿對情愛的渴盼，一旦遇見異性，總爲其才貌所吸引而一見鍾情，〔註9〕無可抑遏之情慾，可在行止中見到蛛絲馬跡。《古》1〈蔣興哥重會珍珠衫〉中，王三巧因丈夫蔣興哥在外經商，歷久未歸，盼夫心切，「時常走向前樓」，「向外探望」，遂造成陳大郎央薛婆爲其成就好事，與三巧「通箇情款」。初始薛婆藉談論珠寶、話家常以熱絡關係，進而使三巧「一日不見她來，便覺寂寞」，造成薛婆與三巧同住之勢，接著薛婆對「街坊穢褻之談，無所不至」，欲「勾動那婦人的春心」，三巧口不言語，「一付嫩臉，紅了又白，白了又紅」，及至後來，卻與其談論湊趣，甚而願聞其詳，三巧言行逐漸改變，顯出其內心情思已掀起波瀾。

　　法國心理學家德臘庫瓦（H. Delacroix）教授曾說：

　　　　苦悶是活動和幻想的最強的激動劑。心在苦悶時對於目前的時間和

　　　　對鶯鶯的彩箋「反覆把玩，不忍釋手」；《醒》16〈陸五漢硬留合色鞋〉中，潘壽兒把張藎擲下的汗巾「就當做情人一般，抱在身邊而臥。睡到明日午牌時分，還癡迷不醒」，此二人對鍾情者所贈物品戀戀不捨，亦是移情作用所致。

〔註8〕　「兩性的愛最值得我們注意，……顯然，這種感情在它的最自然的狀態下是由三種不同的印象或情感的結合而發生的，這三種情感就是：1.由美貌發生的愉快感覺；2.肉體上的生殖欲望；3.濃厚的好感或善意。」〔英〕休謨撰、關文運譯、鄭之驤校：《人性論》（下冊）（北京：商務印書館，1980年4月第1版，1997年2月北京第9次印刷），頁432。

〔註9〕　「戒備森嚴的深閨繡樓……把女子禁錮在個人的小天地裏……『父母之命』取代了她本人的擇偶要求……其中一部份才女，由於接受了文學作品的熏（薰）陶，本身又有文學興趣，於是就把詩文一道作爲擇偶標準，以求情趣相投……另一方面，富有才華的男子要尋求一個有才華的佳人爲妻，也同樣是談何容易。他們很難得到機會與深閨佳人相會，更談不上有多少選擇餘地了。處於這樣的社會條件下，一些情竇初開的懷春女子、風流子弟，如果在某個十分偶然的機會相遇，很容易勾起一縷戀情。當他們進一步得知對方與自己才貌相當時，就很可能『一見鍾情』起來」。周建渝：《才子佳人小說研究》（臺北：文史哲出版社，1998年10月初版），頁102～103。

> 內心的節奏都感到乏趣，它除了這個節奏的單調和這個時間的悠久
> 之外別無所感。因此，它希望從這個沉重而空虛的時間中跳出，去
> 尋求生氣蓬勃的瞬息，去尋求生活的豐富和圓滿。〔註10〕

三巧在等待丈夫歸家的單調日子裡，不免產生冀求生活變化之心，而三巧原
是個「數月之內，目不窺戶，足不下樓」，律己甚嚴的矜持女子，薛婆的介入，
勾動其情慾，改變其心思，則其行為漸趨放蕩。

再如《警》35〈況太守斷死孩兒〉中，邵氏見家中小廝得貴不關房門，「赤
身仰臥」而睡，撩動了沉疾已久之情慾，由先後三次巡查得貴門口的舉動，
可見端倪。邵氏由「叫秀姑與他扯上房門」，至「叫秀姑替他把臥單扯上，莫
驚醒他」；末了，竟「不叫秀姑跟隨」，顯見邵氏已起了淫念。其心緒轉折，
在些微舉動中，透顯而出。〔註11〕

「三言」之某些人物亦會對某些特定事物有所依戀留連，表露了心中之
企盼想望。《醒》37〈杜子春三入長安〉中，杜子春家產用罄，第一次遇老者
願助三萬兩，起先「心中暗喜」，又不免躊躇其贈銀之舉的虛實：

> 子春一心想着要那老者的銀子，又怕他說謊，這兩隻腳雖則有氣沒
> 力的，一步步蕩到波斯館來；一隻眼卻緊緊望那老者在也不在。

子春對銀兩的極度渴求，在此生動呈現：心存懷疑，藉由腳步的懶散傳達出
來，然而對錢財的渴求，卻在其眼神中浮現，顯見杜子春雖存懷疑，仍抵不
過銀兩的強力誘惑。

綜上所述，內心思維的變動，常不自覺地由動作外顯。「三言」人物心態
的變化，在行動中顯出多樣姿態，不僅表現出獨特的性格，並傳達出「在社
會所處的地位與在特定場合下的心理狀態」，〔註12〕茅盾曾言：「人物的行動
是表現人物性格的主要的手段」，〔註13〕莫泊桑也提出：「人物所有的行為和

〔註10〕轉引自朱光潛：《文藝心理學》（臺北：臺灣開明書局，1969 年 12 月臺 1 版發
行，1993 年 2 月新排 3 版發行），頁 190。
〔註11〕吳波〈論明清小說作家創作的矛盾二重性〉：「作為一位有著正常生理需求的
女性，邵氏表面上雖心似枯井，一波不興，但在潛意識中未嘗不時時萌動情
慾滿足的渴望。」見吳波〈論明清小說作家創作的矛盾二重性〉，《松江學刊》，
1993 年第 1 期，頁 26，轉引自劉素里：《三言二拍一型的貞節觀研究》，同第
壹章註 27，頁 151。
〔註12〕陳碧月：《小說創作的方法與技巧》（臺北：秀威資訊科技股份有限公司，2002
年 9 月 BOD 初版，2003 年 5 月再版），頁 59。
〔註13〕茅盾：〈關於藝術的技巧——在全國青年文學創作者會議上的講演〉，收入茅

動作，都是其內在本性、思想、意志和懷疑的反映」，〔註14〕直率、蘊藉之性，憂怒、喜盼之情，可在行爲收放的程度中，見出人物相異的性格與處境，當喜怒哀樂愛惡慾有所牽動，藉由肢體的表露，顯出人物內心深處眞實的情懷，使角色呈現更形逼眞。

第二節　由言語透露

「言爲心聲」，〔註15〕人物的個性及想法，內心的企望或失意，易隨說話語氣傳達給聽話者，具「表露性格」〔註16〕之功能，因「語言傳達思維的結果，也參與思維的發生；語言依賴於思維，思維也依賴於語言」，〔註17〕語言與思維密切相關，正使人物藉由明言、暗指的語言形式，見其性格、明其心志、探其情思、得其心境。

一、直言無隱，揭露心念

遣詞用語，有助於塑造不同的人物個性，粗獷之人，較少拐彎抹角之詞，對他人的好惡，能藉言語透顯端倪，如《醒》5〈大樹坡義虎送親〉中，勤自勵得知媳婦被嫁與他人，憤怒之詞脫口而出：「那個鳥百姓敢討勤自勵的老婆！我只教他認一認我手中的寶劍！」氣憤之餘，更以「老禽獸」稱呼岳父林不將，其直率的言語，透露出勤自勵不將他人看在眼裡、遇事則以「寶劍」解決的個性，正與其「好使鎗輪棒」、「不務本業」、以武力討回妻子的草莽習性相互照應。苛刻、不敬的詞語，時或傳達出人物心中的不滿，及對人輕蔑的心態。《古》10〈滕大尹鬼斷家私〉中，倪善繼欲勸其父「交卸」家業予其

盾：《茅盾評論文集》（上）（北京：人民文學出版社，1978 年 11 月北京第 1 版），頁 65。

〔註14〕莫泊桑：〈「小說」〉，《文藝理論譯叢》1958 年第 3 輯，頁 172。轉引自劉世劍：《小說概說》（高雄：麗文文化事業股份有限公司（東北師範大學出版社授權出版），1994 年 11 月初版），頁 144。

〔註15〕〔漢〕揚雄：《揚子法言・問神》：「言，心聲也；書，心畫也。」（上海：中華書局，據江都秦氏本校刊印，1936 年），卷 5，葉 3 左。

〔註16〕吳籃鈴：《小說言語美學》（北京：警官教育出版社，1996 年），頁 88。轉引自陳裕鑫：《細緻與奇巧──「三言」的細節、情節與心理描寫》，同第壹章註 6，頁 37。

〔註17〕唐躍、譚學純：《小說語言美學》（合肥：安徽教育出版社，1995 年 1 月第 1 版，1995 年 10 月第 1 次印刷），頁 19。

「掌管」，對繼母梅氏則多所排斥，當梅氏一進門，善繼便認爲其「嬌模嬌樣」，「看來是個做聲分的頭兒，擒老公的太歲」，不免會走「野路」，「偷短偷長，做下私房」；當「梅氏得了身孕」，善繼更懷疑「這孩子不知那里來的雜種」。對於梅氏，善繼多冷言冷語加以奚落，甚至毀謗之詞履見不鮮，正面言詞則絲毫未見，顯現出善繼「又貪又狠」的個性，爲了獨併「家私」，顯得勢利貪財且冷酷無情。〔註18〕

明朝中葉之後，資本主義興起，商人不再處於四民之末，江南地區商業活動趨於頻繁，蘇州、杭州、漢口等地，皆成商業、手工業重鎮，〔註19〕節儉之風漸被摒棄，世風則「以侈靡相高」，〔註20〕「以財論人」，社會地位的高低，幾以財產的多寡爲取決因素，〔註21〕功利主義的價值觀下，世人往往顯露出冷酷的一面。《警》25〈桂員外途窮懺悔〉中，桂富五、孫大嫂夫婦因施濟之「救拔」，由貧轉富，當施濟病故，「家日貧落」，其子施還向桂富五登門求助，孫大嫂並不同意丈夫感恩回饋，反而主張置之不理：

> 「接人要一世，怪人只一次。」攬了這野火上門，他喫了甜頭，只管思想，惜草留根，到是個月月紅了。就是他當初有些好處到我，

〔註18〕 又如《醒》20〈張廷秀逃生救父〉中，瑞姐稱親身父親爲「老不死」、「老厭物」，和丈夫趙昂商討除去妹妹玉姐和未來妹婿張廷秀之策，在其稱呼用詞中，透露出瑞姐的勢利及無情。而《警》24〈玉堂春落難逢夫〉中，鴇兒一秤金本以「王姐夫」稱呼王景隆，及至王景隆散盡錢財，則改以「王三」呼之，亦見其勢利之心。

〔註19〕 黃清泉、蔣松源、譚邦和：《明清小說的藝術世界》（臺北：洪葉文化事業有限公司，1995 年 5 月初版 1 刷），頁 2。

〔註20〕 〔明〕張瀚：《松窗夢語‧風俗紀》（上海：上海古籍出版社，1986 年 2 月第 1 版），卷之 7，頁 122。明洪武 14 年（1381 年）曾對商業採取壓抑政策，「令農家之家許穿紗紬絹布，商賈之家止許穿絹布：如民之家但有一人爲商賈者，亦不許穿紬紗。」見〔明〕徐學聚：《國朝典匯》（三）（臺北：臺灣學生書局，1965 年 1 月初版，據國立中央圖書館珍藏善本影印），卷 111，禮部 9，冠服制，頁 1375 上左。至嘉靖時期，「起自貴近之臣，延及富豪之民，一切皆以奢侈爲尚」，基於「畏懼親鄉譏笑」，「婚姻、喪葬之儀，燕會、賻贈之禮」，常是「竭力營辦」，甚且「稱貸爲之」。見〔明〕何瑭：《柏齋文集‧奏議‧民財空虛之弊議》（明嘉靖間（1522～1566）刊黑口本），卷之 1，葉 15。

〔註21〕 「二拍」中亦曾言及：「凡是商人歸家，外而宗族朋友，內而妻妾家屬，只看你所得歸來的利息多少爲重輕。得利多的，盡皆愛敬趨奉；得利少的，盡皆輕薄鄙笑；猶如讀書求名的中與不中歸來的光景一般。」〔明〕凌濛初撰、王根林校點：《二刻拍案驚奇‧疊居奇程客得助 三救厄海神顯靈》（上海：上海古籍出版社，1996 年 12 月第 1 版），卷 37，頁 188。

他是一概行善，若干人沾了他的恩惠，不獨我們一家；千人喫藥，

靠着一人還錢，我們當恁般晦氣？

孫大嫂只念及自己財富是否能繼續保有或擴充，而將昔日施濟救助之恩置諸
腦後，僅願以幾許「盤費」打發；其不管他人瓦上霜的行徑，顯出自私自利
的心態，甚至還扭曲事實無中生有；其勢利欺貧、忘恩負義之舉，在言詞中
歷歷展現。

重財貪念習染下，人之慾望易墮入無底深淵，或有爲得財色而生威脅之
詞，顯現狠毒心機者。《警》35〈況太守斷死孩兒〉中，支助力促得貴引誘主
母邵氏失節、產子，待騙得邵氏所生男嬰，便一改對得貴的態度，控訴其罪
過，並趁機圖利：

幹得好事！你強奸主母，罪該凌遲，難道叫句恩人就罷了？既知恩
當報恩，你作成得我什麼事？你今若要我不開口，可問主母討一百
兩銀子與我，我便隱惡而揚善。若然沒有，決不干休，見有血孩作
證，你自到官司去辨，連你主母做不得人。

支助露出猙獰面目，以血孩爲敲詐之據，藉寡婦失節、名譽堪憂爲威脅籌碼，
顯出深沉心機，甚而欲以血孩爲求奸利具，意圖人財兼得，臨走時更撇下一句
「我也不怕你失信」，其有恃無恐之態度，無賴狠毒的嘴臉躍然紙上。〔註22〕

言語除了映照個性、透露不同心境、想法，亦有情緒的表徵作用，傳達
喜怒哀樂之情，「三言」中顯出絕望之態，最具代表性者，應屬《警》32〈杜
十娘怒沉百寶箱〉中杜十娘投江前的一段言語，道出十娘的心聲，也看出十
娘對於李甲，絕望之餘存著諸多埋怨：

妾風塵數年，私有所積，本爲終身之計。自遇郎君，山盟海誓，白
首不渝。前出都之際，假托眾姊妹相贈，箱中韞藏百寶，不下萬金。
將潤色郎君之裝，歸見父母，或憐妾有心，收佐中饋，得終委托，
生死無憾。誰知郎君相信不深，惑於浮議，中道見棄，負妾一片眞
心。……。妾櫝中有玉，恨郎眼內無珠。命之不辰，風塵困瘁，甫
得脫離，又遭棄捐。今眾人各有耳目，共作證明，妾不負郎君，郎
君自負妾耳！

〔註22〕 《警》33〈喬彥傑一妾破家〉中，王酒酒要求高氏送錢鈔以杜其口，否則將
「去本府首告」，使高氏「喫一場人命官司」，亦是在言語中顯其好發橫財的
無賴性格。

李甲未能真心且堅持地對待十娘，奪走十娘一切希望，也葬送十娘對李甲的真情，十娘的絕望傷痛，經由言詞充分展現。

言語能傳遞想法、情緒，更是表露心志最直接的管道，如「三言」女子堅守傳統禮法者，多在言語中清晰可見其等之堅定意志。《醒》5〈大樹坡義虎送親〉中，林潮音的「勤郎在，奴是他家妻；勤郎死，奴也是他家婦。豈可以生死二心！」道出了烈女不事二夫的堅決意志；《醒》20〈張廷秀逃生救父〉中，玉姐的「我今雖未成親，卻也從幼夫妻。他總無祿夭亡，我豈可偷生改節！」顯現出執守貞節的決心；《醒》9〈陳多壽生死夫妻〉中，朱多福對於已承諾的婚姻，更抱持著誓死與共的情懷：

> 從沒見好人家女子喫兩家茶。貧富苦樂，都是命中注定。生爲陳家
> 婦，死爲陳家鬼，這銀釵我要隨身殉葬的，休想還他！

多福聘定的丈夫惡疾纏身，然而心中之宿命觀使其堅持「婦道當從一」，在話語中，多福的心志昭然若揭。

潮音、玉姐的處境形同寡婦，多壽重病，多福則過著有夫妻之名，無夫妻之實的生活，〔註23〕對這些女子而言，名節乃居於生命之首，她們近乎被迫地選擇以一輩子的歲月換取守節之名，以鞏固她們能繼續生存於社會的尊嚴與地位，她們雖以言語透露心志，然內心是否有著壓抑情感的衝擊，頗費猜疑。〔註24〕

此外，同一人物前後言語用詞的不同，也顯出心境上隨時間、事件變化而產生變易，如《警》1〈俞伯牙摔琴謝知音〉上大夫俞伯牙得知「荒山」中有人「聽琴」，認爲「山中打柴之人，也敢稱聽琴二字」，頗不以爲然，然聽琴之人「出言不俗」，遂邀樵夫鍾子期入船，以弩嘴方式直稱對方爲「你」，亦未詢問其姓名，顯見伯牙傲慢之心態；當樵夫能言伯牙所彈琴曲之所出處，且「對答如流」，伯牙對其輕蔑之態便減了幾分，改以「足下」稱之；當樵夫一語道中伯牙彈琴心事，令伯牙油然生起恭敬之心，更尊稱「先生」。伯牙由

〔註23〕夏志清在〈中國舊白話短篇小說裡的社會與自我〉一文中，認爲多福堅持不退親，是「爲了盡責」，也「害怕失節」，多福的作爲，「無疑是個最盡心盡責，最任勞任怨的護士」。見夏志清著，林耀福譯：〈中國舊白話短篇小說裡的社會與自我〉，《純文學》，第2卷第1期（1967年7月），頁16。

〔註24〕反觀《警》22〈宋小官團圓破氈笠〉中，劉宜春聞父母將宋金棄於岸邊，要父親「轉船上水，尋取宋郎」，即表明了宜春對宋金持「既做了夫妻，同生同死」的心志。宜春對宋金所持信念，基於深厚夫妻情感，其同生同死之念則異於未婚女子的貞節觀。

以貌取人之輕視態度，轉而對子期眷戀難捨、憐惜不已，在其言語措辭中，正顯現其逐漸轉變之迹。

二、迂迴婉言，透顯思緒

內心思維、情感之傳達，有以直言方式呈現，使人明白其意念；亦有透過間接、含蓄之詞，或是言談間語氣之停頓，透顯情感波動。

心思情意之表達，若不便明顯表明，或可藉由婉轉之方式，傳遞情意。《醒》14〈鬧樊樓多情周勝仙〉中的周勝仙，藉著和賣水者的對話，透露自己身分給心儀之范二郎：

> 我是曹門裏周大郎的女兒；我的小名叫作勝仙小娘子，年一十八歲，
> 不曾吃人暗算。你今却來算我！我是不曾嫁的女孩兒。

勝仙口沾糖水，以「盞子裏有條草」爲由，把「銅盂兒望空打一丟」，對賣水的道出無須言明的身家背景，「言語蹺蹊」下，當然是別有用心，正可顯出周勝仙婉約卻又熱情的性格。

《警》8〈崔待詔生死冤家〉中的璩秀秀，趁著郡王府大火，大膽地邀曾有婚約之崔寧同去「躲避」，藉口「脚疼了走不得」至「崔寧住處」「歇脚」，再央崔寧買食物：

> 我肚裏飢，崔大夫與我買些點心來喫！我受了些驚，得杯酒喫更好。

「脚疼」、「肚裏飢」皆是秀秀的迂迴之詞，〔註25〕再趁著酒意，主動表明對崔寧的好感，提出「比似只管等待」，「何不」「先做夫妻」之議。秀秀不受禮制束縛，主導自己的終身幸福，在其迂迴之詞後，繼以率直大膽的勇氣及語言表明想法，鮮明刻畫出其勇敢主動的性格。〔註26〕

勝仙、秀秀之心態表現已證明人慾、物慾在彼時，已得到認可，即便是弱女子，也有主動爭取幸福的權力，透過婉轉辭語，傳達強烈情感。〔註27〕

〔註25〕又如《警》34〈王嬌鸞百年長恨〉中的周廷章，藉由王嬌鸞之母與其「同姓」，「拜之爲姑」，並借住於王家「後園」，欲圖親近嬌鸞；在王嬌鸞因「愁緒無聊，鬱成一病」時，更假稱「長在江南，曾通醫理」，「以看脈爲由」，欲解決王家「隔絕內外」不得見及嬌鸞之況。

〔註26〕反觀崔寧回應秀秀的言語，僅以簡短的「喏」、「豈敢」答之，亦可見崔寧性格偏於內斂謹慎，正與秀秀的性格相映成趣。

〔註27〕《古》4〈閒雲菴阮三償冤債〉中的王守長，以一「小官人進菴」欲尋訪「戒指的對兒」爲說詞，說中陳玉蘭屬意阮華的「意中之事」；《醒》16〈陸五漢硬留合色鞋〉中的陸婆，則以「賣花」爲由，與潘壽兒交談，故意「從袖中

又如《古》1〈蔣興哥重會珍珠衫〉中，王三巧之父詢問女婿蔣興哥爲何休了三巧，興哥「不好說得」，僅以「祖遺」之「珍珠衫」「如今在否」爲應答之詞，也間接向三巧透露自己已知妻子出軌之事，乃藉迂迴之言，點明事實，避免直接傷害對方。

言詞可透露思緒，言談中的停頓、空白，亦可作爲內心情緒之映照，尤其女子心思多屬纖細，內心微妙波動，易在言談間透出蛛絲馬跡。《醒》23〈金海陵縱欲亡身〉中，定哥內心深處的情感，即在言談中表露而出：

> 貴哥……淡淡的說道：「夫人獨自一個看月，也覺得淒涼，何不接老
> 爺進來，杯酒交歡，同坐一看，更熱鬧有趣？」定哥皺眉答道：「從
> 來說道：『人月雙清我獨自坐。』在月下，雖是孤另，還不辜負了這
> 好月，若找這腌臢濁物來舉盃邀月，可不被嫦娥連我也笑得俗了？」

由看月引出定哥寧願獨自賞月，將丈夫看作「腌臢濁物」，其對婚姻不滿，已現端倪；丫鬟貴哥乃趁隙而入，慢慢將定哥的情慾撩撥出來：

> 貴哥道：「小妮子不知事，敢問夫人，比如小妮子，不幸嫁了個俗丈
> 夫，還好再尋個趣丈夫麼？」定哥哈哈的笑了一聲道：「這妮子倒說
> 得有趣，世上婦人，只有一個丈夫，那有兩個的理？這就是偷情，
> 不正氣的勾當了。」貴哥道：「小妮子常聽人說有偷情之事，原來不
> 是親丈夫，就叫偷情了。」定哥道：「正是。你他日嫁了丈夫，莫要
> 偷情。」貴哥帶笑說道：「若是夫人包得小妮子嫁得個趣丈夫，又去
> 偷什麼情？儻或像夫人今日眼前人，不中意，常常討不快活喫，不
> 如背地裏另尋一個清雅文物，知輕識重的，與他悄地往來，也曉得
> 人道之樂。終不然，人生一世，艸生一秋，就只管這般悶昏昏過日
> 子不成？那見得那正氣不偷情的，就舉了節婦，名標青史？」定哥
> 半晌不語，方纔道：「妮子禁口，勿得胡言，恐有人聽得，不當穩便。」

貴哥以同情了解之語切中定哥心中的不悅與委屈，使其若有所思，「半晌不語」，此一無聲的空白，正揭示出定哥隱含於心中的幽微情思，顯出定哥心已改動，不願再爲「節婦」之名而苦守痛苦的婚姻，自然揭示了定哥日後的越軌縱慾。

綜上所述，「人物的語言個性，是在人物全部歷史生活中形成的，是人物

摸出一個紅紬包兒」，又揚言壽兒「看不得」，誘使壽兒搶來，揭開其贈與張藎的「合色鞋」。王守長、陸婆亦以迂迴之方，以達到傳遞阮華與陳玉蘭、張藎與潘壽兒之間的情意。

的思想觀點、性格特點在語言上的綜合反映」，〔註28〕藉由明言暗指之形式、雅俗各異的言詞、堅定、猶豫的語氣，使人物樣貌立體呈現。

第三節 由裝扮展現

衣著裝扮可透顯人物情緒，展現身份地位及個性，而不同的際遇，相異的服裝，和人的心境也互爲表裏。

一、映襯際遇，傳達心境

人之精神、裝扮，展現於外，心情之悲、喜，易由儀容顯出；順心時精神豐鑠，盛裝打扮；失意時則愁眉深鎖，無心修飾；「裝扮」實乃人物心情之重要指標。如《古》38〈任孝子烈性爲神〉中，梁聖金遠嫁至牛皮街，「心中不樂」，因而「粧飾皆廢」。《警》16〈小夫人金錢贈年少〉中的小夫人，「萬種妖嬈」、「千般豔冶」，然嫁與年邁的張員外後，甚感落寞，對管家張勝表情達意卻又落空，終使其「烏雲不整」，「粉淚頻飄」。《警》10〈錢舍人題詩燕子樓〉中的關盼盼，原有著「花生丹臉，水剪雙眸」之貌，張建封病逝後，盼盼一方面因追念建封，一方面因未隨其殉死不爲白居易理解，乃「愁鎖雙眉，淚盈滿臉」，「久之鬢雲懶掠，眉黛慵描」，不僅在裝扮上「不施朱粉」，體態也顯得「瘦損腰肢」。小夫人、關盼盼二人在心懷憧憬、情感有所寄託之時，因精神層面滿足，心情亦平靜愉悅，展現於外者，則爲亮麗之外表、嬌美之姿容；一旦憧憬破滅、或衷情不被理解，內心則趨於落寞，儀容也漸漸無心修整，甚至會憔悴消瘦；顯見內心感受相對影響到外貌的呈現，展現於神情中，也顯現在衣飾上。〔註29〕

人物內心情境，亦或顯現在服飾顏色的變化上。暖色系的衣飾，給人「興奮、積極、上升、前進的情緒」；相對地，光影黯淡的冷寂色彩，則傳達出「沉靜、消極、下降、後退的感覺」。〔註30〕亮彩華服可反現出人物內心之喜樂，

〔註28〕馬振方：《小說藝術論》，同註2，頁179。

〔註29〕又如《醒》13〈勘皮靴單證二郎神〉中的韓玉翹，本具「體欺皓雪之容光，臉奪芙蓉之嬌豔」，自有傷春之嘆，亦陷入「厭曉粧，漸融春思」之態，及至得與孫神通假扮之二郎神相處，卻又顯得「精神旺相，喜容可掬」，亦可見內心與外貌的相互影響。

〔註30〕金健人：《小說結構美學》（臺北：木鐸出版社，1988年9月初版），頁259。

而暗淡素服往往映襯出人物之悲苦。《警》32〈杜十娘怒沉百寶箱〉中，杜十娘贖身後，因謝月朗、徐素素之助，「翠鈿金釧，搖簪寶珥，錦袖花裙，鸞帶繡履」，其盛裝豔服，正是欣喜滿足的心情顯現。而《醒》5〈大樹坡義虎送親〉中，林潮音聞勤自勵陣亡戰場，爲其「守制三年」，年滿猶「不肯脫素穿色」；《警》22〈宋小官團圓破氈笠〉中的劉宜春，也只以宋金爲終身依託，在「荒郊」遍尋不着丈夫蹤影下，以爲夫亡，執持著「丈夫是終身之孝」，「決不除孝而生」。二人一爲禮，一爲情，其心境上的失意，導致服飾上色彩趨於冷寂，正透露出其情感情操的貞一，及其心緒的孤寂與落寞。《警》24〈玉堂春落難逢夫〉中，王景隆爲匪所劫，僅有破衣破帽著身，及至獲玉堂春之助，才得再著「衲帛衣服」、「粉底皂靴」，即傳達出王景隆遭逢落魄又得人濟助之際遇。《醒》3〈賣油郎獨占花魁〉中，莘瑤琴「容顏嬌麗」，吳八公子覷覦良久，趁著「清明」將其由閨房拖往街上「飛跑」至船上，身著「錦繡」的瑤琴，遭吳八公子「拔去簪珥」、「脫下」「繡鞋」、「去其裹脚」，頗覺備受「凌辱」；直至遇到秦重，以「白綾汗巾」「奉與」其「裹脚」、「又與他挽起青絲」，瑤琴服飾之異，顯示其由不幸遭際轉回順境。再觀《醒》27〈李玉英獄中訟冤〉中，李承祖遭繼母焦氏毒害後，其姊妹玉英、桃英、月英身上的好衣服，皆被換成「丫頭們的舊衣舊裳」，嚴寒天候，也只有「單衣」及「舊綿絮」裹身，玉英姊妹遭焦氏虐待之況，明顯可見，甚至玉英因受不過苦楚，欲懸樑自盡，也因「衣衫襤褸不堪」而自殺不成，其悲慘遭遇，正由襤褸的衣著表達而出。人物之衣飾變化，透顯其等際遇之變動。

　　衣著也可展現人物的經濟情況，是身分地位的表徵；窮者經濟窘迫，多著質粗襤褸之服，富者境況寬裕，則多著精緻華服。基於環境習氣的影響，衣著又具有暗示個性之作用，此種現象，與以貌取人、由表見裡的觀點頗有關聯，雖說現實社會中，以貌取人未必爲正確之途，然人物形象的刻劃，藉由外貌和性格相配合的呈現方式，確實易將人物個性突顯出來。《醒》1〈兩縣令競義婚孤女〉入話中，潘華「衣服炫麗」，在王奉家「脫一通換一通」，而蕭雅則「不以穿着爲事」，可見潘華尋求物質享受，心性浮誇；蕭雅則性情

在《色彩心理學》中，即有以下說法：紅、橘、黃色等「波長較長的顏色」，代表「散發能量、積極主動、膨脹」等；藍、靛、紫色等，則代表「抑制能量、消極被動、收縮」等。安琪拉萊特原著，新形象出版公司編輯部編譯：《色彩心理學》（臺北：新形象出版事業有限公司，1998 年 7 月第 1 版第 1 刷），頁 18。

誠篤，踏實穩健。然環境的濡染易使習性產生差異，貧苦之家多出勤儉之子，奢華之家則多享樂之輩，像潘華「自恃家富」，致「把百萬家資敗得罄盡」，蕭雅則「勤苦攻書」，「一舉成名」，二人浮華及踏實之性，即由衣著裝扮中透顯出來。

當周遭環境產生變化，亦易促成人物心性想法之改變，且由裝扮上展現。《醒》20〈張廷秀逃生救父〉中，趙昂納了監生，「就擴而充之起來」，改換「一套闊服」，貪婪心性也因之坐大，在承襲家產坐享其成之心思蔽障下，趙昂淪為慾望之奴。而《警》2〈莊子休鼓盆成大道〉篇，田氏本與丈夫莊生極為恩愛，莊生驟逝，田氏「一身素縞」，常因思及莊生而「寢食俱廢」，然當翩翩楚王孫出現，田氏卻主動議婚，一得到楚王孫同意，便即刻「把孝服除下，重勻粉面，再點朱脣」，換上「新鮮色衣」，田氏喜新厭舊之心境，由其服裝之改易顯然可見。當華服著身，貪求享樂之心易滋，尤其窮苦至極者，能避免此種誘惑者，誠屬難得。《醒》30〈李汧公窮邸遇俠客〉中，房德先前頭裹「破頭巾」，身穿「舊葛衣」，模樣落魄，生活困頓，備覺自卑；然而換上「一套新衣，一頂新唐巾，一雙新靴」之後，物質慾望逐漸萌發且得到即時滿足，虛榮心便一發不可收拾，心境也顯得奢華浮誇，是非之念隨之混淆了。

反之，心態由奢入儉，也可從人物裝束上，得到印證。如《醒》37〈杜子春三入長安〉，杜子春貧困時，「衣服凋蔽」，身上「無綿衣」，遇老者贈銀，便去「做幾件時新衣服」，可見其對物質慾望的渴求；然當第三次蒙老者贈銀相助，子春的「服飾」卻較前收斂，不再如先前二次「整備鞍馬」、「製備衣服」，也不再和親眷辭別，以表炫耀，可知子春已深悟撒漫習性之非，了解到錢財不再是僅止於享受之用，其心境之轉變，正可由其穿著之改易，明顯傳達出來。至於《警》26〈唐解元一笑姻緣〉中的唐寅，為秋香的「傍舟一笑」而「不能忘情」，便一改平日「輕世傲物」的作風，隱藏其解元身分，「辦下舊衣破帽」，寧屈身為華府之奴，則全為了一親秋香之芳澤。〔註31〕

〔註31〕林漢彬在《「關鍵意象」在小說結構中的地位研究——以「三言」為觀察文本的探討》一文中對此有一番見解，認為唐寅著舊衣破帽，係以一個愛情欠缺者的角色，藉由秋香的掌理衣服得到溫暖，亦即得到婚配的愛情滋潤，當唐寅得到所愛，秋香的工具性意義喪失，唐寅即恢復原先的穿著，其將華府中的一切衣物全部奉還，則代表另尋出路之意。見林漢彬：《「關鍵意象」在小說結構中的地位研究——以「三言」為觀察文本的探討》（嘉義：南華大學文學研究所碩士班碩士論文，2001 年 6 月），頁 161。

　　《醒》17〈張孝基陳留認舅〉中，過遷善於揮霍，即使父親數次嚴厲斥責，也未見改善；及至流落在外，淪爲乞丐，衣裳破舊不堪，袖子「都只有半截」，「左扯也蓋不來手，右扯也遮不着臂」，落魄至極之際，昔日享樂之心也得到沉澱淨化；半年後妹夫張孝基供以「一套衣服」及「巾幘鞋襪」，則顯出過遷由衣著上的改變，呈顯本身省悟，不再重奢尚華。

二、刻意裝扮，掩飾初衷

　　衣著可襯出人物際遇，傳達人物心境，然亦有刻意裝扮，掩飾不欲人知的用心，因其隱而不顯，倒反襯出內心的波瀾。《警》32〈杜十娘怒沉百寶箱〉之杜十娘，得知一片眞情盡付流水後，四鼓時「即起身挑燈梳洗」，且「脂粉香澤，用意修飾，花鈿繡襖，極其華豔，香風拂拂，光采照人」，一番打扮，聲稱「迎新送舊，非比尋常」，實則隱含了無盡的哀痛、強烈的抗議。

　　綜上所述，人物之裝扮，可展現心性，對服裝過度講求，或可顯出內在心緒變化，慾求之增強；而對服飾毫不在意，則可透顯心性樸實、或刻意放低身段以有所求；人隨境遇變換，亦會表現在裝扮上，顯出得意、失意之別。衣著服飾的外顯，正蘊含著人物內心心境，即如胡萬川教授所云，小說人物的衣著、外形，可說是「心境、性格的表徵」，〔註32〕服飾可透露出「人物在不同時空的心情轉變」，〔註33〕無須語言傳達，僅藉著色彩、質料等外觀，即可以無聲形式彰顯之。

第四節　由想法揭示

　　小說對人物的描寫不外兩方面，一由外在之行爲、言語表現，另一則爲內蘊思維。外顯之言行易於傳達及觀察，內在之想法則隱微難測。人物內心活動，「是人物思想性格的具體展示，也是人物行動的依據」，〔註34〕外在言行須經心理描寫的補足，人物形象才趨於圓滿。劉上生在《中國古代小說藝術史》中，界定「心理描寫」的意義爲：「利用思維和語言的同一性，把人物內心活動外化爲獨白語言，具體而如實地展示出人物心理活動的實際狀況和

〔註32〕 胡萬川：〈乍看不起眼的那些角色——傳統小說人物試論之一〉，收入《古典文學》第7集下冊（臺北：臺灣學生書局，1985年8月初版），頁985～986。
〔註33〕 陳碧月：《小說創作的方法與技巧》，同註12，頁51。
〔註34〕 魏飴：《小說鑑賞入門》（臺北：萬卷樓圖書公司，1999年初版），頁152～153。

過程」，〔註35〕藉由獨白的語言呈現，將包藏於心中的思維及感情傳達於外，使人物內外的情感、言行趨於飽滿，將更完整地刻劃出人物形象。

　　「三言」中由想法揭示的心態，多呈現複雜的心緒，有惑於名利，猶豫轉念者；亦有爲了子嗣、情愛，歷經掙扎糾結者。此等蘊藏於心、抽象不易表達的思緒及感情，在想法的揭示下，勾勒出人物內心深處的幽微變化。

一、名惑利引，動心轉念

　　名利誘惑，易使人心迷失，一如《古》27〈金玉奴棒打薄情郎〉中的莫稽，因窮困至極，不得已「俯就」金家，娶「團頭」之女金玉奴爲妻，一旦中舉爲官，卻又以「團頭家女婿」爲「終身之玷」，然「妻又賢慧」，「不好決絕得」，其企求身分地位提升，遂起陷害髮妻之念，狠心將玉奴「推墮江中」，其漸爲富貴腐蝕的心念變化，在想法鋪陳中明顯揭示。「丐」實屬社會底層，〔註36〕莫稽「俯就」金家，爲其心中揮之不去的陰影，既有機會躍爲士族則得享「富貴」，加上「此婦身死」則有「王侯貴戚招贅成婚」的可能，遂使莫稽心生惡念，矇蔽理智，鑄下錯事。

　　在利之誘惑下，人不免有貪求之念，〔註37〕然而人心亦有光明面，〔註38〕

〔註35〕劉上生：《中國古代小説藝術史》（長沙：湖南師範大學出版社，1993 年 6 月印刷），頁 158。

〔註36〕元代時將「丐」列爲社會底層，有「九儒十丐」之説。清代趙翼《陔餘叢考》中提及：「謝疊山集有送方伯載序曰：『今世俗人有十等，一官二吏，先之者貴之也，七匠八娼九儒十丐，後之者賤之也』。鄭所南集又謂元制一官二史三僧四道五醫六工七獵八民九儒十丐，而無七匠八娼之説，蓋元初定天下，其輕重大概如此，是以民間各就所建而次之，原非制爲令甲也。」〔清〕趙翼：《陔餘叢考》（臺北：世界書局，據清乾隆湛貽堂刊本影印，1960 年 12 月初版），卷 42 之頁 21 左。（宋）謝枋得〈送方伯載歸三山序〉：「滑稽之雄以儒爲戲者曰：『我大元制典，人有十等，一官二吏，先之者貴之也，貴之者謂有益於國也。七匠八娼、九儒十匄，後之者賤之也，賤之者謂無益於國也。』嗟乎卑哉！介乎娼之下匄之上者，今之儒也。」（宋）謝枋得：《謝疊山集》（長沙：商務印書館，1941 年 12 月初版），卷 2，頁 20～21。（宋）鄭思肖《鐵函心史》：「韃法：一官、二吏、三僧、四道、五醫、六工、七獵、八民、九儒、十丐，各有所統轄。」（宋）鄭思肖：《鐵函心史》（臺北：世界書局，據高蔭祖先生藏支那内學院本影印，1956 年 2 月初版），卷下，〈大義略敍〉，頁 77 左。

〔註37〕如《醒》22〈張淑兒巧智脱楊生〉中，悟石和尚見楊元禮等人行李眾多，便生「見物不取，失之千里」之心。

〔註38〕《警》5〈呂大郎還金完骨肉〉中，呂玉見「不意之財」，思及「要這橫財何用」，不爲所誘，歸還失主，得陳朝奉贈銀，亦有「種福田」之念，實體現人

人心之善，藉由貪心泯滅之心境轉變，更有反襯之效，小生意人求利卻又慮及他人的心態，像《醒》18〈施潤澤灘闕遇友〉中的施復，其拾獲銀兩，本欲據爲己有，心中一陣歡喜，甚至勾勒出日後諸般美景：

> 如今家中見開這張機，儘勾日用了。有了這銀子，再添上一張機，一月出得多少紬，有許多利息。這項銀子，譬如沒得，再不要動他。積上一年，共該若干，到來年再添上一張。一年又有多少利息。算到十年之外，便有千金之富。那時造什麼房子，買多少田產。

但轉念深思，卻又能設身處地爲人著想：

> 這銀兩若是富人掉的，譬如牯牛身上拔根毫毛，打甚麼緊，落得將來受用。若是客商的，他拋妻棄子，宿水飱風，辛勤掙來之物，今失落了，好不煩惱。如若有本錢的，他拼這賑生意扯直，也還不在心上；儻然是箇小經紀，只有這些本錢，或是與我一般樣苦掙過日，或賣了紬，或脫了絲，這兩錠銀乃是養命之根，不爭失了，就如絕了咽喉之氣，一家良善，沒甚過活，互相埋怨，必致鬻身賣子。儻是箇執性的，氣惱不過，骯髒送了性命，也未可知。我雖是拾得的，不十分罪過。但日常動念，使得也不安穩。就是有了這銀子，未必真個營運發積起來。一向沒這東西時，依原將就過了日子。不如原往那所在，等失主來尋，還了他去，到得安樂。

利益當前，施復能將心比心，爲小經紀人一家生活著想，與其改善自己家境，不如挽救他人可能「鬻身賣子」、「送了性命」的慘狀。經濟活動頻繁的商業社會中，小生意人雖以獲利爲前提，亦有「取之有道」之觀念，由天馬行空、預見自己富裕未來的想像，轉而至爲失銀之人著想，藉思維轉換，塑造出小市民體恤他人的可貴情操及性格。

二、護嗣渴愛，忍情抑緒

小說人物的心底世界，總是經由文字揭示點染而出，如《古》10〈滕大尹鬼斷家私〉中，倪守謙爲使幼子善述能在自己百年之後仍安然立足，不受長兄善繼所欺，對於善繼的苛刻無情，倪守謙「雖然不樂，卻也藏在肚裏」，不得不隱忍：

心之善。

> 只恨自家老了，等不及重陽兒成人長大，日後少不得要在大兒子手
> 裏討針線，今日與他結不得冤家，只索忍耐。看了這點小孩子，好
> 生痛他；又看了梅氏小小年紀，好生憐他。常時想一會，悶一會，
> 惱一會，又懊悔一會。

家務事不足爲外人道，「想一會，悶一會，惱一會，又懊悔一會」，透露出倪守謙內心隱憂，由獨白敘寫，傳達出人父憐愛幼子的私衷。

運用心理描寫方式，描述人物內心的情愛感受，對男女情感抽象幽微的變化藉字句呈現，人物性情得以深化，尤其女子含蓄委婉之心緒轉折，更形凸出。《警》21〈趙太祖千里送京娘〉之趙京娘，欲報趙匡胤救其「拔離苦海，千里步行相送」之恩，「欲要自薦，又羞開口」，對趙深情，卻躊躇難表，經由想法之呈現，充份表露了內心的掙扎，渴望情愛眷顧卻又未得之落寞情懷。又似《醒》3〈賣油郎獨占花魁〉的秦重，乍見莘瑤琴，憐其「落於娼家」，甚覺「可惜」，進而癡想「若得這等美人摟抱了睡一夜，死也甘心」；然而瞬間的非分念頭又爲現實敲醒，體認自己只是市井人物，並非青樓女子喜交之「公子王孫」，其企盼之情轉爲自卑之心，認爲自己只是「癩蝦蟆在陰溝裏想着天鵝肉喫」；然秦重也明白娼家勢利面，「做老鴇的，專要錢鈔」，「若有了銀子，怕他不接」，遂滋生自信。秦重歷經同情、歡喜、妄想之情，顯現出對瑤琴的深深繫念，致使其退卻後又重新鼓起勇氣，以無比的恆心、毅力、踐履己願，終能一親芳澤。秦重複雜多變的心思波折，正由刻劃內心的方式呈顯出來。

心理描寫之動人處，在於雜揉多種情感，或客觀、或主觀呈現深刻的情緒感受，以體現真實人生。深沉抽象不易察覺的想法，欲具體呈現，必得將無形化爲有形，藉由探及內心的敘述，進一層將人物形象作較爲完整的勾劃，使其更顯飽滿。外在描述只能探及人物部分的心緒，而內在描述則具有凸顯人物靈魂的力量。張稔穰在《中國古代小說藝術教程》一書中指出：「在宋元話本中，有的是由人物的行爲、語言所形成的外在的衝突，而很少見到人物心理的交鋒和內心世界的披瀝」，〔註39〕而「三言」不乏藉由內心盤算、臆想猜測的揭示，勾勒出人物內在思維，情感的衝突錯綜，更使人物角色生機盎然，真切感人。

〔註39〕張稔穰：《中國古代小說藝術教程》（濟南：山東教育出版社，1991年4月第1版），頁355。

第五節　由夢境顯現

　　內蘊的人物心態，除揭示想法外，也可經潛意識之管道傳達，而夢即扮演著傳達的媒介。夢境呈現了潛抑在人物內心深處不自覺的思維，亦即蘊含於人物內心的真切想法；而人物心態由夢境顯現者，或因生離死別而眷戀，或因守禮含情而掙扎。

一、生離死別，眷念思憶

　　「三言」中出現的夢境，常因與愛戀鍾情之人分隔兩地，極欲相聚然不可得，遂「日有所思，夜有所夢」。《警》28〈白娘子永鎮雷峯塔〉中，許宣見白娘子「如花似玉」，「不免動念」，借傘與她，到了夜裡仍萬般思量，甚至夢裡相見，「共日間見的一般，情意相濃」。《警》23〈樂小舍拚生覓偶〉中，樂和對順娘眷戀不捨，即使在夢中，也不忘問老者姻緣之事，當井中浮現順娘形貌，樂和「又驚又喜」，顯見樂和日思夜夢，皆欲與順娘共結連理，自然於潛意識中由夢境呈現。

　　因情之所牽，夢中即使未睹相思者然見相關事物，亦深寓思念情懷，正似《醒》32〈黃秀才徼靈玉馬墜〉篇，韓玉娥所搭之船隨水漂流，與鍾情之人黃損巧遇而又分別，不免苦思成夢：

> 夢見天門大開，一尊羅漢從空中出現。玉娥拜訴衷情，羅漢將黃紙一書，從空擲下，紙上寫：「維揚黃損佳音」六字。玉娥大喜，方欲開看，忽聞霹靂一聲，驀然驚覺，乃是人家歲朝開門，放火砲聲響。

由於秀娥在夢境之前才剛與黃損見上一面，與黃損「決終身之策」的承諾正待實現，卻因舟楫繩索鬆脫，二人被迫分離，秀娥欲再見黃損之念更形強烈，日之所思，遂化為夜之所夢，而黃紙上書「維揚黃損佳音」，也蘊含秀娥對即將赴試的黃損，寄予高中科舉的期待。

　　對於情深卻分隔兩地的夫婦而言，若在夢境中相合，更見彼此契合之摯情，《醒》25〈獨孤生歸途鬧夢〉之白娟娟與丈夫獨孤遐叔因分離三年，彼此思念，娟娟為尋丈夫，途中遇「惡少」「簇擁」至「龍華寺」、被迫唱歌的種種，皆入遐叔夢中，顯見二人皆深切繫念對方，致使心靈相會。

　　「三言」中夢境呈現，亦有在人世間未能遂願，本著為求彌補的心理，或以鬼魂方式進入人的夢中，以完遂心中企盼。《醒》14〈鬧樊樓多情周勝仙〉中，范二郎打死周勝仙後，思及先前對其「好不著迷」，不免含有愧疚，「轉

想轉悔」之餘,夢見勝仙「濃粧而至」,與其相會,成了夫妻,完就了彼此的濃情厚意;二郎在思憶眷戀下,藉著幻夢,填補了心中的歉悔,而勝仙生時欲嫁與范二郎而不得的遺憾,似也因茲得到彌補。

二、守禮抑情,慾理掙扎

夢除了傳遞心中未能滿足的意念外,亦隱現著內心深處想望卻不敢付諸行動的意念。《警》29〈宿香亭張浩遇鶯鶯〉中,張浩對李鶯鶯魂牽夢縈,展讀其所贈箋語後,懷思入夢,竟「不顧禮法」,入了李家;《醒》28〈吳衙內鄰舟赴約〉中,賀秀娥有心於吳衙內,夜裡「翻來覆去」,輾轉難眠,也夢見吳衙內鑽入所寢之處,與其共歡。顯見張浩、賀秀娥對鶯鶯、吳衙內的想望之強烈;然當張浩思及違禮而行將「玷辱祖宗」,望而卻步;吳衙內入秀娥閨房,被賀家人丟入江中的後話,則可知禮法終究為一張難以突破之網罟。

在清規戒律下,假修行者熾烈的慾火,亦常由夢境表現,在《醒》39〈汪大尹火焚寶蓮寺〉入話中,至慧為美貌婦人所吸引,盼與婦人再遇而「想極成夢」,見婦人「把手相招」,至慧欲一親芳澤,卻為一大漢喝斥阻撓、執斧砍殺,至慧方才驚覺原是一場大夢。至慧夢中與婦人相遇,正顯示出其情色之念仍在心中盤旋,然潛意識中,仍有所顧忌,遂以遭大漢阻殺表現。

張浩、賀秀娥以及至慧,在情慾上冀望得到滿足,然而在禮法清規下,使其仍心存顧忌,故而他們與情之所繫、或慾之所念之人相遇,往往繼之以撓阻,在現實生活中,他們必須壓抑心中的情感,而基於潛意識的想望仍固存於心,於是便由夢境顯現。

夢境除了能傳達人的心思,亦或具有表迷途知返的過渡作用,它可以是人物內心深處良心的展現,如《警》25〈桂員外途窮懺悔〉之尤滑稽,使桂遷家財盡散,桂遷心懷不滿,欲有所報復,卻夢見自己及家眷皆變為犬,乃「犬馬相報」的誓語成讖,桂遷始驚覺「昔日」其「負施家」,「今日」為尤生所負,正是「天以此夢儆醒」其「責人不知自責」之非,於是桂遷前往尋找恩人之子施還,以補償先前欺辱之不是。桂遷因被騙氣憤,在夢中由怒而疑、而悔,其心境從只顧本身利益,轉而思及對他人之虧欠,進而了悟先前作為之非。「三言」人物心態,正藉由夢境,將心緒想法的轉變,層次做出鋪陳。

綜上所述,人物內心或潛意識中真實的企望,在現實內或未能如意,乃藉夢境敘寫,將「人物隱蔽的願望,愧於表白的內心,或者愧於自我承認的

東西，或者甚至於可能是人物自己沒有意識到的東西」〔註 40〕揭示出來，使小說人物之心態，獲得深層立體的刻劃。

馬振方在《小說藝術論》中曾指出：「傳統小說注重人物的理性心態和自覺意識，它所展示的內心世界與外觀世界有著明顯的因果關係，而且兩者常是互為因果：現實生活引發人物的心理活動；心理活動又導致人物行動，構成新的現實生活」。〔註41〕因此，人物內外形象，有一定之關聯，而形象的生動與否，並不全由外在形式表達，求得「外形的像」而已，內在心理活動的主導力更是不容輕忽，故而「要求從裏到外、從形到神都要像。也就是說藝術形象所要求的形，是含神之形，不是無神之形」。〔註42〕由行為、言語、裝扮、想法、夢境等五個向度，可使人物形神兼備、靈肉彰明。

〔註40〕吳藍鈴：《小說言語美學》，同註 16，頁 79。轉引自陳裕鑫：《細緻與奇巧——「三言」的細節、情節與心理描寫》，同第壹章註 6，頁 64。
〔註41〕馬振方：《小說藝術論》，同註 2，頁 241。
〔註42〕賈文昭、徐召勛：《中國古典小說藝術欣賞》（臺北：里仁書局，1983 年 3 月初版），頁 125。

第五章 刻畫人物心態之藝術美

　　古典小說自唐傳奇衍至宋元話本，已從重視事件情節發展漸側重人物的描摹，在藝術渲染上得到進一步的發揮；而人物形象刻劃的深化，必須直揭其靈魂，關聯其與社會的互動，才能賦予人物豐富的生命力，使其立體鮮明，讀者也才會對小說中人物產生共鳴；而人物的塑形，便須「通過大量生活細節和心理描寫，揭示人與人生的種種奧秘」，使其「具有藝術表現深化和精微化的特徵」，〔註1〕故而人物心態的揭示，具有強烈的藝術渲染力。

　　人物內心世界的傳達，大抵以數種方式呈現：一為直接具象性描述，即利用獨白方式，如實呈現人物內心活動過程；一為以全知視角，將人物內心世界及情感衝突作理性分析敘述，使複雜的心理活動清晰明朗化；另一則以抒情手法，利用象徵、烘托、渲染等藝術技巧，以暗示人物心理。〔註2〕前一章已由外顯行為進而兼及內在思維作過觀察探究；此章則剖析「三言」之寫作技巧，希冀凸顯小說人物形象之立體感，〔註3〕計分渲染、烘托、鋪墊、對比、順逆等手法，以發掘人物心態刻劃之藝術美。

第一節　渲　染

　　小說展現逼近於真實生活所見之人物，易引起讀者共鳴，人物形象亦易

〔註1〕　馬振方：《小說藝術論》，同第肆章註2，頁47～48。
〔註2〕　劉上生：《中國古代小說藝術史》，同第肆章註35，頁157～164。
〔註3〕　「人物塑造的方式多種多樣。肖像描寫、語言描寫，行為描寫、心理描寫、潛意識描寫、感覺幻覺描寫，正面描寫、側面描寫，對比、襯托、白描，氣氛渲染、環境烘托等等。從不同的角度、不同的方面可以列舉出很多。諸多方式綜合運用，造就了人物形象的立體感。」陸志平、吳功正：《小說美學》（臺北：五南圖書出版有限公司，1993年11月初版1刷），頁38。

得到強化。「三言」人物心態藝術美之展現，「渲染」手法爲其一，藉由對環境、景物、事件或人物之行爲、心理加以鋪陳，進行集中描述，將使敘寫更形鮮活生動，〔註4〕氛圍趨於濃烈，人物心態得以突出。其渲染途徑，或於片刻時段對舉止、思維作緊密鋪疊，或藉悠長歲月，表徵心性、情意之綿延。

一、詳敘舉止，凸顯心思

渲染之法，或著眼於某一短暫時段，以濃筆重彩方式，使言行思維呈現緊湊密集之狀，造成文字密度增加，凸顯人物心態。

若利用層層鋪敘之法，使人物言行緊湊，可強化人物情緒，此一手法，多出現在憂急、痛楚、悲切之際。《醒》20〈張廷秀逃生救父〉中，王憲、徐氏夫婦一聞及女兒玉姐「弔死」，王憲本「醉臥正酣」，「驚得一滴酒也無了」，夫婦倆披衣、穿鞋的錯亂、慌急，正渲染出父母對子女性命垂危時的驚慌失措；步行、爬樓時的失足，也顯出其等焦慮惶悚；「顧不得身上的疼痛」，渲染出自己肉體的傷害遠不及對子女的掛懷；當趕至女兒房前卻見門緊鎖，再爲父母援救行動添一重阻礙。經由一連串慌急行動屢受窒礙的氛圍營造，王憲夫婦面臨白髮人可能送黑髮人的悲痛，心智頓時失去方寸，極欲破除窒礙以救女兒的迫切，生動傳達出來。

又如《醒》1〈兩縣令競義婚孤女〉中，賈婆因「怠慢」丈夫賈昌恩人之女石月香，遭丈夫責罵，「受了一肚子的腌臢昏悶之氣」，待賈昌出門，賈婆便要月香「自到廚房」取飯，鎖了月香房門，並把「丈夫一向寄來」予月香的「好紬好緞」，「都遷入自己箱籠」，甚且將其「賣去他方」。賈婆之狹窄肚量、無情形象，也在渲染技法中明顯呈現。〔註5〕《警》22〈宋小官團圓破氈笠〉中，劉宜春聞丈夫宋金遭父親「棄之於無人之地」，「哭天哭地」，堅持要「親自上岸尋取丈夫」，尋至「樹黑山深」，覓無蹤跡，「啼哭了一夜」，次日「黑早」，又再度「上岸尋覓」，未見蹤影，「哭下船來」。宜春尋不到丈夫，啼哭度日，刻劃出宜春對宋金可能喪命的恐懼及哀傷，其鍥而不捨、堅持尋

〔註4〕 劉勵操：《寫作方法一百例》（臺北：國文天地雜誌社，1990年10月初版），頁147～148。

〔註5〕 較之明人話本集《啖蔗》，賈婆對於月香，表面上「依他丈夫言，勉強奉承」，「背了賈昌時，茶不茶，飯不飯，冷淡頗甚，轉生厭苦」，其對月香的妒情，乃馮夢龍特加渲染強調處。見〔明〕無名氏撰：《啖蔗‧石氏月香傳》（臺北：福記文化圖書有限公司，1984年9月初版），頁8～9。

覓宋金的意念及舉動，渲染出宜春對丈夫不離不棄的情感。

對於唯利是圖，罔顧親情者，透過行為渲染，更易刻劃出貪婪無情之人性，一如《古》10〈滕大尹鬼斷家私〉之倪善繼，心中只有「利」而無「情」，對父親絕少奉養：父親病重之時，只來「看覷了幾遍」；父親逝世，也僅「哭了幾聲『老爹爹』」，「沒一個時辰」便「轉身」離去；父親殯殮，善繼「只是點名應客，全無哀痛之意」，亦見其敷衍寡情；對繼母梅氏母子的生活，更且「都不照管」。然善繼看待錢財，卻大為不同：當其得知承繼全數遺產，「滿臉堆下笑來」，「抱了家私簿子，欣然而去」，繼而「每日」「查點家財雜物」；在滕大尹下令挖出其家黃白之物時，更是「眼裏都放出火來」。善繼心中對銀兩的欣羨、對家人的寡情，在行為的集中描寫渲量下畢現。〔註6〕

人物個性，常在舉手投足、言語表情顯現，如《醒》30〈李汧公窮邸遇俠客〉中的劍俠，能輕易地「聳身上屋，疾如飛鳥」，當「亭前宿鳥驚鳴，落葉亂墜」之時，即已出現在房德面前，劍俠「能飛行，頃刻百里」的高超武術，由此刻劃而出；當其發現房德、貝氏夫婦「狼心狗肺，負義忘恩」，欲謀害恩人李勉性命時，劍俠「路見不平」，遂在指罵房德「背恩反噬」，房德「未及措辦」之時，已使其人頭落地，對於貝氏的在後唆使，則愈發不能容忍：

> 扑地跳起身來，將貝氏一腳踢翻，左腳踏住頭髮，右膝捺住兩腿。……
> 提起匕首向胸膛上一刀，直刺到臍下。將匕首啣在口中，雙手拍開，
> 把五臟六腑，摳將出來，血瀝瀝提在手中，向燈下照看道：「嗿只道
> 這狗婦肺肝與人不同，原來也只如此，怎生恁般狼毒！」

劍俠對忘恩者強烈不滿之情緒，藉怒踢、踏髮、捺腿，剖肝挖肺一系列緊湊動作，渲染出一位嫉惡如仇的豪俠。

又如《古》35〈簡帖僧巧騙皇甫妻〉中，皇甫松聞一小廝欲將物事交與妻子楊氏，頓時「捻得拳頭沒縫，去頂門上屑那廝一暴」，看見簡帖中對楊氏的思慕之詞，疑心妻子有出軌之行，頓時「劈開眉下眼，咬碎口中牙」，質問楊氏時，「左手指，右手舉，一箇漏風掌打將去」，審問丫鬟迎兒時，更「拿起箭簳子竹，去妮子腿下便摔，摔得妮子殺豬也似叫」，其心中之怒，皆在劈眼、咬牙、拳腳相向之間顯出急躁之性，不容妻子與其他男子有任何瓜葛之

〔註6〕 《醒》20〈張廷秀逃生救父〉中，瑞姐為了家產，設計陷害妹妹玉姐的未來公公張權，誣陷自家姊妹，謊稱其「與人有奸」，更寧放任玉姐弔死，以逞其獨併家私之願，顯出瑞姐為利所使的無情，亦屬此例。

事產生，渲染出大男人主義的暴躁性格。

渲染之法，有時結合譬喻方式，更添人物風采，如《醒》28〈吳衙內鄰舟赴約〉之賀秀娥爲與吳衙內相見，苦思不得，「恰像有人推起身的一般，兩隻腳又早到屏門後張望」，以「有人推起身」作比，鮮明地刻劃出秀娥欲見吳衙內的迫切心緒；當其「猶如走馬燈一般，頃刻幾個盤旋」，則道出秀娥對吳衙內極欲相見的想望，及無計可施的猶豫徬徨。及至秀娥得有機會與吳衙內商量好相見時機，在等待中「恰像有條繩子繫住，再不能勾下去」，又將秀娥對漫長等待的焦躁，在結合譬喻的渲染手法中鮮明呈現。

將一連串行爲密集加以敘述，鋪陳出人物心緒，正是運用渲染手法呈現情感之波折。《醒》3〈賣油郎獨占花魁〉中的秦重，見及莘瑤琴「美貌」，在反覆思維中顯出對瑤琴的癡想，亟盼「得這等美人摟抱了睡一夜」，又擔心自己「賣油的」卑下身份，遭瑤琴所拒；轉念明白「有了銀子」即爲娼家恩客，便開始「積趲」銀兩；連番盤算，呈現出綺思之念、自卑之歎、懂得金錢的魔力，並鼓起勇氣轉爲有恆儲蓄行動，在在均是渲染秦重對瑤琴深切的愛慕。

又如《警》35〈況太守斷死孩兒〉中，邵氏失節於家中小廝得貴，又遭設計陷害者支助登門詐財求色，氣得「半晌無言」，「出乖露醜」下，原本之守貞誓言竟付諸流水，使邵氏陷入羞愧窘況，欲自縊以謝亡夫，卻已非貞節之輩，「心下展轉悽慘」之際，得貴恰巧「推門而進」，引發邵氏滂薄怨怒之氣，「提起解手刀，望得貴當頭就劈」。

又如《古》22〈木綿菴鄭虎臣報冤〉中，唐氏得知丈夫賈涉納妾胡氏，畏懼胡氏受寵，自身「爭他不過」，遂打從胡氏進門，即爭風吃醋，「聞胡氏有了三箇月身孕」，便「每日尋事打罵，要想墮落他的身孕」；聞陳縣宰夫人欲借胡氏以爲「伏侍」，唐氏「巴不得送他遠遠離身」；及至胡氏產下一子，賈涉「要領他母子回家」，唐氏「聒噪箇不住」，「定要丈夫將胡氏嫁出，方許把小孩兒領回」。唐氏從胡氏進門、懷孕、直至產子，對其諸多排斥，層層鋪敘，盡情渲染了唐氏強烈之嫉妒心理。

二、延展時空，深化心性

「三言」人物心態之刻劃，除以密集文字鋪敘渲染外，尚可藉時空之延展，強調人物心態之持續性及強度。

時日推移，人物心緒卻持恆不變，正可顯其心態之堅定執著。《醒》20〈張

廷秀逃生救父〉中，廷秀、文秀兄弟因父親遭人構陷，在爲父「伸冤」途中，遭歹人陷害，雖幸而獲救，廷秀屈爲「戲子」，文秀亦暫居他鄉；然昆仲二人對父冤仍繫念不已，約「一年」後，二人科考應舉，得以「進身有路」，仍以「救父報仇」爲迫切之志；廷秀兄弟二人，在歷經危難、爲人所救後仍不忘父冤，會試前更無心與「候榜」之舉人「閒串」，顯出其等之執著。

由時空延展，展現對情愛癡迷的性格，亦具渲染之效。《警》24〈玉堂春落難逢夫〉之玉堂春，對王景隆之深情執意不悔且與時俱進，分離「一個月」，玉堂春即「每日思想公子，寢食俱廢」；當分開「一年」後，更是「眼中吊淚」，吃飯時竟「右手拿一塊喫，左手拿一塊與公子。丫頭欲接又不敢接。玉姐猛然睜眼見不是公子，將那一塊點心掉在樓板上」。王景隆對玉堂春的思念，在回家讀書、赴京應考、聞玉堂春被賣，時日推移間，亦未曾或忘：初回家門，「心下只是想著玉堂春」，「坐不安，寢不寧，茶不思，飯不想，梳洗無心，神思恍忽」；之後回心轉意，「發志勤學」，參加「鄉試」後，欲「早些赴京」，「好入會試」，實爲「牽掛玉堂春」之故；「一到北京」，即「探問玉堂春消息」，聞其被賣，「一頭撞在塵埃」，乃自願至山西爲官，見「玉堂春問了重刑」，「心內驚慌」，爲其「私行採訪」，還其清白，並於一年後與其團圓。王景隆、玉堂春彼此間的思念，在時空的延展之下，刻劃出深刻的情意。

又如《古》1〈蔣興哥重會珍珠衫〉中，蔣興哥在外經商逾兩年，歸家途中得知妻子王三巧紅杏出牆，「因念夫妻之情」，以三巧父母害病爲由，輾轉將三巧「退還本宗」，顯出對三巧的深情厚意；並將三巧的細軟箱籠「打叉封了」，作爲「賠嫁」，也見興哥不願「見物思人」。再觀三巧，在二人各自嫁娶「一年」有餘後，興哥涉及一老兒被「拖翻」致死之命案，三巧向現任丈夫吳傑「哭告」求情，甚至「跪下苦苦哀求」，否則「亦當自盡」，顯出三巧對興哥已未忘情；在吳傑斷案完後，三巧要求與興哥「渴思一會」，二人相見之時，「也不行禮，也不講話，緊緊的你我相抱，放聲大哭」，顯見二人不言可喻的摯情。集中的鋪敘描寫，二人再婚後歷經時日，仍對對方存有情意，時空之延展強化了人物情感。《古》20〈陳從善梅嶺失渾家〉中的陳辛，赴任「南雄巡檢司」途中，在梅嶺遭遇妻子張如春失蹤之事，「一頭行，一頭哭」，上任官職，歷經「一載有餘」，「孺人無有消息」，「終日下淚」，「三年官滿」，仍掛念如春蹤跡，顯其對妻子「不願同日生，只願同日死」之恆久摯情。

再如《警》23〈樂小舍拚生覓偶〉中的樂和，盼娶喜順娘爲妻，遭長輩

反對作罷，然對順娘猶念念難忘：

> 背地裏歎了一夜的氣，明早將紙裱一牌位，上寫「親妻喜順娘生位」
> 七個字，每日三餐，必對而食之。夜間安放枕邊，低喚三聲，然後
> 就寢。每遇清明三月三，重陽九月九，端午龍舟，八月玩潮，這幾
> 個勝會，無不刷鬢修容，華衣美服，在人叢中挨擠。只恐順娘出行，
> 僥倖一遇。

雖歷時推移，樂和之心並未改變，「過了三年」，當見順娘落水之際，勇敢「撲
通的向水一跳」，全「不顧性命」之種種行徑，均強化了樂和實乃癡情種子。

《古》8〈吳保安棄家贖友〉中的吳保安，當其得知對己有「扶持濟拔」
之恩的郭仲翔「在死生之際」，即「朝馳暮走，東趁西奔；身穿破衣，口喫粗
糲」，縮衣節食了「十箇年頭」，不進家門一步，即是本著「不得郭回，誓不
獨生」的信念，凡此正渲染出吳保安對郭仲翔知遇之恩的感懷；而仲翔因保
安為其「奔走十年」終得脫險；保安夫婦去世後，仲翔經「數千里」的步行，
背負二人骸骨以「歸葬」家鄉，並同保安之子天祐守墓三年，後又助天祐「居
住成親」；在大時空跨度中，人物的心性得以深化，充份顯現。

時間的推移，可突顯情意綿延，空間的轉換，亦對情感有增強之效。人
與人之間情誼之可貴，可利用時、空之阻隔，反易使心意堅定。《醒》14〈鬧
樊樓多情周勝仙〉中的周勝仙，主動且間接地對范二郎暗示情意，卻因勝仙
之父反對二人婚事，「鬧彆氣死」，得盜墓者朱真的「陽和之氣」醒轉後，即
使貞節遭毀，仍對范二郎不能忘情，趁機逃至樊樓尋找范二郎；當其遭范二
郎持「湯桶兒」真正擊斃後，魂魄仍「一心只憶著」范二郎，欲與其「了其
心願」，刻劃出勝仙對范二郎之情早已超越時空生死。再如《古》7〈羊角哀
捨命全交〉中的羊角哀，感於伯桃「併糧」、助其至楚國展「經綸」志向之義，
為其安葬、建堂、塑像，在伯桃魂魄遭擾時，角哀為其出面，至荊軻廟責罵
片時，進而「連夜」使人束「手執器械」之草人以助其勢，甚且在陽間無法
決戰陰鬼的情況下，「寧死為泉下之鬼」，以助伯桃對抗荊軻。角哀在回報過
程中三度幫忙伯桃，一次比一次花費更多時間，且行動轉趨強烈，在空間上
甚且由陽間轉移至陰間，在時空距離延展的鋪排下，渲染出重友尚義之高尚
情懷。又如《古》16〈范巨卿雞黍生死交〉中，張劭自與范式定了重陽雞黍
之約，約定日之早上，即「獨立莊門而望」，午後，「聽得前村犬吠，又往望
之，如此六七遭」，直至「更深」，仍舊「倚門如醉如癡，風吹草木之聲，莫

是范來，皆自驚訝」，張劭不僅在視線、聽覺上期待范式到來，也不因漫長等待而有所灰心，足見張劭對朋友間情義之篤實。及至張劭得知范式爲信守諾言而死，悲慟至不能言語，前往山陽弔范式，途中「饑不擇食，寒不思衣」，「雖夢中亦哭」，甚至爲「全大信」，「掣佩刀自刎而死」；張劭對范式深切的情誼，亦由其信守約定、悲傷、殉死等行爲渲染而出。

綜上所述，在集中鋪排敘寫，及時間延續、空間擴展下，小說人物之百般情懷、諸多糾葛，即可自然渲染呈現，鮮活深刻。

第二節　烘　托

藉周遭客體，以間接方式強調主要敘寫對象，使其脫穎而出，此種對主要對象周圍人物、環境加以描寫，以凸顯主要對象之法，是爲「烘托」；〔註7〕正如劉熙載所云：「山之精神寫不出，以煙霞寫之，春之精神寫不出，以草樹寫之」，〔註8〕如此主要對象將因客體「烘雲托月」的助力而顯得出色。

一、藉由外物，寄託情懷

人物的思想、情意，常透過小動作表達，人與人之間錢物的贈與，常蘊含濃情密意。《警》16〈小夫人金錢贈年少〉中的小夫人，怨恨葬送青春於年老丈夫，乃寄情年輕主管張勝，行賞時，「李主管得的是十文銀錢，張主管得的卻是十文金錢」，且另加贈張勝衣服及「五十兩大銀」，此已完全表達自己對其之愛慕，更冀望得到情感的回饋。〔註9〕《警》22〈宋小官團圓破氈笠〉中，劉宜春與宋金初次相遇，「舀了一罐滾熱的茶」予宋金，並爲其縫補破氈笠之綻開處，細心關照下，是一顆熾熱的心；當宋金成了鉅富，欲與宜春團圓，亦是藉「難忘舊氈笠」、「愛那縫補處」串起二人不渝之摯情。

時有某些物品隱含情感，可睹物思人、或寄寓相思，如《古》9〈裴晉公義

〔註7〕 羅盤：《小說創作論》（臺北：東大圖書股份有限公司，1980年2月初版，1990年3月增訂初版），頁120～121；劉勵操：《寫作方法一百例》，同註4，頁143。

〔註8〕 〔清〕劉熙載：《藝槪・詩槪》（臺北：廣文書局，1964年3月初版），卷2，葉18左。

〔註9〕 王立、劉衛英：《紅豆：女性情愛文學的文化心理透視・「滴不盡相思血淚拋紅豆」——情物意象及其巫術意義》（北京：人民文學出版社，2002年10月北京第1版），頁99。

還原配〉之黃小娥，被困於裴令公府，對未婚夫婿唐璧不變的情意，經由「緊緊的帶在臂上」的碧玉玲瓏，清晰烘托而出；《醒》25〈獨孤生歸途鬧夢〉中，白娟娟與丈夫獨孤遐叔分離之際，「昔年聘物」「金雀釵」皆不離身，亦是對丈夫的深切思念。此外《醒》19〈白玉孃忍苦成夫〉之程萬里，與妻子白玉孃分處異地時，互相交換的「鞋」是心靈的慰藉，也是兩人必將諧合的象徵。〔註10〕

二、景境映照，襯顯心境

藉外在景物之描寫，能烘托人物的內心世界與行動舉措，使故事有骨有肉。〔註11〕《警》11〈蘇知縣羅衫再合〉之張氏，在「後邊房屋都被火焚了，瓦礫成堆，無人收拾」中，表達出二子出外，無人照顧之孤苦。至於利用相反情境的對照，更可造成人物心態變化的張力，如《警》29〈宿香亭張浩遇鶯鶯〉中，張浩鍾情李鶯鶯，卻因和鶯鶯無由相聚，乃「當歌不語，對酒無歡，月下長吁，花前偷泪」，以歌酒樂景中反無情無緒，深切之情懷繚繞烘托而出。

《古》1〈蔣興哥重會珍珠衫〉中的王三巧，在「殘年將盡」之時，「家家戶戶」「喫合家歡耍子」，自己卻孤獨寂寥，對出外經商的丈夫蔣興哥則更加思念，夜來「好生淒楚」。〔註12〕《警》24〈玉堂春落難逢夫〉中，玉堂春亦在「中秋佳節，人人翫月，處處笙歌」之時，思及鍾情者王景隆「已去了一年」，見鏡中的自己消瘦，「長吁短歎」；三巧、玉堂春的心境刻劃，正是透過二人當時的思想情緒，「以樂景寫哀」，〔註13〕在佳節眾歡中，形單影隻則反襯烘托了相思寂寥。

當變異的環境，成為推動人物心態的外在動力時，將導致矛盾情境產生，使人物心緒發生動盪，經歷「背叛自己，又回歸自己的過程」，〔註14〕將使心

〔註10〕《警》12〈范鰍兒雙鏡重圓〉中的「鴛鴦寶鏡」，則爲范希周和呂順哥離別時的信物，在離亂中，范希周對於「鴛鴦寶鏡」「朝夕隨身，不忍少離」，其對呂順哥的情意，可謂綿延濃密。

〔註11〕陳碧月：《小說創作的方法與技巧》，同第肆章註12，頁155、189。

〔註12〕較之《啖蔗》，「家家戶戶」「喫合家歡耍子」乃馮夢龍所加，以強調其心境。參〔明〕無名氏撰：《啖蔗‧珍珠衫記》，同註5，頁60。

〔註13〕「以樂景寫哀，以哀景寫樂，一倍增其哀樂」。〔明〕王夫之：《薑齋詩話‧詩譯》，收入《船山全書》第15冊（長沙：嶽麓書社，1996年2月第1版，1998年11月第2次印刷），頁809。

〔註14〕劉再復在《性格組合論》中，述及人的內在矛盾和變動的環境有關，「環境的變異作爲一種外部力量推動著性格的矛盾運動，構成性格雙向可能性的動態

態的敘述趨於生動立體，呈現人生的眞實性。王三巧、玉堂春在孤寂的處境之前，正因有一段使人愉快的美好時日，而時空的推移致使她們被迫獨處，孑然一身的感受益顯深刻。

「三言」之烘托人物心態，或有藉由天候差異，襯托出人物心態之善惡或改異者。氣候之優劣，能爲人物心境營造氣氛，如《醒》10〈劉小官雌雄兄弟〉中，方申與父親方勇的處境、小酒店老闆劉德的善心，便是在風雪中烘托而出；「隆冬」之際，「朔風凜冽」，方申同父親在雪地行走，分外吃力：

> 看看至近，那人撲的一交，跌在雪裏，掙扎不起。小廝便向前去攙
> 扶。年小力微，兩個一拖，反向下邊去了，都滾做一個肉餃兒。抓
> 了好一回，方纔得起。

險惡環境，顯出二人遭遇的困頓，也引出劉德對這對陌生父子的善心：不僅供其吃住，更在方勇病重之時，「街上的積雪被車馬踐踏，盡爲泥濘」的惡劣天候下，冒雪爲其「迎醫」。

人物的思想性格，大多「在特定的社會環境和生活遭遇中形成的，而且還會隨著環境和遭遇的變化而有所發展」，〔註15〕尤在人物與環境處於極端惡劣情境下，更易顯出人物性格及心態之獨特，靈魂深處的感情，像《古》7〈羊角哀捨命全交〉中，左伯桃與羊角哀的篤厚情誼，在風雪大作的天候中，有突顯表現：

> 風添雪冷，雪趁風威。紛紛柳絮狂飄，片片鵝毛亂舞。團空攪陣，
> 不分南北西東；遮地漫天，變盡青黃赤黑。探梅詩客多清趣，路上
> 行人欲斷魂。

酷寒天候中，生命的維持爲當務之急，左伯桃卻選擇受凍挨餓「脫衣并糧」，以自己性命成全角哀之志願，朋友間可貴情誼，因環境惡劣的鋪排敘寫，有了加強加深的效果。

《警》32〈杜十娘怒沉百寶箱〉中，杜十娘與李甲返家途中，在瓜洲上船，值「仲冬中旬，月明如水」，彼時十娘已贖爲自由之身，一心欲與李甲「圖

過程，即不斷地背叛自己，又回歸自己的過程。當人物處於異質環境時，性格就朝著負方向運動，此時人物就背離自己；當人物處於同質環境時，性格就朝正方向運動，這時人物又回歸自己。」劉再復：《性格組合論》（下），同第參章註32，頁114。

〔註15〕周先愼：《古典小說鑒賞》（北京：北京大學出版社，1992年1月第1版，1996年11月第2次印刷），頁343。

百年歡好」,放在「清江明月」之美景裏,增添了十娘心中無盡喜樂,遂「開喉頓嗓,取扇按拍」,暢快高歌以娛李甲;後來十娘「擺設酒果,欲與公子小酌」,李甲竟日方回,孫富「善計」使十娘美夢幻滅。瓜洲之景烘托了十娘「甫得脫離」的喜悅,卻也反襯「又遭棄捐」的痛楚。十娘的心理轉折,便在同一環境、不同時間的敘寫下,呈現鮮明對比,增添了不少悲劇色彩。

烘托之法,藉由外物道出人物的處境,刻劃出人物性格,顯出人物心中的想法及衝突,將人物隱藏於內心的情感呈現出來,透過周遭客體烘托之表現,人物歷經的心理過程更加明朗,且呈現複雜多面,使人物立體傳神。

第三節　鋪　墊

為突出主要人物,利用周遭的人物或事物作襯墊,以造成「水漲船高」的效果,是為鋪墊,〔註16〕有時則利用安排伏筆、或設置懸念,〔註17〕使人物心態更為深化。

一、配角言行,煽風助勢

藉由次要人物及事件,以鋪墊襯托主要人物,易使之特出,〔註18〕而主要人物心緒之變動,亦可藉由與次要人物之互動彰顯。《警》4〈拗相公飲恨半山堂〉中,王安石獨排眾議、剛愎自用之個性,內心由平靜轉為翻騰,即藉路上所見詩句、人物,層層鋪疊,造成情緒愈趨緊繃。租賃「肩輿」者的言詞、「茶坊」裡、「道院」中、「坑廁」內、村中「借宿」處的「譏誚」之詩,鋪疊出「民間怨恨新法,入於骨髓」之況,使王安石心緒節節轉變,人民不滿新政之情,處處可見,王安石由「默然無語」、擦拭字跡、「抹得字跡模糊」,轉而為「面如死灰」、垂淚暗泣、「容顏改變」、「鬚髮俱白」,至聞及其名成為畜生代稱,百姓咒其「後世」「變為異類」,可「烹而食之」時,層層遞進間,

---

〔註16〕劉勵操:《寫作方法一百例》,同註4,頁26。

〔註17〕于君等撰稿、閻景翰等主編:《寫作藝術大辭典》(西安:陝西人民出版社,2002年4月第2版),頁236。

〔註18〕小說中「用次要的引出主要的」,金聖歎謂之「弄引法」,即「用次要人物、事件襯托主要人物、事件」,而「經過這樣的引子一引,一襯,就顯得先聲奪人,鋪墊有力,能夠格外出色地表現出主要人物的不平凡」。賈文昭、徐召勛:《中國古典小說藝術欣賞》,同第肆章註42,頁212。

逼寫出王安石難以面對施行新政的錯失，也鋪墊出痛徹心扉的感受。

次要人物出現，有加強主要人物性格、心態之作用，次要人物的言詞，或具催化主要人物性格之效果，《古》27〈金玉奴棒打薄情郎〉之金老大，欲藉婚姻以躍身於上層階級，「備了盛席」，希圖女婿莫稽宴請「同學會友」，以「榮耀自家門戶」，豈料族人金癩子率領眾丐戶前來「蒿惱」，致諸多秀才「逃席」而去，不僅金老大「自覺出醜，滿面含羞」，莫稽也生「三分不樂」；〔註19〕街坊小兒視莫稽爲「金團頭家女婿」，更令莫稽備感屈辱。親族爲丐不爲士，又屈爲丐族女婿，周遭人物之言行，助長莫稽對於身處丐族之恥辱，催化出其極欲跳脫環境之心。

二、安排伏筆，呼應遭際

鋪墊除由次要人物之言行作爲襯墊，以凸顯主要人物的形象及心態，亦可由伏筆的安排，透露主要人物的性格、心態及際遇，在前後呼應中，使人物呈現更爲鮮明的特性。〔註20〕

伏筆對故事的發展、結局的呈現具預示作用，舉凡人物性格、人事遭際等，在巧妙安排下，均可透露玄機。《古》1〈蔣興哥重會珍珠衫〉中，蔣興哥與陳大郎個性各異，一爲「少年老成」，處事較爲厚道，是故聞妻子王三巧出軌之事，「不忍明言」，委婉休妻，且贈箱籠以爲「賠嫁」；一爲行事直率，見有夫之婦三巧，爲之驚豔，便千方百計欲圖與其「通箇情款」，三巧所贈珍珠寶衫不見之時，「情懷撩亂」，與三巧情事被發現，則急得「害起病來」。二人性情在人物出場時已有所述，其遭際也因性情之別而發展各異：直率者落於慌急招病而亡，厚道者則重與摯愛團圓，先前性情的鋪敘，已爲其後命運發展埋下伏筆。而王三巧由貞轉淫，則藉算命先生、薛婆鋪墊而出。卜卦先生的說辭，加深了三巧盼見興哥的心情，使其「時常走向前樓」，隨而錯將陳大郎誤爲興哥，致使薛婆有了撩撥誘引三巧之機；薛婆藉著留下首飾箱盒、與三巧飲酒閒談、共處同眠言及情事，逐步使純情思婦，轉而成爲縱情的少婦。〔註21〕此外，「珍珠衫」在

〔註19〕此處金癩子一角，亦爲《啖蔗》所無，乃馮夢龍加入，爲強化莫稽受屈之心態。可參〔明〕無名氏撰：《啖蔗・金玉娘傳》，同註5，頁149。

〔註20〕「伏筆的作用旨在爲爾後的故事發展鋪路。」羅盤：《小說創作論》，同註7，頁117。

〔註21〕「珠玉」在《古》1〈蔣興哥重會珍珠衫〉中，具有伏筆作用及象徵意義，其燦爛光澤的外表，易使人意亂情迷，接近珠玉，或具有心性上趨向較多欲求

故事人物間的轉移，亦透露出人物間情意的變化。蔣興哥將家傳的珍珠寶衫交付三巧，代表對三巧的情意與信任；後來三巧將珍珠衫轉贈陳大郎，表示三巧心中位置已被陳所取代，興哥則棄諸腦後；〔註22〕珍珠衫從蔣家轉至陳大郎身上，表徵蔣興哥失去三巧的愛；珍珠衫隨著陳大郎之妻平氏賣身葬夫回到蔣家，又寓含興哥對三巧的情，將有覆水重收之契機。〔註23〕物件的傳遞，訴說人物心思的微妙變化，使情節發展峯迴路轉，引人入勝。

透過伏筆，可鋪排人物際遇，藉由與不同人物的交錯遇合，顯出人物鮮明心態。《醒》32〈黃秀才徼靈玉馬墜〉中，黃損欲與韓玉娥相會，反使韓玉娥所搭之船隨水漂流，覆於「漢水」，所幸玉娥爲薛媼船隻相救；不久玉娥爲呂用之所搶，也幸虧胡僧曾贈以「玉馬墜」，避免玉娥爲呂用之「所污」；而「玉馬墜」原乃黃損家中「世寶」，爲一老叟向黃損求取，再贈與胡僧、傳與韓玉娥，最後與黃損分而又合，也使黃損和韓玉娥的相思相戀得以圓滿。老叟、薛媼、胡僧、呂用之的出場，加強了黃損、玉娥的際遇，二人的分合，造成水漲船高的戲劇性效果。

又如《警》11〈蘇知縣羅衫再合〉中，張氏手縫之兩件「羅衫」，相繼出現於媳婦鄭氏產子，母子分離時「包裹」嬰兒以爲信物；另一件則在張氏見及徐繼祖「面貌」與其子蘇雲極爲神似，贈與徐繼祖，以爲打聽蘇雲訊息之見證。當徐繼祖見及嬰兒時期包裹自身的「羅衫」，「花樣」與張氏所贈皆同，徐繼祖親身父母蘇雲及鄭氏「十九年」前遭害之冤情，遂得而澄清，「骨肉團圓」之況，也因繫有骨肉親情之「羅衫」再能相合，得以實現。

三、設置懸念，奇引入勝

伏筆藉由呼應之安排，使人物行爲得以衍伸、情節得以開展，而鋪墊亦

之意味。王三巧見薛婆所賣珠玉，願讓薛婆走進蔣家，便開啓其封閉禁錮的心，薛婆的介入，使三巧心境漸生轉變，其接納珠玉、接納薛婆的舉動，甚而與其頻繁互動，顯其心境已不如以往，珠玉可謂爲三巧萌生慾望之象徵。

〔註22〕沈廣仁由語意學解讀，提及：「三巧兒送『珍珠衫』給情人在不經意中傳達了人物對「傳家之寶」——傳統——的揚棄。」見沈廣仁：〈明代小說中主題物的象徵性與情節性〉，《上海師範大學學報》（社會科學版）第30卷第6期（2001年11月），頁51。

〔註23〕陳葆文提及珍珠衫是「興哥三巧婚姻的信物」，「更成了三巧婦道貞操及與興哥夫妻關係的象徵」。陳葆文：〈試析「蔣興哥重會珍珠衫」的衝突結構〉，《中外文學》第18卷第2期（總第206期）（1989年7月），頁130。

由懸念之法，引出故事人物的遭際及心緒。所謂懸念，即將衝突或疑團置於篇章中，卻又處於懸而不解之狀態，〔註24〕蘊積較長時間，再解開矛盾之處，此種懸念之法，易引起注意，具出奇制勝之效，人物內心世界也因此更趨飽滿。〔註25〕

《古》35〈簡帖僧巧騙皇甫妻〉中，皇甫松即因收受到不明來由的釵環、簡帖及詩箋，贈者又是「濃眉毛，大眼睛，蹙鼻子，略綽口」之人，故而滋生諸多揣測，疑心妻子楊氏不軌，加上性情直率，缺乏耐性，致有毆打休妻之舉，直至文末，才點出簡帖僧係覬覦楊氏貌美，蓄意使皇甫松中計休妻。

與現實衝突之心中盤算若不輕言揭穿，表層及深層心理則有正反兩面之情緒並存，此種內心交戰的描繪，更呈現出人心的真實面。《醒》2〈三孝廉讓產立高名〉中，許武爲使弟弟有「廉讓之名」，寧願自己玷辱祖宗，「暫冒貪饕之迹」，「貽笑於鄉里」，使衆人以爲弟弟「廉讓」之舉「有過於兄」。基於對弟弟的手足深情，許武自身遭受不爲人知的苦楚，忍受著被誤會的屈辱，就爲了等待弟弟有成之日。許武的作爲造成文章起伏，其真正心態，在文末始作出戲劇性的揭露，更顯出許武栽培弟弟的苦心。

懸宕答案按捺至最後才揭發，人物的真實心理在最末才爲人發現，令讀者吊著心，至末方享恍然大悟的快感，具代表性者，或屬《古》10〈滕大尹鬼斷家私〉中的倪守謙。倪守謙基於幼子善述年幼，須在「大兒子手裏討針綫」，長子善繼對梅氏母子則極力排斥，倪守謙百般隱忍，常將心中不樂「藏在肚裏」，病篤之時，將家私全數歸善繼所有，只留下一張「行樂圖」，便帶著秘密離開世間。及至「行樂圖」之謎爲滕大尹所解，倪守謙生前退讓、善述屈於下風的局勢終有所轉變，善述不再需要過著看人臉色的生活，壁中藏銀使善述由貧轉富，守謙生前之願，便因「行樂圖」的謎底揭曉，產生逆轉局勢，守謙守護稚子之苦心，方才昭明。

藉由鋪墊手法，由次要人物的敍述，帶出主要人物的心態，具有凸顯之

〔註24〕賈文昭、徐召勛：《中國古典小說藝術欣賞・有老婆的翻沒了老婆——懸念》，同第肆章註42，頁152。

〔註25〕「懸念，是指在文章的開頭或文章中提出問題，擺出衝突，或設置疑團，引起讀者的關注。懸念的特點是，先將疑問懸在那裡，然後，或者『顧左右而言他』故意不予理會；或者作出種種猜想，令人念念不忘。總之，作者並不急於揭開謎底、解決矛盾，而是蘊蓄比較長的時間後，再解開『懸念』，寫出結局，回答先前擇出的問題。」劉勵操：《寫作方法一百例》，同註4，頁19。

效；伏筆的鋪排，使人物心態之原委獲得連貫，個性的特色及轉折得到較爲完整的敘述，人物的心態更爲鮮明；懸念之法，則利用衝突的設置，令人物處於心緒交錯、焦慮迷惘、或恐懼期待的情緒中，造成波瀾起伏、情節曲折的效果，使人物內心世界藉此展露，呈現多面情感。鋪墊之法，將人物內心世界多方呈現，顯出生命活力，使人物心態之刻畫，更趨細膩，藝術之感染力也因之增強。

第四節　對　比

　　音樂藉節奏快慢、旋律高低、音量強弱，表達出樂曲張力，繪畫則由明暗迥異之色調引人注目，文學上，亦可用對比方式，將不同事物或同一物之不同面向同時呈現，展現出矛盾對立，予人鮮明之感。〔註 26〕中國的小說人物眾多，在善惡貴賤、相別之際遇、相異之好惡中，藉互相映照之方式，人物性格得以彰顯，人物靈魂也得以展現。

一、善惡貴賤，透顯人心

　　相對立的衝突，可互爲襯托、彼此對照，人物的刻劃也因此顯得複雜而生動，〔註 27〕「三言」中，或見善惡心性相異之人，面對同一事件而生不同心態，造成對比張力者。《古》2〈陳御史巧勘金釵鈿〉中，顧阿秀和冒充爲其未婚夫婿魯學曾的梁尚賓初次見面時，即顯出強烈的對比：

　　　　假公子兩眼只瞧那小姐，見他生得端麗，骨髓裡都發癢起來。這里
　　　　阿秀只道見了眞丈夫，低頭無語，滿腹悢惶，只饒得哭下一場。

阿秀顧念丈夫的貧寒處境，卻又靦腆含羞，梁尚賓卻是骨子裡暗藏鬼胎，二人心腸各異，形成虛實並存的對比；一個對丈夫滿懷憂心，在父親欲悔婚之下堅執忠貞，一個則爲見色起慾，冒充他人之餘又欲壞人名節，兩相映照，善惡立判。

　　《醒》1〈兩縣令競義婚孤女〉之賈昌、賈婆亦因心中意念有別，對恩人之女石月香，表現出迥然不同的態度，一爲呵護有加，一則嫉妒役使；一爲救其於水火，一則欲賣之而後快。一善一惡，造成對比，明顯可見賈昌對石

〔註 26〕劉勵操：《寫作方法一百例》，同註 4，頁 108。
〔註 27〕陳碧月：《小說創作的方法與技巧》，同第肆章註 12，頁 114、119。

璧的感恩，以及賈婆毫無情義的心性。《警》5〈呂大郎還金完骨肉〉中，呂玉的善行亦與弟弟呂寶貪財之惡行形成強烈映照；呂玉為人設想，因而重遇親生之子、挽回和妻子分離的命運，呂寶則因貪圖錢財而人財兩失。

又如《醒》27〈李玉英獄中訟冤〉中，身為李承祖繼母的焦氏，毫無一絲疼愛幼子、照顧稚兒的憐惜之心，反倒是非親非故的老嫗，見承祖病重無依，寧自取錢鈔，「請醫診脈」，「早晚伏侍」，呈現出「非故翻如故，宜親卻不親」的矛盾對比現象。

嫌貧愛富時為現實人生的真實寫照，在貧富貴賤的對比中，亦可看出人心變化。《警》6〈俞仲舉題詩遇上皇〉入話中，卓王孫發現女兒文君和「簞瓢屢空」之司馬相如「私奔苟合」，認為「家醜不可外揚」，「不肯認女」；及至聽聞相如受「徵召」，反認為「女兒有先見之明」，「將家財之半，分授女兒」，並「伴著女兒同住」；前後行為大相逕庭，表現出攀援富貴的性格。《警》24〈玉堂春落難逢夫〉中的一秤金，得知王景隆為「尚書」之子，以「貴公子」、「王姐夫」殷勤相稱，酒食也熱切款待，處處奉承；及至其「手內財空」，一秤金之財路受阻，態度也因之驟變，輕蔑地以「王三」加以詈罵，「火也不與」，水也不給，急欲加以擺脫；然當王景隆再度以富家公子裝扮出現，一秤金便又以「姐夫」稱呼，其認錢不認人之行徑，令人不齒，卻也加強了小說的吸引力。

二、際遇相別，顯現心緒

小說除了在善惡、貴賤上出現對比，亦可由際遇上呈現人物之對照。面對同一事件，因立場不同，亦有相異之情緒顯現。《警》16〈小夫人金錢贈年少〉中，張士廉要尋個「人材出眾，好模好樣」的娘子，在花燭之夜，張士廉與小夫人則呈現一喜一憂之況：

> 張員外從下至上看過，暗暗地喝采！小夫人揭起蓋頭，看見員外鬚眉皓白，暗暗地叫苦。花燭夜過了，張員外心下喜歡，小夫人心下不樂。

對比安排下的老夫少妻，一是喜得年少娘子，一是愁嫁年邁丈夫；張士廉的得意，寫在臉上，小夫人葬送歲月的哀怨，也躍上心頭，利用一老一少年齡上的差距，造成新婚中雙方不同的感覺，在同一時空中兩相呈現，起了極大的反差對比效果。

反觀《醒》9〈陳多壽生死夫妻〉中的陳多壽、朱多福，則呈現另一感受

形態的對比。未婚夫妻陳多壽、朱多福皆能爲對方著想,多壽因染病多年,願意退親,多福則不另他適,執意嫁至陳家,二人互爲體諒之心,在婚後更見刻劃:

> 陳小官人肚裏道:「自己十死九生之人,不是個長久夫妻,如何又去污損了人家一個閨女?」朱小娘子肚裏又道:「丈夫恁般病體,血氣全枯,怎經得女色相侵?」

他們皆顧及對方健康與未來,多壽不願連累多福,寧服毒以自盡,多福則不畏懼死亡,願與多壽同歸於盡。藉由互爲對方著想的心意陳述,造成兩相交集的情感,塑造出多壽、多福善體人意的高貴形象。

　　小說在人物的處理上,亦藉由時空的安排、人物的交會、背景際遇的差距、心思意念的差別,在對比鋪排下,造就出截然不同的性格。《醒》3〈賣油郎獨占花魁〉中,秦重、吳八公子對待莘瑤琴,顯現完全不同之心態。養尊處優的吳八公子,視名妓如囊中物,故其強搶瑤琴,「不管她弓鞋窄小,望街上飛跑」,一點都不加以體恤,反而「揚揚得意」,並以羞辱瑤琴爲樂,拔去其「簪珥」,「去其裹腳」,要她「自走回家」,對一嬌弱女子如此非人對待,顯出吳八公子之高傲蠻橫;相較於吳八公子,賣油郎秦重則視瑤琴宛若女神,先前熱茶伺候,小心照顧醉酒,後又扯己汗巾,「奉與美娘裹腳,親手與她拭淚。又與他挽起青絲,再三把好言寬解」,更「喚個煖轎」,「自己步送」;在吳八公子、秦重的強烈對照下,真情的存在與否,顯而易見。

三、好惡見異,強化性格

　　人心對事物有好惡之情,若藉好惡之迥異,體察微妙不定的情感,亦能呈顯人物性格。《古》38〈任孝子烈性爲神〉中的梁聖金,對丈夫任珪、舊情人周得的態度,呈現極大差異:任珪早出晚歸,梁聖金「終日眉頭不展,面帶憂容,粧飾皆廢」;然當舊情人周得出現,聖金轉而「濃添脂粉,插戴釵環,穿幾件色服,三步那做兩步」,「笑容可掬,向前相見」,周得不來之時,卻又「懨懨成病,如醉如癡」。聖金對待丈夫及情人,顯出天壤之別,其心中愛惡,明顯呈現。然由另一角度言之,聖金與周得,本是兩相有情,與任珪同處一屋簷,則爲禮教制度規範所致,對於名義上的丈夫及情之所繫的戀人,聖金的反應有所差別,本無可厚非,只是聖金既已處在禮制規範之內,其越軌之舉不免惹人非議。

又如《警》2〈莊子休鼓盆成大道〉中，田氏在莊子生前，振振有詞地罵煽墳婦「千不賢，萬不賢」，莊子臨終，更誓言「從一而終」，願死以明心迹，服喪期間，常「想著莊生生前恩愛，如癡如醉，寢食俱廢」，對丈夫仍戀念不已；豈料楚國王孫前來吊孝，田氏見其標致，遂「動了憐愛之心」，不僅留其久住，假借哭靈與其攀話，更央老蒼頭促成好事，花燭之夜為救王孫，竟不惜毀莊子之屍取腦，田氏由忠於丈夫而至另戀新歡，前後不一，對比強烈撼人。

《警》18〈老門生三世報恩〉中，蒯遇時對於「後生英俊，加意獎借」，對於「年長老成」者，則「視為朽物」，卻在其無意間誇獎拔擢了老邁之人，形成矛盾窘境：

> 本縣拔得個首卷，其文大有吳越中氣脈，必然連捷，通縣秀才，皆莫能及。

及至唱名之時，蒯遇時發現褒獎之人竟是垂暮老者，「羞得滿面通紅，頓口無言」，卻又「番悔」不得；之後兩次，蒯遇時欲拔「少年之輩」，卻又「錯拔」鮮于同，氣得「目瞪口呆」。反觀鮮于同，對蒯遇時的提拔，則滿懷感激，對蒯遇時，及其子、其孫，皆竭力助其脫離困境，蒯遇時對於「錯拔」的不樂、鮮于同對蒯遇時「知遇」的感戴，正造成兩兩互為映照的對比。

前後不同情況的呈現，有時在小說中，亦可造成諧趣。《醒》7〈錢秀才錯占鳳凰儔〉中，顏俊「立誓要揀個絕美的女子，方與締姻」，然而本人其貌不揚，卻喜「粧扮」，「自以為美」，聞高秋芳「美豔非常」，便思結成親事：

> 憑著我恁般才貌，又有家私，若央媒去說，再增添幾句好話，怕道不成？

其自負的心態，和其面貌名稱，恰成反比，遂起了反諷效果。然顏俊雖「自以為美」，卻也有自知之明，對廟裡求得的籤詩起初有逃避之心，之後則見其捫心自省：

> 回家中坐了一會，想道：「此事有甚不諧！難道真個嫌我醜陋，不中其意？男子漢須比不得婦人，只是出得人前罷了。一定要選個陳平、潘安不成？」一頭想，一頭取鏡子自照。側頭側腦的看了一回，良心不昧，自己也看不過了。把鏡子向桌上一撇，嘆了一口寡氣，呆呆而坐。

顏俊在自負、逃避之後，繼之以坦然誠實面對現實，其前後表現，形成強烈

對照，也微妙地烘托出人物特色。

綜上所述，在人物、情節、景物、事件、環境的並列鋪排下，易造就事件不同面向的衝突及矛盾，以突顯人物個別差異，使性格更爲鮮明、心態更爲彰顯，而透過內在心靈的特徵，〔註28〕使人物形象則更趨立體，而對比手法的運用，實乃幕後功臣。

第五節　順　逆

水中漣漪，可顯出靜謐中的波動美，同理，在靜態的小說敘述中，若有一些波瀾發生，則人物顯得稜角分明，張稔穰在《中國古代小說藝術教程》中即提及：

> 在毫無矛盾衝突的靜態情況下，人的感情世界、性格特點是處於沉睡狀態的，是隱形的；只有在一定的矛盾衝突中，人與人、人與環境相互鬥爭、撞擊、磨擦，深層感情才能釋放出來，潛藏的性格才能表現出來，才能從隱形變爲顯形。〔註29〕

矛盾衝突中，「外在行爲中掩蓋著心理衝突、性格衝突」，〔註30〕如此則複雜感情展現，而「人物的感情反應同衝突發展的趨勢，人物的語言同心靈深處的眞實感情，既一致又不一致，既平衡又不平衡，二者的差距將人物感情深化了，將這感情的複雜微妙性表現出來了」；〔註31〕在對立下，小說人物的情緒產生拉扯轉折，造成情節起伏的效果，經由順勢、逆境的錯落安排，使角色際遇有了落差變化，將增進作品無限魅力。〔註32〕

一、順逆交雜，形成波瀾

順勢、逆境的安排，促成人物情感波動，有純以順勢、逆境輪替之安排，使人心在期待、失望或惶恐中，產生心緒變動，造成起伏之效，以引發動人

〔註28〕 「對塑造人物性格作用最大的，是內在心靈即性格的對比。因爲要塑造典型，最重要的是刻劃出性格特徵，而通過不同人物的不同心靈或性格的對比，恰恰能最鮮明地襯托出彼此的不同的性格特徵，不同的個性和共性。」賈文昭、徐召勛：《中國古典小說藝術欣賞》，同第肆章註42，頁102。

〔註29〕 張稔穰：《中國古代小說藝術教程》，同第肆章註39，頁399。

〔註30〕 同前註，頁401。

〔註31〕 同註29，頁403。

〔註32〕 劉勵操：《寫作方法一百例》，同註4，頁3。

之況者，如《古》6〈葛令公生遣弄珠兒〉中的申徒泰，見主上之寵妾弄珠兒有「十分顏色」而「目不轉睛」，看得「出神」，反而對主上葛令公的叫喚充耳不聞，遂而「心下憂惶」，害怕令公「尋他罪罰」，在令公派予工作時，歡喜得有「立功」之機，又憂心或有「差遲」，爲令公「記其前過」，其戰戰兢兢的反應，便是由愛悅美色之喜，逆轉爲畏疑主上怒責之憂。又如《醒》35〈徐老僕義憤成家〉中，顏氏喪夫又面臨分家之況，孤孀幼子無謀生之能，顏氏將「盡命之資」交與老僕阿寄經商，在家中終日聽聞徐言兄弟的「齦唇簸嘴」，疑心阿寄將「本錢弄折」而「空口說白話」，心中憂懼疑惑，阿寄回家，顏氏更「一則以喜，一則以懼」，冀望及憂心齊聚心頭；及至見了阿寄及行李，「不像個折本的」，心下才「安了一半」。顏氏有所期待卻又擔心有所失落，導致心緒複雜不定，在順逆輪替的安排中，將人物擔憂恐慌又順心遂意，眞實顯現。

在愛情的感觸上，順逆輪替的處理，更能刻畫出情感的微妙變化。《古》23〈張舜美燈宵得麗女〉中，張舜美和劉素香的聚散，在心緒上造成不少波動。當舜美邂逅素香時，先是驚豔，不見佳人時不免失望，期待再度見面的心理，促使他次日清晨留連徘徊於初遇之處，盼望之殷切顯然可知。及至再度相逢，心中的興奮致使他二人「不復顧忌」，得知素香亦有「追慕」之情，舜美「喜出望外」，「一夜無眠」；相會後約好私奔，卻於途中失散，聞有女子疑「溺水而死」，遺下鞋子，舜美「驚得渾身冷汗」，心情又墜於谷底，致「寒熱交作，病勢沉重將危」，至次年舜美仍至初次相遇之處尋求蹤跡，然而「物是人非」，益增添心中無限悵惘。二人分別三年後，終在大慈菴中團聚，此時舜美「悲喜交集」，日夜的盼望終於如願。舜美心緒因聚散而喜悲，更見舜美對素香的一片深情。

《警》21〈趙太祖千里送京娘〉中，趙京娘見趙匡胤舉止豪邁，千里步行護送自己回家，想效法紅拂，「自擇英雄」，卻又囿於女子的矜持，難以啓齒：「欲要自薦，又羞開口，欲待不說：『他直性漢子那知奴家一片眞心？』」左思右想，一夜不睡」；轉以行動暗示，藉「腹痛難忍」、「嫌寒道熱」，與趙匡胤「挽頸勾肩」，表達向慕之情，然而趙匡胤「全然不以爲怪」，使京娘未免落於惆悵；爲免「挫此機會」，京娘最後不得已明白道出心聲，其間經歷的掙扎，可謂波折起伏。《警》32〈杜十娘怒沉百寶箱〉中，杜十娘在浮遊瓜州後，亦是藉由一連串的言語、行爲，顯現出其心緒轉變。瓜州在所愛者面前

吟唱，顯出十娘如願脫離風塵之喜；然得知李甲的千金買賣後，十娘「放開兩手，冷笑一聲」，則顯出十娘雖悲痛卻世故的作風，以反話要李甲「快快應承」，「不可錯過機會」；十娘表面上言及「迎新送舊」，實則打算與純潔的愛情同葬魚腹，然對李甲猶抱一絲依戀及期望，「微窺公子」，見其「欣欣似有喜色」後，心中極其微小的希望也頓然幻滅；十娘由期待新生的歡愉、轉而失望絕望的心路歷程，展現出煙花女子冀求真愛的坎坷。

二、增強反差，更掀高潮

順勢、逆境交相輪替，可形成心境起伏，若再將順逆之勢稍作集中，或使人物情緒產生較強烈之懸宕落差，將使心緒之變動更添壯闊波瀾。《醒》37〈杜子春三入長安〉之杜子春欲向親戚告借財物，「好親好眷」置之不理，反倒是素昧平生的老者欲送三萬兩相助，子春對於是否赴約則掙扎多次，既想望「老者的銀子」，又不敢懷抱極大希望，「有氣沒力的」「蕩到波斯館」，「一隻眼卻緊緊望那老者在也不在」，子春的疑惑、貪求在心中交戰，對銀子的想望終究大於疑惑之心，致使子春尋老者而來；老者責其晚至，無銀相贈，子春「懊悔不迭」，仍希望老者能再提供機會，顯現出子春對銀兩的極度渴望及須求；及至老者承諾「原與他銀子」，子春喜出望外，將銀子挑回家，卻未曾探問及老者姓名，更見子春心中只有銀兩。子春的心緒變化，便在一連串的疑惑、冀求、失望、歡喜中變換，刻劃出富家公子對錢財的極度需求，其所經歷的情緒感受，可謂複雜多變。

當順勢、逆勢的反差距離拉大，則心緒上之衝突更趨明顯，心態刻劃更為生動。《醒》19〈白玉孃忍苦成夫〉中程萬里的戒慎多疑，在一連串反覆多變的念頭中即可看出端倪：

> 張萬戶教他來試我，我今日偏要當面說破，固住了他的念頭，不來隄防，好辦走路。

及至見張萬戶發怒，又陷入後悔的情緒中：

> 原來他是真心，到是我害他了！

懊悔之情不久又被多疑之心擊垮，萬里又從負面加以思考：

> 「還是做下圈套來試我。若不是，怎麼這樣大怒要打一百，夫人剛開口討饒，便一下不打？況夫人在裏面，那裏曉得這般快就出來護就？且喜昨夜不曾說別的言語還好。」到了晚間，玉孃出來，見他

雖然面帶憂容，卻沒有一毫怨恨意思。程萬里想道：「一發是試我了。」說話越加謹慎。

謹慎多疑，致使萬里再度將玉孃之言視爲別有心機：

前日恁般嗔責，他豈不怕，又來說起？一定是張萬戶又教他來試我念頭果然決否。

故意的表態，數次的懷疑及防禦作爲，將玉孃漸次送入被賣的命運，萬里也墮入「懊悔失言」的情境。萬里的處境，正造就了其多疑個性，數度對玉孃之言生疑，又每每發現玉孃實爲眞心，萬里多疑之形象，心緒之波動，正藉其心性之順逆跌宕，刻劃而出。

在疑惑中，摻雜著懷疑及不肯定的猶豫感，多能將心境起伏明顯表現出來。《警》15〈金令史美婢酬秀童〉中，金滿由秀童的進出庫房多次，疑心其偷了公家銀兩，因其平日品行端正又無法斷定；不過又將「好酒」與「爲盜」作了連結，認定酒錢係由竊盜而得；在銀兩的藏匿判斷上，卻又反覆躊躇，既疑其偷盜藏匿，又害怕冤枉秀童而遭恥笑；在猶疑當中屢經懷疑又自我推翻，順逆交迭使金滿的心境起伏，躍然紙上。

冀望與失落的反差，亦使《警》25〈桂員外途窮懺悔〉中的嚴氏母子，看透人情冷暖；當其等「資財罄盡」，寄望昔日受施家恩惠的桂遷「厚贈」，然寄盼愈多，失望也愈大，對桂遷的忘恩負義，也就愈愈不能諒解；在心理層次上，由期待而失望，更襯托出其情緒感受的深刻，由含有「私喜」的歡愉之情，漸至覺察對方「怠慢」而產生無依失落感，當聞其明言「休想分文賫發」，便轉而「怒氣塡胸」，嚴氏母子歷經了複雜心緒的轉變，造成情緒上的大起大落。

《醒》25〈獨孤生歸途鬧夢〉中，獨孤遐叔在外三年，心中時刻惦記著家中妻子白娟娟是否平安，在龍華古寺中，瞥見一女子極似娟娟，對妻子牽掛的情感頓時起了波瀾：

這身子就似吊在冰桶裏，遍體冷麻，把不住的寒顫。卻又想道：「吥！我好十分懵懂，娘子是個有節氣的，平昔間終日住在房裏，親戚們也不相見，如何肯隨這班人行走？世上面貌廝像的儘多，怎麼這個女郎就認做娘子？」雖這般想，終是放心不下。悄地的在黑影子裏一步步挨近前來，仔細再看，果然聲音舉止，無一件不是白氏，再無疑惑。卻又想道：「莫不我一時眼花錯認了？」又把眼來擦得十分明亮，再

看時節，一發絲毫不差。卻又想道：「莫不我睡了去，在夢兒裏見他？」把眼挲挲，把腳踏踏，分明是醒的，怎麼有此詫異的事！「難道他做閨女時尚能截髮自誓，今日卻做出這般勾當！豈爲我久客西川，一定不回來了，遂改了節操？我想蘇秦落第，嗔他妻子不曾下机迎接。後來做了丞相，尚然不肯認他。不知我明早歸家，看他還有甚面目好來見我？」心裏不勝忿怒，磨拳擦掌的要打將出去。

當遐叔瞥見娟娟，「身子就似吊在冰桶裏，遍體冷麻，把不住的寒顫」，由「冰桶」的「冷」、「寒」，道出其頓覺驚訝、不肯置信的情懷，也刻劃出其在意妻子而氣憤的情緒，其對妻子的在乎，正表現在懷疑轉爲信任、又疑心忿怒的情緒中。娟娟應少年要求而歌，遐叔「愈加忿恨。恨不得眼裏放出火來，連這龍華寺都燒個乾淨」，傳達出遐叔對失去娟娟情感的悲憤；靜觀其變之後，遐叔了解娟娟是被「逼勒」而來，對娟娟的誤會頓時解除，心中對娟娟的氣憤「略平」，繼之而起的是憤恨少年欺人太甚，「暗地從地下摸得兩塊大磚櫥子，先一磚飛去，恰好打中那長鬚的頭」；對娟娟由誤會而轉爲護衛，及至夢醒猶擔心娟娟的安危：

這夜怎麼還睡得著？等不得金雞三唱，便束裝上路。……捱進開陽門，經奔崇賢里，一步步含著眼淚而來。遙望家門，卻又不見一些孝事。那心兒裏就是十五六個吊桶打水，七上八落的跳一個不止。進了大門，走到堂上，撞見梅香翠翹，連忙問道：「娘子安否何如？」口內雖然問他，身上卻擔著一把冷汗，誠恐怕說出一句不吉利的話來。……遐叔聽見翠翹說道娘子無恙。這一句話就如分娩的孕婦，囝底一聲，孩子頭落地，心下好不寬暢。

急欲返家，一探究竟，「等不得金雞三唱」，道出其之心焦；「一步步含著眼淚」，則是憂慮的反應；至家門「不見一些孝事」，「那心兒裏就是十五六個吊桶打水，七上八落的跳一個不止」，其忐忑不安，害怕聽聞「不吉利的話」，及至知曉娟娟「無恙」，「就如分娩的孕婦，囝底一聲，孩子頭落地，心下好不寬暢」，在「孕婦」「分娩」的譬喻句法中，巧妙鮮活地呈現遐叔對娟娟深切的掛念。

綜上所述，人物實蘊含著多種情緒，當異樣的情緒抑積胸中，內心便產生糾纏掙扎的現象，喜怒哀樂的紛雜呈現，使人物歷經曲折歷練；透過七情六慾，在事件中呈現多面向的展現，人物才顯得真實，顯得動人。

　　綜觀「三言」人物心態的刻劃，人物形象的特出，在於人物內心深處的情感能表現出豐富性，〔註33〕而情感的複雜多樣，人物的性格鮮活，須由藝術手法刻劃而出，直接集中的渲染，外物、景境的烘托，伏筆、懸念的鋪墊，對比映照的強調，錯綜起伏的順逆等方式，對細節的刻劃描寫，對人物起了畫龍點睛之效，使人物複雜多變的情感，內心微妙的思維變化，在藝術手法的運用之中，與人際、環境的互動之下，呈顯出互為交錯的矛盾衝突，流露出靈魂深處的思想情感，呈現出扣人心弦的生命張力，致使形象更顯生動，更趨眞實。

〔註33〕　「小說透過人物的命運牽動讀者的內心，以情引人，以情動人。讀者是有感情的，所以寫人就必須要寫感情，而要寫出人物內心深處幽微的感情，就必須大膽地寫進人物的內心世界，才能表達出感情的豐富與多樣。」陳碧月：《小說創作的方法與技巧》，同第肆章註12，頁84。

第六章　結　論

一、「三言」人物心態展現類型

　　人物形象的豐滿，展現在人的行止活動、性情慾望、思想感情，及人與人之間的關連，而人物外在的表現，實與內心世界緊密聯結，探及人物內心深處的思維，更見人物的真實及鮮活。

　　本論文在探討「三言」人物正面心態方面，分為親情、愛情、恩情三端，可看出親子、手足間無私無我的關懷孺慕、無可斬斷的深切顧念；男女間惜才、眷戀、展現堅貞意志、打破階級之分、勇於追求真情；而朋友間相扶濟、重然諾的可貴情誼，或陌生人間施仁義、酬恩情的溫情相待。

　　在負面心態方面，則有人性內心深處的貪婪，包括對美色渴望、錢財利益、權貴祿位的貪求，因耽於人慾物慾，而淪於放縱勢利、甚而害人性命；尚有不平的怨忿心緒，或因屈居人下懷疑困惑而抱慮懷懼；或因優越感遭損而有失勢之憂、安定感動搖而有失寵之脅、為「利己」「排他」而滋妒含怨；或因貪求受阻、自尊遭辱而蓄怒銜恨。此外，尚有屈悔心態，或因瀕於生死之際、無力突破現況，或囿於宿命之婚姻、壓抑自身情感而遭舛蒙屈；或偏執成見、私心為己，傷及他人、鑄下錯事而銜悔含疚。在「逞慾戀色」類型中，作者對於女子守貞節，並未痛加譴責，反倒是寄予同情；而對方外之士破戒害人，則大肆抨擊。在禮教相當嚴謹的明代，縱慾現象仍層出不窮，突顯出人性原始情慾，並不能為社會禮教規範所禁錮。商業活動的發達，亦造成侈靡之風，促使時人冀求名利，致生勢利之舉、害人之行。

　　「三言」人物正反心態的表現，寫出了人生百樣，使小說展現感人魅力。

二、「三言」人物心態刻劃手法

人物心態的呈現，可由外顯易察之行為表露心中的意念及真實情感，基於思維、情緒易不自覺表露於行止中，在急進、無掩飾之大幅舉動中，可見親子間對性命安危之掛念、事與願違致生之憤怒，即如初識者或內斂性情者，亦能在含蓄之舉止中，覺察其心中喜怒哀樂。言語亦為透露人物性格、心志之途徑，思維藉由言語傳達，透過直言無隱之言詞，勢利無情者之性格，在輕蔑苛刻的語氣中儼然呈現，節女烈婦之心志，也在懇切堅毅的語彙中昭然若揭；亦有不便表明心意者，藉迂迴婉轉言詞，或外物，輾轉傳達內心種種，造成迴環轉折之效。再者，可藉外在的服飾裝扮顯其習性、欲求、性格及心境的變化；然亦有為掩飾本意，在服裝上刻意裝扮者，或以華豔之外表，隱蔽深沉之痛心。裝扮、行為、言語三方面係外化形式，由外顯行為以見內在思緒，而內在深層描寫的揭櫫，可促使人物更為有血有肉。內心深處的情感、慾望、思維等，或不自覺蘊藏於人物潛意識中，則常藉夢境顯現。經由外在的行止、內在的思維，作多面向的探查，才能對人物心態作較完整的觀察敘寫，發覺其形神兼備、具有生命力的藝術形象。

內心世界本抽象不易外顯，人物心態之呈現，藉藝術手法的塑造鋪排，則易於展現逼真活化的形象。或由正面之渲染方式，於短暫時段內集中鋪敘其舉措及心思，使其言行緊湊、思維深刻，或藉時間之延展、空間之阻隔，表徵情意及心念之綿延，使人物心性更顯深化。或由客體事物著手，藉託物寄情之法、景境映情之效，烘托出人物的處境、性格、意念及情感。或由次要人物以鋪陳助勢襯出主要人物；安排伏筆以呼應遭際，設置懸念以引人入勝。或藉對比之法，在善惡貴賤中，對照出相異之心性。亦有以順逆之法、交雜之勢、跌宕之姿，展現強弱衝突，在反差中，更見心緒波動之高潮。人物內心不便明言、不願明言或不能明言的內容，便藉由各種藝術手法呈顯出來，將抽象不易發掘的內心世界，藉由文字和讀者產生心靈的交會。

三、「三言」人物心態描摹效果

六朝時期，以事件結構為重的小說，注重情節曲折；唐朝則漸將重心逐轉移至人物塑造上，而宋元話本，為吸引聽眾，除重情節迭起外，人物外顯之行為多成描摹重心；至於「三言」，對人物已由表層言行之敘寫兼及於深層心理之摹刻。巴金曾言及：

中外古今的名作，所以能流傳久遠，就在於它的人物形象，以及對
當時生活的深刻描寫，具有引人入勝的魅力。〔註1〕
人物形象的刻劃，除外在之形貌、行動為敘寫重心外，其誘人之處，還在於
能使讀者和人物心靈產生共振，擬話本時期，細緻生動的內心世界描寫，使
人物形象更趨豐滿。

　　人物的心理與外顯行為，乃一體之兩面，思維意識與言行外貌，易互相
影響，故而敘及人物之外顯層面，若能兼及心理層面，人物形象自然趨於豐
富。心理描寫涉及內心抽象的情緒意念，與外在現實之自然、社會環境或文
化交會，在協調或衝突的狀況中，易造成情節的波折、情感的拉扯，生發出
起伏的情緒，使人物形象趨於多面、立體、也更為強化。

　　《明清小說的藝術世界》中提及：「在世情長篇小說出現以前，中國的長
篇小說追求動作性，多只在行動中刻劃人物。但話本擬話本小說特別是『三
言二拍』中，卻已有精彩細膩生動的心理描寫，而且這些心理描寫不但使人
物形象更加複雜豐滿，還成為情節奇異發展的邏輯動因」。〔註2〕宋元話本中，
已有由語言行動及心理描寫來刻劃人物的優秀作品，「三言」則在人物內心層
面敘寫頗多著力之處，使內在描寫產生動人力量，及至蒲松齡的《聊齋誌異》，
藉幻想之意境鋪敘，敘寫內心層面，對人物情感及性格，有更趨廣泛的內容
呈現。〔註3〕人物性格及內心情感的進一步發揮，在《紅樓夢》更充分展現，
〔註4〕在故事情節的進展、人物形象的描繪中，揭示出靈魂深處的心聲，「表
現人的意識和潛意識」，正如聶紺弩先生所云「《紅樓夢》是一部人書」。〔註5〕
此後，意識流及新感覺派小說繼之而起，描繪之觸角探及人物潛意識之思維、
情感或慾望，在人物內心情感的波瀾方面又作了更精細的描寫，甚而擁有一
定的影響力。〔註6〕大陸的傷痕文學，也在「人性深處的矛盾內容」〔註7〕上

〔註1〕　〈祝賀與希望〉，《文藝報》1983年第1期，頁11。轉引自劉世劍：《小說概說》，
　　　　同第肆章註14，頁63。
〔註2〕　黃清泉、蔣松源、譚邦和：《明清小說的藝術世界》，同第肆章註19，頁135。
〔註3〕　張稔穰：《中國古代小說藝術教程》，同第肆章註39，頁394。
〔註4〕　李忠昌在〈談談古典小說研究中的幾個薄弱點〉一文中指出，「《紅樓夢》中
　　　　的直接心理描寫有510多處」，《拍案驚奇》、《金瓶梅》及《儒林外史》則分
　　　　別有445處、366處及162處。見李忠昌：〈談談古典小說研究中的幾個薄弱
　　　　點〉，《社會科學輯刊》（瀋陽），1987年第6期，頁82～83。
〔註5〕　聶紺弩：〈小紅論〉，《讀書》1984年第8期（1984年8月），頁90。
〔註6〕　陸志平、吳功正在《小說美學》中提及：意識流小說更加留意「人物的內心

多所著墨，可見「三言」在內心世界的描寫方面，實具承先啓後之效。

　　小說表現人的思想感情及際遇，顯出人處於社會中的人性及反人性，人物的內心世界，在文化道德及本能慾望的衝擊掙扎中，揭示出靈魂深處的矛盾，使情感產生顫動，造成感人力量，黑格爾曾言：「生命的力量，尤其是心靈的威力，就在於它本身設立矛盾，忍受矛盾，克服矛盾」。〔註8〕心靈矛盾的揭示，將視覺不易發覺的內在複雜心緒細膩展現，與讀者內心產生共振，造成情緒、藝術之感染力。馮夢龍「少負情癡」，出入於青樓酒館，更能見及市井人情；明中葉後手工業逐漸發展、商業繁榮，城市也因此勃興，而都市中人在財貨利祿誘引的環境中，所受考驗亦多，「三言」正反映此種情況下之人性及心理。馮夢龍的「三言」，在語言風格上趨於精美，在故事情節上趨於現實；更在人物的肖像描寫上，尋求行動及心理層次的描述，在人物描寫上有了突破，心理層面之觸角延伸，使其探及人性更深層的複雜心靈，展現人性真情實感，使人物形象趨於真實深化，其文學魅力，便在人物心態的表現上，彰顯價值。

　　世界，注意寫混亂多變的無意識和潛意識」。陸志平、吳功正：《小說美學》，同第伍章註3，頁46；馬振方則言及：意識流和新感覺派小說「常將人物的一絲惆悵、些許煩惱引起的感情波瀾寫得精細入微，深切可感。」馬振方：《小說藝術論》，同第肆章註2，頁233。

〔註7〕　「傷痕文學的根本優點，就在於它開始接觸到人性深處的矛盾內容，在一定程度上展示了人性的深度」。劉再復：《性格組合論》（下），同第參章註32，頁169。

〔註8〕　〔德〕黑格爾著、朱光潛譯《美學》（北京：商務印書館，1979年1月第2版，1991年12月北京第6次印刷），卷1，頁154。

引用文獻

依作者姓氏筆劃順序排列

（一）專　書

1. 〔奧〕Alfred Adler 撰，陳蒼多譯，《了解人性》，臺北：大中國圖書公司，1991 年 5 月初版。

2. 〔清〕王夫之撰，《詩廣傳》，光緒 25 年（己亥）夏月慎記書莊石印本。

3. 〔明〕王夫之撰，《薑齋詩話》，收入《船山全書》第 15 冊，長沙：嶽麓書社，1996 年 2 月第 1 版，1998 年 11 月第 2 次印刷。

4. 王立、劉衛英撰，《紅豆：女性情愛文學的文化心理透視》，北京：人民文學出版社，2002 年 10 月北京第 1 版。

5. 王利器編，《元明清三代禁毀小說戲曲史料》，臺北：河洛圖書出版社，1978 年 1 月臺景印初版。

6. 王凌撰，《畸人‧情種‧七品官──馮夢龍探幽》，福建：海峽文藝出版社，1992 年 3 月第 1 版。

7. 王國維撰，《曲錄》，收入《叢書集成續編》第 2 冊，臺北：新文豐出版公司，影印晨風閣本，1989 年臺 1 版。

8. 〔明〕王敬臣撰，《俟後編》，收入四庫全書存目叢書編纂委員會編，《四庫全書存目叢書》子部第 107 冊，臺南：莊嚴文化事業有限公司，據華東師範大學圖書館藏清康熙 38 年彭定求重刻本影印，1995 年 9 月初版 1 刷。

9. 〔漢〕司馬遷撰，《史記》，《景印文淵閣四庫全書》第 244 冊，臺北：臺灣商務印書館，1986 年 3 月初版。

10. 〔英〕休謨撰，關文運譯，鄭之驤校，《人性論》（下冊），北京：商務印書館，1980 年 4 月第 1 版，1997 年 2 月北京第 9 次印刷。

11. 安琪拉萊特原著，《色彩心理學》，新形象出版公司編輯部編譯，臺北：新形象出版事業有限公司，1998 年 7 月第 1 版第 1 刷。

12. 朱光潛撰，《文藝心理學》，臺北：臺灣開明書局，1969 年 12 月臺 1 版發行，1993 年 2 月新排 3 版發行。

13. 〔清〕朱彝尊編，《明詩綜》（下冊），臺北：世界書局，1962 年 6 月初版。

14. 〔明〕何瑭撰，《栢齋文集》，明嘉靖間（1522～1566）刊黑口本。

15. 〔明〕吳江詞隱先生原編，鞠通先生刪補，《重定南九宮詞譜》，明崇禎己卯（12 年，1639 年）刊清順治乙未（12 年，1655 年）修補本。

16. 吳京一、蔡長添、施河編著，《生理學精義》，臺北：茂昌圖書有限公司，1999 年 9 月第 2 版。

17. 〔清〕吳梅撰，《顧曲麈談》，上海：商務印書館，1916 年 5 月初版，1930 年 9 月 5 版，1934 年 4 月國難後第 1 版。

18. 〔明〕呂天成撰，《曲品》，1922 年北京大學排印本。

19. 〔明〕李東陽等奉勅撰，申時行等奉勅重修，《大明會典》（三），臺北：東南書報社，1963 年 9 月出版。

20. 〔明〕李東陽等奉勅撰，申時行等奉勅重修，《大明會典》（四），臺北：新文豐出版公司，1976 年 7 月初版。

21. 〔清〕李漁撰，《十二樓》，臺北：長歌出版社，1975 年 10 月初版。

22. 〔清〕李銘皖等修，馮桂芬等纂，《蘇州府志》第 3 冊，臺北：成文出版社，據清光緒 9 年刊本影印，1970 年出版。

23. 〔清〕李銘皖等修，馮桂芬等纂，《蘇州府志》第 4 冊，臺北：成文出版社，據清光緒 9 年刊本影印，1970 年出版。

24. 〔明〕沈德符撰，《萬曆野獲編》（第四冊），臺北：偉文圖書出版社有限公司，1976 年 9 月版。

25. 周先愼撰，《古典小說鑒賞》，北京：北京大學出版社，1992 年 1 月第 1 版，1996 年 11 月第 2 次印刷。

26. 周建渝撰，《才子佳人小說研究》，臺北：文史哲出版社，1998 年 10 月初版。

27. 周駿富輯，《明代傳記叢刊》第 12 冊，臺北：明文書局，1991 年初版。

28. 周駿富輯，《明代傳記叢刊》第 72 冊，臺北：明文書局，1991 年初版。

29. 孟森撰，《明代史》，臺北：中華叢書委員會印行，1957 年出版。

30. 〔明〕抱甕老人編，馮裳標校，《今古奇觀》，臺北：建宏出版社據上海圖書館明版清印 24 冊爲底本，1995 年 3 月初版 1 刷。

31. 金健人撰，《小說結構美學》，臺北：木鐸出版社，1988 年 9 月初版。

32. 俞汝捷撰，《人心可測——小說人物心理探索》，臺北：淑馨出版社，1995年8月初版。

33. 胡士瑩撰，《話本小說概論》（下冊），北京：中華書局，1980年5月第1版。

34. 〔明〕香月居顧曲散人編，《太霞新奏》第1冊，收入王秋桂主編《善本戲曲叢刊》第5輯，臺北：臺灣學生書局，據明崇禎刻本影印，1987年初版。

35. 〔明〕凌濛初撰，王根林校點，《二刻拍案驚奇》，上海：上海古籍出版社，1996年12月第1版。

36. 〔明〕凌濛初撰，冷時峻校點，《拍案驚奇》，上海：上海古籍出版社，1996年12月第1版。

37. 唐躍、譚學純撰，《小說語言美學》，合肥：安徽教育出版社，1995年1月第1版，1995年10月第1次印刷。

38. 孫楷第撰，《日本東京所見中國小說書目——附大連圖書館所見中國小說書目》，臺北：鳳凰出版社，1974年10月初版。

39. 孫遜、孫菊園編，《中國古典小說美學資料匯粹》，上海：上海古籍出版社，1991年5月第1版。

40. 〔明〕徐學聚撰，《國朝典匯》（三），臺北：臺灣學生書局，1965年1月初版，據國立中央圖書館珍藏善本影印。

41. 馬振方撰，《小說藝術論》，北京：北京大學出版社，1999年1月第2版。

42. 〔宋〕張君房纂輯，蔣力生等校注，《雲笈七籤》，北京：華夏出版社，1996年8月北京第1版。

43. 張稔穰撰，《中國古代小說藝術教程》，濟南：山東教育出版社，1991年4月第1版。

44. 〔明〕張萱撰，《西園聞見錄》，收入王有立主編，《中華文史叢書》第42冊，臺北：華文書局股份有限公司，1940年北平哈佛燕京學社排印本，1969年6月初版。

45. 〔明〕張瀚撰，《松窗夢語》，上海：上海古籍出版社，1986年2月第1版。

46. 張耀翔撰，《情緒心理》，臺北：臺灣商務印書館，1966年9月臺1版，1970年1月臺4版。

47. 張耀翔撰，《感覺心理》，臺北：臺灣商務印書館，1966年9月臺1版，1969年1月臺3版。

48. 曹正文撰，《中國俠文化史》，臺北：雲龍出版社，1997年7月初版。

49. 梁啟超撰，《飲冰室文集》，上海：天行出版社，1949年。

50. 〔明〕許自昌撰，《樗齋漫錄》，收入《續修四庫全書》子部雜家類第 1133 冊，上海：上海古籍出版社，據明萬曆刻本影印，2002 年出版。

51. 郭立誠撰，《中國婦女生活史話》，臺北：漢光文化事業股份有限公司，1983 年 4 月初版。

52. 陳東原撰，《中國婦女生活史》，臺北：臺灣商務印書館，1981 年 11 月臺 7 版。

53. 〔清〕陳瑚輯，《離憂集》，收入《叢書集成三編》第 43 冊，臺北：新文豐出版公司，據峭帆樓刻行本影印，1996 年出版。

54. 陳碧月撰，《小說創作的方法與技巧》，臺北：秀威資訊科技股份有限公司，2002 年 9 月 BOD 初版，2003 年 5 月再版。

55. 〔明〕陳繼儒撰，《安得長者言》，收入四庫全書存目叢書編纂委員會編：《四庫全書存目叢書》子部第 94 冊，臺南：莊嚴文化事業有限公司，據北京大學圖書館藏明崇禎刻眉公十種藏書本影印，1995 年 9 月初版 1 刷。

56. 陸志平、吳功正撰，《小說美學》，臺北：五南圖書出版有限公司，1993 年 11 月初版 1 刷。

57. 陸樹侖撰，《馮夢龍研究》，上海：復旦大學出版社，1987 年 9 月第 1 版。

58. 〔元〕陶宗儀撰，《輟耕錄》，收入《叢書集成新編》第 8 冊，臺北：新文豐出版公司，1985 年初版。

59. 〔漢〕揚雄撰，李軌注，《揚子法言》，上海，中華書局，據江都秦氏本校刊印，1936 年。

60. 〔明〕無名氏撰，《啖蔗》，臺北：福記文化圖書有限公司，1984 年 9 月初版。

61. 〔宋〕程顥撰，〈定性書〉，收入〔明〕黃宗羲撰，〔清〕全祖望補，〔清〕王梓材、馮雲濠、何紹基校，《宋元學案》，臺北：世界書局，1961 年 11 月初版。

62. 〔清〕鈕琇撰，《觚賸續編》，收入《續修四庫全書》編纂委員會編，《續修四庫全書》子部雜家類第 1177 冊，上海：上海古籍出版社，據天津圖書館清康熙臨野堂刻本影印，2002 年出版。

63. 〔韓〕閔寬東撰，《中國古典小說在韓國之傳播》，上海：學林出版社，1998 年 10 月第 1 版。

64. 〔明〕馮夢龍撰，《中興實錄》，手稿本。

65. 〔明〕馮夢龍撰，《甲申紀聞》，手稿本。

66. 〔明〕馮夢龍編，《新列國志》，上海：上海古籍出版社，1987 年 2 月第 1 版。

67. 〔明〕馮夢龍編，李田意攝校，《古今小說》，臺北：世界書局，據明天

許齋本影印，1958 年出版。

68. 〔明〕馮夢龍編，許政揚校注，《古今小說》，臺北：里仁書局，1996 年 5 月出版。

69. 〔明〕馮夢龍編，廖吉郎校訂，《醒世恆言》，臺北：三民書局，1989 年 1 月初版。

70. 〔明〕馮夢龍編，嚴敦易校注，《警世通言》，臺北：里仁書局，1996 年 5 月出版。

71. 〔明〕馮夢龍編，顧學頡校注，《醒世恆言》，臺北：里仁書局，1996 年 5 月出版。

72. 〔清〕黃文暘撰，《曲海總目提要》，1930 年大東書局排印本。

73. 黃清泉、蔣松源、譚邦和撰，《明清小說的藝術世界》，臺北：洪葉文化事業有限公司，1995 年 5 月初版 1 刷。

74. 黃霖等著，《中國小說研究史》，杭州：浙江古籍出版社，2002 年 7 月第 1 版第 1 刷。

75. 〔德〕黑格爾著，朱光潛譯，《美學》，北京：商務印書館，1979 年 1 月第 2 版，1991 年 12 月北京第 6 次印刷。

76. 楊承彬撰，《孔、孟、荀的道德思想》，臺北：臺灣商務印書館，1983 年 4 月 2 版。

77. 〔日〕詫摩武陵著，歐明昭譯，《嫉妬心理學》，臺北：國際文化事業有限公司，1975 年，出版月份及版次不詳。

78. 賈文昭、徐召勛撰，《中國古典小說藝術欣賞》，臺北：里仁書局，1983 年 3 月初版。

79. 〔清〕褚稼軒撰，《堅瓠六集》，收入《筆記小說大觀》第 23 編第 9 冊，臺北：新興，1962 年出版。

80. 趙伯陶撰，《市井文化與市民心態》，漢口：湖北教育出版社，1996 年 9 月第 1 版。

81. 〔清〕趙廷機修，柳上芝纂，《壽寧縣志》，臺北：成文出版社，據清康熙 25 年刊本影印，1970 年出版。

82. 〔清〕趙翼撰，《廿二史箚記》，上海：國學整理社，1936 年 12 月初版，1939 年 9 月新 1 版。

83. 〔清〕趙翼撰，《陔餘叢考》，臺北：世界書局，據清乾隆湛貽堂刊本影印，1960 年 12 月初版。

84. 劉上生撰，《中國古代小說藝術史》，長沙：湖南師範大學出版社，1993 年 6 月印刷。

85. 劉世劍撰，《小說概說》，高雄：麗文文化事業股份有限公司（東北師範

大學出版社授權出版），1994 年 11 月初版。

86. 劉再復撰，《性格組合論》，臺北：新地出版社，1988 年 9 月初版。

87. 〔漢〕劉向撰，《說苑》，臺北：臺灣中華書局據明刻本校刊，《四部備要》本，1965 年臺 1 版。

88. 〔清〕劉熙載撰，《藝槩》，臺北：廣文書局，1964 年 3 月初版。

89. 劉勵操撰，《寫作方法一百例》，臺北：國文天地雜誌社，1990 年 10 月初版。

90. 歐陽代發撰，《解讀宋元話本》，臺北：雲龍出版社，1999 年 4 月初版。

91. 〔漢〕鄭玄註，《禮記》，《四部叢刊正編》第 1 冊，臺北：臺灣商務印書館，據上海涵芬樓以宋刊本景印，1979 年 11 月臺 1 版。

92. 〔宋〕鄭思肖撰，《鐵函心史》，臺北：世界書局，據高陰祖先生藏支那內學院本影印，1956 年 2 月初版。

93. 魯迅撰，《中國小說史略》，收入《魯迅小說史論文集——中國小說史略及其他》，臺北：里仁書局，1992 年 9 月初版，2000 年 10 月增訂 1 版。

94. 〔清〕錢謙益撰，《牧齋初學集》，收入《四部叢刊正編》第 78 冊，臺北：臺灣商務印書館，上海涵芬樓景印崇禎癸未刊本，1979 年 11 月臺 1 版。

95. 〔漢〕戴德撰，《大戴禮記》，《四部叢刊正編》第 3 冊，臺北：臺灣商務印書館，上海涵芬樓借無錫孫氏小綠天藏明袁氏嘉趣唐刊本景印，1979 年 11 月臺 1 版。

96. 繆咏禾撰，《馮夢龍和三言》，原上海古籍出版社出版，1978 年 9 月第 1 版，台北：萬卷樓圖書有限公司，1993 年 6 月初版 1 刷。

97. 〔宋〕謝枋得撰，《謝疊山集》，長沙：商務印書館，1941 年 12 月初版。

98. 轟付生撰，《馮夢龍研究》，上海：學林出版社，2002 年 12 月第 1 版。

99. 魏同賢主編，《馮夢龍全集》共 22 冊，南京：江蘇古籍出版社，1993 年 3～9 月第 1 版。

100. 魏飴撰，《小說鑑賞入門》，臺北：萬卷樓圖書公司，1999 年初版。

101. 羅盤撰，《小說創作論》，臺北：東大圖書股份有限公司，1980 年 2 月初版，1990 年 3 月增訂初版。

102. 譚正璧編，《三言兩拍資料》，上海：上海古籍出版社，1980 年 10 月初版。

103. 〔日〕鹽谷溫著，孫俍工譯，《中國文學概論》，臺北：臺灣開明書店，1970 年 12 月臺 1 版。

（二）單篇論文

1. 文崇一撰，〈報恩與復仇：交換行爲的分析〉，原載楊國樞、文崇一主編，

《社會及行爲科學研究的中國化》,臺北:中央研究院民族學研究所,1982年,頁311～344,收入楊國樞主編,《中國人的心理》,臺北:桂冠圖書股份有限公司,1988年3月初版1刷,1990年4月初版3刷,頁347～382。

2. 王定璋撰,〈「三言」中的人情倫理〉,《西南師範大學學報》:哲學社會科學版(重慶),1995年第2期(總第82期),1995年4月,頁78～82。

3. 王凌撰,〈馮夢龍生平簡編〉,《福建論壇》(文史哲版),1991年第3期(總第64期),1991年6月,頁65～74。

4. 王凌撰,〈馮夢龍麻城之行——馮夢龍生平及思想探幽之二〉,《福建論壇》(文史哲版),1988年第4期(總第47期),1988年8月,頁45～47。

5. 王國良撰,〈三言——馮夢龍與三言〉,收入《中國文學講話》(九)明代文學,臺北:巨流圖書公司,1987年5月1版1印,頁189～207。

6. 何曉鐘撰,〈小說中的人物〉,《新文藝》第165期,1969年12月,頁77～86。

7. 李田意撰,〈日本所見中國短篇小說略記〉,《清華學報》,新1卷第2期,1957年4月,頁63～83。

8. 李志宏撰,〈試從馮夢龍「情教說」論「三言」之編寫及其思想表現〉,《臺北師院語文集刊》第8期,2003年6月,頁59～109。

9. 李奉戩、黃曉霞撰,〈杜十娘與愛情貞節論〉,《殷都學刊》,1994年第3期(總第53期),1994年7月,頁72～73、81。

10. 李忠昌撰,〈談談古典小說研究中的幾個薄弱點〉,《社會科學輯刊》(瀋陽),1987年第6期,1987年11月,頁79～84。

11. 沈廣仁撰,〈明代小說中主題物的象徵性與情節性〉,《上海師範大學學報》(社會科學版),第30卷第6期,2001年11月,頁49～54。

12. 孟祥榮撰,〈在心理描寫中見出的人物性格——說小說〈金玉奴棒打薄情郎〉〉,《名作欣賞》,第3期,2000年5月,頁98～100。

13. 林英撰,〈馮夢龍和《壽寧待志》〉,《光明日報》,1983年9月20日第3版。

14. 洪順隆撰,〈六朝異類戀愛小說芻論〉,《文化大學中文學報》創刊號,1993年2月,頁25～81。

15. 胡萬川撰,〈三言敘及眉批的作者問題〉,收入胡萬川撰,《話本與才子佳人小說之研究》,臺北:大安出版社,1994年2月第1版第1刷,頁123～138。

16. 胡萬川撰,〈乍看不起眼的那些角色——傳統小說人物試論之一〉,收入《古典文學》第7集下冊,臺北:臺灣學生書局,1985年8月初版,頁985～1009。

17. 胡萬川撰，〈馮夢龍所編話本小說「三言」的版本與流傳〉，《中華文化復興月刊》，第 9 卷第 6 期，1976 年 5 月，頁 71～80。

18. 茅盾撰，〈關於藝術的技巧——在全國青年文學創作者會議上的講演〉，收入茅盾撰，《茅盾評論文集》（上），北京：人民文學出版社，1978 年 11 月北京第 1 版，頁 58～71。

19. 唐君毅撰，〈說中國人文中之報恩精神〉，原載於《鵝湖》第 6 期，收入《病裏乾坤》，臺北：鵝湖出版社，1984 年 5 月再版，頁 103～113。

20. 夏志清著，林耀福譯，〈中國舊白話短篇小說裡的社會與自我〉，《純文學》，第 2 卷第 1 期，1967 年 7 月，頁 13～27。

21. 夏咸淳撰，〈晚明文人的情愛觀〉，《天府新論》，1991 年第 4 期，1991 年 7 月，頁 57～63。

22. 孫楷第撰，〈三言二拍源流考〉，《國立北平圖書館館刊》5 卷 2 號，1931 年 3 月 4 日，頁 7～30。

23. 容肇祖撰，〈明馮夢龍的生平及著述〉，《嶺南學報》第 2 卷第 2 期，1931 年 7 月，頁 61～91。

24. 容肇祖撰，〈明馮夢龍的生平及著述續考〉，《嶺南學報》第 2 卷第 3 期，1932 年 6 月，頁 95～124。

25. 徐文助撰，〈馮夢龍之生平及其《警世通言》〉，《師大學報》第 27 期，1982 年 6 月，頁 219～234。

26. 袁行雲撰，〈馮夢龍「三言」新證——記明刊《小說》（五種）殘本〉，《社會科學戰線》，1980 年第 1 期（總第 9 期），1980 年 3 月，頁 337～348。

27. 袁志撰，〈馮夢龍研究七十年〉，《福建論壇》（文史哲版），1993 年第 5 期（總第 78 期），1993 年 10 月，頁 59～64。

28. 馬幼垣撰，〈馮夢龍與《壽寧待誌》〉，收入國立清華大學人文社會科學院中國語文學系主編，《小說戲曲研究》第 3 集，臺北：聯經出版事業公司，1990 年 12 月初版，頁 141～180。

29. 高洪鈞撰，〈馮夢龍生平拾遺〉，《天津師大學報》，1984 年第 1 期，1984 年 2 月，頁 78～81。

30. 張永芳撰，〈細膩傳神、生動準確：〈蔣興哥重會珍珠衫〉的心理描寫〉，《電大語文》（瀋陽），1985 年第 4 期，頁 21～22。

31. 張國慶撰，〈櫝中有玉——杜十娘內心世界簡析〉，《文史知識》，1985 年第 6 期（總第 48 期），1985 年 6 月，頁 32～36。

32. 莎日娜撰，〈日本學者的版本發現與 20 世紀的「三言」研究〉，《國際關係學院學報》，2002 年第 6 期（總第 67 期），2002 年 11 月，頁 30～33。

33. 野孺撰，〈關於馮夢龍的身世〉，原載《光明日報》1957 年 11 月 3 日、《文學遺產》181 期，收入人民文學出版社編輯部編《明清小說研究論文集》，

北京：人民文學出版社，1959 年 2 月北京第 1 版，頁 34～38。

34. 陳炳良撰，〈母子衝突——〈白娘子永鎮雷峰塔〉的心理分析〉，收入國立清華大學人文社會科學院中國語文學系主編，《小說戲曲研究》第二集，臺北：聯經出版事業公司，1989 年 8 月初版，頁 99～128。

35. 陳葆文撰，〈試析「蔣興哥重會珍珠衫」的衝突結構〉，《中外文學》，第 18 卷第 2 期（總第 206 期），1989 年 7 月，頁 127～151。

36. 陸樹崙撰，〈「三言」序的作者問題〉，《中華文史論叢》，1985 年第 4 輯（總第 36 輯），1985 年 11 月，頁 119～131。

37. 陸樹崙撰，〈「三言」的版本及其他〉，原載《復旦大學學報》1963 年第 1 期，收入陸樹崙撰，《馮夢龍散論》，上海：上海古籍出版社，1993 年 6 月第 1 版，頁 10～22。

38. 傅承洲撰，〈馮夢龍研究六十年〉，《文史知識》，1991 年第 4 期（總第 118 期），1991 年 4 月，頁 118～124。

39. 黃光國撰，〈報的個體與群體〉，收入《中國人的世間遊戲——人情與世故》，臺北：張老師出版社，1990 年 7 月初版 1 印，頁 20～27。

40. 黃麗月撰，〈台灣地區《三言》、《二拍》研究的回顧與展望——以各大學博碩士論文爲範圍〉，《中國文化月刊》第 266 期，2002 年 5 月，頁 94～119。

41. 楊子怡撰，〈借男女之眞情，發名教之僞藥——從「三言」愛情、婚姻題材看明代世俗之眞情〉，《婁底師專學報》，1994 年第 1 期（總第 36 期），頁 13～20。

42. 楊曉東撰，〈《古今小說》序作者考辨〉，《文學遺產》，1991 年第 2 期，1991 年 4 月，頁 102～107。

43. 葉慶炳撰，〈禮教社會與愛情小說〉，《幼獅文藝》，第 45 卷第 6 期（總第 282 期），1977 年 6 月，頁 73～80。

44. 董家遵撰，〈歷代節烈婦女的統計〉，收入鮑家麟編著《中國婦女史論集》，臺北：稻鄉出版社，1979 年 10 月初版，1988 年 4 月再版，頁 111～117。

45. 趙景深撰，〈《醒世恆言》的來源和影響〉，收錄於《醒世恆言》臺北：桂冠圖書股份有限公司，1984 年 3 月初版，頁 859～870。

46. 趙景深撰，〈《喻世明言》的來源和影響〉，《學術》第 1 輯，1940 年 2 月，頁 31～35。

47. 趙維國撰，〈論馮夢龍的政治理想及其對小說的文體思考〉，《河南大學學報》（社會科學版），第 38 卷第 4 期，1998 年 7 月，頁 29～33。

48. 劉兆明撰，〈「報」的概念及其在組織研究上的意義〉，收入楊國樞、余安邦主編，《中國人的心理與行爲——理念及方法篇（1992）》，臺北：桂冠圖書股份有限公司，1993 年 11 月初版 1 刷，1994 年 8 月再版 1 刷，頁

293～318。

49. 劉鶴岩撰，〈唐傳奇與「三言」悲劇情節結構之比較〉，《錦州師院學報》（哲學社會科學版），1994 年第 3 期（總第 62 期），1994 年 7 月，頁 78 ～81。

50. 蔡國梁撰，〈古代短篇小說心理描寫敘論〉，《上海師範學院學報》，1980 年第 3 期，1980 年 9 月，頁 57～61。

51. 鄭振鐸撰，〈明清二代的平話集〉（下），《小說月報》第 22 卷第 8 號，1931 年 10 月，頁 1057～1084。

52. 鄭振鐸撰，〈明清二代的平話集〉（上），《小說月報》第 22 卷第 7 號，1931 年 10 月，頁 933～958。

53. 戴汝才撰，〈談談我國古典小說中的心理描寫〉，《上海師範學院學報》（社會科學版），1984 年第 2 期（總第 20 期），1984 年 6 月，頁 38～42。

54. 謝巍撰，〈馮夢龍著述考補〉，《文獻》第 14 輯，北京：書目文獻出版社，1982 年 12 月北京第 1 版，頁 56～76。

55. 聶紺弩撰，〈小紅論〉，《讀書》，1984 年第 8 期，1984 年 8 月，頁 90～96。

56. 魏同賢撰，〈馮夢龍的生平、著述及其時代特點〉，《中華文史論叢》，1986 年第 2 輯（總第 38 輯），1986 年 6 月，頁 97～116。

（三）學位論文

1. 王世明撰，《《三言》中女性角色的形象塑造與婚姻愛情觀——以《三言》中明代小說爲主體的考察》，嘉義：南華大學文學研究所碩士論文，2005 年 6 月。

2. 王淑均撰，《三言主題研究》，臺北：輔仁大學中國文學研究所碩士論文，1979 年 5 月。

3. 王鴻泰撰，《〔三言二拍〕的精神史研究》，臺北：國立臺灣大學歷史學研究所碩士論文，1992 年 6 月。

4. 吳玉杏撰，《《三言》之越界研究 》，臺北：國立政治大學中國文學系碩士論文，2003 年 6 月。

5. 林漢彬撰，《「關鍵意象」在小說結構中的地位研究——以「三言」爲觀察文本的探討》，嘉義：南華大學文學研究所碩士班碩士論文，2001 年 6 月。

6. 林麗美撰，《《三言二拍》中的女性研究》，中壢：中央大學中文研究所碩士論文，1995 年 5 月。

7. 金明求撰，《三言的死亡故事探討》，臺北：國立政治大學中國文學系碩士論文，1999 年 6 月。

8. 咸恩仙撰,《三言愛情故事研究》,臺北:輔仁大學中國文學研究所碩士論文,1983 年 5 月。

9. 咸恩仙撰,《話本小說果報觀研究》,臺北:中國文化大學中國文學研究所博士論文,1989 年 6 月。

10. 柯瓊瑜撰,《三言》教化功能之研究》,臺北:國立臺灣師範大學國文研究所碩士論文,1995 年 6 月。

11. 柳之青撰,《三言人物研究》,臺北:國立臺灣師範大學國文研究所碩士論文,1991 年 5 月。

12. 胡萬川撰,《馮夢龍生平及其對小說之貢獻》,臺北:國立政治大學中國文學研究所碩士論文,1973 年 6 月。

13. 倪連好撰,《三言》公案故事計謀之研究》,臺北:國立台灣師範大學國文教學研究所教學碩士班碩士論文,2002 年 6 月。

14. 崔桓撰,《三言題材研究》,臺北:國立台灣大學中國文學研究所碩士論文,1985 年 5 月。

15. 郭靜薇撰,《三言獄訟故事研究》,臺北:私立輔仁大學中國文學研究所碩士論文,1990 年 5 月。

16. 陳秀珍撰,《三言》、《兩拍》情色世界探究》,臺中:私立東海大學中國文學系碩士論文,2000 年 6 月。

17. 陳映潔撰,《三言兩拍的女性生活空間探究》,臺中:私立東海大學中國文學系碩士論文,2006 年 6 月。

18. 陳國香撰,《根據三言二拍一型見證傳統的女性生活》,臺南:國立成功大學中國文學研究所碩士論文,1998 年 6 月。

19. 陳裕鑫撰,《細緻與奇巧──「三言」的細節、情節與心理描寫》,臺北:輔仁大學中國文學系碩士論文,2000 年 6 月。

20. 陳嘉珮撰,《三言》、《兩拍》愛與死故事探討》,臺中:國立中興大學中國文學系碩士論文,2004 年 1 月。

21. 馮翠珍撰,《三言二拍一型》之戒淫故事研究》,臺北:中國文化大學中國文學研究所碩士論文,2000 年 6 月。

22. 黃明芳撰,《馮夢龍編作三言的社會經濟基礎》,高雄:國立中山大學中國文學研究所碩士論文,1994 年 6 月。

23. 黃惠華撰,《三言》、《二拍》商人形象研究》,臺北:國立政治大學中國文學系國文教學碩士班碩士論文,2006 年 6 月。

24. 楊凱雯撰,《三言》幽媾故事研究》,中壢:國立中央大學中文研究所碩士論文,1999 年 5 月。

25. 劉素里撰,《三言二拍一型的貞節觀研究》,臺北:中國文化大學中國文學研究所碩士論文,1995 年 12 月。

26. 劉純婷撰，《《三言》貞節觀研究》，斗六：雲林科技大學漢學資料整理研究所碩士論文，2005 年 1 月。

27. 劉灝撰，《「三言、二拍、一型」中的婦女形象研究》，臺北：中國文化大學中國文學研究所碩士論文，1995 年 12 月。

28. 蔡蕙如撰，《《三言》中的婚姻與戀愛》，高雄：高雄師範大學國文系碩士論文，1995 年 6 月。

29. 蔡蕙如撰，《《三言》與《十日譚》婚姻愛情故事之比較研究》，高雄：國立高雄師範大學國文系博士論文，2000 年 6 月。

30. 賴文華撰，《「三言二拍」中的游民探析》，臺北：國立政治大學中國文學系碩士論文，1996 年 6 月。

31. 霍建國撰，《三言公案小說罪與法》，臺北：國立政治大學中文研究所碩士論文，1995 年 6 月。